2024

铸牢中华民族共同体意识

中国少数民族文学之星丛书

畲山

洛 施

——

著

作家出版社

图书在版编目（CIP）数据

畲山／洛施著 . -- 北京：作家出版社，2024.11.（中国少数民族文学之星丛书）. -- ISBN 978 - 7 - 5212 - 3042 - 0

Ⅰ. I247.5

中国国家版本馆 CIP 数据核字第 2024BW5256 号

畲　山

作　　者：洛　施
责任编辑：史佳丽
特约编辑：郑　函
装帧设计：琥珀视觉
出版发行：作家出版社有限公司
社　　址：北京农展馆南里 10 号　　邮　　编：100125
电话传真：86 - 10 - 65067186（发行中心）
　　　　　86 - 10 - 65004079（总编室）
E - mail: zuojia@zuojia. net. cn
http: // www. zuojiachubanshe. com
印　　刷：唐山玺诚印务有限公司
成品尺寸：152 × 230
字　　数：275 千
印　　张：23
版　　次：2024 年 11 月第 1 版
印　　次：2024 年 11 月第 1 次印刷
ISBN 978 - 7 - 5212 - 3042 - 0
定　　价：56.00 元

编委会名单

主　任：邱华栋

副主任：彭学明　黄国辉

编　委：赵兴红　郑　函

以民族的情意，打造文学的星辰

——"中国少数民族文学之星"丛书总序

邱华栋　彭学明

"铸牢中华民族共同体意识——中国少数民族文学之星"丛书是中国作家协会少数民族文学发展工程的项目之一，于 2018 年开始实施，由中国作家协会创作联络部具体组织落实。出版这套丛书的初衷，是在少数民族文学创作领域贯彻落实习近平文化思想，不断夯实铸牢中华民族共同体意识的文学责任，培养少数民族文学中青年作家，打造少数民族文学精品，为那些已经在少数民族文学界和全国文学界成绩斐然、广有影响的少数民族中青年作家再助一力，再送一程，从而把少数民族文学最优秀的中青年作家集结在一起，以最整齐的队伍、最有力的步伐、最亮丽的身影，走向文学的新高地，迈向文学的高峰，让少数民族文学的星空星光灿烂，少数民族文学的长河奔流不息。以文学的初心，繁荣民族的事业；以民族的情意，打造文学的星辰。

入选"中国少数民族文学之星"丛书的作家，必须是年龄在 50 岁以下的、在少数民族文学界和全国文学界广有影响的少数民族作家。不管是否出版过文学书籍，只要其作品经过本人申请申报、各团体会员单位推荐报送、专家评审论证和中国作协书记处审批而入选的，中国作协将在出版前为其召开改稿会，请专家为其作品望闻问切，以修改作品存在的不足，减少作品出版后无法弥补的遗憾。待其作品修改好后，由中国作协统一安排出版，并进行广泛的宣传推广。

中国是一个多民族的大家庭。每一个民族都沐浴着党的民族政策的光辉、感受着党的民族政策的温暖，都在党的民族政策关怀下，蓬勃发展，欣欣向荣。在这个伟大的新时代，我们正创造着中华民族的新辉煌。每一个民族的发展与巨变，每一个民族的气象与品质，都给我们提供了生生不息的创作源泉。我们每一个民族作家，都应该以一种民族自豪感，去拥抱我们的民族；以一种民族责任感，为我们的民族奉献。用崇高的文学理想，去书写民族的幸福与荣光、讴歌民族的伟大与高尚，以文学的民族情怀，去观照民族的人心与人生、传递民族的精神与力量。

我们期待每一位少数民族作家，都能够到火热的生活中去，到广大的人民中去，立心，扎根，有为，为初心千回百转，为文学千锤百炼，写出拿得出、立得住、走得远、留得下的文学精品。不负时代。不负民族。不负使命。

目 录

〜〜

写给畲乡的一封情书

马 季

在丽水举办的一次文学活动上有幸认识了洛施，在此之前就知道，这位土生土长的畲族姑娘是丽水"女子文学军团"中颇有知名度的青年作家，也是浙江省重点培养的网络作家。身处互联网时代，对于擅长网络创作的洛施来说，文学世界色彩斑斓，近年她却将目光聚焦于乡土民间，计划创作反映畲族文化的长篇小说《畲山》，这无疑是一次全新的尝试，也是一次精神回归之旅。值得一提的是，这是畲族作家首次以畲乡生活原型创作的长篇小说。

在中华民族大家庭里，畲族算是个小民族，总人口才七十多万，然而他们拥有丰富的精神生活和独特的生存方式，给文学书写提供了充足的养分。畲族人又称"山哈"，意为居住在山里的客人，据了解，百分之九十的畲族人都居住在山里。而长篇小说取名《畲山》，足见洛施将笔触对准了大山，对准了畲乡百姓，对准了山乡土地和炊烟。

畲族是一个"以歌代言"的民族，《彩带歌》《字哀歌》《高皇歌》等，流传下来的山歌有一千多篇（首），每逢佳节喜庆之日，山间便会歌声飞扬。在山间田野劳动之余，探亲访友迎宾之际，乡民们也喜欢以歌对话。洛施巧妙地采用了这一资源，从《畲族民间歌曲集》中撷取了十首畲族民歌，作为《畲山》每一卷的题记，故事情节中还自然出现了对畲歌、畲酒、畲药、畲茶、畲族彩带等民族非遗的记述。因此，在这部小说中，我们不仅能闻见深居在大山里的畲族民众独具特色的烟火和地气，也能看到一个畲乡山寨跟随着年轻人的成长而发生的巨变，更能体味出作者对本民族的真挚情感。

畲族姑娘被称作"凤凰的后代"，女性地位高，结婚拜堂时甚至有男跪女不跪的习俗，而《畲山》故事以女主人公蓝星月的励志成长经历为主线，从疼爱自己的阿嬷离世，发现自己并不是阿爹阿妈亲生的女儿，到大哥将上学的机会留给弟弟、妹妹，选择去当兵，再到向自己从小就喜欢的邻家哥哥雷天明表白被拒……每一个境遇和转折，每一步的成长，都让她陷入矛盾和纠结之中。

《畲山》里的畲乡民间生活并不是孤立的存在，而是大时代的一朵浪花。中国社会在发生深刻变化，居住在大山里的新一代畲族青年，总感觉贫瘠的山村长不出他们想要的梦想和远方，所以年轻的他们都想从深山里走出去，蓝星月和雷天明就是其中的代表人物。在繁华的都市里碰撞、跌倒、迷失，甚至遭受了打击和挫折，他们开始成熟，羽翼渐丰，逐渐意识到，畲乡山水才是他们梦想中的港湾。

"忠勇孝善"是畲族人千年积累的精神内核，《畲山》从男女主人公用尽全力走出大山开始，以男女主人公回到大山跟着寨子一块成长结束，用生动的人物命运诠释了新一代畲族青年的精神追求。从结构上看，小说以畲族的葬礼开场，又以畲族的婚礼结束，从字里行间能够感受到，这部《畲山》也是洛施写给畲乡的一封情书。

2024 年 7 月

第1章 哀歌

节字排来泪茫茫，记得细时是嬢养。

爷嬢辛苦带我大，身着苎布守孝堂。

嬢——嘞——

——《字哀歌》

山里的冬天总是会来得早一些，在孝堂里守了一夜的蓝星月抬头望，屋外小雪正簌簌下着，雪花和清晨的雾气混在一起，使得整个山头白茫茫一片，一切都变得不那么真实。

一声锣响，让人们从恍惚中回过神来。

歇歇停停唱了一夜的阿妈红肿着一双眼，哑着嗓子："阿月，给阿嬷奠酒。"

蓝星月站起身，拿过酒壶往摆放在阿嬷灵位前的酒杯里添酒，站在灵位旁的人念念有词，什么金榜题名啦，什么幸福快乐啦，算是代替阿嬷说出了对她最后的祝愿。

今天是阿嬷出山的日子，孝堂里的气氛不算沉重，许是熬了一夜，大家都有些麻木了。

"阿月，来。"阿妈又递来一支香。

要走孝了。阿月拿着香，跟随着阿爹阿妈还有两个哥哥一起，围着阿嬷的棺材开始走。

越来越多的人拿着香加进队伍，围着的圈也越走越大，一圈，两圈，三圈，边走边哭，边哭边唱，随着越来越多的哭泣声响起，便没有人再能忍住，最后变成了撕心裂肺的号啕大哭，整个孝堂里，悲号一片。

福字排来长了长，福禄寿喜在灵堂。

阴间银钱你勿使，灵前受领纸钱灰。

嬷——嘞——

可不知怎么的，孙子辈里最受阿嬷疼爱的蓝星月却哭不出来，也许是累麻木了，又或许是因为冷，情绪也跟着冻住了。

三圈走完，领头的"先生"掉转方向，一圈，两圈，三圈……这是对阿嬷最后的告别仪式，当大家手里的香都插进了香炉，队伍就该启程了。

两个哥哥拿着魂幡走在队伍靠前的位置，蓝星月跟在他们后面，脑子里空得像黑洞一样，直到走出了一段路，才恍然发现雪不知道在什么时候停了。

整个关丰寨每家每户都来人了，小寨子就是这样，统共也只有雷、蓝、钟三个姓氏，家家户户都沾亲带故的。长长的队伍像一条慵懒的白蛇缓慢地向前移着。雷天明从队伍后走到蓝星月身旁，时不时担忧地看她一眼，他心里很清楚，她看似平静的外表下，内心不比任何人轻松。也不知道走了多久，队伍才终于在"风水宝地"停了下来。山中的白雾还未散去，树梢上几只小野雀一跳一跳的，时不时啄一口被霜打得干瘪的果子，所有人都在忙活，并没有闲工夫关注野雀在干什么，只有蓝星月望着它们出神，心里犯着困惑，天都这么冷了，鸟儿怎么不迁徙去春暖花开的地方？

阿嬷走得很突然，突然到根本没有给大家接受的时间。

那是放寒假前夕，蓝星月像往常一样，跟二哥一块放学回家，她暗暗得意自己期末考了个好成绩，正迫不及待要跟阿爹阿妈分享，一进门却看到堂里摆着一口黑黢黢的棺材。兄妹俩愣在门口，谁都不敢再上前一步。家里的人为了接下来的葬礼忙得乱成一锅粥，甚至都没空搭理他们兄妹俩。

"阿嬷走了。"阿妈红着眼睛说完，又开始忙碌起来。

蓝星月只觉得脑子"嗡"的一声，仿佛突然就多出了一扇透明的屏障，将眼前使人悲伤的一切都隔绝在了屏障的那一边。明明自己去学校前阿嬷都还好好的，还交代放学了要早些回家，她有事要同自己说。怎么突然就走了？怎么走的？在哪里走的？因为什么走的？那么硬朗的阿嬷，说走就走了？

没有人给她答案。

老人离世，要做上几天功德，还有许多讲究，光宴席就要摆上三天，前前后后都要有人来安排和执行，没人顾得上她心中没解开的疑惑。帮不上忙的她也不敢去打扰，只能带着满心疑惑，像个木偶一样完成了所有该完成的仪式。直到所有的仪式结束，眼看着阿嬷的棺材入土，蓝星月还是不知道阿嬷究竟是怎么走的。

"天明哥。"

"嗯？"

许是注意到阿月脸色不对，雷天明始终站在她旁边，关注着她的情况。

"你知道我阿嬷是怎么死的吗？"

雷天明眉头皱了皱，不明白她这样问的用意。

"你也不知道吧？也是，阿嬷走的那天你跟大哥都还在市里住校呢。"蓝星月并不失望，只是语气里有掩不住的忧伤。

敲锣声再一次响起，随着一系列礼俗仪式，阿嬷入土为安了，热闹了几天的葬礼也结束了。

寨子如同平静的湖面被掷入石子，一番动静过后，又渐渐恢复了以往的平静。蓝星月回到家倒头就睡，做了一场混沌的梦，梦里好似看到了阿嬷。

"阿嬷，你那天要跟我说什么？"

阿嬷没有回答，只是慈祥地看着她。

直到醒来，她依旧恍惚得不行。抬头看了眼窗外，天灰蒙蒙的，昏暗的房间让她一时分不清此刻是早晨还是傍晚。被窝里的温度让她依恋，可咕咕作响的肚子又让她强抵着寒冷坐起身来。迅速穿好衣服鞋子，裹上袄子，走到窗边往外头看一眼，看到德青阿伯正扛着锄头准备下地。

踩着木板梯走下楼，屋子里空荡荡的，阿爹阿妈应该已经下地了，大哥也会去帮忙，二哥应该还没起。蓝星月钻进厨房给自己打了碗热粥，一口下去，只觉得暖到了胃里，整个人如获新生。一转头，下意识就要喊出口的"阿嬷"让蓝星月整个人一怔，脑子里的那一面屏障好似突然被抽走，那些不舍和悲伤，对阿嬷的依恋和爱，像山洪一样，一股脑涌来。再看向门口那个空空荡荡的小竹椅，眼泪瞬间夺眶而出。明明阿嬷的专属小竹椅还摆在那个位置，那编了一半的彩带都还挂在那儿，她怎么就会死了呢？直到这一刻，她似乎才意识到，小竹椅上再也看不到阿嬷编彩带的身影了。

阁楼上传来了脚步声，蓝星月忙低头擦干净眼泪。

"阿妈呢？"二哥蓝岳平边下楼边打着哈欠问道。连日来的葬礼，二哥和自己一样，都累坏了。

"去地里了，锅里有粥。"蓝星月应声。

二哥手里拿着阿妈前些日子给他新做的弹弓，转头钻进厨房。都说他们是双胞胎兄妹，但蓝星月从小就觉得自己和二哥一点都不像，不仅是外貌，还有脾气、个性、习惯，二哥总是一副没心没肺的样子，她时常都觉得自己是姐姐，他是弟弟才对。

二哥喝饱了粥，一溜烟就跑出了门，好不容易等来的放假，他约了村子里小伙伴们一起去用弹弓抓野山鸡。蓝星月收拾了碗筷，踱步到门边，在阿嬷的小竹椅上坐了下来，脑子里全是阿嬷从前教自己织带的样子。

阿嬷从她记事起就开始教她编彩带，常夸她机灵，一点就通。她虽然学得快，但耐心不足，三天打鱼两天晒网，常常三分钟的热度一过就放弃了，所以从小到大，她连一条完整的彩带都没编完。想起这些，蓝星月心情更加沉重了，就像这初冬阴郁的天气一样，见不着一丝阳光。抬手拿起阿嬷未编完的彩带，经线用三支小竹签牵成，中间提综，纬线为白纱，提综挑压出想要织的图案，阿嬷是停在了未编完的"想"字上，联系前后，阿嬷想编的应该是"心想事成"这四个字。

蓝星月用阿嬷教她的方法，将织带的一端固定在自己纤瘦的腰间，拿起"织带摆"开始穿梭，试图将阿嬷没编完的彩带完成。可一上手，才发觉自己有些生疏了，每走一步，都要犹豫许久。下意识想要回头问阿嬷，可转头看到空空的身后，立马又反应过来阿嬷已经不在了，自己再也不能像从前一样，回头问阿嬷下一条彩线该往哪走，阿嬷也不会在她每走错一步的时候及时提醒她了。眼泪再一次模糊了视线，内心涌来了巨大的悲伤。

那日葬礼她为阿嬷守灵，看到阿嬷的面容还是那么地慈祥，只觉得阿嬷像睡着了一样。连日的熬夜让她脑子仿佛都停止运转了。可现在，她真的好想念阿嬷呀，蓝星月第一次这么清晰而深刻地体会到了死亡是什么。

从蓝星月有记忆开始，阿嬷就是这副苍老的样子，她没上过学，也不识几个字，甚至一辈子都没有离开过这座大山，这个寨子。她的脸上满是岁月的沟壑，一笑起来，就看不着眼睛了。她常常在门口一坐就是一天，蓝星月不知道她在等什么，她也不像在等什么的样子，或许，她只是在等太阳升起，又等太阳落下。闲不下来，又下不了地，阿嬷时常就坐在门口边唱着歌边织彩带，唱的什么蓝星月是听不懂的，也从没仔细去听。但寨子里的女人们都喜欢在干活的时候唱歌，阿月便默认为这是一种习惯。

阿嬷明明不识字，可只要把字写给她看，阿嬷就能在彩带上把字织出来，四四方方，一笔不差。各种各样的图案、花纹，更是不在话下，织带摆在织线当中穿梭游走，就没有她编不出来的样式。编好的彩带她像珍宝一样小心翼翼地收在柜子里，塞了满满一柜子，也还是要继续编。家里谁的裤带断了，刀带坏了，阿嬷就从柜子里拿出一条新的给换上，似乎这样，她才能感觉到自己的价值一般。而这未编完的"心想事成"，也是蓝星月教给她的。蓝星月开始上学以后，时常将在学校里学到的新词写给阿嬷看，告诉阿嬷这些词怎么念，是什么意思。阿嬷则在学了新词之后，将这些吉祥话编到彩带上，并抓着机会就教蓝星月要怎么编，而蓝星月总是不认真学，刚编一小会儿，就耐不住跑出去玩。阿嬷也不责怪她，总是叹一口气默默坐回竹椅上，将彩带编完。

想起这些，蓝星月心里更加难受了，她忽然好后悔，阿嬷一心要将她的全部技艺教给自己，可自己却没有好好学，没有在阿嬷生前好好地编完过一条彩带。

"阿月。"蓝星月循声一抬头，就看到了正朝自己家走来的天明哥。

雷天明搬来小板凳在她身旁坐下，看到蓝星月绑在身上的彩带："想阿嬷了？"

蓝星月点了点头，圆圆的眼睛里泪光闪闪。

"我带你去个地方吧。"

雷天明耐心等待蓝星月解下彩带，然后带着她走到屋后的坡子上指了指："就是这儿，我爹说你阿嬷就是在这里没有走稳摔了一跤就没起来了，后脑朝的地。"

天明哥总是这样，哪怕只是自己随口一说，他就会记在心里，如今，他就是给自己解答来了。

连日来的雨雪天气使得地面早已没有了阿嬷摔倒留下的痕迹，但可以想象，以阿嬷的年纪和腿脚，当时摔得有多严重。可能直接就晕死过去了，即便清醒着，恐怕也无法自己起身来求救。

"好端端的，阿嬷走到这来做什么？"

雷天明摇了摇头。

蓝星月仔细看了看周围，直到看到地上散落着一些本不该出现在这的冬枣，顿时整个人呆愣住。

"好想吃冬枣。"她依稀记得自己说过这话，但她是随口跟二哥说的。难怪，阿爹阿妈一直没说阿嬷究竟是怎么死的。

雷天明察觉出异样："阿月，怎么了？"

蓝星月抬眼，泪水夺眶而出："天明哥，是我害死了阿嬷。"

"怎么会？跟你有什么关系？"

"之前我跟二哥说想吃冬枣，你看，阿嬷好端端走这来，是去坪子上摘冬枣的。都怪我！”

"这么长时间过去了，这些也可能是别人摘的掉在这的，阿月你别胡思乱想。"雷天明急了，他太知道背上一条人命的感觉是什么样的，何况那是最亲最爱的人，那种近乎窒息的自责和歉疚，一旦背上，一辈子都不会消失，他不想阿月就这样在心里背负上她阿嬷的死。

雷天明随手捡起一颗枣核："你看，你阿嬷根本咬不动这枣，这些肯定是别人掉的。"

蓝星月看着他手中的枣核，心中动摇，阿嬷确实是咬不动这枣子。

雷天明抿了抿嘴，继续安慰道："你阿公走了这么多年了，也许你阿嬷是太想念你阿公了。"

蓝星月湿着眼睛，怔怔看着他。阿公走的时候，她还没出生，所以她对阿公是没有任何印象的，只是偶尔能听阿嬷说起，阿公是一个非常非常好的人，为人忠厚老实，长得也端正，歌唱得也好听，嘹亮的歌声获得了不少女孩子的青睐，当然，也就吸引了年轻时候的阿嬷。阿嬷将自己编的彩带偷偷送给阿公时，并没有想过阿公会喜欢她，毕竟阿公算是寨子里最受欢迎的后生了，然而过了没多久，阿公就请了媒人上门提亲了。那个年代的爱情就是那样的简单纯粹，两人在柴米油盐里也就相守了一生。

"那他们分开这么久了，阿嬷还找得到阿公吗？"

"肯定能啊。"

不得不说，天明哥的话给她的心中安慰了不少。

"天明哥，你知道吗？阿嬷走的那一天，她交代我放学了早点回来，她有事同我说。"

雷天明轻轻皱眉："你觉得她想跟你说什么？"

蓝星月若有所思，摇了摇头。

第 2 章　秘密

回去路上，雷天明有意开始转移话题："阿月，你期末考试考得怎么样？"

"还可以。"蓝星月语气里早就没有了之前的得意。

雷天明点了点头："继续保持住，去镇上上学一定没问题的。"

"天明哥，镇上是不是真的很热闹？"蓝星月被勾起了好奇心。

"嗯，很热闹。"

"那城里呢？"阿月又问。

"市里就更繁华了，楼很高，路也很宽，你只要好好学习，等考上市里的高中，就知道那是什么样的了。"

雷天明与大哥蓝岳峰差不多年纪，比蓝星月足足大了六岁，上初中后他们就开始了住校生活，每周五才回来，周日又再走五公里山路才能到去镇上的车站。每次看着大哥和天明哥结伴离家去上学，蓝星月就羡慕得不行，她听钟老师说过，镇上的学校条件比寨子里的小学好多了，而且镇上很热闹，还有集市，很多时髦的东西，他们在寨子里见都没见过。

见蓝星月心情好了一些，雷天明想起了正事："你大哥他……"

"我大哥怎么了？"蓝星月好奇道。

雷天明欲言又止，最后摆了摆手："没什么，等他回来了，你跟他说我找过他。"

蓝星月能看出来雷天明找大哥一定是有什么很重要的事的，只是不愿意告诉她，要么是觉得自己不懂，帮不上什么忙，要么觉得自己太小，没必要知道更多。虽然好奇，但蓝星月没有再继续追问，她明白，秘密知道得越多，心里负担就越重，就如她心中，也始终压着一个对谁都不能提的秘密。

"这孩子一出生就在我们家，吃着我的奶长大，他就是我的孩子。"这句话是阿妈说的。

那时候的蓝星月正要进门，可这句话让她准备推门的手就那样僵在了那。里头沉默了片刻后，传来了阿爹的叹气声："行吧，听你的。"吃着阿妈的奶长大的，除了大哥、二哥还有自己，再没有别的人了，阿妈说的是谁？

"阿月他们该回来了，别说了。"

眼看阿妈要来开门，蓝星月下意识闪躲，跑开了。

那一晚，她辗转反侧想了一整夜，阿妈的话意味着兄妹三人中有一人不是阿爹阿妈亲生的，是他们捡来的，与这个家没有血缘关系。会是谁呢？蓝星月心里发慌，可大哥住着校，二哥，以他的直肠子，若是和他说了，他一定会找阿妈问个明白，那一旦这事被说开，无论阿爹阿妈说的是谁，对他们来说都是一种伤害。日复一日的深思、考量、权衡，她渐渐又在这些杂乱的念头中冷静了下来。这件事一旦说破，只怕一家人再也没办法像之前一样毫无顾忌地相处了。家里虽然不富裕，但至少兄妹三人也是平安健康快乐地长大着。更何况，一家人在一起生活了这么久，在自己知道这个秘密之前，大家的感情也没有受是否有血缘而影响，那又何必捅破这个秘密，破坏眼前的和谐呢？最终，她决定不去询问真相，让这个秘密永远烂在肚子里。因为，她清楚自己承受不起这个秘密一旦被说开之后的后果。可是，那爆棚的好奇心又驱使着她去寻找更多线索。那个孩子，是被亲生父母送养吗？还是被像丢垃圾一样丢弃的？她忍不住旁敲侧击向阿嬷打听："阿嬷，咱们寨子里有没有被阿爹阿妈丢弃的娃娃？"

彼时阿嬷正编着彩带，听她这样问，手明显僵了僵："怎么这么问？咱们寨子可没有这样的人，哪有做阿爹阿妈的能这么狠心把自己的娃娃扔了？"

想到这，蓝星月停住脚步，脑子里冒出一个念头来，阿嬷没来得及和自己说的，会不会就是这件事？

"怎么了？"雷天明不解问道。

蓝星月回过神，慌忙摇了摇头："没什么。"

雷天明还想问些什么，转头就看到虎子火急火燎地从山上跑了下来。

"不好啦，你二哥出大事了，你快去叫你阿爹！"明明是大冬天，他却跑出了一头汗，神情更是紧张得好像天塌下来了似的，来不及好好喘两口气，就冲蓝星月大喊道。

"出什么事了？"雷天明一把抓住钟二虎询问。

"蓝岳平从很高的树上摔下来了，头都摔破了。那地上都是板栗壳，还有大石头。"钟二虎虽然着急，但好在是把事情给说明白了。

"阿月，你去地里叫你阿爹阿妈，我先去看看。"雷天明交代完，跟着钟二虎就往外赶。

蓝星月也来不及多想，赶紧跑去自己家田头喊人。

最终二哥是被大伙抬着回来的，痛得哇哇叫，脑袋上的血都凝固了，看得人触目惊心。可即便这样，他也没松开手中紧抓着的那只山鸡，直到到了家，阿妈好说歹说，他才松开手让阿妈把野山鸡关进鸡笼里。刚送走阿嬷，二哥就出了这样的事，着实把阿爹阿妈吓得不轻。阿妈心疼得不行，马上就去喊了寨子里的老大夫来瞧，阿爹则又气又恼，要不是二哥已经是这副惨样，一顿打是铁定躲不掉的。

"怎么样？问题严不严重，要不要送镇上卫生院去？"阿妈满心不安，追着老大夫询问。

老大夫掰着二哥的脑袋仔细瞧了半天："晕不晕？想不想睡觉？"

"不晕，不想睡，就痛。"

"想不想吐？"

"不想吐，痛！"

老大夫松了口气："没事，把扎头里的板栗刺挑出来，敷点草药就行了。"老大夫的话让大家高悬着的心落了下来。

"啪"的一下，阿爹一巴掌就拍在了二哥的大腿上，沉着脸恨铁不成钢地责备道："就知道惹祸！"

"哎呀，孩子都这样了，你还打他！"阿妈忙上前护着。

"我让他不长记性！"

"就知道打我，我都痛死了还打我！"二哥也不知道哪来一股子倔脾气。

刚在长凳上坐下来拿着茶缸准备喝口茶的阿爹又站了起来："你还敢顶嘴是吧？"严肃的表情看得蓝星月大气不敢出一声。

二哥见阿爹是要动真格的了，立马歇了火开始喊痛。

"要把头发给剃了，不然这刺挑不出来。"阿妈放下手中的缝衣针，转头去拿镰刀。

一听要剃头，蓝岳平立马就坐了起来，护住脑袋："我不剃。"

"不剃怎么挑刺？"

只见他将脑袋包得更严实了："就不剃！你剃得不好看！"

话音刚落，大哥"啪"一下打在他脑袋上："你又不是小妹，要什么好看？不让阿妈剃我给你剃？"

二哥"哇"的一声哭出来，愤恨地瞪着大哥："就妹妹最听话最懂事，你们都偏心她，就我是捡来的！"

"你再给我说一遍！"阿爹抄起了靠在门后的扁担怒问道。

阿妈顾不得放下手中的镰刀，慌忙上前将阿爹拦了下来。

难不成是二哥？蓝星月的心中猛然升起这样的念头来。仔细想来，自己与大哥性格都沉静，但二哥恰恰相反，性格最外放，最调皮，虽然阿爹阿妈对外宣称二哥与自己是双胞胎，但两人明显差异巨大。

这么分析着，蓝星月更加笃定了自己的猜测，松一口气的同时又控制不住地对二哥生出一股同情来。相比而言，阿爹阿妈确实是对自己更疼爱一些，可要说这是偏心，她不认同。

她还清晰地记得前两年二哥独自在家里烤番薯，结果吃了烂番薯，导致半夜高烧、抽搐、呕吐，把整个村子都弄得鸡飞狗跳的惊心场景。村里的老大夫连衣服都没穿完整，挂着件外衫就来了，看完直摇头，让阿爹阿妈赶紧将孩子送卫生院去。山路崎岖陡峭，白天走都得小心着点，那时又是深夜黑灯瞎火，危险重重，那个点，即便到了山脚也没有车子，可阿爹甚至没来得及多顾虑，抱着身体滚烫的二哥就要往山下赶。

好在听到动静的钟阿伯及时推来了他的小板车，隔壁的六花大娘迅速抱来被子铺在小板车上，村子里的壮汉们自发点起了火把，叔叔伯伯们凑了五十块钱，陪着阿爹阿妈一起连夜将他送下山。路上二哥身体再次抽搐僵直，阿妈吓得腿都软了，眼泪一直流，但下山的步子却一步都没有迟疑。那时候阿嬷还在，一家子人担心得整夜整夜不敢睡，就怕二哥有个什么三长两短。好在二哥够皮实，挺过了两天的高烧，总算转危为安。出院回到家中后，村子里的人都来看望他，见他生龙活虎的，也没烧傻，大家这才放下心。当然，这些事二哥是不记得的，毕竟当时他烧得都快失去意识了，即便后来听他们说起，他又怎么能体会那个晚上阿爹阿妈临近崩溃和绝望的心情呢？虽然他因为调皮挨了最多的打，但他得到的爱可一点都不比自己少。阿妈给他做的陀螺是最能转的，总能让他在打陀螺比赛中获胜，阿爹给他做的弹弓，也是小伙伴中最结实牢固的。他从不需要去管地里的活儿，除了上学，就是玩乐，掏鸟蛋，抓野鸡，摸鱼抓蟹逮青蛙，这样的乐趣，都被他玩遍了。真要说偏心，蓝星月也觉得应该是阿爹阿妈偏心了二哥和自己，大哥最受委屈才是，因为他年长，所以下地干活是他，照顾弟弟妹妹也是他。

许是意识到自己刚说的话不妥，二哥立即就耷拉下了脑袋，憋着嘴。而阿爹，也已经被阿妈推到了门外："去，你去老大夫那拿敷的草药。"

赶走了阿爹，阿妈沉沉地叹了口气，但神情里露出掩不住的失落，重新拿起缝衣针扒着二哥浓密的头发开始找板栗刺，刚刚还"嗷嗷"喊痛的二哥，此刻却是哼都没有哼一声。

"阿峰，阿月，你们先出去。"

蓝岳峰头也不回地走了出去，蓝星月也只好跟着出去，出房间前，她听到阿妈说："岳平，你真觉得阿爹阿妈偏心了？"

蓝星月的步子迟疑了片刻，但始终没听到二哥的回答。下楼来，大哥已经不知去向，蓝星月就在小竹椅上坐着，直到阿爹带着草药回来了。

"下次再这么皮，我把你腿打断！"阿爹边将草药递给阿妈边念叨道。

这一回，二哥倒是不顶嘴了，只是咬牙憋着眼泪，满脸的不服气。蓝星月不知道阿妈支走自己和大哥后跟他说了什么，她想问，又不敢。

"下次小心着点，还嫌自己身上的疤少啊？"阿妈温柔地责备道。

这是记忆里，二哥唯一一次说起关于阿爹阿妈偏心了谁的话题，自此之后，二哥再也没有提起过了。

那个捡来的孩子，就是他吧？这个疑问永远都像根刺一样扎在她的心上，使得她努力搜寻着所有的蛛丝马迹，试图在不动声色中，找到真相。

二哥被抬下山时的样子让人觉得他至少能消停个几天，结果第二天一大早他又趁着阿爹阿妈不在家要溜去撒欢。

"你还要出去啊？"蓝星月惊讶于他的恢复力。

二哥脑袋上缠着纱布，转过头对着她比了个"嘘"的手势："昨天跑掉的那只山鸡肯定还在那附近，你等着，我肯定抓回来，给笼子里那只凑一双。"

"你头不痛啊？"

"不痛。"二哥话音刚落，人已经跑没影了。蓝星月无奈，她知道，她是拦不住永远不长教训的二哥的。

寒意几乎无孔不入，如今大门就这样敞着，蓝星月实在冷得慌，正打算去将门关上，就看到钟小娟带着她的小妹小燕正往自己家这边来。

"阿月，我去打猪草，一起去吧？"小娟冻得鼻尖都红了，不停搓着手。

见她犹豫，又开口道："放假都几天了也没见你出来找我玩，你天天关家里干吗呢？"

因为年纪相仿，两人从穿着开裆裤就一块儿玩，几乎无话不说。但因为阿嬷的离世，小娟明显感觉到阿月变了许多，所以今天不管说什么，她都要把蓝星月从屋子里给薅出去。

盛情难却，再加上她觉得自己确实也该出门走走了，于是，她跟着小娟一起出了门。

刚入山，阳光就穿透云层洒了下来，冬日的阳光不像夏日那么炙热火辣，温温柔柔的，带着不灼人的暖意。小娟找了块大石头给小燕坐，然后就动作麻利地割起了猪草，还不忘跟阿月聊天："我阿嬷说，再过几天，就要把'喏喏'杀了。"

小娟把每一年她家养的猪都取名叫"喏喏"，几乎是当成宠物一般养得格外用心，有时候自己都还没吃饭，也要先解决"喏喏"的口粮。但她也知道，一家子都指望着"喏喏"过年，每到年底，"喏喏"就会变成餐桌上的佳肴。因为是她亲手养大的，所以每年杀猪的时候，小娟都会跑来找阿月，躲避那些她不忍心看的画面。等过完了年，阿爹阿妈又会牵一头新的猪崽子回来，关到猪圈里让小娟养。

"阿姊，能不能跟阿爹说，不杀'喏喏'？"小燕睁着大眼睛问。

小娟不耐烦地看她一眼："不杀'喏喏'过年吃什么？"

小燕瘪了瘪嘴，不说话了。

小娟干活一点都不拖泥带水，蓝星月要去帮忙她也没让，不一会儿就塞了满满一筐猪草。

每每看到小娟，蓝星月都觉得自己是幸运的，因为有大哥的缘故，一些家务和地里的活，她确实是干得少。

任务完成，小娟又找来一些火棘果，三个人坐在大石头上啃得龇牙咧嘴。

"你看，学校！"小娟指了指。

蓝星月的目光循着小娟指的方向，整个寨子变得无比渺小，尽收眼底。她又一次想起了阿嬷，那个慈祥的老人，就在这样一个小小的寨子里度过了她的整个人生。

第 3 章　决定

快到中午，她们才从山上下来，小娟赶着回去喂"喏喏"。

刚踏进家门，蓝星月就听到楼上传来了雷天明的声音："你真的不跟你阿爹阿妈再商量商量？"

"都决定好了，也没什么好商量的。"是大哥的声音。

蓝星月这才记起雷天明昨日找过大哥的事，只是被二哥那么一折腾，她把这个事彻底给忘脑后了。她下意识放轻了脚步，全神贯注地留意楼上两人说的话。

天明哥沉沉叹了一口气："我就是觉得挺可惜的。"

蓝星月立在楼梯口，不敢再上前，心中满是疑惑，天明哥和大哥在聊什么？要跟阿爹阿妈商量什么？大哥做了什么决定？为什么天明哥会说可惜？

"我也知道劝不了你，不过你说得也对，每个人的志向不一样，不管你怎么决定，我都站你这边。"

天明哥顿了顿，又开口道："对了，等阿月回来，你把这个给她。"

两人边说着边下楼来，蓝星月甚至还没来得及躲，大哥和天明哥就出现在了楼梯口。

气氛凝固了一阵，最后还是雷天明打破尴尬，露出他标志性的笑："阿月，你去哪了？刚过来都没看到你。"

"我跟小娟出去玩了，刚回来呢。"

"刚好，这个给你。"雷天明快步下楼梯，将一只粉色的铅笔盒递给她。

天明哥一直这样，在学校得了什么奖励，总是一转头就送给她。

蓝星月接过精美的粉色铅笔盒，刚刚的疑惑被满心的欢喜给冲散："谢谢天明哥。"

"不用谢，好好学习。"雷天明习惯般伸手摸了摸蓝星月的头，又转头给蓝岳峰递了个眼神，这才离开。

大哥也从楼梯上走下来，肃着一张脸："岳平呢？"

"他……说要去抓山鸡。"

大哥眉头微微皱了皱，但没有再说什么，转头进了厨房，准备起了午饭。蓝星月赶忙放下铅笔盒进去帮忙。大哥已经燃起了火头，看她要来帮忙，往灶里丢了几块柴火，直到柴也烧了起来才站起身让出位置。她一边顾着火，一边时不时探头观察着大哥，可大哥的表情没有一丝波澜，始终在灶台前默默地洗菜、切菜、炒菜。

大哥向来话少，再加上年龄差距，有什么事基本不会对她说。所以一直以来，大哥在她心中始终有种疏离感和威严感，几次话到嘴边，一对上大哥那冷峻的面容，又立刻吓得将话又咽了回去。直到做好了午饭，她还是没有将心中的困惑问出口，最后想了想，还是去问天明哥容易些，天明哥虽然与大哥同龄，但他从不像大哥那样拒人于千里之外，相处起来，也是让人觉得轻松自在许多。

二哥是在大家都吃完了午饭后，才在一群小伙伴的簇拥下回来的，尽管满身污泥杂草，但丝毫没遮掩他回归时的风光无限，因为他说到做到，成功抓到了昨日那只逃掉的野山鸡。那拎着野鸡的得意样子，羡慕坏了一众小男孩，大家你一言我一语，将他捧上了天。村子里的大人们碰见他就会问一句，他也总是不厌其烦地跟别人说起自己英勇抓鸡的过程，将自己脑袋上的伤完全抛之脑后。

"阿月，我厉不厉害？"二哥炫耀着他的战利品，将山鸡关进了鸡笼，这才心满意足地去厨房吃饭。

冬天日短，刚吃完晚饭，天就暗了，清冷的月光给整个山头披上一层薄霜，蓝星月借着月光行走在寨中。

"阿月，吃了吗？"

"已经吃过啦。"

"来我家再吃一点？"

"不用啦。"

这样的对话每路过一个正在吃晚饭的人家，就要重复上一次。

天明哥的家在村口位置的一个坡子上，蓝星月远远看到他家门敞着，灯也亮着，便径直走了进去。一进屋就看到天明哥正在洗碗，文顺伯则在抽烟。

"阿月，晚饭吃了没？"文顺伯对她总是格外热情，边说着边指了指橱柜，"碗在那，饭也还有……"

"不用了阿伯，我吃过了来的，我找天明哥。"

雷天明正将擦好的碗一只只放回橱柜："哦，那等下，我马上洗好了。"

雷文顺自觉地从凳子上站起来，抽着烟，踱着步就出去了。

寨子里，天一黑就变得寂静，大家吃完饭后，去你家坐一会儿，谈谈天，又去他家坐一会儿，围着火盆扯扯闲篇，又或者聚集在谁家里，拉一拉二胡，就算是娱乐活动了。

屋子里没其他人了，蓝星月也不绕弯子："天明哥，我大哥是不是遇到什么事了?"

雷天明愣了一愣,想起在楼梯口碰到蓝星月的场景,随即爽朗地笑了起来:"原来你听到啦?"

"嗯。"

"你怎么不问你大哥?"

"我不敢,而且,他不会跟我说的。"蓝星月努了努嘴。

"那我跟你说了,你大哥回头找我怎么办?"雷天明笑着摸了摸她的头。

"我不会告诉他的,我就是担心他……"蓝星月越说心中的不安就越强烈。

"别瞎猜,你大哥不是遇到什么大麻烦了,他只是不打算继续上学了。"

"不上学?为什么?"

"他有自己的打算。"

"什么打算?"

雷天明面露难色,看了看蓝星月,犹豫过后还是回答道:"你哥说他想要去当兵。"

意料之外的答案,蓝星月睁大了眼睛。从小到大,阿爹、阿妈、钟老师,甚至是大哥、天明哥,身边的所有人都在灌输她一种观念,那就是这深山的孩子,只有读书才会有出路,所以她在学习上从不敢松懈,甚至觉得,考大学就是人生里最最重要的事。而如今,大哥却选择了她认知以外的一条路,这条路对她来说,实在是陌生,她不清楚,这条路的前方,是荆棘遍布,还是康庄大道。

"不过还都是说不准的事,这当兵也不是他想当就能当的,真要是能验上也不是件坏事,只是事情没确定之前,他不跟你们说也正常,回去之后你大哥不说，你就当不知道吧，可千万不能把我给卖了。"雷天明笑着补充道。

说着，两人已经走到了屋外，在门口的大石头上坐了下来。满天星辰仿佛触手可及，可对于久居在这深山的人来说，这不是什么特别的景色。

"当兵是不是要扛着枪上战场？"蓝星月满面愁容。

"和平年代，应该是不打仗的。"雷天明猜测道。

"那天明哥你呢？"

"我什么？"

"你也要去当兵吗？"

雷天明笑得更爽朗了："阿月，你别把当兵想得那么容易，征兵要求很严格的，不是谁想去就能去得成的。你看前几年小波哥那么想去，不是也被刷下来了。"

雷天明说的小波哥比大哥还大上两岁，当年没选上，也没有继续上学，出去打工之后，只在过年的时候才回来一趟。

"那天明哥，你会继续考大学吗？"

雷天明沉默了半晌，似乎在认真思考她的提问，又似乎是陷入了什么久远的回忆，好半天都没吱声。

"不是天明哥你一直跟我说要好好学习，走出寨子，才有未来吗？"

雷天明这才回了神："会，当然会，放心吧，天明哥也会努力的。"

听到这样的回答，蓝星月才在心里大大松了一口气。

"天冷，我送你回去。"雷天明率先站起了身。

蓝星月也站了起来，这深山的冬确实是冷，她两只手都揣在口袋里，但依旧冰凉。

"你哥的事，等他想好了会好好跟你阿爹阿妈说的，你别操心了。"雷天明又交代道。

"知道的。"

"快回去吧。"

"天明哥不进去吗?"

"不了,我阿爹应该快回来了。"

蓝星月站在家门口与他告别,一进屋,暖意迎面而来,一家人正围着火盆有说有笑的。她找了个空隙插进去,忍不住偷偷观察起大哥,他依旧是不苟言笑的样子,与平日里没有什么差别。看着阿月进了屋,雷天明才转身离开。月光下,他的影子被拉长,步子却不轻松。

深山的孩子,只有好好读书才有出路,这句话最早是蓝老师说的。他永远都记得,自己六岁那年,那个像传说中的"三公主"一样降临到这个寨子的蓝老师。她是从哪来的,又是为什么来到这个隐匿在大山深处的小寨子,雷天明至今都不清楚,只听她偶然提起过她的家乡有一望无垠的大海,只知道蓝老师来到寨子之后,寨子里就有了学校,附近的孩子们都上起了学。

刚来时,蓝老师的脸上总挂着一丝忧伤,但她和大家说话的语调总是温温柔柔的,口音与大家略微有些不同,但也都能听得懂,她唱歌的调子也不同,但格外好听。

"天明,你想不想上学?"

正是这句话,将彼时正在满山替人放牛的雷天明拉进了课堂和书本里,让他知道了山的外面有海,还有广阔的世界和无限可能,这也是从一出生就失去母亲的他第一次感受到"母亲"一样的关怀。渐渐地,他不自觉贪心起来,时常想要是蓝老师能当他的阿妈就好了。

直到那日天黑,他看着阿爹一脸提防地提着一篮子土鸡蛋去找蓝老师。起初他并没有在意,可那仅仅只是一个开始,那天往后,只要家里一有什么好东西,阿爹就会在天黑之后及时给蓝老师送去。有时候是新鲜的野猪肉，有时候是新打来的野山鸡，有时候是地里刚收成的番薯和柑橘。

第二天到学校，阿爹送的东西又会变成大家的午餐或零食，在分发的时候，蓝老师也总是心照不宣地对雷天明格外照顾，他分到的东西，永远都比别的同学多一些。雷天明满心欢喜，尽管年纪小，可他却懂。为了不拖阿爹的后腿，他告诉自己一定要给蓝老师留下好印象，他上课格外认真，学习也格外刻苦，别的同学都还在打基础，他已经向蓝老师借来书本自学到了二年级的内容。他的刻苦和付出，蓝老师也看在眼中，从不吝啬对他的夸赞，说他是个好苗子，以后一定能成才。可是，现如今这学还能不能继续上下去，真不是他们自己就能决定的。

阿月还小，他不忍心告诉她，蓝岳峰之所以做这个决定，就是因为他知道了他阿爹阿妈靠着种地供兄妹三人继续上学的艰难。还有半年，岳平和阿月就该去镇上上初中了，镇上的初中与寨子里的小学不同，收费也是寨子里的数倍，而那时，岳峰也正是考大学的时候，兄妹三人光一个学期的学费对他们家来说就是天文数字了，更别说还有生活费、交通费、餐费等不可避免的支出。向来就心思重的蓝岳峰，正是考虑到了这些，才决定为自己换个方式找出路。

眼睁睁看着却无能为力改变的雷天明，心里早已被愧疚感压抑得喘不过气来，这些压力明明该由自己承受的，如今全落在了蓝岳峰的身上。他多想自己能改变这一切，可现实是，他连上高中的学费都还是靠着阿爹卖血凑来的，他什么都做不了。想着这些，无力感就像这冷空气无孔不入，雷天明重重呼了口气，白色的雾气不断从他的嘴里冒出来。

第 4 章 长大

临近年关，冷空气说来就来，刚放晴了没两天，这深山又一次下起了雪。一夜之间，大雪就将村寨盖了个严严实实。

刚起床的蓝星月往窗外瞭了一眼，发现整个世界都是纯白色的，顿时也顾不上冷了，跑到雪地上滚起了雪球，堆起了雪人，用黑炭按出眼睛，想了想，又给它围上了阿嬷织的彩带当作围巾。

就在这时，书记雷金富带着钟老师挨家挨户来喊人了："学校的屋顶被雪压塌了，大家快去帮忙。"

大伙一听学校塌了，赶忙拿上铲子、簸箕等能用得上的工具就往学校赶，蓝星月和一众孩子们，也聚集在了学校前的小操场上。

"还好是放假了，不然要是压到学生可不得了。"钟老师惊魂未定。

"是啊是啊，还好还好。"大家应着，手上的活儿也没停。

"我们是不是没有教室上课了？"钟小娟缩着手，挽着蓝星月的手臂问道。

"不会的，等到开学的时候，学校一定能修好的。"蓝星月回答。

钟小娟瘪了瘪嘴："还以为学校塌了，我们就不用上课了呢。"

蓝星月惊讶地看向她："你不想上学吗？"

"上学，是你们成绩好的人才会想的，我才无所谓呢。"钟小娟满脸不在乎。

这所畲山小学是什么时候建成的蓝星月并不清楚，只知道打自己一出生，它就在那了，寨子里的孩子，都在这上学。它很破很旧，摇摇欲坠，夏天漏雨，冬天漏风，可就是这个危房，却是这片山头附近三个村寨里唯一的一所学校，是所有孩子们的知识启蒙场所。蓝星月记得，之前因为漏雨厉害，村子里自发翻新过瓦，可没想到如今一场雪，梁又塌了。正是农闲，又是年关，大家地里的活都停了，那些在外打拼回来过年的年轻人也都来了，附近上牛寨的书记钟海旺听说了这事，也迅速组织了人前来帮忙。

"这房子也太破了，我看还是别修了，我们商量一下，把学校挪我们上牛寨去？我们那空位置多。"

雷金富一听，脸色顿时沉了下来："钟海旺，你要帮忙就帮忙，不帮忙我们也不求你，你们上牛寨才几个学生？别忘了最早这小学是怎么弄起来的！"

钟海旺吃了瘪，不再吭声，默默捡起没摔破的瓦片归整到一旁。

学校所在的关丰寨，处在上牛寨和金坑寨的中间位置，两个寨子的学生来上学距离都不远，这也是最早将学校位置选在关丰寨的原因。而对关丰寨的人来说，更重要的一个原因是这所小学是蓝春梅老师带着大伙一手办起来的，有着特殊的意义，尽管她已经不在了，但这是她的心血，寨子里的人也绝不可能让学校废弃。

"阿月，你们怎么也来了，天这么冷，别在这挨冻了，快点回去吧。"原本在帮忙的雷天明朝她们走了过来。

看到天明哥，蓝星月并不意外，尽管天明哥已经毕业好多年了，但是他对这所小学独特的感情是有目共睹的。

"我们就是来看看。"钟小娟冻得直搓手。

"放心吧,这么多人来帮忙呢,在你们开学之前,这屋顶百分百能修好的,你们快回去,在这里危险,可别冻病了带着病过年。"交代完,雷天明又回去忙活起来。

蓝星月往里看了一眼,人手确实是充足,而对于修房子,寨子里的叔叔伯伯们也是经验十足,自然是没什么可担心的。回去的路上,蓝星月想着小娟刚说的话,忍不住好奇问道:"小娟,你是不打算去镇上上学了?"

"就我这成绩,你觉得我能去镇上上初中?"

蓝星月哑然,小娟的成绩确实算不上好,每次考试也都排在末尾,和浑不论的二哥不相上下。倒不是她不乐意学,而是因为她的阿爹阿妈前几年决定出去打工了,年迈的阿嬷,尚小的妹妹,还有家里的"喏喏"和大黄狗,几乎都要她来照顾,吃喝拉撒,没一件事离得了她。有时候正上着课,小燕一句饿了,她就要带她回去吃饭。生活琐事太多,她几乎分不出来精力去好好学习,日积月累地,她也就慢慢跟不上了。

"现在你阿爹阿妈不是回来过年了嘛,你趁这段时间努努力,把成绩提上来,到时候考上了,你阿爹阿妈总会让你上的吧?"

"我也想努力……可能我确实不是读书的那块料吧,而且,你就看我们寨子里,就算都考上,有几个是能真正去到镇上继续上学的?"

蓝星月哑口无言。

小娟当然明白阿月是期望着自己能和她一起走出寨子,可现实情况是,她不是阿月,既没有她聪明的脑子,也没有哥哥们的宠爱,恰恰相反,她还是个做姐姐的,从小家里的每一个人都在告诉她要怎么做好一个姐姐,要怎么照顾好妹妹。

"还有大半年呢,说不定到时候就有转机了。"蓝星月又说道。

小娟点点头，不再说话，她清楚，这话也只是安慰而已，现实不是那么轻易改变得了的。

仅仅不到五天，学校的屋顶就修好了。修好了学校，也迎来了春节。年三十，寨子里的男人们都起了个大早，每逢过年，就是他们大展身手的时候。阿月曾经也好奇过，为什么每到过年，在厨房忙碌的人就变成了阿爹？而阿妈，只需要替孩子们和她自己换上好看的新衣服。后来她才渐渐了解到，这是一种传统，不只是自己家，整个寨子都是一样的。

这天阿月也起了个大早，下楼时看到大哥和二哥已经在厨房帮着阿爹打下手了，两口锅里都炖着肉，香味弥漫到了房子里的每一个角落。

"阿月，快把粥喝了，就等你了。"阿爹一边催促道，一边将祭祖要用的肉和酒放进竹篮里，又去准备香火纸钱和鞭炮。

蓝星月连忙迅速解决了自己的早饭，跟着阿爹一块儿去。这也是他们家的传统，每逢过年，阿爹领着三兄妹一起出门，先是寨子里的土地庙，再是祠堂，接着自己家里，摆供、斟酒、上香、烧纸，最后放鞭炮，一个环节都不能少。与寨子里的其他人相比，阿爹时常是沉默的，他总是默默地做着这些流程，却从不像其他阿叔阿伯那样念念有词许下新年愿望。

春节，是大日子，没有人会贪睡，但寨子里确实也没什么娱乐活动，于是大人们时常围在一起喝酒、打牌。孩子们就更开心了，穿着新衣服、吃着好吃的，在家家户户还没清扫门前的炮仗末前，去捡没燃着的炮仗漏来玩，还有压岁钱，那可是他们最富裕的时光，每天吃了饭就是凑在一块儿玩，这一堆，那一簇，三五成群，一个个脸被冻得通红，却个个朝气蓬勃，时不时给寨子里带来一声短促的炮仗响。

"阿月，新年好！"文顺伯如往年一样，给蓝星月封了一个小红包。

换作以前，她会接过，道谢，说句吉祥话拜个年，从不会觉得有什么不妥。可如今，当她知道这红包文顺伯并不是每个小孩都给，甚至连他的亲儿子天明哥都没有，唯独自己有的时候，她开始觉得有些异样了。

"阿伯，我大了，不能要压岁钱了。"蓝星月推辞道。

"都还没上初中呢，等你明年上初中了，阿伯就不给了。"

"拿着吧。"站在一旁的雷天明从文顺伯手里拿过红包，硬是塞到了她的手上。

文顺伯舒心地笑着，满意地抽着烟，进了屋。

"天明哥，为什么你阿爹要给我压岁钱？"蓝星月终于忍不住向天明哥问出心中的疑惑。

"因为……你会给他拜年啊。"

蓝星月记起第一次收到文顺伯的压岁钱，那天她并不是特意来拜年的，她只是来找天明哥玩，刚好碰到文顺伯，就顺口说了句阿伯，新年快乐。看得出来，文顺伯很意外也很开心，转头就封了个红包递给她。那时候的她还小，文顺伯给了，她也就自然收了，她记得里头是一张崭新的五元纸币。五元钱，对那时的她来说，真的不算少，毕竟连阿嬷也才给她三元。她满心欢喜，去代销店买了许多炮仗跟二哥他们一块儿玩。

"你知道的，我阿妈走后，我阿爹在我阿婆那边就不怎么受待见了，每年过年都是我去走动。我们家里也没有比我小的，每年过春节，他想找个给压岁钱的人都没有，你给他拜年，他当然要给的。总之，你收着就是了，也不是很多钱，过年嘛，你收他的压岁钱，他很开心的。"雷天明又解释道。

"原来是这样。"蓝星月如释重负，"那我可不客气了。"说着，将红包揣进口袋里。

雷天明笑着看她："永远都不要跟我客气。"

蓝星月一愣，这一瞬间，她不知道自己是不是某条神经变得敏锐了，她似乎从天明哥的神情里看出了别的东西。

可究竟是什么呢？她形容不来。

……

过完了年，寨子里的年轻人就陆陆续续出去了，寨子也渐渐恢复到了以往的平静。蓝星月一直觉得时光过得慢，可一转眼的工夫，这日子却像被按了快进键一样，她甚至都没编完那条挂在门闩上的彩带，竟然就要开学了。大哥一直没提过他想去当兵的事，蓝星月也始终没问过他。她心想，如果大哥的意向是当兵，要是真能去成，也不是件坏事。眼下，她只知道自己最重要的事就是好好读书。过年的时候，阿爹阿妈，还有回来过年的阿叔阿婶，都在一遍遍提醒着读书的重要性，一遍遍强调着他们的期望。从小就成绩优异的她，自然也不允许自己辜负了他们。

"哎？这又是天明哥给你的？"钟小娟指了指蓝星月的铅笔盒问道。

前排的同学循声转了过来，看到那粉色的铅笔盒，眼睛都亮了。蓝星月点点头，继续整理课本。

"粉色的耶，真好看！"

蓝岳平的位置在最后一排，这时候也走了过来，拿起蓝星月的铅笔盒翻看起来，嘴里嘟囔了一句："我怎么没有？"

蓝星月一把抢过铅笔盒："粉色的你要啊？"

蓝岳平又抢了过去："我要啊！"眼看阿月要真生气了，蓝岳平又将铅笔盒丢了回来："给你给你，我不跟你抢。"

"天明哥怎么对你这么好，什么都给你？"钟小娟撇了撇嘴，又忍不住感慨起来，"真羡慕你有两个哥哥就算了，还有个天明哥喜欢你，不像我，做姐姐的什么都得让着妹妹。"

钟小娟也许只是随口一说，可蓝星月却整个人怔了怔，似乎就是在这一刻，蓝星月开始意识到，天明哥和大哥、二哥是不一样的，大哥、二哥都是阿爹阿妈的孩子，在同一个屋檐下长大，血脉亲情自然相连，可天明哥是为什么？从小到大，自己遇到任何事，天明哥都在自己的身旁，摘了好吃的野果，天明哥第一个拿给自己，他在学校里得了什么奖励，甚至会特意换成女孩喜欢的颜色，然后送给自己。一起出去的时候，只要自己喊一句累，天明哥就会蹲在自己的身前，背起自己，遇到下雨，也是他替自己打伞。仔细想来，有时候他甚至比大哥还让人觉得亲近，而自己，好像也已经习惯了天明哥对自己的好，甚至从没想过，与自己没有亲戚关系的他，不是理所应当做这些事的。

"小娟你别乱说……"蓝星月的内心一阵慌乱。

"哪有乱说，本来他们都对你好嘛，哦，蓝岳平除外。那也有两个哥哥对你好呀。你看我！我都希望我是小的呢。"

钟小娟显然没意识到，阿月真正在意的是她说的那句"还有个天明哥喜欢你"。因为这句话，蓝星月再也无法像从前那样平静而坦然地面对雷天明了，每次见到天明哥，她的心里会莫名紧张起来。而雷天明也正在全心全意为高考做着准备，毕竟是千军万马过独木桥，且结果难以预料，雷天明不想轻易放弃。哪怕最后失败了，他也能安慰自己，至少他全力以赴了。也正因为如此，全心全意备考的他并没有察觉出蓝星月在面对他时的那些不自然。

盛夏总是比严冬生机勃勃一些，蝉鸣、鸟叫、蛙声……生灵们的演奏会总是此起彼伏，就连山间的风，溪涧的水，都像是挣脱了束缚，发出它们轻快的声响。

暑假终于来了，高考也总算是结束了，雷天明发挥稳定，并没什么可担心的，现在他更担心的是蓝岳峰。验兵的流程，他几乎是陪着蓝岳峰完成的。现在，他们都一样，都在等着最后的结果，如同等待着命运的判决。

村外不远处的野水库和水库旁的小溪一直都是寨中孩子们的欢乐胜地，每当日头刚要西落，村里的孩子们就迫不及待聚集到这边来，男孩们脱得只留条内裤，一头扎进水里，游得比鱼儿还自如，女孩则在溪边抓鱼抓虾找螃蟹，清凉且有趣。

"岳峰，我们再比一比？"雷天明指了指水库的另一端。

"行啊，反正你也赢不了我。"蓝岳峰爽快答应。

"那我当裁判！"蓝岳平高举起了手。

雷天明和蓝岳峰做着预备姿势，随着蓝岳平高喊"开始"，两人就像离弦的箭，直往对面冲。

这是每个夏天的固定仪式，只要天气热得可以下水，两人就会较量起来，有时候是比谁游得快，有时候是比谁憋气憋得久。两人的对决没有任何筹码，但还是会引来所有人的注意，泡在水里的，站在岸边的，都自动高声喊起了"加油"。

蓝星月和钟小娟她们一群女孩子到达水库边时，雷天明和蓝岳峰正不相上下地往回游。钟小娟在边上的大石头上坐了下来，准备脱鞋子下水，看蓝星月正在看比赛，还催促了一声。比赛随着蓝岳峰率先到达起点结束，虽然雷天明还是慢了，但这一刻，胜负又变得不那么重要了，两人都看着对方，大口大口地喘着气，结实的胸膛一起一伏，证明着他们俩都拼尽了全力。

"你不下去啊？"钟小娟看依旧无动于衷的蓝星月疑惑地问道。

蓝星月皱了皱眉头，明明从前大家都在这水库里玩水，甚至连游泳都是天明哥教会自己的，可现在看着露着上半身的雷天明，她心里却别扭得不行。

"阿月,你们下来啊!"蓝岳平结束了"裁判"工作,又把注意力转移到了站在岸边的女孩们身上,边冲她们喊,边顽皮地朝她们泼水。

被泼了一脸水的钟小娟气得就要下水去打他,可蓝岳平却仗着自己在水里,得意忘形地冲着她们做鬼脸:"咯咯咯咯……打我呀!"

蓝星月也被泼了一身,薄薄的短衫紧贴着她的肌肤,顿时,她隆起的胸部,纤细的腰身,少女的身体轮廓一时间展露无余。

雷天明怔了一怔,看着神情有些窘迫的蓝星月,他猛然意识到,不知不觉,阿月已长成了大姑娘,再也不是自己印象中的那个小妹妹了,他转头就把还在朝她们泼水的蓝岳平按进了水里,而蓝星月也赶紧拉上了还在冲二哥骂骂咧咧的钟小娟跑开了。

"天明哥,你怎么老是帮着阿月?"蓝岳平从水里冒出来,伸手抹了抹脸上的水,平衡好身体站定,边抱怨道,再转头,岸上早已没有了蓝星月她们的身影。

"哎?她们不是来玩水的吗?"蓝岳平眼中大大的困惑。

雷天明懒得理会他,一头又扎进了水中,抡着臂膀向对岸游去。

第5章 征途

一群人里，最终大哥先等来了他的好消息。平静的寨子又久违地热闹了起来。锣声鼓声夹杂着"噼里啪啦"的鞭炮声，响彻整片山头，村里的老阿嬷们更是穿上凤凰装唱起了歌。今天是武装部带兵连来接蓝岳峰的日子。

在蓝星月的印象里，这是大哥最风光的一天。阳光之下，他一身迷彩，硬朗挺拔，被人群簇拥着走到村口，巨大的红绸花绽放在他的胸前，"当兵光荣"四个字更是衬得他格外亮眼。

阿爹从不是个情绪外放的男人，可现在他脸上的自豪感也是难以隐藏，大哥可是这片山头三个寨子唯一一个通过层层选拔被征上的，对家族甚至是对寨子来说，这无疑是天大的荣光。

阿妈和阿爹不同，她的眼中始终闪着泪光，满心都是不舍。是啊，这一去，也不知道什么时候才能回来，阿妈心里想的，从来不是大哥能飞多远，飞多高，有的，只是对他一个人踏上征途所要经历的磨难而心疼。

阿爹阿妈两人一左一右紧紧拉着大哥的手。

"到了部队遵守纪律、好好锻炼，不能给我们山哈人丢脸知道吗？"

阿爹拍了拍他的肩膀交代道。

"知道了阿爹，放心吧，我们的人最不怕吃苦的。"

阿妈慈爱地摸着大哥的脸颊，抹去脸上的泪花："记得要给家里写信，照顾好自己。"

"嗯。我空了就写信回来，你们也要多注意身体。"跟阿爹阿妈告别完，蓝岳峰又将蓝岳平和蓝星月喊到跟前来，一遍遍交代着他们要照顾好阿爹阿妈。交代完，转头又看了看雷天明。

敲锣打鼓声淹没了他想说的话，但凭着穿着一条裤子长大的情谊，只需一个眼神，雷天明就知道他想要说什么了。

"放心吧，我会替你顾着的。"雷天明冲他喊道。

蓝岳峰笑着点了点头，转身踏上了征程。锣鼓队敲锣打鼓一路欢送，亲人们依依不舍，送了一段又一段，直到快到山脚，看到了因为山路太窄而无法驶上来接人的车子。这一回，是真的要告别了。

"别送了，回吧。"大哥对乡亲们喊道，然后朝着车子跑去。

看着大哥远去的坚毅背影，金色阳光就打在他的身上，蓝星月仿佛看到了畲族传说里的"王"。对于自己选择的路，他义无反顾，勇往直前，而他的征途，必将是无上荣光。

"国兴啊，恭喜你们啊，这孩子有出息，你们做爹妈的也省心。"

"是啊是啊，现在啊也和平了，不像过去战争年代，而且岳峰这孩子从小就懂事、有担当，这一回是真给咱们寨子争光了啊。"回寨子的路上，大家你一言我一语，有人羡慕，有人宽慰，有人祝福。

与大伙的欢乐气氛不同，雷天明始终没说一句话，默默跟在人群后面，心事重重。

注意到了情绪不高的雷天明，蓝星月疑惑又担心，不自觉放慢了脚步。

"天明哥，你不开心啊？"不知怎么的，这么平常的一句话，此刻却在心里翻来覆去，需要鼓起好大的勇气才能说出口。

雷天明回了神，抿着嘴挤出笑容，刚想像从前一样伸出手摸摸她的头，可又像忽然想起什么似的将手缩了回来："没有啊，这样的好事，我怎么会不替你哥开心？"

尽管蓝星月从刚刚的表情中看得出他确实是有什么心事的，可望着他此刻努力对自己笑的样子，还是没有刨根问底。

两人就这样并排走在回寨子的路上，与前面的大队伍落出一大段路。清凉的山风与骄阳对抗着，使得上山的路变得不那么难走了。

"雷天明！谁是雷天明？刚去你们寨子你们都没在，原来都在这。"正从山上下来的邮递员见到了关丰寨的人，便喊了起来。

雷文顺立马举起了手："我是他阿爹。"说完又转头向落后的雷天明看了看，招呼他赶紧过来。

"是大好事，录取通知书到了，大城市里的重点大学。"邮递员满脸是汗，边报喜边从随身的邮包里取出信封。

雷文顺接过邮件的手都在抖，转头又看向正赶过来的雷天明。

"哦哟……不得了哦，又一件喜事，我们寨子双喜临门了。"

"是哦，我听说现在的学校毕业了还包分配工作呢，老雷啊，天明有出息啊！"

"天明，快来打开看看，让我这乡巴佬也开开眼，还没见过这么有文化的东西呢。"

雷天明在大家的注目下，小心翼翼地拆开了信封。敲锣打鼓声也应景地闹腾了起来。

"恭喜啊老雷，你们家可出了个高才生。"

雷文顺激动得说不出话，只是不住点头。

书记雷金富满面春风，派头十足："我说几句，今天是我们寨子的大喜日子，先有国兴家的岳峰光荣入伍，现在又有文顺家的天明考上大学，这两个孩子都是我们看着长大的，现在都有大出息了，他们有出息，就是为我们寨子增光添彩，这样，我家那两头猪，等回去就拉一头来杀了，然后每家都准备一两个菜，我们一起好好庆祝！"

"好！我家那两缸酒刚刚好可以喝了，我昨天尝了尝，好喝，一点都不酸。"

"行，那大伙就都尝尝你酿的酒。"

雷金富这么一招呼，大伙都加快了步伐，回到寨子就忙活开了。摆桌椅的，搭火堆的，杀猪的，倒酒的，炒菜的。从天亮忙到天黑，大家才终于在学校前的小操场上坐了下来。

篝火将夜晚照亮，人们唱着、喝着、说着、笑着，即便是过年，都未必有此刻的热闹。酒过三巡，大人们都喝开心了，就不由得感慨起来："真好啊，现在年轻的一辈学知识、有文化，不像我们这些泥腿子一样没见识，除了在这种地，什么都不会。"

"是啊，总是要一辈比一辈强的。"

雷文顺也有些喝多了，说话含混不清，人也摇摇晃晃的："说到底，我们都得感谢蓝老师，要不是她来我们这山沟沟里办了这个小学，当孩子们的老师，像岳峰，像我家天明，去哪学知识长见识去？还不是要跟我们一样，一辈子就那样了。"

"她要是能看到现在天明和岳峰……"说到这，雷文顺的视线停留在了蓝星月身上，但即刻又转移到了雷天明身上，继续说道，"那她肯定很高兴。"

雷天明一愣，自从蓝老师去世，阿爹再没有提过蓝老师，现如今却主动说起了她，想来是真的喝醉了酒。

许是雷文顺的话有些沉重，有人端起了酒："放心，她一定看得到的，说不定她现在正高兴着呢。"

这是蓝星月第二次听大家提起蓝老师，她没见过她，不知道她长什么样，唯一清楚的是，这所小学是她一手办起来的，寨子里的人都很感激她。

"天明哥，你见过蓝老师吗？"蓝星月一双眼睛清亮亮的，好奇地低声询问。

雷天明转头望着蓝星月，眼中浮起一丝悲伤："我跟你哥都是这所学校的第一批学生，蓝老师教的我们。"

雷天明眼神中的复杂情愫，蓝星月看不懂，她也不明白为什么提起蓝老师，他会是那样的表情，但蓝星月从他的目光中已经意识到自己可能无意间触到了他内心的痛处。

蓝星月点点头"哦"了一声，便转移话题道："那开学后你是不是就要去很远的地方上学了？"

"等不到开学，我估计得提前去，不过你哥当兵回不来，我答应过你哥，要顾着你们的，所以以后有什么事，就给我写信，知道吗？"

蓝星月抿着嘴，这一刻她忽然觉得心里闷了一下，她不知道自己是在不开心天明哥说他照顾自己是因为大哥，还是因为自己不舍他要去远方求学，只是这一刻所有的复杂情绪在心里交缠着，让人理不清头绪。

"阿月，你天明哥现在可称得上是山沟沟里飞出去的金凤凰了，你也要努力啊。"

不知怎么，喝得正开心的大人们突然就把话题转到了坐在火堆旁聊天的他们身上来。

"多余担心，阿月保持住现在的水平，考出去没有一点问题的。"德清阿伯信心十足道。

永生叔也借着酒意语气暧昧道:"你天明哥这模样,到了大城市里还不知道要招多少小姑娘喜欢,你可得跟上你天明哥的脚步。"

然而,话音刚落,就被同桌的人拍了一下教训道:"阿月还小,别什么玩笑都开。"

永生叔自己打了一下嘴,自罚了一杯。

大人们说着、笑着,很快又把话题转移到了别的地方,却没注意到雷天明阴沉的脸色。若不是永生叔自罚的那一杯,直觉得雷天明要冲过去把桌子都掀了。这样的玩笑并不是第一次开,阿月还小的时候,雷天明几乎一天跑三趟去看阿月,那时候大人们就说雷天明是看上小阿月了,更有大人时常故意逗他:"等阿月长大了嫁给你当老婆好不好?"殊不知,雷天明一点都不喜欢这样的玩笑,可那时候年纪小,不懂得怎么反抗,每次只能抿着嘴,沉着脸跑开。后来阿月一天天长大了,觉得无趣的大人们渐渐也不开这样的玩笑了,可没想到,几杯酒下肚,居然当着阿月的面又说起这个话题来。

"阿月,早些回去。"天明哥的脸色依旧不好看,起身便走开了。

蓝星月看着天明哥离开的背影,心中某种模糊的情绪竟慢慢变清晰起来。

永生叔这个也许有心也许无意的玩笑话让她猛然间就意识到,自己对天明哥的喜欢,与大哥、二哥以及其他男生都是不一样的。可是,为什么天明哥刚刚的表情是那样的?那是一种打心底生出的厌恶和愤怒,她甚至觉得天明哥下一秒就要扑过去将永生叔给撕了。也许喝多了酒的大人们都没注意到,可她却是真真实实看到了的,那是她从未见过的天明哥,所以她怔住了,就连天明哥走远了,她也没反应过来。

这一晚,许多大人都喝醉了酒,雷文顺更是醉得连路都走不动,最后是雷天明来背着回家的。

"天明，明天你去给蓝老师烧点纸，告诉她这个好消息。"雷文顺大着舌头，一句话愣是说得零零碎碎。雷天明正在给他脱鞋子的手僵了僵，"没有蓝老师，哪有现在的你和岳峰啊，她是我们家的大恩人，这份恩情你不能忘，得永远记在心里知道吗？"

雷天明继续将他鞋子脱去，还给他盖上薄毯，这才走出家门，在门口的大石头上坐了下来。

第6章　前尘

夏夜蛙声起伏，星月漫天，将夜照得如同白昼。他仰头看着，又似乎只是在对着这片星空失神。一阵晚风轻拂而过，像极了蓝老师的温柔叮咛。

蓝春梅老师，他怎么会忘呢？那可是差一点就成为"阿妈"的人。一股莫名的委屈袭来，让雷天明直觉得泪腺发酸，那尘封了十多年的记忆，在这一刻，不受控制地像电影一样一幕幕在脑海里浮现出来。蓝老师的样貌，随着时间的流逝，已经变成了一个模糊的影子，可是，她上课时说起山外那个广阔的世界时，那副神采奕奕的样子，他永远都忘不了。蓝老师对自己区别于同学们的关怀和照顾，即便那时候他年纪很小，也依然是感受得到的。那也是一份隐秘的、不能分享的喜悦。

雷天明不知道阿爹和蓝老师在顾虑什么，以至于阿爹每次都要等天黑了才去找蓝老师。于是他安慰自己，蓝老师对自己的重视和照顾不会假，日子漫漫，他有的是时间等到心想事成的那天。那时候的雷天明是多么坚信，阿爹会和蓝老师选个合适的时机正大光明在一起，他们会举行婚礼，阿爹会风风光光娶蓝老师进门，蓝老师会成为自己的阿妈，说不定，他很快就会有自己的弟弟或者妹妹。他对兄弟姐妹仿佛生来就有着某种执念，许是因为寨子里，几乎没有独生子女的缘故，而他的阿妈死在了他出生的那一刻，这也就注定了，若是阿爹不再娶，他是绝对不可能会有兄弟姐妹的。只有老天知道，他多庆幸蓝春梅老师的到来，多期待着心中那些美好的一切能变为现实。可老天却和他开了个天大的玩笑。

第一次知道蓝老师怀孕的消息，是在老大夫那。

老大夫也姓雷，是村里的村医，谁家病了痛了，都会去他那取草药。

他的家里有一整面墙的药柜，里头放满了各种各样说不上名的草药，永远都飘着草药香。

雷天明记得那是星期六，阿爹牙疼，他替阿爹去取一种叫"木灵头"的草药。

堂屋里没有人，炉子上却温着药，他就往里走了走，然后就听到了老大夫的声音从不隔音的木板那头传来。

"多的你要是不方便讲我也就不问了，这肚子里是你的孩子，也是一条生命，你要是没想好，还是先别急着做决定。"

"我会慎重考虑的。"

"好，有什么问题你再来找我。"

雷天明眉头紧皱，和老大夫说话的分明是蓝老师的声音。孩子？肚子里的孩子？这么快，自己就有弟弟或者妹妹了？此刻，天明心里仿佛放起了礼炮，他终于等到这一天了。正开心着，蓝春梅老师就走了出来，见到雷天明，愣了一愣，但很快就温柔地冲他笑了笑："天明，你怎么在这？"

蓝老师这一问，让雷天明瞬间想起了正事："我来帮阿爹拿药。"

老大夫也走了出来。"拿什么药？"

"木灵头。"

"哦，跟我来。"老大夫领着雷天明进了他的药房，蓝老师也走出门了。

"老大夫，蓝老师肚子里是不是有小弟弟了？"雷天明窃喜着问。

老大夫手里抓着一把木灵头，转过身来惊讶地看了雷天明一眼，似乎是没想到他一个六岁的小毛头，居然懂这么多。老大夫边称着药的重量，边沉沉叹了口气："要是你们蓝老师决定留下孩子，那你是要有小弟弟了，当然也可能是小妹妹，唉……可惜，你们蓝老师还没决定好，毕竟她这个情况也复杂，也是难啊。"

"你是说蓝老师不要这个孩子？"雷天明急了。

"看你们蓝老师自己决定吧。"老大夫包好了药，递到雷天明手里又不忘交代道，"你可不能把蓝老师的事说出去，不然蓝老师生气走了，你们可就没老师了。"

那时候只有六岁的雷天明，并不理解"未婚先孕""单亲妈妈"这些词意味着什么，他只知道蓝老师有了自己的弟弟或者妹妹。回家路上，雷天明一直想着老大夫的话，他想不明白蓝老师为什么会选择不要自己的孩子，此刻，他脑子里就只有一个念头，他要保护弟弟妹妹。到家后他将草药往桌子上一扔就出门往学校跑了，在学校找了一圈，没找到蓝老师的身影，最后还是德清叔告诉他，在路上碰到了蓝老师，蓝老师可能往镇上去了。

镇上？卫生院？雷天明急得直跺脚，马不停蹄就追了过去，风在耳边呼啸着，雷天明不觉得疲惫，只盼着自己能跑快些，再快些。山脚下就是车站，若是这段山路追不上，那就真的追不上了。最后，终于在一个大湾里看到了蓝老师孤单的身影。

"蓝老师，等一下。"

蓝春梅闻声停下脚步，转身看到是雷天明，便站在那等着他："天明，你找老师啊？"

跑了一路，雷天明喘得话都说不出来，只是眼睛里溢满了眼泪。

"别急，慢慢说。"蓝春梅还以为他家里出了什么急事，不停安抚他。

"老师……留下孩子吧？老师，求求你了，别不要他。"雷天明哽咽着，眼泪也跟着滚落下来。

蓝春梅满脸错愕。刚在药房碰到，她以为天明年纪小，是不懂这些的。没想到，他听到了，还听懂了。看着他着急的样子，她一时说不出话来。

"老师……我一定会当一个好哥哥的，我会帮你照顾他，我什么都让着他，会保护他不让他受欺负的，等我长大了赚了钱，我给他买好多好吃的、好玩的，我保证！"雷天明稚气的脸上满是郑重。

不知是因为想起了什么，还是因为眼前的雷天明让她不知所措，蓝春梅的眼中满是忧伤，缓缓蹲了下来："天明，是谁让你来的？"

雷天明摇了摇头："是我自己来的，老大夫和我说我要是跟别人说，你会生气的。"说完，还控制不住地抽噎了两下。

蓝春梅温柔地笑了起来，伸手为雷天明抹掉眼泪："天明，老师一定会考虑清楚的，你先回去，好吗？"

雷天明见蓝老师还是没有明确地回答自己，紧紧拉住了她的手："老师你是不是想哄我回去，然后偷偷跑镇上卫生院去做手术？"

这些话让蓝春梅哭笑不得："老师去镇上是要去买粉笔和尺子，晚了就赶不上车了。"

"真的？"

"真的！"蓝春梅的眼神忽然浮起一丝伤感，"其实，我自己也还没想清楚，老师向你保证，我会好好考虑的。"

雷天明这才松了手，一双眼睛眨巴眨巴地看着她。

蓝春梅又摸了摸雷天明的头："答应老师，一定得替老师保守秘密知道吗，任何人都不能说。"

"嗯。"雷天明郑重点头，又追问道，"那阿爹呢？"老师依然摇了摇头。

虽然雷天明不知道蓝春梅的用意，但是蓝老师将这么艰巨的任务交给自己，他告诉自己一定要守口如瓶。

最终，蓝老师还是留下了孩子。雷天明不知道蓝老师做这个决定有多少是因为自己，也从没有想过这个问题，只知道是自己改变了蓝老师的决定。但他怎么都没有想到的是，正是这个决定，彻底改变了蓝老师的命运，也改变了许多其他人的命运。他永远记得，那个风雨交加的夜晚，阿爹急匆匆出门，在天将亮时满身泥泞地回来，带来蓝老师难产身亡的消息。

雷天明是不愿意去回忆这些的，这些记忆对他来说，太痛苦也太残忍，即便是这么多年过去了，他想到这些依然觉得窒息。蓝老师的死，是他心里过不去的一道坎，即便这么多年过去了，他也固执地认为自己的身上是背着蓝老师的命的。这是卡在他心中的一个死结，永远都没办法解开。他时常想，若是当初自己得知蓝老师可能要打掉肚子里的孩子时，没有私自去找蓝老师改变她的决定，或者，蓝老师从来就没来过这个寨子，没有遇到过阿爹和自己，兴许蓝老师现在会好好活着，会有和如今截然不同的人生……这些假设是无解的，因为时光不会倒流，人生也不可能重来，可这些过往，却像是一个巨大的漩涡，拉着雷天明沉入自责的深渊。又一阵晚风徐徐拂过，仿佛是蓝老师在温柔地说话：别想了孩子，好好睡一觉吧。

眼泪终究还是控制不住地滚落下来，这些往事，他刻意回避着不愿去想，可这夜晚，实在太静了，他想躲都躲不开。

第 7 章 传情

一条带子蚕丝织——哩啰——织带原是——古——哩人名，

织带原是古人礼——哩啰——上祖流传——下——哩祖织；

一条带子蚕丝拽——哩啰——织带原是——古——哩人名，

织带原是古人礼——哩啰——上祖流传——下——哩祖看。

——《彩带歌》

　　天明哥对永生叔那句玩笑的反应，也成了蓝星月的心事。她总在想，天明哥是单纯不喜欢被大人们调侃，还是因为他压根就对自己没那种喜欢呢？想着想着，总是愣神，愣一阵，再回过神来继续编手中的彩带。阿嬷生前一心想让她学会这技艺，她却总是坐不住，如今阿嬷不在了，她反而能安安静静坐上大半天。织彩带需要耐心，更是熟能生巧的活计，渐渐地，这条"心想事成"也编到了尾。蓝星月长长出了一口气，松气的同时，又觉得空落落的。

　　"阿月，你怎么在弄这个？"钟小娟又来找她了，看到她竟然在编彩带，惊讶万分。因为寨子里，除了阿嬷那一辈的，几乎已经没有人编彩带了。

蓝星月笑了笑："编着玩的。"

"我听虎子哥说，昨天他和你二哥他们在玩，发现了一个好玩的山洞，我们要不要去看看？"

"山洞？远吗？"蓝星月将刚刚编好的彩带小心收好。

"不知道，今天难得我不用带小燕，我们去看看呗。"

"小燕呢？"蓝星月好奇道。

"我阿嬷看着呢。"

蓝星月点点头："那你等会儿。"她将彩带拿上楼放进了自己的布袋包里，这才下楼将大门掩上，跟小娟一起出了门。

因为没有小燕，这一趟爬起山来两人都轻松了许多，并且很快就找到了虎子哥他们说的那个岩洞。岩洞里错落地堆着几块大岩石，大石头下方还摆着几个破香碗，周边散落着许多未燃尽的香。

"是不是有人在这里烧香啊？"

"可能吧。"蓝星月喘着气，应了一句。

"阿月，你有没有什么心愿？"

蓝星月转头看钟小娟："你呢？"

钟小娟沉默了片刻："我特别想去寨子外面看看。"紧接着又将问题抛了回来，"你呢？"

蓝星月站累了，转身慢慢往岩洞外走。

"哎，你没有心愿啊？"钟小娟快步追上来，"也是，你是你家里最小的，还有天明哥，成绩也是班里最好的，你能有什么烦恼的事？不像我……"

蓝星月不是没有心愿，只是听钟小娟这样一说，自己所苦恼的事和她比起来，好像真的算不上什么了。

"那你跟你阿爹阿妈说你要去镇上上学，不就能出去了？"蓝星月终究是不想看到钟小娟就这样放弃了学业。

期末考试前，为了让小娟和二哥能把成绩提上来，她还组织了个学习小组。就是放学后大家一块儿做作业，他们不懂的题，她就及时给他们辅导。可一段时间后，蓝星月发觉小娟的基础竟然比二哥还要差一些。二哥不知是什么原因改了性子，认真学习了一段时间，进步不止一点。小娟则不同，每天都像是在完成任务，今天晚上阿月刚教会的，第二天就又都给忘光了。蓝星月心里替她着急，很显然，二哥努努力去镇上上学不成问题，但小娟如果一直那样，即便真去上了初中，后果也是不乐观的。再后来，小娟就被家里的事绊着，不再来参加辅导了。

"阿月，算了吧。我阿爹说了，不让我去镇上上学了，我考上考不上都没用。"钟小娟说得格外平静，就像是认命了。

"为什么啊，再去争取争取，说不定可以呢。"

"我去镇上上学，我小妹怎么办？我阿嬷年纪又大了，说白了，要不是学校就在寨子里，我上课还能带上她，我阿爹兴许连小学都不会让我上的。"

是啊，小娟说的就是现实状况，大人们永远有自己的事要忙，弟弟妹妹永远是哥哥姐姐的责任，带好了是应该的，出什么状况了哥哥姐姐永远是第一责任人。可钟小娟越是这样平静，蓝星月就越是替她不甘，可是，她也明白，就算她劝得了小娟，她也劝不了小娟的阿爹阿妈的。

"其实我也不是怕我阿爹阿妈不让我上学，说真心话，我也没那么爱学习。我就是很怕自己会跟巧红姐一样，刚将弟弟带大了，家里立马就给她找了个人家嫁了。嫁完人，马上就又生孩子、带孩子……我不想这样！"钟小娟目光坚定地看着阿月说道。

山风带来阵阵清凉，好似一瞬间又把钟小娟的沮丧给吹散了："所以，出去肯定是要出去的，就算是打工，端盘子，刷厕所，我也一定要去寨子外头看看。等小燕再大一些吧，能自己上学了，我也就能出去了。"

见蓝星月的心情被自己影响，小娟忙又开解道："哎呀，你也不用丧着脸，我只是认清现实了，我就不是块靠读书能有出路的料子，而且，就我这成绩，我也不想家里给我浪费这个钱。"

许是发觉话题越说越沉重了，钟小娟话锋一转，突然就提起了雷天明："不过阿月，天明哥现在考去了大城市，他要是喜欢上城里的女孩子怎么办？听说城里的女孩长得可好看了，打扮也时髦。"

"小娟，你觉得……天明哥喜欢我吗？"蓝星月紧皱的眉头间透出巨大的困惑，这正是她眼下最想求证的问题。

"你这问的什么问题？寨子里谁不知道他喜欢你，要是不喜欢你，他怎么光对你好，他那个粉色铅笔盒怎么不送我，不送别人？"钟小娟无语地打量着她，"你别告诉我，他都这么明显了，你都没发现他喜欢你吧？"

钟小娟的说法蓝星月无法反驳。也正是因为她所说的这些，蓝星月此前才觉得天明哥是喜欢自己的。可是……那天天明哥愤怒的表情，又让她动摇了起来。

"大人们不都说，你可是天明哥从小就看上的人。"钟小娟又笑着说道。

蓝星月没有继续在这个话题上纠缠，看了看日头，提议道："我们该回去了。"

"嗯，是该回去做饭了。"钟小娟起身，拍了拍屁股上的灰尘。

下山路上，钟小娟沿路采了些野果子，准备给小燕带回去。

"那是天明哥吗？"小娟突然停下脚步。

蓝星月顺着钟小娟所示意的方向望去，果真就看到了雷天明，他蹲在那，正烧着什么。

　　蓝星月只觉得心一提，果然背后不能议论人。

　　"走，去看看。"钟小娟加快了脚步。

　　走近一看，那是一座小土坟，没有碑，没有名，但周遭却特别干净，许是天明哥刚刚清理过。坟前摆着三个小竹杯子，里面装着家酿的黄酒，还有几碟子下酒菜。蓝星月眉头微微蹙了蹙，印象中清明的时候阿爹带着自己给这个小土坟扫过墓，只是自己光顾着与二哥采野花、摘野果了，阿爹让倒酒就倒酒，让烧纸就烧纸，自己也从没有询问过阿爹这是谁的坟。

　　见到突然出现的她们俩，雷天明有些意外："你们怎么在这？"

　　"我们一起去上面玩了。"钟小娟率先开口道，"天明哥，这是谁的坟啊？"

　　雷天明的目光落在蓝星月身上，瞬间又转开了："蓝老师的，我考上的消息，我爹让我来跟蓝老师说一声。"

　　一小沓黄纸被火柴点燃。

　　雷天明又看向站在一旁的蓝星月："阿月，你大哥不在，既然你来了，正好替你大哥给蓝老师烧点纸吧。"

　　蓝星月乖巧地走到雷天明身旁，接过他递过来的黄纸，蹲下身来将黄纸放到小火堆上，看着小火堆越烧越旺，又看着火焰一点点熄灭，最后只留下一堆银色的灰烬。小娟赶着回去做饭，招呼了一声，就急匆匆往山下赶去。雷天明看着火熄了，香也快要燃尽，便开始收拾起来。回去路上，两人异常沉默。蓝星月脑子里有许多疑问，可她不知道自己该从何问起，也怕自己一不小心提到了什么不该提的，触到了天明哥心中的痛处。直到将蓝星月送到了家门口，雷天明才终于开口："阿月，明天我就走了，安顿好后我会给你寄信，以后遇到什么事，你就按信上的地址给我写信，知道吗？"

"明天？不是开学还早吗，天明哥要去哪？"

"我有个同学跟我考上了同一所大学，他在那边找了个暑期兼职，那个公司还要人，他叫我跟他一块儿过去，我想着去了能挣钱，还能提早熟悉下那边的环境。"

蓝星月望着他愣愣点头。

"快回去吧，我也得回家收拾东西了。"

直到天明哥走远了，蓝星月才反应过来。这一次，天明哥是真的要远走高飞了，就和大哥一样，要踏上属于自己的征途。她当然明白天明哥不会被困在这小小的寨子里平凡地度过漫长的人生，她也不会，可是她从没有预想到天明哥会走得这么急迫，明明暑假才刚开始。钟小娟的话再一次在脑海中冒出来，城里的女孩长得好看、打扮也时髦，天明哥喜欢上她们怎么办？蓝星月心口有些发堵，这场突来的告别，她实在是没有做好准备。

可是……要做什么样的准备呢？

从天明哥拿到录取通知书的那一刻，这场分别就是注定了的。天明哥考上大学，成为寨子里唯一的大学生，这本就是件值得开心的事，蓝星月不知道自己为什么会这么地难过。失魂落魄地回到房间，习惯地坐到椅子上，想要织些什么，才猛然想起，那条断断续续织了很久的彩带已经织好了。她起身从布包里拿出那条彩带，对着"心想事成"这四个字发愣。阿嬷说过，彩带传情，山哈女孩将自己编的彩带送给喜欢的男孩，无须多言，就足以表达心意，正如当初阿嬷就是用彩带来向阿公表白的。

这条彩带编好后，她没有将彩带放到阿嬷专门存放彩带的柜子里，而是自己收藏着，就已经表明了她有自己想要送的人。天明哥马上要进城了，再不送就没机会了。蓝星月内心纠结着。以前，她是坚信天明哥对自己与对别人是不一样的，可那次过后，她无法笃定。而且，若是天明哥没有这个意思，那自己送这个彩带，会不会让关系变得更加尴尬？想到这，她承认，她怂了。可如果因为自己没有送这彩带，到时候天明哥去了城里真被城里的女孩吸引了，那该是多大的遗憾？也不知道哪来一股冲动，蓝星月拿上彩带就要出门，走到房门口，又察觉就这样拿着彩带招摇过市太显眼了，于是又折返回房间拿起阿嬷生前给自己做的布书袋，将彩带装进去。没有时间给她犹豫和顾虑了，即便做这个决定不是那么地冷静，即便结果会令她无法接受，她都认了，此刻，她脑子里也只有一个念头，那就是无论如何，一定要让天明哥先知道自己的心意。

寨子里，大白天是没人锁门的，天明哥的家也一样，大门就那样敞开着。蓝星月直接就闯了进去，只见雷天明正在收拾行李。文顺阿伯不在，蓝星月也不关心他去哪了。

"阿月，怎么了？"雷天明停下了手上的动作，疑惑地看着她。

蓝星月定在门边，对上雷天明目光的那一刻，刚刚那一腔孤勇不知怎么的瞬间就化成了泡影，整个人如同泄了气一般，心中被忐忑填满。没有往前一步，也没有后退。

见蓝星月这副欲言又止的样子，雷天明放下手中的书，站起身走了过来："到底怎么了？跟我你还藏藏掖掖的？"

蓝星月仰头看着他，强压住内心的忐忑和不安，像鼓起了平生最大的勇气："天明哥，我有东西要给你。"从布书袋里掏出编着"心想事成"的带子，往雷天明怀里一塞，头也不回地跑了出去。

"扑通扑通……"听着自己如擂鼓的心跳，蓝星月既觉得松了口气，又觉得懊恼万分。她懊恼自己竟没有勇气多镇定几秒，甚至没有勇气去观察天明哥当时的反应。

看着手里的彩带，雷天明整个人呆住，大脑在一片空白之后，陷入了前所未有的慌乱和无措当中。如果阿月是将彩带随手给他的，他一定不会觉得有什么，甚至还会觉得阿月只是想得到他的夸奖，可是，刚刚阿月的表情和反应，已经说明了阿月送自己彩带的用意。是啊，阿月已经长大了，她有自己的心思和情感。

雷天明停下整理的动作，无力地坐在了床沿上。阿月是妹妹，他们之间，怎么可以有除了亲情以外的情感呢？确定蓝星月是蓝老师的孩子，就是因为她这个名字。他记得，那是蓝老师决定留下肚子里的孩子之后，他帮蓝老师收大家的作业送到办公室，刚将作业整齐摆好，无意瞥见蓝老师的办公桌上的一张白纸上写着好几个名字，其中第一个就是"蓝星月"，并且这三个字他刚好都认识。雷天明当时就被这个特别的名字惊艳了，他想，蓝老师果然是蓝老师，和寨子里的其他人都不一样。

其实直到现在，他都不知道蓝老师难产的那个夜晚到底发生了什么，更不知道，阿月怎么就和蓝岳平变成了双胞胎兄妹，因为蓝老师的死带来的打击是致命的，所以他每天陷在深深的自责内疚中。没有人懂得身上背着另一个人的死是什么感觉，那时小小年纪的他承担不了那么大、那么重的责任，而当他一天天长大，懂得越多，就越是悔不当初。他不敢，也没有心思去追究其中的缘由。久而久之，看着阿月软软糯糯地猫在婶子的怀里喝奶，看着阿月一天天长大，越发地活泼可爱，阿爹阿妈阿嬷还有哥哥们的疼爱，她一样都不少，看着自己的好兄弟岳峰对弟弟妹妹的付出和牺牲，他更加不敢去探寻当时的真相了。他想，这样也好，阿月至少不会像自己一样，她会有一个完整、幸福的家。

"天明，东西都收拾好了吗？"阿爹的声音打断了他的思绪，雷天明慌乱地将彩带塞进了行李箱的最底层，佯装什么事都没有发生过一样。

雷文顺已经来到了门口，并从口袋里掏出了一捆被塑料袋包裹着的钱。

"不用，我有。"雷天明别过身去。

"拿着，我在寨子里吃穿不愁，大城市可不一样，什么都是钱。"雷文顺将钱放到了行李箱里，又抽着烟转头走出房间，进了厨房。

雷天明眉头深锁着，对于阿爹，他是有些怨气的，他怨阿爹甚至没跟他商量一声，就擅自做主，将阿月送给别人家。可他又会在怨念升起的时候自己说服自己，阿爹有他的挣扎，他只是做了一个对自己，对阿月，对大家都更好的决定。

从那往后，他将自己对蓝老师的所有愧疚弥补在了阿月身上，将照顾阿月当成了自己不可推卸的责任，甚至曾经为了劝蓝老师留下孩子而许下的承诺，他都做到了。可如今……阿月对自己产生了这种不该产生的感情，是他始料未及的。应该如何对待这份突如其来的感情呢？说出真相？可这对于阿月一家如今安安稳稳的幸福何尝不是一种破坏？对阿月、对岳峰又何尝不是一种伤害？可若是继续保守秘密，那自己又该怎么让阿月明白，他们之间，就不该产生这样的感情？

这个寂静的夜晚注定难眠，雷天明一遍遍反思自己究竟是哪里做得不妥当，才让阿月对自己的情感产生了这样的偏离，也一遍遍思考，自己以后应该如何面对阿月。无形的压力重重压在他的心上，直让他喘不过气来。这样的情绪，一直延续到了清晨。

阿爹大清早就起来了，雷天明的这趟远行注定是辛苦的。要进城，就要先步行到山脚的经停站坐巴士去到镇子上，再从镇子上坐大巴去到市里，然后才能到火车站坐火车。下山路上，雷文顺固执地替雷天明扛着行李，一直将他送到了山脚。雷天明跟在他身后，看着他的背影，心中突然就生出了一阵不舍。印象中，这条山路阿爹陪着自己走了许多遍，先是送自己去镇上上初中，再送自己去市里上高中，现在自己越走越远了，可出发点，永远是这里，陪着自己出发的人，也永远是阿爹。

"阿爹，你回去吧。"

雷文顺摆了摆手："等你先上车。"

紧接着，两人都沉默了。直到看到开往镇上的巴士远远驶来，不善言辞的雷文顺才再一次开口："天明，阿爹只能送你到这了，到了那边后，一定要照顾好自己。"

"阿爹，你也是。"

雷文顺摆了摆手："不用操心我，照顾好你自己就行了。"

车子开动，雷天明回头，看到阿爹还在原地，只觉得恍惚。

这是雷天明第一次坐火车，也是他第一次远行，很幸运，因为还没到开学高峰，所以车厢里不算拥挤，他还如愿买到了靠窗的座位，本可以好好看一看窗外的风景，可因为心里压着事，任凭窗外的景色一帧帧改换，愣是没有一点看景的心情。火车在轨道上奔袭着，大片大片的田野不停后退，车厢里有人木着一张脸，有的人满眼都是新奇，到了站，下去一些人，又上来一些人。雷天明旁边的座位上，也由一位带着孩子的大姐，换成了一位穿着休闲的中年男人，也不知是出于礼貌，还是他的个人习惯，他落座时还冲雷天明笑了笑，雷天明也赶紧冲他点了点头。

因为昨夜没有睡好的缘故，雷天明是有些困意的，可因为心里凌乱得很，愣是睡不着，也睡不安稳。旅途漫长，最后，他只能在心里安慰自己，阿月也许只是一时兴起，毕竟她现在还小，对待感情还懵懂。等她长大了，见过更多世面，遇到更多的人，想法就会发生改变的。更何况，两人隔了这么远，说不定一年半载见不着面，阿月就会把自己给忘了的。这样想着，他心底的那份不安才稍稍有了些许缓解。

第 8 章　邮件

正想得入神，余光却瞥见有人停留在自己这一排座位旁。循着目光看过去，果然有一人靠在座椅旁站着，不高，很瘦，小眼睛，表情鬼鬼祟祟的。雷天明伸长脖子扫了一眼，车厢里分明有空座位。正当他准备提醒那名站着的男子有空座时，却见那人冲自己挤眉弄眼，比了个"嘘"的手势，那表情，显得他那张本就不那么正气的脸变得更加猥琐起来。雷天明发觉不对劲，往那男子手上一看，只见那男子竟然正在从身旁睡着的男子的随身挎包里掏着什么东西。

"喂！你干吗呢？"雷天明迅速站起身抓住那男子的手腕大声质问道。

顿时，车厢里不少人都看了过来，而身旁熟睡的男子也从沉睡中醒过来，立刻将随身挎包扯回来。那人显然没有想到雷天明会出这个头，眼神有如锐利的刀片，恶狠狠地盯着雷天明。

"你有病啊？我就路过，你抓着我干什么？"那人用力甩开雷天明的手，开始狡辩。

"你路过？我亲眼看到你偷东西了。"雷天明紧紧钳制着他的手，又转头对身旁的男子道："你检查检查，刚他趁你睡着了，翻你包。"

"你贼喊捉贼，他睡着了包挂在这，这过道这么窄，我碰到很正常！我看是你想偷！"

"你胡说八道！"雷天明也被他这倒打一耙的嘴脸激怒了。

"那你说，我偷什么了？你问问他，包里的东西少没少？"

"那是我阻止得及时，你刚刚明明就在翻他的包！"

"你污蔑！"

雷天明看了看周围，竟然没有一个人站出来说也看到了，小偷的气焰也更加嚣张。乘警也循着动静赶了过来。雷天明气极，就在他要据理力争时，身旁的男子却轻轻拍了拍自己，递给自己一个眼神，仿佛在说"我来解决"。

"警察同志，是我自己睡着了没放好自己的随身物品，他们大概是误会了，我刚也检查了下，没丢东西，没什么事。"男子倒是平静，几句话就让剑拔弩张的场面平息了下来。

可雷天明却气不打一处来，几次要反驳，都被身旁的男子阻拦抢了话。

"对，就是误会，这我马上到站了，你小子闹这么一出，差点耽误我下车。"说着，眼见那小偷拔腿就要走。

雷天明只觉得浑身气血翻涌，上前就要抓他，却被身旁的男子紧紧拽住了手腕："小伙子，我真没丢东西，你大概是误会了。"边说着，男子还边冲自己暗暗摇了摇头。

这么一闹，身旁的男人也算是彻底没了睡意，看着身旁还在义愤填膺的雷天明，主动开口道："小后生，你还在上学？"

雷天明怒气正盛，见身旁这个险些被偷的男子这么地平静，更加意难平了："他真的是小偷，他翻你包了，我亲眼看到的，你没少东西是因为我阻止得及时……"

男人看着雷天明，依旧平静，甚至还露出了笑意："我知道，我的包是被翻了，皮夹里的钱都被扯出来了，乱七八糟散在那。"

"那刚刚警察在的时候你为什么不说清楚？还说是我误会了，我亲眼看到的，我没有误会他，你这个人怎么是非不分呢？"雷天明将一腔怒意全撒在了这个男人身上。

但男人似乎也不计较，让人觉得天塌下来他也能淡定喝茶似的。

"你是不是怕那个小偷，才会那样跟小偷说好话的？他偷东西，他做错事，你被偷了，你还怕他？你没看到我刚刚是在帮你？不管怎么样我都会帮你做证的。"雷天明又气愤又疑惑。

男人轻轻拍了拍雷天明的肩以示安抚，这才压低声音开口道："我知道我知道，你没有误会，那个人确实是个惯偷，你先消消气。"

"不是，那我就不懂了，既然你知道他是小偷，刚警察在的时候你怎么不说？"

"警察抓人是讲证据的，像你说的，你阻止得及时，我也确实没有实质性的损失，那他就一口咬定自己没偷，你怎么证明他偷了？"

雷天明张了张嘴，满心怒火却无法反驳。

看着年轻的雷天明没有消气，男人又语重心长起来："这么说吧，如果我们认定他偷东西了，那是不是我们也得一块下车去当地派出所说明白？先不说在他没有得逞的情况下，我们没有证据也说不明白，就是那耽误的时间，还换不来我们想要的结果，你觉得值不值当？而且，他敢在火车上明目张胆盗窃，那就说明他不是一个人，我观察过了，刚跟他一块起身下车的人当中，有好几个估计都是他同伙，我要是不放他一马，他们可是要记恨上你的，万一他们对你打击报复呢？"说完，男人睿智地笑了笑。

虽然不可否认，男人说的每一句话都在理，也是自己完全没有考虑到的，但雷天明依然无法认可他的处理方式："是，我能看出来你可能不缺钱，钱包被翻了你都不紧张也不在意，但如果就这么轻易让他们逃脱了，他们还会有下一次，到时候如果被偷的是别人的救命钱呢？"

男人一时语塞，怔怔看着雷天明，目光里某种复杂的情绪在翻涌着，又像是想起了什么久远的事来。他仿佛看到了年轻时候的自己，对就是对，错就是错，赤诚、正直。自己究竟是什么时候变的呢？他想不起来了，如今的自己，已然被社会打磨得圆滑且世故。最后他会心一笑，忽然感慨道："还是年轻好啊。"

"这跟年轻不年轻没有关系，他们做的事就是不道德的。"雷天明不明白他为什么会在这个时候发出这样的感慨。

"那就算是把他们抓了，你觉得这天下就没有小偷了？就不会有这样的事了？"男人反问着，目光里流露的却全是欣赏。

雷天明又一次哑口无言，最后只能无力反驳道："但是这事让我碰到了，你不追究，只会助长他们的气势。"

男人抿着嘴点了点头："你说得有道理，我确实没想到这一点，你是学生吧？"

"是，学生就不可以抓小偷？"

男人没有顺着他的话，又问道："你叫什么名字？"

"我姓雷，雷天明。"

"雷……"男人眼睛猛地一亮，"山哈？"

"嗯，山哈。"

男人笑了笑："难怪……"

"难怪什么？你也是？"雷天明依旧有些怨气。

男人笑着摇了摇头："我不是，不过我们那也有山哈。"

雷天明不知道他为什么要说这些无关紧要的。

"不是才刚放假吗？你这是去哪？海市？"男人又问道。

"嗯。"

"去干什么？"

"打算趁着暑假，去打点工。"

"考上了海大？"

"嗯。"

"不错啊，海大可不是那么容易考的。"说着，只见男人从随身的包里掏出一张名片递了过来，"有没有兴趣来我公司跟我干？"

"我？"

男人爽朗地笑了起来："对，就是你。"

"我能做什么？"

"你人实在，身上还有股劲，我想你不管干什么、干哪一行，你都一定能干好的，最主要的是，目前我的公司就需要你这样的人，至于薪资待遇，肯定不会亏待你的。"

雷天明不明白男人说的身上这股劲是什么劲，也不明白男人怎么突然就要给自己一份工作："抱歉，我那边已经答应我同学了。"

男人也不在意："没关系，名片你先收着，任何时候，想好了随时找我。"

雷天明接过名片，才知道原来眼前的男人叫蒋友良，名片上写着的身份是海市华盛贸易董事长。

……

从前的车、马、邮件都慢，收到天明哥的信件，已经是半个月之后了。依然是给天明哥送录取通知书的那个姓潘的邮递员。印象里，寨子里的大小信件都是他给送的，多的时候整个寨子能有个三五封，少的时候只有一封，可就算只有一封，他也不会懈怠，依然会跋山涉水及时给送来。邮递员循着地址找来的时候，二哥刚抓完知了回来，所以是二哥先拿到了信。等到听到动静的蓝星月下楼来时，就看到二哥已经在拆信封了。

"等一下，谁的信？"

"天明哥给你寄的啊。"蓝岳平不以为意。

蓝星月心一提，赶紧跑过去一把将信抢了过来。

"我帮你打开看看。"蓝岳平试图拿回信封，却被蓝星月一把躲过："我自己看。"

"让我们看看呗，天明哥写了啥？大城市里头是不是跟钟老师说的一样，水泥路宽得车子能横着开，还有楼房都有十几二十米高？"

"我不，这是天明哥寄给我的信！"说着，就噌噌跑回了房间，关上了房门。

天知道此时蓝星月的心情有多紧张忐忑，上次送完彩带，天明哥就去了城里，若是天明哥的信是对这件事的回应，要被二哥看到那还得了，只怕这份隐秘的心事，不出三天就人尽皆知了。这是蓝星月人生中收到的第一封信，这种感觉很奇妙，她既想即刻打开信封看看天明哥说了什么，又有种莫名其妙的紧张情绪。小心翼翼地撕开封口，淡淡的油墨香从信封里蔓延开来，蓝星月深呼吸一口气，才展开了信。

信纸是笔记本上裁下来的，天明哥的字迹刚劲工整：

阿月：

出来有一阵子了，安顿好了才给你写的这封信。

如果碰到我阿爹，记得跟他说一下我现在的状况，我在这里一切安好，跟同学合租了房子，也去兼职的公司入了职，工作不算太难，每天按部就班。

　　对了，我和同学还去海大看了看，学校很大，环境也好，还在学校碰到了一个山哈，大家相处得都不错，让他不要担心。

　　阿月，天明哥这次进城，是真的看到了跟山里完全不一样的繁华世界，我第一次见到那么高的楼，那么宽还安了红绿灯的马路，以前只在书本学过的车水马龙和霓虹闪烁，我都亲眼看到了，所以阿月，你现在最重要的任务仍然是努力学习，等走出寨子才能看到更广阔的世界。

　　不过天明哥也相信，道理不用我说，你一定懂的。

　　对了，信封上面的地址就是我现在的地址，你要是遇到什么解决不了的困难就按上面的地址给我寄信，我就能收到了。要是你二哥欺负你了，你也记得跟我说，等我回去了收拾他。

雷天明

7 月 13 日

　　信很简短，东扯一点，西扯一点，能看出天明哥其实没什么重要的事要说，只是想告诉蓝星月他的通信地址而已。直到看完信纸上的最后一个字，蓝星月的心猛一下落下来。三百多字，没有提一句关于他对自己送他彩带这件事的回应。

　　蓝星月不死心，又将信从头看了一遍，这才捕捉到那句"你现在最重要的任务仍然是努力学习"。尽管不够明确，但勉强算得上是天明哥的回应了。

　　敲门声忽然响起，蓝星月被吓了一跳，忙将信件收好放进抽屉："谁啊？"

　　"我。"是蓝岳平的声音。

蓝星月打开房门，蓝岳平大摇大摆就走了进来。

"干吗？"

蓝岳平毫不掩饰自己的怀疑，打量着蓝星月："你跟天明哥……是不是有事？"

"你瞎说什么？"

"肯定有事。"

蓝星月懒得理他，就要将他推出门去。蓝岳平一个侧身躲开，装模作样地咳了两声，摆出了以前大哥教训他时的模样："大哥当兵去了，那你的事就得我这个二哥来管，说吧，你是不是有什么事瞒着我呢？"

蓝星月无奈极了，她万万没想到不是在山上打鸟就是在河里摸鱼，一心只贪玩的二哥什么时候竟关心起了自己的事来，这突如其来的关心，还真是让人措手不及。

"你想多了。"蓝星月并不正眼看他，她害怕自己因为心虚而露出破绽。

"真没有？那怎么他光给你写信？文顺伯也认字啊，天明哥怎么不给他写？"蓝岳平依旧保持着他的怀疑表情，看样子，不刨根问底誓不罢休了。

"邮票贵呗，要跟文顺阿伯说的事，他都让我转告他了。"

"是吗？信呢，我瞧瞧？"

蓝星月无奈，转身走到抽屉旁，拿出信给蓝岳平。

她太了解他了，以二哥的个性，若是这次不打消掉他心中的疑虑，那这份好奇就会一直卡在他心中，还不知道以后会变出什么花样来满足他的好奇心，与其这样，还不如就大大方方让他看了，反正信里头也没写什么不能看的。

果然，拿到信的二哥一副奸计得逞的表情，欢欢喜喜看起了信。

"这花了八分钱邮票寄回来的信，就光顾着教育你学习啊？"

"不止啊，他不也说了挺多东西嘛。"

蓝岳平将信递了回来，一副不服气的表情："看他信感觉自己被教育了一顿似的，这语气，简直跟大哥一模一样。还要收拾我？大哥走的时候也这么说，他们怎么都觉得我会欺负你呢？凭良心讲，我总没欺负你吧？"

"没有没有，二哥对我可好了。"

"那是。"听到满意的答案，蓝岳平的眉头这才舒展开来，可紧接着，又嘟囔起来，"也不知道大哥的信什么时候寄回来，阿爹阿妈都等着呢。"

他这样说，蓝星月才猛然想起，自从大哥走后，还没寄过信回来，也不知道在部队里适应不适应。

"大哥去得可比天明哥远多了，而且，部队里纪律严明，还要每天训练什么的，天明哥寄封信回来都得大半月呢，说不定大哥的信就在路上了。"蓝星月安慰道。

第9章 真相

正值盛夏，天气热得让人直犯懒，再加上天明哥的信带走了蓝星月连续几天的好心情，本就不爱出门的她更不愿意出去玩了。她将自己关在家中，敞着窗户让山风透进来，试图在织线的穿梭游走间，让自己不去在意天明哥的信。因为，织彩带需要极高的专注度，稍一不注意走错了一条线，就会使图案产生偏差，就只能重来。二哥就不同了，不惧阳光，也不惧风雨，天天和虎子一伙人在野，好像有用不完的精力似的，没几天，就能看到他的皮肤黑了好几个色度。可阿月的反常，就连向来玩世不恭的二哥都注意到了。

自从大哥去当兵之后，蓝岳平身上还是有些变化的，或许是那日送行的阵仗确实是大到让他羡慕了，于是他在心里默默将大哥当作了榜样，把当兵也当成了自己的目标，又或者是大哥的叮嘱他是认真听进去了。不知道如何是好的他，只好找来了阿月的好朋友小娟，想着女孩们之间好说话，有些事阿月不愿意同自己说，或许愿意同小娟说，毕竟她们俩打小就一块儿玩，是没有秘密的。

"听说天明哥给你写信了？"小娟也不明所以，蓝岳平找她来时只说阿月最近好像心情不太好，但没有说因为什么而不好，她只能投其所好，以为提到天明哥能让她开心一些。

"嗯。"

"说什么了？"

"没说什么，就是要我好好学习。"

"就这样？没说别的？"

蓝星月沮丧地摇了摇头，心中说不出的郁闷。

"小娟，你真觉得天明哥喜欢我吗？"蓝星月忍不住向小娟求证道。

"喜欢啊，这还用怀疑？"钟小娟笃定地回答道。

"那为什么我送他彩带，他没有反应？"蓝星月试图回忆更多的蛛丝马迹，让自己确信钟小娟的说法，可回想天明哥的种种表现，她陷入了深深的怀疑当中。

"你说如果天明哥要是喜欢一个人，会是什么表现？"

"你给天明哥送彩带不就说明你喜欢他吗？那你喜欢是什么样的嘛？"

钟小娟的反问让蓝星月怔了一怔，是啊，喜欢一个人究竟应该是什么样的呢？是见到他时心中的忐忑心悸？还是见不到他时的那份想念？这样一想，连带着自己都开始怀疑起自己来，自己这样，就是喜欢一个人吗？

"我就是觉得，当我想到有天明哥在，就特别安心，一见到他我就开心。"

"阿月，你是不是不希望天明哥去那么远上学？"

蓝星月忙否认道："不是的，他能去省城上大学说明他是有大出息的，我可替他开心了，他和大哥能走出去见识外面的大世界，我心里巴不得呢。"

"那你郁闷什么？天明哥虽然没说喜欢你，但是他也从来没说过不喜欢你吧？反正我觉得，天明哥已经用他的行动说明了，可比光说不做的强多了。而且，天明哥让你好好学习我觉得也没说错啊，你看现在他在省城，你在寨子里，你们隔着十万八千里呢，不说别的，要见一面都难。所以他要你好好学习，等你跟他一样考省城里去，你们不就可以天天在一块儿了？"钟小娟有条有理地分析着，但不得不说，这分析还挺有说服力，让蓝星月阴郁了好几天的心情，瞬间变得豁然开朗起来。

是啊，天明哥和大哥风光的背后，是他们连续这么多年不懈努力的结果，并不是一朝一夕一蹴而就的，他们比谁都懂得，走出这深山需要下的功夫和力气，那天明哥担心自己懈怠，强调自己当下最重要的任务是努力学习，何错之有呢？夜晚，蓝星月躺在床上想着钟小娟的话，想着天明哥，想着未来，开始失眠，实在睡不着，又起身坐到书桌前，拿出天明哥的信又看了一遍，最后干脆拿出日记本，将给天明哥的回信写在自己的日记本里。蓝星月写日记的习惯，似乎就是在这个时候养成的。越来越多的心事堆积，总需要找个出口，有些心事可以找信任的伙伴分享，但有些心事，却不能宣之于口，于是日记本就成了她最亲密的树洞，每次拿着笔写下心事，就像自己对自己倾诉。薄薄的日记本里记录了她许多心事，也记录着她对天明哥最隐秘的情感，她将日记本锁在抽屉最隐秘的角落里。可是，她没有想到，有一天会遇上她甚至不敢往日记本里写的大事。

故事转折的发生，杀得她措手不及。那是一个再正常不过的傍晚，西下的日头带走了灼人的暑热，但空气里依旧是带着暖意的。

那日，小娟的表姐来了，还教会了她们编手绳，说是最近在女孩之间非常流行。流行不流行的，一整个暑假都没离开过寨子的蓝星月和钟小娟并没有什么概念，她们只觉得那手绳晶莹剔透，确实是好看，所以都认真地学了起来，这一上手就是一下午，直到看时间差不多，小娟要开始做晚饭了，蓝星月才起身与她们道别。回来路上，她想着要给天明哥也编一条，却不想刚回到家，就听到厨房里传来正在做饭的阿妈说的这样一句话："国兴，不然你明天去镇上一趟，去问问国军？"

"他也没钱，我听说国军他丈母娘摔伤了，手术费已经用了好几千，还住着院呢，我们没买点东西去探望，还去问他借钱，不合适。"

"那怎么办？虽然岳平的成绩比不上阿月，但他想要跟岳峰一样进部队，就得先有文凭，以前咱们觉得他读书读不起来也就算了，现在阿月辅导着他被录取了，也有自己的志向，咱们总不能让他不读书吧？那我们做爹妈的像什么话？"

"我也没说不让他读啊，读肯定要读，阿月也得读，学费的事，我再去凑。"

蓝星月心里"咯噔"一下，从小到大，以阿爹阿妈和哥哥们对自己在学习上的支持态度，她从来都以为，只要自己考上了，上学是理所当然的事，她甚至从来就没想到过，自己的家中也会面临着交不上学费的问题。

"是啊，砸锅卖铁也得读，现在要是我们让岳平读了，没让阿月读，更没法跟阿月阿妈交代了。"

蓝星月整个身子僵直在原地。阿月阿妈？自己的阿妈不就是她钟彩银吗？自己的阿爹不就是蓝国兴吗？这句话，带来的打击几乎是毁灭性的，她甚至忽然觉得没有钱交学费这样的大事都变得不值一提起来。怔了许久，才猛地反应过来：原来自己才是那个捡回来的孩子。意识到这一点，蓝星月脑子"嗡"的一声，指尖、脚尖一阵发麻，让她几乎做不出任何的反应。事件已经过去近一年，她也几乎认定了二哥是捡来的就是真相，她完全没有想过，一切转变会来得这么地突然。

厨房里，锅中"吱吱"冒响，铲子"丁零当啷"，水官"咕噜咕噜"，柴火"噼里啪啦"，这些声响跟交响乐一样，蓝国兴和钟彩银都没留意到阿月回来的动静。

蓝星月脑子里乱成了一团，一度不知道自己是怎么回的房间。若说自己喊了十多年的阿爹阿妈并不是自己的亲生父母，那自己的阿爹阿妈是谁？他们……为什么生下了自己又不要自己？不行，得找他们问个明白。蓝星月"噌"地站了起来，憋着一股劲往房门那走了几步。

"岳平、阿月，吃饭了——"阿妈的喊声很嘹亮，穿透力好似能到达这个寨子的每一个角落。

也就是这一瞬间，蓝星月像被抽走了所有勇气一般，站在楼梯口，不自觉就放轻了脚步，下到一楼来，慢慢往厨房踱过去。问个明白？还是要继续当作不知道？蓝星月心中升起了一丝犹豫。

"阿月，你二哥回来了吗？快吃饭。"阿爹率先发现了出现在门边的她，如往常一样催促她吃饭。

就在这时，二哥也气喘吁吁回来了，一坐上桌就开始狼吞虎咽起来。

蓝星月彻底泄了气，坐到空位置上，小口小口地扒拉着碗里的米饭。

"时间很快，还有半个月就要开学了，阿爹想着明天带你们一块到镇上赶集去，给你们一人买一件新衣裳，去学校的时候穿。"阿爹笑呵呵地说道。

"真的？"二哥眼睛一亮，脸上是掩不住的期待。

"当然是真的，这次考试阿月不但自己考得好，还辅导了你，让你也有巨大的进步，你们两个都值得奖励！正好啊，也带你们去新学校看一看，光一个操场就有我们寨子的学校两个大呢，教学楼有三层那么高。"

"是吗？我要去我要去！"

阿爹和二哥聊得火热，蓝星月却一言不发，默默扒着碗里的米饭，心中五味杂陈。

吃完了饭，回到自己的房间，她的心里更乱了，对于要不要问个明白也变得更加犹豫起来。问完了，然后呢？万一真相就是自己的亲生爹妈不想要自己了呢？如果他们是有什么不得已的苦衷，或者对自己有一丝在乎，又怎么会这么多年不来看自己一眼，不和自己说一声？回想这些年，正是因为阿爹阿妈对自己太好了，大哥二哥都对自己太照顾了，所以当她第一次得知兄妹三人里有一个可能不是阿爹阿妈的亲生孩子时，都没想到那个孩子会是自己。而这件事一旦问出口，无论得到的真相是什么样，那自己接下来又要怎么与阿爹阿妈相处，与大哥二哥相处？想到这，蓝星月的心一紧，她害怕极了，也慌乱极了。她觉得自己的世界好似不停有滚石落下来，沙砾漫天，摇摇欲坠，只需要一点风吹草动，就将土崩瓦解，彻底坍塌。后来，她渐渐明白，其实她不是害怕去面对真相，她是更害怕自己已经知道真相的事露出马脚。因为真相一旦掀开，阿爹将不再是阿爹，阿妈也不再是阿妈，甚至哥哥们……即便有很大可能大家会维持看似和谐的假象，可内心的隔阂呢，该怎么去消除？一个盘子，碎了就是碎了，即便修复师有再高超的技艺，将碎片拼回去，也不可能做到没有丝毫痕迹，这样的后果绝不是她可以承受的。蓝星月不知道自己总是想很多是受的什么影响，但此刻她庆幸自己的理性战胜了一切，没有因为冲动而造成无可挽回的后果。

夜越来越静，蓝星月的思绪也变得越来越清晰，"阿月阿妈"这四个字打击巨大，以至于她自动就屏蔽了阿爹阿妈对话里的其他讯息，而现在，那些讯息又被她捕捉了回来。

她一直都知道镇上的学校和寨子里的学校是不一样的，可那种不一样是指镇上的学校明亮、干净，吃饭有食堂，睡觉有宿舍，还有大操场，环境设施、师资力量都比寨子里的好。可如今，她知道的不一样是学费的巨大差距，她没有想到，光自己和二哥一年的学费就能压垮一个普通的务农家庭。而刚刚，明明阿爹阿妈还在为没凑齐的学费发愁，却从未在他们面前表露出一丁点为难，阿爹甚至不愿让他们俩受一点委屈，要给他们置办新衣裳，让他们能够体面地去新学校。蓝星月心口直发堵，原本觉得已经理清的头绪，又变得凌乱起来。现在该怎么办？自己又能做些什么呢？深深的无力感将她紧紧包裹。还是睡不着，蓝星月翻个身干脆坐了起来。以前，她都是将给天明哥的回信写在笔记本上，不会寄出，也不想让天明哥知道，权当是一种倾诉。可这一次，她多希望天明哥此刻就在身边，告诉她应该怎么做。小心裁下了笔记本的内页当信纸，拿起笔了，却又不知道该从何说起。告诉天明哥自己不是阿爹阿妈的亲生孩子？告诉他此刻自己内心的迷茫和害怕？还是告诉他自己不知道接下来应该怎么做？或者告诉他，她想他了？她知道天明哥是一定会帮忙保守这个秘密的，可是……斟酌许久，她的内心依然有着无法抹平的顾虑。最终，与生俱来的理性还是战胜了冲动，她清楚地意识到，这个秘密终究是无法说，也不可说的。她就那样握着笔，看着窗外的星空，想起了小娟，想起了大哥。他们说过的话，做过的事，杂乱无章地一股脑涌来。小燕是小娟的亲妹妹，所以小娟为她牺牲自己的学业。而自己跟阿爹阿妈都没有血缘关系，却让他们为自己背负了这么巨大的压力。愧疚？亏欠？还是感激？蓝星月分不清楚了，或许这些都有，还有一些其他的说不明白的情绪在交织着。没来由地，她又想起了阿嬷。

自己的身世，或许别人不知道，但阿嬷一定是知道的吧？她一开始就知道自己不是她的亲孙女，却还是给了自己最大的疼爱和呵护。想起那个慈祥的老人，思念像藤蔓一样疯长出来，使得她泪腺猛地发酸，立刻红了眼眶。

第 10 章　赶集

出寨子的路对于孩子们来说是漫长的，寨子里大多数孩子的童年，都是在那深山度过的。

阿爹没有食言，第二天起了个大早，将兄妹俩都叫了起来。阿妈正在厨房里将煮好的米粥从锅里舀出来，山路遥遥，一大家子人吃完早饭就该启程了。

"阿月，快吃。"二哥撞了撞蓝星月的肩催促道。

"我还是不去了吧。"蓝星月心虚着，声音很小。

"干吗不去？你不想看看新学校啊？"兴奋的二哥连眉毛丝都透着不解。

"我……想在家里看书。"

"都放假了，看什么书啊？"

蓝星月抿了抿嘴，不知道该怎么应答。

要是以前，她一定会跟二哥一样兴奋，可是，现在她知道了阿爹阿妈的压力和难处，她的心里，怎么能够接受？

阿妈说话向来是温温柔柔的："阿月，阿妈知道你用功，你是不是担心去了镇上的学校后被别人比下去？但是你不能这么逼着自己学啊，这都放假了，你也放松放松，就这一天，跟阿爹还有二哥一块儿出门去逛逛，看到什么喜欢的东西，就让阿爹给你买。"

"嗯。"蓝星月找不到合适的推辞理由，将头埋得更深了。

一道去赶集的人不少，见阿爹带着两个娃，都会招呼一声："哟，孩子也去啊？"

"去！带他们去看看新学校，认认路。"阿爹言语中满是骄傲。

"寨子里就数你这几个孩子有出息啊，说起来培养孩子不容易吧？"

阿爹憨厚地笑着："就我跟彩银这文化程度，能培养什么？全靠孩子们自觉，比我们老两口都强。"

"也是，还是得孩子懂事，不过等以后他们学出来赚大钱了，你跟彩银就享福咯。"

阿爹笑着，也不与他们多说，走着走着，距离也就拉开了。走到半山腰，日光才微微露脸。到达山脚时，大巴还没到，阿爹带着他们找了个阴凉处候车。

"等会儿到了集市上，你们俩别到处乱跑，跟着阿爹知道吗？"蓝国兴又交代道。

蓝岳平有些不耐烦，正要反驳，大巴就来了。蓝星月找了个靠窗的位置坐下，阿爹也自觉坐到了她旁边。大巴又破又脏，却是他们外出唯一的交通工具，它摇摇晃晃，走走停停，在窄窄的乡村公路上奔波着。

"这大巴早上有一班，下午也有一班，等开学以后，你们就是坐这个车去新学校。每个星期天去，星期五放学了回来。"

"我知道，跟大哥上学的时候一样嘛。"蓝岳平觉得阿爹实在有些啰唆。

蓝星月心中滋味万千，想来阿爹说带他们赶集也并不是真的为了赶集，他是想带着他们，将以后要走的路走上一遍，毕竟开学以后，他们就要自己走这趟路了。她想，当初岳峰大哥刚出来上学的时候，阿爹一定也是这样带着他将路线走过一遍的，只是现在轮到二哥和自己了。

阿爹的眼中，自己和大哥、二哥是没有区别的，可越是这样，蓝星月就越是不忍心，特别是看到阿爹阿妈头上忽然冒出的几根白发，她觉得那都是因为多了自己，给他们增添了操劳导致的。

车子摇啊摇，晃啊晃，开出一段路后，又上来一些人，车厢里也逐渐变得拥挤起来。

蓝星月胸口开始发闷，脸色惨白，浑身都说不出的不舒服。阿爹递来一个塑料袋子，是他早就准备好了的："阿月，你会晕车，等会儿要是想吐就吐袋子里，等到了集市上我去药店给你买晕车药。"

蓝星月接过袋子，却说不出话，只觉得一张嘴就能吐出来。

"这车是不舒服，特别是你们没怎么坐过车，你们大哥刚开始的时候也是坐一趟吐一趟，不过多坐几趟，慢慢就适应了。"阿爹安慰道。

一趟车，蓝岳平只觉得新奇，倒是很适应，蓝星月却觉得自己像经历了一番劫。

好歹是到了。

下了车，映入眼帘的热闹和繁华顿时让人忘记了晕车带来的难受。大街两旁，卖服装的，卖百货的，卖农具的，还有各种好吃的好玩的，琳琅满目看得兄妹俩眼花缭乱。大街中央，人头攒动，摩肩接踵，二哥忍不住连连赞叹。

"热闹吧，十里八乡的人都来这赶集，人当然多了。你们俩跟紧，别走丢了，我先带你们去看看你们俩以后的新学校。"蓝国兴提高了分贝。

穿过热闹的集市，沿着河边的香樟一路走到底，就到了学校大门口。

"就是这了。"蓝国兴站在门口朝里面张望着。

放假了，学校的门锁着，里面空荡荡的，寂静一片。可即便是这样，也能看出这学校的气派，四层高的教学楼和宿舍楼一排排立着，操场干净平整，五星红旗在笔挺的旗杆顶端迎风飘着，好似在欢迎远道而来的他们。

蓝星月心中感慨万千，这就是大哥和天明哥上过的学校，这就是他们当初坐过的车、走过的路。也就是这，让他们越走越远，去到了更广阔的天地。

"带你们认过门了，等开学后，你们就能进里面去玩了，我们先去集市上逛逛吧，你阿妈还让我带个竹筐子回去。"阿爹说着，带着他们原路返回，折返到那热闹当中去。

人潮拥挤，二哥已经在衣服小摊前挑选起自己的新衣服来，可阿月此刻脑子里只有一个念头，那就是怎么才能避免阿爹给自己花钱呢？阿爹阿妈不愿在他们面前表现出丝毫的窘迫，可既然她已经知道了，就没办法心安理得去接受他们为自己做一些不必要的破费，甚至她还想着自己或许可以帮阿爹阿妈做点什么，用自己的力量来解决眼下的困局。

正想着，蓝星月目光停在了一个卖彩带的小摊前。摊上摆着五颜六色的彩带，招牌上写着"手工腰带，十元一条。"摆摊的是个高瘦的中年男子，见她好像有兴趣，忙过来招呼："小妹妹，要买彩带吗？家里老人纯手工编织。"

蓝星月尴尬地摆了摆手，赶紧跟上阿爹和二哥。回到家，阿月就去往阿嬷生前的房间里，将柜子里那些彩带都搜罗了起来，虽然阿嬷编的彩带放了些年数，但因为她收得小心，保存得也好，所以一条条彩带都是崭新崭新的。各种颜色，各式花纹，五彩斑斓让人看着就喜欢，足足装了一小筐，她又拿出了自己暑假里编的那些，放在一起数了数，有近二十条。蓝星月心里盘算着，一条卖十元，那也有近两百元了。虽然她不知道自己和二哥的学费到底还差多少，但这至少也是一笔钱。

　　蓝星月将收罗好的彩带拿给阿爹，让阿爹等下一个集市，拿去卖钱。阿妈的神情是惊讶的，脸色煞白，与阿爹对视一眼，似乎在惊讶阿月的技艺，又似乎在惊讶阿月为什么突然要卖起彩带来。阿爹反应迟钝一些，没意识到这一点，反而一拍脑门："对啊，阿妈生前留下了这一柜子的彩带，我怎么没想到拿去卖呢？"

　　阿妈神情始终凝重，默默帮阿爹一条条理顺，似乎是在心里反复斟酌过后，才开口道："阿月，你怎么突然想编彩带卖？"

　　这个问题一出口，阿爹也终于反应过来，心里犯着疑惑，看向阿月。

　　"我看到集市上就有人在卖这个，我想这东西我们家里很多啊，而且我自己也会编，编的花样还和他们那种普通的彩带不一样，我跟阿嬷的彩带上编着各种各样的吉祥话，肯定比他们好卖吧？"蓝星月的回答避重就轻，表达自己只是偶然发现了个赚钱的门道，所以想尝试着靠自己的努力赚钱，而不是因为听到了阿爹阿妈那日为钱发愁的谈话而做这些。

　　"还是我们阿月懂事，你看岳平，放假这么久了，天天就跟虎子他们在外面野，不到饭点都不着家的。"阿爹摇了摇头，一副恨铁不成钢的样子，转而又欣喜道，"等下一个集，我就带去集市卖一卖。"

　　阿妈听到阿月的回答，紧锁的眉头一松，如释重负。

　　观察到阿妈的反应，阿月的心里忽然软绵绵的，泪腺也一阵阵发酸。阿妈一定是担心自己知道关于身世的真相，更是不想自己因为这个真相而难过的。蓝星月越发觉得自己当初不说破的决定是正确的，这样好的亲人，她上哪去找？自己的彩带虽然是比别人花样多一些，可这毕竟不是什么生活必需品，接下来不到半个月时间，最多还有两个集，若是卖不出去几条呢？就算最好的情况，全都卖出去了，可要是学费还是不够呢？还能做些什么呢？此刻，无论是出于感激还是出于亏欠，她都迫切地想为这个家做点什么，仿佛只有为这个家做出自己的贡献，才能心安理得地继续在这个家里待下去。就是因为多了自己吧？若是阿爹阿妈当初没有收养自己，那现在他们只需要供二哥一个人上学就可以了。蓝星月的脑子里甚至冒出这样一个念头来，那就是若家里最终只能供得起一个人上学，那就二哥去，她哪怕出去打工，也要跟阿爹阿妈一起供二哥上学，这也是她此刻想到唯一能为这个家所做的事了。可当这个念头闪过之后，蓝星月又无法忽视自己内心里那些隐隐的不甘，这书要是真不读了，那和天明哥的约定呢？大家对自己的期望呢？还想着像天明哥一样，靠着自己，去往更宽广的天地，见识那全然不同的世界，难道一切都要终止在这了吗？蓝星月的目光像断了电的灯，忽然就黯淡下来。这是蓝星月短短十多年的人生中最挣扎、最煎熬的夜晚，脑子里各种各样的念头不停拉扯着，让她辗转反侧，不能入睡。她又一次坐到了书桌前，小心翼翼裁下笔记本里的纸张，给天明哥写了信。

第二天，将信寄出去后，蓝星月就将自己锁回到房间内，像只把头埋进沙子的鸵鸟，好像在这个狭小的空间，才能让她有足够的安全感，又好像是将自己藏起来，就不用去面对这些真相了。

第三天，她专心地编起了彩带，熟能生巧，如今她编彩带的技艺也越来越娴熟，虽然她也知道这彩带卖不了多高价，但积少成多，也总比什么都不做来得强。无论结果怎样，至少自己努力了、尽力了。

许是因为阿月彩带上的吉祥话，什么"一帆风顺""吉祥如意""十全十美"等，阿月编的彩带倒是比别人好卖一些，一个集就卖出了许多条。阿爹欣喜万分，带着钱回来就要交给阿月。

蓝星月也满心欢喜，那是一种自己终于可以为这个家做点什么的价值感，她没接钱："阿爹，这钱你跟阿妈替我攒着，放我这我怕弄丢。"

阿爹觉得阿月说得在理，将钱又交给了阿妈："嗯，那就替你攒着。"

"对了，有个看起来很有钱的大老板对你这彩带特别喜欢，说是要找你定做一批。"阿爹又说道。

蓝星月有些意外，面露难色："一批？是多少？"

"我没答应，给回了，你这马上就要开学了，他要的量大，开学前你完不成的。而且编这东西费工夫，价格还不高，你趁假期空余时间编这个卖钱阿爹不反对，但是开学后你得好好学习了，可不能再花时间跟精力在这上面了。"阿爹强调着。

蓝星月点点头："嗯，我知道了。"

仔细算一算时间，到开学，自己加班加点顶多还能编出两条，如果那个老板要的量很大，自己确实完不成。虽然回了一门"大生意"，但这一晚，餐桌上难得有了平时舍不得买的肉，看得出来阿爹阿妈是真的高兴，笑得舒心，甚至还抿起了小酒。二哥则吃得最欢，也没察觉出来什么异样。也是，二哥向来就不是个细神经的人，有吃有喝有的玩，万事开心就好，哪还有什么值得往心里面搁的事。

第 11 章　绝境逢生

收到信的时候，正是雷天明人生最灰暗的时刻。

勤勤恳恳上了一个多月的班，可这一天他和潘禹如往常一样准点来到公司，却看到公司的大门紧锁，里面漆黑一片，空无一人。

最后还是路过的保安跟他们说了真相："别看啦，这就是个皮包公司，你们老板跑路啦，赶紧报案吧。"

"怎么会这样？不是说好了今天发工资吗？"潘禹简直不敢相信自己的耳朵。

雷天明更是不知所措，眼看就要发工资了，自己原本还指望着挣了工资上学呢，老板竟然就这样撂下一整个公司就跑了？保安摇了摇头，下楼了。

潘禹气得脸都红了，冲着门狠狠踹了一脚，正要踹第二脚的时候，被雷天明拦住了。

"天明，现在怎么办啊……"潘禹无力地红了眼睛。

雷天明也是第一次遇到这样的状况，他心里也急，也说不出地难受，但他也明白，在这门口发疯一点用都没有，要是踹坏了这门，他们甚至连门都赔不起。

报完案回去的路上，两人就如同霜打的茄子，整个人都蔫了。

雷天明的心里是憋着一股气的，这一个多月来，吃饭、租房、公交……他带来的钱已经没剩下多少了，他每次都安慰自己，再熬一熬，工资一发，什么问题都会迎刃而解的。他完全想不到，自己压根拿不到这笔解燃眉之急的钱。他更恨的是，这一个多月的时间，他即使去发传单，去工地搬砖卖力气，也能支撑起自己的生活和学业，而现在，他被这诱人的高薪欺骗着，时间也浪费了，哪怕是现在再去找一份工作赚学费，也来不及了。接下来该怎么办呢？他从未觉得这么无力。

潘禹一直为自己将他拉进了这个陷阱而道歉。雷天明却说不出口任何一句埋怨的话，潘禹的家境也不好，从高中时，就不放过任何可以兼职的机会，他相信他是真心要带着自己一起兼职赚钱的。更何况，比其他实习生都高的薪资，从一开始就值得怀疑，分明是自己不够警惕，现在又怎么能怪同样受了骗的潘禹呢？

"我知道，这事怪不了你。"雷天明试图安慰他。

"那现在怎么办？你还有钱交学费吗？"潘禹担忧道。

雷天明重重透了一口气："你呢？"

"我……只能给家里打电话了。"潘禹懊恼地低下了头。

雷天明不再说话，他不敢想象，自己当初那么春风满面地告诉阿爹自己要去赚学费，现在又打电话告诉他自己被骗了，阿爹该会有多担心？他们合租的房子在海市的郊区，是两人为了省钱选的，房子也不比他们小地方镇上的好，两人刚走到出租房的楼下，信就来了。

雷天明完全想不到这个时候阿月会给自己寄信，当看到信封上的署名是蓝星月时，不由得眉头都紧了紧。她怎么突然给自己寄信来了？难不成阿月遇上了什么解决不了的事？雷天明顿时有了不好的预感，赶紧就拆开了信。

阿月先是报了喜，说她和二哥还去走了他走过的路，去看了镇上的学校，紧接着却风向一转，以十分轻松的语气说了她可能没办法继续上学的事，甚至还说"读书不是唯一的出路"这样的话。看完信的雷天明眉头都拧在了一块儿，拿着信愣是怔了许久。这信看似句句轻松，却违心。阿月怎么可能不想去上学？阿月的信，对雷天明来说，又是一记暴击。

潘禹看着雷天明本就不好看的脸色，在看完信后变得更难看了，关切地问道："怎么了？"

雷天明收起信，摇了摇头，此刻就连开口说话都觉得吃力。思索再三，雷天明还是决定回去一趟，阿月的信含混不清，压根没说她到底发生了什么事，他必须回去找阿月问个明白。这世间，任何事他都可以接受，唯独阿月不上学他无法接受，想起蓝老师，雷天明觉得哪怕是自己不上学，阿月也绝对不能不上学。回到出租屋，雷天明从床底下抽出自己的行李箱，收拾了起来。

"天明，你要干吗？"潘禹困惑。

"我要回去一趟。"

"到底怎么了？我们这边事还没处理完呢，万一派出所找我们配合呢？"

潘禹也急了，见他不搭理自己，拿起他放在一旁的信看了起来。

"是不是因为家里供不起啊？我家就是，我考上了大学，我奶就让我妹辍学了，你看他们家还有三个，加在一起，学费可不便宜的。"潘禹分析道。

潘禹的话让雷天明收拾东西的手都滞住了。是啊，除了这样，还有什么理由能让一心就想考出去的阿月去动不上学的念头呢？可如果真是这样，那自己这样身无分文赶回去有什么用？是能帮阿月交学费，还是能承担起她的生活花销？雷天明放下了手中的衣服，坐在了床沿，就这样回去，除了表现自己的无能，任何问题都解决不了。事情一桩桩一件件，都压了过来，压得他几乎要喘不过气。

"天明，都怪我，没弄清楚就把你喊过来了，我也确实没想到那老板会这么不靠谱，他开出来的工资这么高，我还以为我遇上了大好人呢。"顿了顿，潘禹又说道，"要不然我再找些工资日结的兼职，咱们边干边等？等派出所那边抓到人了，说不定就能给我们结工资了。"

雷天明看着一直被压在箱底的那条"心想事成"彩带，心情低落到了极点，也挫败到了极点。他当然知道潘禹说这话只是想安慰而已，既然是跑路，哪有那么容易被抓到？就算真的抓到了，没有合同，没有协议，甚至连卡都没打过，他们怎么证明自己确实给他打过工？还有不到十天就要开学了，现在做什么都已经来不及了。雷天明将刚刚装进去的东西一样样拿了出来，他意识到，他没有资格去质问阿月为什么会说那些话，现在他的处境，就是那过河的泥菩萨，连自己的困境都解决不了。

"这是什么？"潘禹捡起从行李中掉落的卡片。

雷天明这才想起那张名片来。

"该不会这个什么贸易公司也是一个皮包公司吧？你可要防着点，别又被骗了。"潘禹警惕道。

"不知道。"雷天明一把拿过名片，揣进了兜里。毕竟一朝被蛇咬十年怕井绳，第一次见识到社会险恶的他们，再也不敢轻信了。

潘禹闲不下来，找了一些零工来做，每天都幻想着忽然有一天派出所就来了消息，通知他们去领工资。雷天明却不敢有任何的幻想，现在他脑子的念头只想尽快赚些钱，在开学前凑够阿月的学费。

这天，他们被派到了一个路口发传单，一抬头，就看到了"华盛贸易"的巨大广告牌。

雷天明站在广告牌下面，心里忽然就冒出了一些念头来。蒋友良说过，只要自己想好了，随时可以去找他的，现在反正自己已经上不成学了，给自己找一份安稳的工作才是最优选择。阿月那边，让阿叔阿婶，实在不行，让钟老师帮忙沟通，先让阿月入学，等他拿了工资就补上学费，也许可以呢！这样想着，雷天明鼓起勇气，走向了街边的电话亭。

听着"嘟嘟"声，雷天明的内心是忐忑的，心脏"扑通扑通"仿佛下一秒就要从嗓子眼里蹦出来，可他又十分清楚，自己已经没有别的选择。

"你好！哪位？"

电话终于接通，传来了蒋友良的声音。

"我是雷天明，你还记得我吗？"雷天明紧紧握着话筒，紧张得快要不能呼吸。

电话那头默了一阵，似乎是在记忆里搜寻这个名字："是你啊？你在哪？有时间的话，到我公司来我们见一面？"

"好的。"雷天明没有想到，蒋友良居然把他想说的话都先说了，他的窘迫和不安瞬间消散了不少，整理好自己，这才走进了那栋让自己显得格格不入的大楼。

前台是个有酒窝的姐姐，她将雷天明径直领往董事长办公室。走过一个个工位，看着工位上忙碌的面孔、不同部门的分区，雷天明不禁暗暗感叹，这大公司果然是不一样。

"坐吧。"蒋友良正在喝茶，招呼他坐下。

雷天明拘谨地坐下。

"这段时间在海市感觉怎么样？"蒋友良寒暄道。

雷天明也不想绕圈子，他站了起来，开门见山道："蒋总，之前你说让我跟着你干，还算数吗？"

蒋友良将一杯茶递到了雷天明身前，然后放下夹子，看向他："算数，但是我想知道你是因为什么才突然来找我的。"从接到电话的那一刻起，蒋友良就知道这个年轻人一定是遇上了事，否则以他当初在火车上拒绝自己的架势，是不可能忽然来找他的。

雷天明抿了抿嘴，最后拿出了豁出去的勇气才将那些难以启齿的话说出口："那我可以预支一点工资吗？快开学了，我小妹的学费还差一点。我保证，我往后肯定好好跟你干，我不怕吃苦，我什么都干得了。"

蒋友良眉头皱起："等等，我怎么记得在火车上你说你来海市是来上学的？你不是考上海大了？"

眼前的人可是目前唯一的救命稻草，阿月能不能继续上学，就看他愿不愿意帮忙了，雷天明也不敢糊弄，只好将自己和同学被黑心老板骗的经历全盘托出。

蒋友良听完，提醒他先喝茶："所以，你现在是想跟我做交易，你把自己卖给我公司，来保你妹妹上学的机会，是这个意思吗？"

"只要我小妹能继续上学，怎样都行。"

蒋友良点了点头："你要预支多少？"

"七百。"雷天明按阿月上初中一个学期的学费回答道。

"多少？"蒋友良简直不敢相信自己的耳朵。

"七百。"

蒋友良嘴角浮起一丝笑意："既然是交易，那可是要签合同的。"

"没问题。"

很快，公司文员就拿了一份劳动合同过来。

"这是我公司……"

话还没说完，雷天明就拿起笔在乙方那签上了自己的大名，同时心里大大松了一口气，阿月的学费，总算是有着落了。

蒋友良愣了半晌，笑了笑："下次可不能这么莽撞，合同还是要看清楚才能签的，万一我不是好人，可就把你卖了。"

雷天明不好意思地挠了挠头，刚刚他一心只想着阿月的学费，也担心蒋友良会反悔，也确实顾不上其他了。

蒋友良收回了合同，这才语重心长地说道："天明，不管怎样，学还是要上的，现在的社会，大学生和高中生是全然不一样的，大学生的身份能给你带来许多便利，对你以后找工作，找对象，都是利好，你既然考上了，就别轻易放弃。你想想，你们那个小地方，出过几个大学生？这样，你大学期间的学费，公司给你承担了，不过，也不是白白给你，反正合同也签了，你在学校期间的暑假、寒假，包括实习，只能在我公司为公司效力，我们会把你的学费从你的薪资和提成里扣回来，明白吗？"

雷天明惊讶地看着蒋友良。

"还有什么问题？"

"没有没有，我……"雷天明激动得不知道该说什么好，此刻说什么都表达不出他心里的感激。

"行，马上开学了，这个暑假也没剩几天就算了，等下个假期你再来公司报到，这几天你调整调整，用好的状态去学校。对了，你预支的七百元，就别去财务走程序了，我这里直接给你。"蒋友良说着，从皮夹里抽出七张百元大钞，递到他手里。

"谢谢！谢谢蒋总！我以后一定会努力，绝不会让你失望的。"

蒋友良拍了拍他的肩膀："我相信你！"

走出大楼，雷天明长长舒了一口气，上一秒还在绝境，这一秒因为蒋总，一切都变得豁然开朗。抬头看着晴空万里的天，怕只有老天才知道此刻雷天明对蒋友良是怎样一种感激，那是让他豁出命也愿意替他赴汤蹈火的恩情。

第 12 章　柳暗花明

想读文章几多遍，

要学诗文肚中变。

勤耕苦力做有食，

春三二月莫贪眠。

——《读书歌》

"天明回来啦？"

"哎，回来了。"雷天明应着，心里却记挂着阿月，将行李往家里一丢，便出门朝阿月家去了。门敞着，雷天明走进去喊了两声，但屋子里空无一人。

"大娘，阿月呢？"雷天明走到隔壁间，询问六花大娘。

"阿月啊，刚还在家织彩带呢，可能去找小娟了？"

雷天明又去往钟小娟家，还没到，便在半道上遇到了她们俩。

石阶旁有一棵大香樟，枝繁叶茂宛如一把巨伞，具体多少岁了不得而知，但从他们有记忆起，这棵香樟树就一直在这，而她们俩就在树阴下的石阶上坐着。小娟红着眼睛，像是受了什么委屈，阿月正在安慰她。雷天明有些尴尬地停下了脚步，一时间觉得自己不该上前打扰。

"天明哥吗？"

还是眼尖的小娟先发现了他，慌忙就抹了眼泪："阿月，天明哥来找你了，我也得回家做饭了。"说着，就起身回了屋。

蓝星月没想到雷天明会突然出现，从石阶上站起来，既意外又无措，看向他的目光也不受控制地闪躲起来。天明哥看着瘦了一些，但更显成熟利落了。

一阵清风拂过，香樟叶沙沙作响。

雷天明缓缓走过去，到她的跟前站定："小娟没事吧？"

"她忘了往水官里加水，被她阿嬷说了。"

雷天明又往前一步，站在了和她同一块石阶上，在她身旁坐了下来。

"信我收到了。"

"嗯。"蓝星月并不意外，信寄出去了，早晚都是要收到的。

蓝星月也缓缓坐了下来，寄信的时候，她承认她是自私的，她知道天明哥一定不会不管她的，但现在看到因为那封信而赶回来的天明哥，她的心中又生出了一些愧疚。

"是你阿爹阿妈不让你读？"

蓝星月连忙摇了摇头："跟他们没关系。"

又是一阵风吹过，阵阵清凉，蓝星月的眸子里泛着光，亮闪闪的。雷天明望着她好看的眼睛，一晃间竟有些出神。她眼中的泪光，让雷天明感觉到了她的委屈，他的心里莫名揪了一下，转过脸，看向那棵大香樟树，转移自己的注意力，好一会儿，才转过头来："因为钱吧？"

蓝星月惊讶地看向雷天明。

"他们跟你说的？"

蓝星月摇了摇头："我不小心听到的。阿爹阿妈瞒着我们在筹钱，可我不想他们这么辛苦，所以我想如果我跟二哥只有一个能上学，那就他去上。"

"你成绩比他好，为什么让他上？"雷天明警觉道。

"二哥想跟大哥一样去当兵，他必须去上学，拿到文凭才能参加征兵的。"蓝星月回答道。

自从知道自己不是阿爹阿妈的亲女儿，她就已经在心里画出了一条横线，无论是阿爹阿妈还是大哥二哥，甚至是死去的阿嬷，不仅是自己的亲人，更是自己需要报答的恩人。

"那你们的学费还差多少？"

蓝星月摇了摇头："我不知道。"

"阿月，别多想，别担心，也别轻易就说不读书了，天明哥一定会让你继续上学的，你先回去，我得想个办法把钱交给你阿爹阿妈。"

见到雷天明，蓝星月心里当然是欣喜的，她对他有着天然的信赖感，此刻，她就觉得自己心里那座最大的靠山回来了一样。

晚饭，阿月想着赶紧吃完饭就去找天明哥，当她要放下碗筷准备下桌时，阿爹忽然喊住她。蓝星月不明所以，但还是乖巧地坐回到座位上。

阿爹从口袋里摸出了一小沓钱："阿月，这是你卖彩带的钱，你数数，一共是九十八元。"

蓝岳平眼睛都看直了："哇塞，阿月，你居然闷不吭声就赚了这么多钱？"

阿月怔怔看着阿爹，不明白阿爹的用意，迟疑着不敢拿。蓝岳平刚要伸手，就被阿爹打了回来："这是妹妹的！"

"那我的呢？"

"你赚钱了吗？"阿爹没有丝毫客气，撑得他不再吭声。

"这个钱阿爹阿妈一直替你攒着，现在马上要开学了，阿爹交给你，你带去学校自己用。"

对寨子里的孩子们来说，这不是一笔小钱，这钱就这么明晃晃地放着，诱惑得蓝岳平又一次蠢蠢欲动，可碍于阿爹阿妈，只能一双眼睛直直盯着阿月，仿佛在说"你不要可就给我了"。

蓝星月想趁机问一问学费的事，正要开口，阿爹又道："本来你们俩的学费还差一些，不过前几天，你们大哥寄了他攒的津贴回来，总共是四百元，学费也就够了。这个事本来不想跟你们说的，但我跟你们阿妈商量了下，毕竟是你们大哥出的钱，还是得让你们知道，以后，用功学习，别辜负了你们大哥。"

蓝星月意外，蓝岳平忽然脸沉了下来，目光也不再盯着那九十八元钱了。

因为他猛然发现，原来这个暑假，这一家子都在想办法赚钱，只有自己结结实实玩乐了两个月。这也是他第一次有了"这个家不是不缺钱的"的意识，甚至在此之前，他就没想过关于"钱"的问题。

"阿月！"就在这时，雷天明的声音从门外传来。

阿爹阿妈忙热情地招呼他进来吃饭。雷天明也没客气，在四方桌上坐了下来。

"天明，今年放假好像都没见到你人呀？"阿妈边给天明哥夹菜，边关切地询问。

雷天明笑了笑，狼吞虎咽地扒拉了几口，咽下后放下碗筷，从口袋里拿出一个牛皮纸信封来："叔，婶，这里面五百块钱，是岳峰托我带给你们的，说是给岳平还有阿月交学费。"

阿爹阿妈互看一眼，整个饭桌上的气氛忽然就僵住了一般，只有自以为想了个完美借口的雷天明，丈二和尚摸不着头脑。

"怎……怎么了？"虽然不明白发生了什么，但雷天明明显感觉到了气氛不对劲，不禁没来由地心虚起来。

"天明，你说实话，你这钱……到底哪来的？"蓝国兴肃着脸问道。

雷天明想一口咬定是蓝岳峰寄回来的，可眼前所有人的反应都在告诉他，这个他自认为无懈可击的借口已经被识破了。他又看向坐在身旁的蓝星月，阿月眉头微微皱着，似乎也在提醒他，他的谎言露馅了。

"岳峰已经寄钱给我们了，怎么又让你带钱给我们呢？"蓝国兴追问道。

雷天明泄了气，为了能把钱名正言顺地交给他们，他愣是想了好几天的借口，万万没想到，岳峰竟然会在这个关头寄钱回来。脑子在极速运转着，好在他向来就脑筋活络："叔，是我阿爹，他说岳平跟阿月学费的压力不小，你们一直也在到处筹钱，还向他打听卖血的事了。这个钱……是我自己趁暑假去上班赚来的。"

"上什么班能赚这么多钱？"蓝国兴依旧怀疑。

"在一个大的贸易公司里，老板很赏识我。"

"贸易公司？是做什么的？"蓝国兴从怀疑转为了好奇。

"就是生产加工东西，然后又卖出去，有的，还要卖外国去。"雷天明不知道怎么解释，只能选择了最通俗易懂的方式来形容。

虽然还是没怎么听懂，但蓝国兴也没追根究底，他只不过是担心这钱来路不明。

"天明啊，这钱你拿回去，你自己都还在上学，也是要花钱的。岳峰寄钱回来了，阿月这个暑假彩带还卖了不少钱呢，岳平跟阿月的学费和生活费都没问题的。"阿妈温和地拒绝道。

雷天明抿着嘴，只好将钱收回去。

饭后，二哥跟虎子他们约在了草坪上打陀螺。就如小娟说的，对于寨子里的人来说，就算学校收，也没有几个人能真正上得了学的。开学后，二哥就要去学校寄宿了，而虎子，他家里给他找了个开饭店的老师傅，让他跟着学厨艺。以后，这样在一块儿玩耍的时光就要变少了。雷天明和阿月也一块儿去了，倒不是他们对这些游戏有兴趣，而是雷天明有话要说，蓝星月也是。

"阿月，这钱你拿着。"雷天明再一次拿出装着钱的牛皮信封递给她。

蓝星月将钱推回去："天明哥，我不知道大哥寄钱回来了，现在学费够了，我不能要你的钱。而且，我有钱，这个暑假我编的彩带卖了钱，阿爹都给我了。"

提起彩带，两人不约而同想起了什么，都愣了片刻。

"行，那我先放着，下次你需要钱的时候别跟天明哥客气，尽管跟我说。"顿了顿，又交代道，"答应我，以后遇到任何事都要跟我说，我会跟你一起解决。"

"我知道，谢谢你天明哥！"

雷天明看向别处，假装没听到蓝星月道的谢，在他看来，他们之间不必言谢，有的只有自己满心的亏欠。蓝星月也明白，跟天明哥说谢谢很见外，可除了谢谢，她也不知道要怎么表达内心对天明哥的感激。

"天明哥。"

"嗯？"

"你为什么对我这么好？"蓝星月鼓起好大的勇气，才将这个问题问出口。

夏日天黑得晚，此时，雷天明一双眸子融进了暮色里，让人看不真切。

"我把你当亲妹妹，不对你好对谁好？"

这个回答，他是经过考量的，也算作对于那条彩带的回应，因为他不能说，她是他的亲妹妹。听到答案的蓝星月心往下坠了坠，有点难过，也有点失落，她不想只当天明哥的妹妹，可她不敢将这话说出口。两个人都沉默了半晌。若是在白天，蓝星月眼中的失望一定能被一眼看见，可此时，她的失落也同样融进了如墨的暮色当中。这暮色能隐藏一切细枝末节，也给足了人安全感。

"对了，外面的学校不比寨子里，竞争很大，好比当年我跟你大哥，在寨子里都是数一数二的，去了镇上的学校也只能排到年级前十，到了市里的高中，就只能在前三十了。所以，阿月你可不能松懈，要更努力学习知道吗？"雷天明率先打破沉默，以过来人的身份，提醒阿月去新学校的注意事项。

"天明哥，我知道的。"

蓝星月还没入学，并不理解天明哥所说的竞争压力究竟有多大，但她却十分清楚自己这上学的机会来之不易，她又怎么会不珍视这样的机会？

"岳平。"雷天明忽然转头喊了一声。

二哥听天明哥喊他，捡起地上还在转的陀螺走了过来。

"马上开学了，以后到了新学校要帮着阿月，不能让她被同学欺负了。"

蓝岳平一副"谁还能欺负得了她"的表情，但还是拍着胸脯保证道："放心吧，谁要是敢欺负阿月，我打得他满地找牙。"

雷天明点点头，其实他知道，只要他这个二哥不欺负阿月，就谢天谢地了，这时候喊他过来，无非是察觉到了自己和阿月之间略僵的气氛，需要一个人来打破。

"天黑了，回去吧。"雷天明提议道。

蓝星月乖巧地起身，与雷天明一道走在回家路上，蓝星月的心情依旧是低落的。原来，只是被当作妹妹啊！蓝星月第一次对一个人懵懂的喜欢，就被"妹妹"二字，打了回来。

雷天明远远就看到了学校里的灯还亮着。不用想，一定是因为快开学了，钟老师正在做着开学前的准备。他迟疑了片刻，还是往学校方向走了过去。

"天明啊，你怎么来了？"正伏案写着什么的钟老师，见到忽然出现的雷天明，脸上是掩不住的喜悦和意外，放下笔就招呼他坐。

雷天明笑着走进去，在钟老师的对面坐下。

这所小学，在蓝老师在的时候甚至都还算不上是所正规的学校，那时候就像孩子们过家家一样，大家聚在这所破房子里，蓝老师按着她自己带来的课本教大家识字、算数，学习知识而已，没有年级之分，当然也因为学生不多，不成规模。蓝老师走后这十多年来，是钟老师的接力和不懈坚持，一趟趟跑，一次次说明，这寨子里的娃娃去镇上上学路途实在太远，实在有各种各样的不方便，才慢慢让这所学校获得资质，被教育局所认可，他们也才能走出去，去上初中、高中甚至考大学。而钟老师，原本只是蓝老师因为自己要生产所以喊他来帮忙代课一段时间的，却不想这一待就再也不走了，这十多年来，兢兢业业、无私奉献，送出一个又一个孩子，以知识的力量走出这深山。

"天明，你可是我们学校走出去的第一个大学生，给学校争光啦！"钟老师拿下老花镜，揉了揉眼睛说道。

雷天明腼腆地笑着："以后一定会有越来越多的大学生的。"

"是啊，不过你们这一批里走出去的，才是最厉害的，因为你们给小辈们做了榜样，让他们看到了就我们这所不起眼的破落小学，也能培养出对社会、对国家有用的人才，像你、岳峰。对了，你还记得你们同一级的钟晓芬吗？她师范毕业了，前段时间还联系我说她想回来当老师，好！真好啊！对我来说，你们都是好样的。"钟老师感慨万千地说道，说着，又揉了揉眼睛，昏暗的灯光下，眼角似乎有泪光闪烁。

陪着钟老师说了会儿话，雷天明才离开。夏夜微风阵阵，吹得雷天明直恍惚，远远地，就看到了阿爹坐在门口的石凳上抽烟，看起来是那样的孤独。

第 13 章　前尘旧事

"还没睡啊？"雷天明走近。

雷文顺起身："看你还没回来，给你留盏灯。"

"少抽点烟，早些睡吧。"雷天明劝道。

"嗯，就睡了。"雷文顺应声，起身拉了绳，门口的灯也就暗了。

父子俩之间的话向来不多，特别是在蓝老师走后，他们之间总是有事说事，无事从不闲聊。雷天明回了自己房间，但雷文顺依旧坐在门前，漆黑的夜色里，只有他的烟忽明忽暗地亮着火星子。刚刚，他又一次想起了蓝春梅。

那个夜晚，即便这么多年过去了，父子之间都没再提起过。可不提，不代表遗忘，不代表不会想起，不代表不会痛楚。一个年轻单身女老师的肚子越来越大，瞒是瞒不住的。寨子里的人纷纷猜测起究竟谁才是蓝老师肚中孩子的父亲，因为平日里，她都独来独往。可她毕竟是位老师，即便大着肚子，也在兢兢业业地教导孩子们学知识，大家心中多少还是有些敬重的，背后议论几句，从不在她面前提起。而蓝春梅也算豁达，大大方方出门，大大方方与人打招呼，对于肚子里的孩子也不遮遮掩掩。

当然，关于蓝老师怀孕，最意外的还是雷文顺，他也曾不止一次试探过关于孩子父亲的事。可蓝老师每次都只温柔地笑笑，对于腹中孩子的父亲，总是闭口不提。一开始他是有些恼的，因为他实在是太清楚一个人抚养孩子的难处，这些年，他作为单身父亲经历的种种，他甚至都不愿意去回想，因为不堪回首。而蓝老师若是执意生下孩子只会比他更难，他认为蓝老师就是没有考虑后果冲动做的决定。更重要的是，他对蓝老师的心意，他相信蓝老师肯定感受到了。可这么长时间的接触，蓝春梅的个性他也清楚，既做了决定，并且肚子里的孩子已经长成，又怎么会轻易改变？

"蓝老师，如果你需要，可以对外说这孩子是我的。"这句话他在心中反复翻滚了许多遍，那一天，也不知怎的竟鬼使神差说出口了，这也算是他最朴实无华的告白。

可他一眼就看到了蓝春梅眼中不是欣喜，而是慌乱和无措，霎时间心里就跟着忐忑起来，紧接着就开始后悔自己太过冒进，不自量力，挠了挠头又开始转圜："我的意思是，你现在肚子越来越大了，如果别人问你，你不知道怎么说的时候。"

"谢谢你！雷大哥。"

那时候他并不明白蓝老师说的这句"谢谢"是意指什么，而因为刚刚的表白，他的内心更是乱作一团，不敢再追根究底。直到某一日，听闻同样怀着孩子的钟彩银说起她与蓝老师的聊天内容，雷文顺才意识到，那句"谢谢"是婉拒的意思。

钟彩银与蓝春梅都怀着孕，与寨子里其他人相比，她们俩能聊的话题自然就多一些，有时候互相比较一下孕肚的形状，或者胎动的次数，有时候又聊一聊孕晚期反应。钟彩银也趁机询问过关于她孩子阿爹的事，蓝春梅的回答却是："孩子的阿爹在很远很远的地方，不过就算没有阿爹，我既然决定要了这个孩子，我一个人也能把孩子抚养好的。"听她这样说，钟彩银本想劝的话也就咽了回来。

打一开始，寨子里的人就知道，蓝春梅与寨子里没文化的女人们是不一样的。从她孤身一人来到关丰寨，看到寨子里那么多孩子小小年纪就放牛下地，于是决定办学校，教孩子上课，再到她不惧流言决定生下这个甚至可能没有父亲的孩子。她的每一个决定，都不是寨子里的妇女们有这个魄力会做的事，钟彩银甚至觉得，自己压根都没有资格劝她该怎么做，谁说自己认为的，就一定是对的呢?

听到这些，雷文顺的心一下沉了下来。蓝春梅终究是没有按自己说的那样对别人说，她没有给自己照顾她的机会。得到这样的回应，心里不难受当然是假的，可是即便被拒绝了，他还是放心不下眼看就要临盆的她。得了空，就要去学校帮蓝老师干点活儿，再也没提过要当孩子父亲这件事了，甚至还假装洒脱地说道："你既然叫我一声雷大哥，那我就是你大哥了，生孩子不是小事，有什么要帮忙的，尽管叫我。"

雷文顺以为自己这样说可以削减一些蓝春梅内心的顾虑，自己也可以名正言顺地为她做些什么，可他不知道，蓝春梅心中的负担反而更重了。现实就像他说的，生孩子不是小事，那是女人从鬼门关走一遭再回来的凶险事，蓝老师即便心中再有负担，可也免不了需要别人帮助，所以雷文顺来，她的内心总是既感激又歉疚的。

孩子已经足月，但离预产期还有些时日。那个夜晚，不知道怎么的，明明已经回到家的雷文顺看着屋外即将下雨的天气，突然心中一阵不安，坐立难安良久，还是决定去学校一趟。刚到学校，就听到了办公室里传来的动静。雷文顺甚至没来得及收伞，循声快步跑去，然后就看到表情痛苦、已经疼得倒在地上的蓝春梅。

羊水已经破了，并且开始阵痛，显然，蓝春梅即将生产。雷文顺慌了神，但很快又让自己镇定下来，刻不容缓，俯身抱起蓝春梅，将她挪到卧室的床上。

"坚持住，我这就去叫接生娘来。"雷文顺跑出来，捡起刚刚就没收的伞，踩着泥泞便往上牛寨赶去。

雷文顺冒雨从上牛寨找来接生娘的时候，蓝春梅已经疼得几乎晕厥，经验丰富的接生娘打发他去接热水，然后进屋关上门开始教蓝春梅怎么调整呼吸，但蓝春梅疼得压根没办法对接生娘的指令做出回应。

外头风雨交加，接生娘急得满头大汗。也不知道过了多久，才从房间里出来对雷文顺道："刚我检查了，胎位不是很正，这样很难生啊。"

"那怎么办？"雷文顺脸色铁青，因为多年前，他的妻子同样因为生雷天明而撒手人寰，正因为他十分清楚生孩子这件事的风险有多大，所以此刻的他害怕极了。

"我只能尽力试试看能不能把胎位转正，她这种情况应该早去医院的！孩子又不是都在预产期生的，真的是不把自己当回事，以为生孩子跟开玩笑一样。"接生娘黑着脸，转头又进了屋。

雷文顺站在门外，看着雨帘，听着蓝春梅疼得撕心裂肺，心也跟着揪了起来。跟多年前一样，满身心都是深深的无力感。当初雷天明阿妈生雷天明，急得团团转的雷文顺才猛然意识到，作为丈夫，作为阿爹，就算他可以为他们豁出命，可独独生孩子这件事，他什么都帮不上。老天爷，让雨停吧。雷文顺一遍遍在心里祈祷着，可雨势非但没有停，反而下得越来越大。雨水倾盆而下，砸在屋檐上，震耳欲聋，将蓝春梅的喊声都淹没了。

时间变得难熬，每一分钟都变得无比漫长，也不知道过了多久，接生娘再一次从屋里出来，脸色比刚刚还不好："没办法，真的没办法了，她这样子，怕是要挺不过去了。"

"轰隆——"雷声如虎啸，雷文顺如同被这道雷击中了一般，整个人都在发麻。

"你经验丰富，你再想想办法吧。"雷文顺几乎是在乞求，他焦心极了，担心孩子阿妈没过去的那道坎，蓝老师也过不去。

"我经验再丰富，也是要产妇配合的呀，她现在体力完全不行，已经是半昏迷状态了，最主要的是，她这个胎位不正，不好生的，就算能生下来，也很危险，要是她提早住进卫生院可能还可以做手术，现在这样你让我怎么弄？"接生娘摊着手，满是无奈。

雷文顺心急如焚，这接生娘是接生老手，附近几个寨子的孩子几乎都是经她的手出生的，如果连经验老到的她都说没办法，那就说明是真遇上大难题了。可眼下人命关天，雷文顺不想坐以待毙，总要做些什么的，一定可以做些什么的。

"那现在送去卫生院呢？来不来得及？"雷文顺紧紧抓着接生娘问。

"这么大的雨，卫生院又那么远，就算到了山脚你也不一定能碰上车子，怎么送？"接生娘眉头紧紧拧在一起。

"那也不能什么都不做眼睁睁看着她死在这吧？"雷文顺急得大声吼道。

一时间，接生娘也被吼愣了。

"等一下，我这就去借板车来。"雷文顺来不及多思考，转头扎进了雨幕里。

许是孩子阿妈难产而亡给雷文顺留下了不小的阴影，从蓝春梅肚子发疼开始，妻子离世时的画面就在雷文顺的脑子里一直浮现，不好的预感就像藤蔓一样紧紧包裹着他。这一刻，雷文顺脑子里只有一个念头：不管怎样，一定不能让蓝老师重蹈覆辙，一定不能像之前一样束手无策，就这么眼睁睁地看着人死去。这是人命，是两条鲜活的人命。

约莫过了二十多分钟，雷文顺才推着板车来了，整个人被淋了个通透。跟着一块儿来的，还有板车的主人老大夫，他听闻蓝老师难产，也穿着蓑衣赶来帮忙了。

"怎么这么慢？"接生娘急得不行。

"我简单在板车上搭了个棚，雨这么大，只能这样了。"雷文顺解释道。说着，雷文顺也顾不上自己已经满身湿透，进屋抱起近乎昏厥的蓝春梅放到了板车上。

大雨浸泡下的山路泥泞难行，雷文顺穿着老大夫让出来的蓑衣拉着车，接生娘和老大夫一左一右，一人撑伞，一人打灯，扶着车子。尽管脚下如同灌了铅一般，每一步都无比艰难，可他们也不敢耽搁。

出了寨子，雨势才逐渐小了一些。

"雷大哥，给你们添麻烦了。"阵痛间隙，连头发都被汗水浸湿了的蓝春梅哽咽着对雷文顺说道。

"别说话，节省体力，我今天一定把你送到卫生院去，不管怎样，你一定要坚持住，不能出事。"雷文顺没回头，埋头拉着车子说道。

不一会儿，蓝春梅又开始了阵痛，痛感使得她表情扭曲，人也变得迷迷糊糊了起来。

雨势忽大忽小，雷文顺整个人泡在雨中，全身上下没一处是干的，此刻他只顾着埋头前行，盼着早一点将蓝春梅送下山去。

"这孩子，是真折磨娘。"接生娘都忍不住说道。

又不知道走了多久，一抬头看到才走到半山腰的位置。就在这时，一声凄厉的喊声划破雨夜，随后，就没了声响。

"等等，停下来！"接生娘听出了声音不对劲，赶紧让雷文顺停下，打着灯钻进板车的简易棚里就开始检查。

"出来了出来了！快来帮忙！"接生娘大喊道。

可迎接新生命的喜悦只维持了一瞬间，下一秒，接生娘的脸色就严肃了起来，因为她最担心的情况还是发生了，垫在板车上的花被子被血染得鲜红，而蓝春梅还在不断出血，怎么止都止不住，血水被雨水冲刷到了路面上，渗进泥泞里。婴儿的第一声啼哭和雨声交响着，接生娘赶紧从袋子里拿出小毯子将小娃娃裹上，来不及收拾一把递到老大夫的怀里，又忙去查看蓝春梅的情况。

蓝春梅虚弱得发不出声来，紧紧抓着接生娘用最后的力气问道："男孩女孩？"

"布妮崽。"

蓝春梅松了手，气若游丝般留下了她在这世间的最后一句话："叫蓝星月。"

甚至，她都没来得及告诉大家，她给孩子取这个名字的寓意。

雷文顺尽了全力，可还是没有改变这个最坏的结果，一时之间身上所有的力气瞬间被抽离了一般，整个人瘫坐在泥泞里，脸上是眼泪还是雨水，混着泥早已分不清了。

被留在家中练字的雷天明并不知道那一晚发生了什么，练完字后久久等不到阿爹回家来，挨不住困意便自己上床睡觉了，天将亮时，才被开门的动静吵醒，睁开眼睛，就看到了满身泥泞、神情呆滞、被淋成落汤鸡的雷文顺。雷天明第一次见到这样的阿爹，直觉告诉他发生了大事，可他不敢吭声，只是坐在床边，眼睛看着阿爹。

蓝老师的死对雷文顺和雷天明父子俩来说都是难以承受的打击，雷文顺虽然不知道孩子的父亲是谁，也不知道蓝春梅为什么执意要生下那个孩子，但是他是真心对待蓝春梅的，他想成为蓝春梅的依靠，也愿意为她做任何事，甚至从没想过要什么回报，可老天却连默默守护她的机会都没有给他。

　　而雷天明，没有人告诉他事情的经过，他得到的只有一个结果，那就是蓝老师难产而亡是自己造成的。他害怕极了，也痛苦极了，想到自己找过蓝老师劝她留下孩子的事，他甚至连去问一问那个夜晚究竟发生了什么的勇气都没有，好像逃避着就可以减轻一些自己内心的负罪感。

　　那整整一个月，家中的气氛都是压抑而沉闷的，许是害怕，许是悲伤，又或许是内疚，蓝春梅成了他们不能提的名字。

第 14 章　一封家书

开学的日子如期而至，兄妹俩都离开了寨子开始了住校生活，而班级也根据成绩重新进行了分配，阿月被分在二班，蓝岳平则在四班。

他们遇到的老师、同学、舍友全都不同，这也是兄妹俩长这么大以来，第一次真正意义上的分开，各自有独立的生活和圈子。只有在周五放学后，兄妹俩才会在宿舍楼下碰头，一起前往车站赶车回家，周日再一起来校。仿佛是某种默契，他们之间从不向对方说自己在班里的情况，也从不主动过问对方。

时间如梭，一周一周像匀速转动的齿轮，又是一个提早放学的周五，两人像以往一样在宿舍楼下一起往校外走。

"孩子，等会儿，我没记错的话，你是叫蓝岳平吧？"保卫处的李爷冲他们喊道。

蓝岳平停下脚步，边疑惑地看向他边朝着保卫室的窗口走去："怎么了李爷？我可没违纪。"

蓝星月以为向来就不省事的二哥又犯什么事了，也连忙跟上前。

李爷没说话，只是转身从厚厚的报纸堆里翻出一封信来，看向阿月："这个是你妹妹，是叫蓝星月吧？她的信，刚到。"

保卫处的李爷面相有些凶，因此总让人觉得不太好接触，但是时间久了，大家就会发现他其实是个热心人，记性也好，明明跟学生们接触并不多，但学校里的学生他都能认个七七八八。

"看邮戳，信是从部队寄过来的，好像岳峰是你们大哥吧？也是赶巧，这信要是晚一天到，你就得等周天返校才能看到了，这万一是什么急事要跟家里说，那可就耽搁了。"李爷笑着将信递给蓝星月。

阿月接过信，确实是大哥寄来的，许是不知道他们被分在了哪个班，所以也没写班级，只写了"蓝星月收"。

"要不要打开看看，摸着像是有照片？"蓝星月有些拿不定主意。

"打开呗。"蓝岳平是个急性子，看阿月还是犹豫不决，直接上手拿过了信拆开。

只见里面除了信，果然还有一张照片。他小心翼翼将照片和信件从信封里抽出来。

"哇——"看到照片，他忍不住惊叹。蓝星月探头去看，只见照片上大哥身着作训服，站在沙滩上，身后就是大海，海天一线，一望无垠。

"这就是大海啊？真好看！"蓝星月也感叹道。

"海有什么好看的，你看大哥，多精神啊！"二哥满脸骄傲。

回到寨子，二哥人都还没迈进门槛，就忍不住大声喊起来："阿爹阿妈，大哥来信了，还寄了照片。"边喊着边掏着信进了门。

阿爹阿妈听到动静忙不迭从屋里迎过来，阿爹迫不及待地拿过照片仔细看，阿妈粗糙的手在大哥的人像上轻轻抚摸着，既是骄傲，也掩不住满眼的心疼。

蓝岳平跟着笑，展开信，清了清嗓子，一本正经地给阿爹阿妈念了起来。

阿爹阿妈：

一转眼，离家已经好几个月了，家里一切都还好吗？

熬过了三个月的新兵体能训练，我到部队也有一段日子了，战友们全国各地哪都有，大家都相处得不错，有个是甘肃的，听他说起来，好像甘肃那边比我们寨子还要苦一些，之前班长问他为什么当兵，他说就是为了吃饱饭，把我们都逗笑了。不过部队里的伙食确实很好，我还吃到了比我手掌都大的螃蟹和大虾，很多海货我都是第一次见。

对了，给你们寄了张照片，是班长给我拍的，我身后就是大海，比我们寨子的水库大了不知道多少倍，根本看不到头。就像我们山哈人靠山吃饭，这边的人就靠那海过生活，要是有机会，真想把你们都接过来玩一玩，让你们也坐一坐船。

现在我已经完全适应了部队里的生活，一切都好，你们不要挂心。

对了，岳平和阿月，你们两个一定要用功学习，阿月成绩一直稳定，不用操心，但岳平你得要多用功些。这次入伍当兵，我才知道外面的世界真的不一样，你们也得走出来，才能看到更广阔的世界。

就先说这么多了，以后还会寄信回来的，阿爹阿妈，你们多保重身体，我会努力训练，好好表现的。

蓝岳峰

蓝星月有些意外，大哥向来话少，没想到换成了写信的方式，也能说出这么多话来。

阿妈听完更是满脸欣慰："以前还觉得岳峰那闷葫芦性子，去外面会跟人处不好，看来是我瞎操心了。"

"部队里可不是比嘴皮子的，天南地北的小伙子一起训练，他们都是一个集体，是并肩作战的战友，怎么会处不好？你就是爱瞎操心，像我，就一点都不担心。"阿爹掩不住那股子骄傲劲。说完，忽然又将矛头对准了二哥："岳平你听到没？你大哥可说了，学习还得用功些。"

"知道了知道了，大不了我以后也当兵去。"蓝岳平嘟囔道。

阿爹不屑地瞥了他一眼："没有文凭，你当个屁兵。"

二哥做了个鬼脸，但也不敢再跟阿爹犟嘴。对于生活在寨子里的他们来说，照片是个稀罕的东西。阿嬷一生都没有拍过一张照片，以至于离世做功德的时候连张遗像都没有，因此，他们对这张照片十分珍视，每次要拿出来看都十分小心。

夜晚，阿月忽然就想起了天明哥，她想告诉天明哥她收到了大哥的信，也想给天明哥看这张照片。因为在她的印象里，天明哥不止一次说过他想去海边，想亲眼看一看真正的大海。她不知道天明哥对海的向往来源于什么，可现在收到了大哥的信，看到大哥身后的那片海，她下意识还是想要跟他分享。可回过神来仔细算一算，开学已经两个多月了，这两个多月来，他们之间竟没有任何联络，甚至连封书信都没有。猛然意识到这一点，蓝星月心里"咯噔"一下。这两个月来，她忙着适应环境，忙着认识新的同学，忙着追赶新教师的节奏，以至于忙得觉得时间好像怎么都不够用，全然将天明哥抛到了脑后。

蓝星月坐到书桌前，拿出了笔记本，可提起笔，却不知道该从何说起，又好像说什么都显得尴尬和别扭，心里拧巴了半天，最后还是合上了笔记本。

她却不知道，因为雷天明在省城，他早他们一个星期就收到了蓝岳峰的信。岳峰在信中说到他当兵的那个城市有海，他亲眼见到了真正的大海。雷天明读着信，只觉得信中的每一个字都仿佛在说，听老师形容得再多，都不及亲眼看一回。从小骑在牛背上在山洼里转的雷天明，曾以为层层叠叠的大山就是整个世界，并不知道山的外面有什么，也从来没想过这个问题。第一次知道山外有海，就是他和蓝岳峰第一次坐到教室里头上课的时候。

"蓝老师，你是哪个寨子的？"

因为这个提问，蓝老师才说起了她家乡的大海。即便十多年过去了，他依然清晰地记得蓝老师口中所说的大海的样子：大海一望无垠，好像容得下这世界上的所有悲伤，海浪层层追逐，会抚平你心中的愁绪。海风有时很狂野，有时也很温柔，但往海边一站，人就变得无比渺小，所有烦恼都会在那一刻变得不值一提，好似远方的海平线外，充满了希望。那时的他们睁着乌溜溜的眼睛，只顾着新奇、震撼，也没有去问一问，为什么蓝老师的家乡有容得下所有烦恼的大海，她却还要背井离乡，一个人跑到这与世隔绝的山寨里来。

给天明哥的信一直没落笔，但天明哥提醒过的压力却随着考试成绩的公布迎面而来。全年级排名第八十六名，班级第十八名，听着还算吉利的数字，却是蓝星月上学以来遭遇到的第一次沉重打击。以前在寨子里的时候，就附近三个寨子的小孩来上学，学生少，竞争也小，蓝星月考三名以外都算退步，可这儿，会聚了镇子周边十里八乡的同龄学生，全年级两百多个学生，她自信地以为自己至少能排在前三十，而这样的结果与她预想的相差了十万八千里。

倒是排在年级末尾的蓝岳平，排名未对他产生任何影响，依旧跟同学们打成一片，更是与班里的几个同学称兄道弟。蓝岳平是不在意自己排在第几名的，但是他知道阿月会在意，所以还是特意到公告栏里瞄了一眼。

"岳平，你在这，一百六十七名。"同学提醒他道。

蓝岳平不理他，从第一名开始找，当看到前五十名还没找到阿月名字的时候，心里不由失落了一下，但还是继续往下搜索，直到在数字八十六后面找到了"蓝星月"这三个字。

"你妹妹成绩挺好的。"同学感叹道。

蓝岳平惊讶地看向他："这算好吗？"

"好啊，跟你比起来这不就是三好学生？"

尽管同学说这话并不是挖苦，可他还是担心阿月会因为这个排名而感到挫败，毕竟在寨子里的时候，阿月可是从来没掉出过前三名的。阿月是那样的自信和骄傲，这个排名对她而言，不亚于坠入深渊。趁着午饭后的空当，蓝岳平跑到二班教室去找她。看得出来，阿月的心情确实是受成绩影响了，整个人如同被霜打了似的。

"我去看榜单了，我一百六十七名，你考得比我好多了。"蓝岳平率先开口道。

蓝星月疑惑地抬头看他。

"没关系的，我们班的同学都说了，你跟我比起来都算三好学生了。"蓝岳平继续安慰，试图以自己的故作轻松让阿月减轻自己内心的负担。

"你觉得我这个成绩很好了吗？"蓝星月反问。

"是啊，至少是中上水平，我一百六十七名都没在意。"

"你不在意自己的成绩考什么样？"

"不在意啊，在意有什么用，我在意也只能考一百六十七名。"

第 15 章　一落千丈

蓝岳平分明是想开导她逗她开心，可说出的话和嬉皮笑脸的态度，却无意间激怒了她。

"大哥省他的津贴寄回来，阿爹阿妈到处凑钱给我们交学费，你忘了大哥信里怎么说的了？你都不在意，也不想好好上学，你浪费家里这个钱干什么？"

这个反应在蓝岳平的意料之外，明明自己是在想方设法逗她开心，可她这一顿数落，把他的火气也骂出来了："蓝星月，我是怕你难过才来找你，你自己没考好冲我撒什么气？"蓝岳平气得站起身就走出了二班教室。

蓝星月也愣了愣，心里百转千回堵得慌，一股莫名的委屈袭来，让她泪腺直发酸，可她还是倔强地转向了窗外，硬是不让眼泪落下来。

这个时候，同桌李娅回来了，一开口就说道："阿月，你考进一百名了，好厉害哦。"

蓝星月诧异地看向她："你也觉得这就厉害了？"

"当然厉害了，我要是考进年级一百，我都要笑死了。"

学校里睡的是大通铺，而李娅不但是她的同桌，还睡在她的左侧，是个性格大大咧咧、热情开朗的城里女孩。

蓝星月能感觉出来李娅特别喜欢她，刚开学还算不上多熟悉的时候就会亲昵地叫她阿月，不吝啬地夸赞她："阿月，你的名字真好听！"

那时候她们还生疏着，面对这突然而来的夸赞还有些不知所措，只能尴尬地笑着。但因为李娅说话的语气就像是在跟认识了很多年的好朋友交流一样，没有一点隔阂，也让阿月不由得觉得亲近了一些。

人和人之间就是有磁场的，磁场相合的人就是会互相靠近，磁场不合的人自然就亲近不起来。而李娅每每上厕所、去食堂、回教室，或者去操场，都会热情地挽上蓝星月一起。一来二去，她们变得形影不离。阿月还通过她跟班里的其他同学成为朋友，并快速地适应了校园里的生活。

"李娅，你不用安慰我。"蓝星月想着刚刚与二哥的争吵，还是觉得委屈。

"你想多了，我安慰你什么呀？讲认真的，我要是考进一百名，我都能问我爸要个大奖励了。"

蓝星月才发觉自己光盯着自己的名次，确实忘记了去看看李娅的排名。

"阿月，你知道为什么我在城里上得好好的，我爸非要把我转到这镇上的学校来吗？"

"为什么？"蓝星月刚认识李娅的时候确实就想过这个问题，只是李娅没说，她也没好意思去打探。

"因为城里虽然环境好，老师也强，但我在城里的学校跟不上啊，你不知道以前我那些同学，暑假、寒假都上各种各样的补习班、兴趣班的，我原本成绩就不好，后面就更跟不上了，所以我爸想着，我要是实在跟不上，就把我转到镇上来，说不定我可以追回来。"

"那你自己感觉呢？"蓝星月好奇道。

"嗯，挺好的，至少老师说的我能听懂了，而且，我这次也排一百二十名呢，努努力说不定下次就可以进一百名了。"李娅倒是坦诚。

蓝星月并没有因为李娅这番话心里舒坦一些，反而觉得压力更大了，若是以现在自己的程度，去了市里，岂不是得变成吊车尾？

"所以啊，你这个全年级第八十六名的人，哪里还需要我安慰？你安慰安慰我还差不多。"

是啊，对有些人而言，能进一百名就算得上优秀了，比如李娅，比如蓝岳平……可对蓝星月来说，她心里遭受到的打击还是不小的。这样的成绩，她甚至都没有勇气去联系天明哥了。还有大哥，阿爹阿妈……他们省吃俭用凑钱才将自己送进这学校里来，自己就拿第八十六名回报他们？沮丧感围绕了她好一阵子，蓝星月的心口始终堵着一口气，她不想只跟二哥和李娅比，也不服气这样的结果，因为她知道自己一定可以更好。她迅速重整了心绪，将所有心思都放在了学习上，她盯着一门门试卷检查自己与其他人的差距，并拿出自己所有可以支配的时间，去拉近这些差距。

阿月对自己严格的程度，一度让李娅觉得她是不是疯了。直到第二次考试成绩公布，阿月的进步是飞跃性的，从年级八十六名直升到三十七名，更是进入班级前十名。这样的进步让老师们十分欣喜，也因为这样的进步，让班主任对她开始格外关注了一些。

天气说冷就冷，一夜就入了冬，寒风凛冽，让人惊觉时光飞速，可回过神，蓝星月才猛然发觉，自己与天明哥是彻底断联了。

按理说，来到镇上开始住校后，通信比在寨子时来得便捷许多，可天明哥没有寄信回来，而自己进到新学校以来的状况，也从未与天明哥诉说。似乎是从开学开始，他们就像消失在了彼此的生活当中。她知道，没有天明哥，她一样能好好生活，好好学习，可是，一想到自己与天明哥竟然就这样断了联系，她总觉得自己心里缺失了什么似的。这样的疏离感，让她不知所措，也让她感到无力。所以当保卫处的李爷将包裹送到宿舍楼下的时候，蓝星月意外极了。

一封信，还有一个大包裹，邮寄人：雷天明。

久未联络，这突然而来的信让阿月的心"扑通扑通"的，只觉得比之前任何一次收到信都要紧张、都要激动。她舍不得拆信，就先拆开了包裹，抽开丝带，泰迪熊扭曲的面容缓缓舒展开了，最后整一个憨态可掬，可爱极了。

"咦，谁给你寄的？"李娅上完厕所回来，就顺手抱起了泰迪熊，写着"生日快乐"的卡片就掉了下来，李娅帮忙捡起，又放回到她床上。

"朋友寄的。"蓝星月珍惜地将泰迪熊在自己的床铺上摆好。

"咦，你生日啊？什么时候？"李娅反应过来。

蓝星月猛地迟疑起来，脑子里忽然就想起了那件已经很久没想起过的事来，如果说阿爹阿妈不是自己的亲生父母，那是不是说明，也许自己过了这么多年的生日，也不一定是准确的？

"嗯？"李娅疑惑，哪有人回答自己的生日要考虑这么久。

"后天，星期五。"

"那你周五别回去，住我家，到时候喊上晓红她们，给你庆祝生日怎么样？"

蓝星月忙摇摇头："不行，我不回去家里人该着急了，而且过去每年生日都是跟我二哥一起过的。"

提起生日，蓝星月的脑子里首先浮现的就是阿妈煮的面，她和二哥，一人一碗，每碗都加了两个荷包蛋，还有丰富的配菜。还有天明哥，她没有想到自己都快忘记的生日，天明哥却记得，这么久没联系，他的礼物却还是赶在生日前送到了。以前寨子里家家户户都穷的时候，天明哥就拿些自己家地里收成的好吃的给她，后来，就开始把零花钱攒起来送一些小玩意儿，但这个泰迪熊，确实是阿月收到过最像样的生日礼物了。这么长时间以来的失落和怨怼，在打开包裹的这一瞬间立刻烟消云散。

"那下周我再带礼物给你。"虽然不能一起过生日李娅觉得遗憾，可阿月说的理由确实无法反驳。

"不用的。"

"你是我朋友，你生日我当然要送你礼物的。"

说完，李娅的注意力又忽然转移到了卡片上："雷天明？谁啊，怎么没听你说过。"

蓝星月的脸都吓白了，慌忙就将卡片收了起来。

这么长时间接触下来，阿月对李娅是有一定了解的。她为人热情、坦荡，待人真诚，因为家里条件好，所以对朋友从不吝啬，向来大方，还喜欢打抱不平。但要说缺点，大概就是对朋友太过实诚，心直口快常常说话不过脑子，还没什么边界感，她会敞着心胸告诉你关于她的所有事，也就认为你也不该对她有任何秘密。可蓝星月做不到，她喜欢将秘密藏在心里，并且她始终认为，每个人都可以有自己的秘密。

李娅看她那么紧张那封信，更加好奇了："不会是你喜欢的人吧？你男朋友？"

蓝星月的脸"唰"地红了，虽然寨子里有不少女孩早早辍学，早早嫁人，更有人十八九岁、二十岁就当爹妈的，但"男朋友"这个词，对她来说冲击力实在不小。

她慌忙否认道："不是的，是我哥。"

话音刚落，她整个人怔了一怔，是啊，明明是自己不愿意用"兄妹"来定义他们之间关系的，可到头来自己也只能这样告诉别人。

"看你紧张的，逗你的，男朋友还能送你泰迪熊啊，老土。"李娅没有恶意，只是嘴损，阿月都习惯了。

趁着李娅跟晓红她们去水房洗衣服，蓝星月才满心忐忑、小心翼翼地拆了信。李娅在，她担心万一她嚷嚷着要看，自己没办法拒绝她。给她看，心有不甘，不给她看，又让人觉得自己小气，还要被怀疑心里有鬼。

信纸是浅蓝色的，笔迹是熟悉的。

阿月：

　　展信佳！

　　生日快乐！时间过得真快，你又长大一岁了，希望你能一直开开心心地长大，我不知道现在的你会喜欢什么，问了身边的朋友，他们都说像你这个年纪的小女孩应该都会喜欢娃娃、公仔什么的，所以选了这个泰迪熊给你当礼物，希望你会喜欢。

　　新学校适应得怎么样？有没有交到新的朋友呢？我没有骗你吧，新环境是不是跟我和你说的一样？等考到了城市里的学校，考上了大学，你又会发现一个全新的天地的，不过我想我们的阿月这么优秀，一定没问题。

　　至于学费，不用担心，我跟老板签了合同，等我实习了，每个月都会有工资，只要你想一直读，我就一定供你到毕业，说到做到。

　　对了，今年放假我不能回来，岗位缺人，忙不过来，麻烦你回去的时候也跟我阿爹说一声，顺便问问我给他寄的东西收到了没。虽然不能回来，但还是那句话，遇到什么事解决不了的，记得要给我写信跟我商量，我会跟你一块儿想办法解决的。

就先说这些，学习上也别给自己太大压力了，不管怎样，都要开开心心的。

雷天明

这封信，消散了阿月心中因为太久没联系而产生的生疏感，他还是原来的天明哥，字里行间，也都是他对自己不是亲人却胜似亲人的重视。更重要的是，信来了，她就可以名正言顺地写回信了。想到这，蓝星月又暗暗责怪起自己来，不明白自己前些日子在别扭些什么，明明，就算天明哥没有寄信来，自己也可以先寄信给他的。明明，什么都没有变。

心中的喜悦之情溢于言表，她将信沿着折痕叠了又叠，小心塞回信封里。

第 16 章　生日风波

　　周五放学，蓝星月在校门口迟迟没等到二哥，眼看再等下去，就要错过班车了，蓝星月只好折回学校找他。那次吵架过后，蓝星月也意识到了自己确实是把不痛快往二哥身上撒了，也想过好好跟二哥道个歉，可是再碰到二哥时，他却像什么都没有发生过一样。蓝星月便认为二哥是不在意的，也就没有重提那日的不愉快，他们还是像往常那样，一起赶车，一起上学，一起回家。

　　可今天，他们的生日，二哥却毫无征兆地玩起了消失。蓝星月找了一圈，四班的教室里已经空无一人，宿舍也已经人去楼空，操场、老师办公室，都没有找到二哥的身影。这把她急得团团转，往常两人都会默契地在学校门口会合，然后一起去镇上的车站坐车回家的，可现在竟都没找到二哥的人，眼看时间就要来不及了。会不会二哥没看到自己，先去车站了？这样想着，蓝星月加快脚步往车站赶去。

　　到站时车子正在上客，一堆的人像马蜂一样往破得像个铁盒子的车厢里拥，生怕自己掉队。每到周五车子不是一般地拥挤，就连过道都会站满人。眼看车子马上就要发动了，蓝星月也顾不上其他，赶紧往车上挤，奈何人潮已经拥堵到了车门的位置，她想上都上不去。

"蓝星月。"

忽然听到身后有人在喊自己，蓝星月忙回头，就看到了顺哥。顺哥是书记雷金富的儿子，全名雷顺，年长她许多，平日交集不多，只听说他一直在外面打工，逢年过节才回一趟寨子。

"我正好也要回寨子，别挤了，我骑摩托车带你回去。"顺哥向她招手。

蓝星月紧紧扒着车门，伸长脖子朝车厢里看了又看，试图寻找二哥的身影，奈何她实在长得不高，视线被前面的乘客挡得严严实实。回家就这一趟车，二哥是知道的，他应该在车上吧？蓝星月这样想着，也确实是撑不住了，松开了扒着门的手，走到顺哥身边，爬上了他摩托车后座。

雷顺见她这副心事重重的样子，询问道："怎么了？"

"不知道我二哥上车了没。"蓝星月担心道。

"应该被挤进去了吧？"

说着，大巴车发动，留下一阵尾气后扬长而去。

顺哥也不示弱，拧动油门，不一会儿就超了车。

忐忑和担忧伴随了一路，直到摩托车停在了山脚的大路上，再接下去就得走石阶了，雷顺无奈地把摩托车往大路边一靠，拔下了钥匙，看了眼没有一点要走的意思的蓝星月，好奇道："走啊，不回去啊？"

"我等等我二哥。"蓝星月站在路口眺望。

"行，那我先走了，我回去吃个饭还得回镇上去，这摩托车不能放这过夜。"

蓝星月看了眼路边的摩托车，点了点头。这摩托车是顺哥去年买的，记得刚买的时候，雷金富还跟大家伙炫耀了一番，毕竟他们是寨子里第一家买得起摩托车的，只是即便买了摩托车，顺哥还是不经常回寨子，就算偶尔回来也不过夜，因为车子开不到寨子，只能停在这大路边，换谁都会不放心。

大巴终于缓缓来了，车子上已经空了许多，可蓝星月却没有看到二哥下车。

能找的地方都找了，二哥去哪了？怎么招呼都没打一声，一放学就见不着人了？他该不会出什么事了吧？那现在怎么办？回家，告诉阿爹阿妈？蓝星月望了望上山的路，又看了看行车的公路，一时间没了方向。不管怎么样，先回家再说，至少能带个消息，否则一个都不回去，阿爹阿妈该着急了。这样想，蓝星月也加快脚步上了山。

还没进门，就已经闻到了饭菜的香味。阿妈早已准备好了丰盛的晚饭，茄子、豆角、空心菜，一大锅土鸡，知道阿月爱喝鸡汤，还专门舀出了一大碗放着凉。另外，还照惯例给两个寿星做了两大碗长寿面，面上卧着两个鸡蛋，正腾腾冒着热气。阿妈是算着时间做的饭，想着等两个孩子到家，正是饭点，可以给他们庆祝生日。

"你哥呢？"阿妈见只有阿月一个人回来，边摆放着碗筷边询问。许是猜测可能岳平走在后面，并不在意的样子。

"阿妈，我找不到二哥。"蓝星月担心了一路，如今安全回到家，满心的委屈都涌了出来，急得直要掉眼泪。

"怎么回事？"阿妈手里还握着没分发的筷子，神情顿时变得紧张起来。

蓝星月将事情的经过一五一十地说给他们听。

"阿爹，我们再去找找吧？"蓝星月还是放心不下。

钟彩银也看向蓝国兴，一家子人，等着他拿主意。

阿爹皱着眉头，沉着脸，默了半晌："天都黑了，去哪找？这么大的人了还能把自己丢了？放学都不知道回家有什么用？吃饭！"

阿爹把筷子重重往桌子上抵了抵，自顾自吃了起来。

钟彩银苦着一张脸："去找找吧，不然他一个孩子，能去哪？"

"找什么？他一个男孩子，又不是阿月丢了。"

蓝星月怯怯地看着阿爹，也不敢再说什么。饭桌上的气氛异常沉默，压抑得人喘不过气来，早没了一丁点庆祝生日的喜悦。许是察觉到自己的脾气影响了大家，蓝国兴又开口道："明天，天亮了我再去找。"

见母女俩还是愁眉苦脸的样子，蓝国兴又不忍道："你们不用担心，那臭小子从小就数他皮，鬼主意最多，吃不了亏的。明天要是找不到人，我去报案总行吧？"

"阿爹，明天我也一起去吧？"

"还有我，我也去！"阿妈忙征询道。

阿爹叹了口气，想着刚好明天赶集了，孩子阿妈没出过几次寨子，一起去也好。

蓝星月默默吃完面，喝了鸡汤，就回了房间。尽管阿爹阿妈没怪她，尽管这件事说破天也是二哥做错了，可她的心里始终有些内疚。再回想阿爹说的那句"又不是阿月丢了"，心里更是复杂纠结。阿爹这话，只怕谁听了都会觉得二哥是捡来的，否则，哪有孩子丢了，大人光顾着生气，却不着急的。

第二天天将亮，一家子就起了个大早，一路辗转就来到了镇子上。正是赶集日，热闹非凡，人头攒动，找起人来就更不容易了。因为人是在学校放学后丢的，蓝国兴决定从学校开始找，毕竟，蓝岳平晚上没地方睡，是极有可能跑回寝室睡的。

周末，学校里没什么人，李爷边喝着茶边回忆道："应该都回去了呀，有些要留校的都登记过的，没有叫蓝岳平的啊，要不你们去宿舍看看？"

蓝星月带着阿爹阿妈去了二哥的宿舍，但宿舍里依旧是空荡荡的。

"能去哪啊这孩子？"阿妈焦心道。

谢过李爷，三人又从学校里出来，映入眼帘的是沿河的长街，街上全是人潮，阿妈明显慌了："岳平从来没有这样过，他总不会……"

不好的猜测她没说出口，就怕自己乌鸦嘴一语成谶。

"还是别浪费时间了，赶紧去报案吧？"

正说着，蓝星月就发现了一个熟悉的身影一闪而过，她认得他，与二哥一样是四班的，真名叫什么她不知道，只知道他有一个"烟头"的外号，平时跟二哥关系顶好，在学校里跟连体婴似的，她甚至还看到过他跟二哥一起被老师罚站。

"他可能知道二哥在哪。"蓝星月说道，带着阿爹阿妈就追了上去。

穿过拥挤的人潮，拐过一个小巷子，只见他的影子闪进了一个木门。

"这是什么地方？"阿妈伸长了脖子往前探，可什么都看不到。

"你们在这等着，我进去看看。"阿爹说着便自己跟了进去，才发现这看似平平无奇的木门，里面竟别有洞天。

这里头竟是个黑网吧，机子不多，只有五台大屁股电脑，男孩们激情四射，屏幕上花花绿绿，晃得人眼睛发花。里面还有一个屋，放着一些游戏机。这小小的空间里，乌泱泱聚着不少学生，没有位置和没有钱的，就站在边上看别人玩，也能看得津津有味。而整个屋内，烟雾缭绕，臭气熏天。蓝国兴皱紧了眉头，一双眼睛在昏暗的房间内搜寻。最终，在最角落的那台电脑前抓到了玩游戏玩得正激动的蓝岳平。

"上上上，放技能！"蓝岳平戴着巨大的耳机，也不知道是冲着谁在吼，整个人亢奋得像是在上阵杀敌。顿时，蓝国兴只觉得气血直冲脑门，二话不说走过去拎起他就拖出了门外。

蓝岳平猛转过头，凶狠的眼神在看清来人后瞬间退去，他没有想到阿爹会突然出现，一句话都不敢吭。

钟彩银眼看蓝国兴就要将他狠揍一顿，连忙上前护住："这里这么多人呢，回去再说，回去再说吧？"

阿妈几乎是乞求，正是男孩们自尊心最强的年纪，要是在大庭广众之下他对孩子动了手，只怕解决不了问题，还会让矛盾激化。

"人都找到了，也没出什么事，回去再说。"钟彩银见身旁的蓝国兴脾气上来不听劝，又劝道。

好在阿爹虽然生气，但还是难得听了劝，顾了他的面子，一甩手，走开了。阿妈和蓝星月脸色凝重，既担心消不了蓝国兴的盛怒，又不想让二哥难堪，只想带他快点离开这是非之地，毕竟里头向这边张望的，都是学校里的同学。二哥忽然看向了自己，确切地说，不是看，而是瞪，那个眼神，带着满满的怨念和恨意，让蓝星月整个人都愣住了。长这么大，这是她第一次看到二哥这副表情，好像在说"都怪你！"可自己做错什么了呢？

"阿月，快。"阿妈看蓝星月没跟上，催促起来。

阿月也顾不上多想，赶紧追上，因为待会儿，还不知道要面对什么。

阿爹去集市里找了个开三轮车的熟人，是此前阿爹卖彩带时，在集市上认识的，今天碰巧赶集，他也在。阿爹给了他车费搭了他的车。

一路上，阿爹都未发一言，或者说谁都没有说话，也不敢说话，如同暴风雨前的宁静。车斗里，发动机的声音和它的震动一样大，坐得人屁股发麻。风呼呼在耳边叫嚣，胡乱地扬起阿月的头发，又重重拍在她的脸上，像鞭子抽似的，生疼。

蓝星月一次次拨开头发，可她那一头长发，就像草原上发了疯的野马，怎么都不听话，最终还是阿妈从手腕上撸下来一个橡皮筋，替她把那满头的"野马"拴上了缰绳。蓝星月时不时看二哥一眼，只见他桀骜不驯地仰着一张脸，并不认错，也不服气。察觉他要看过来，她连忙又收回目光，看向别处。她不敢对上他的眼神，她害怕再看到那个充满怨恨的目光。

回到了家，关上了门，谁都还来不及反应，阿爹忽然操起门后的扁担，一扁担打在了二哥身上，二哥当即就被打得跪倒在地。阿爹打二哥不是第一遭了，可这却是阿爹最生气的一回，吓得蓝星月大气都不敢喘。

"你这是干什么啊？"阿妈心疼地推了阿爹一把。

阿爹被推得一个跟跄，挂着扁担，大口大口地喘着气，这怒气强忍了一路，此刻他实在是忍不了了。

"放学了不回家，去那种地方跟一帮小混混鬼混，你上的什么学！"阿爹总算是开口了。

"我没鬼混！"

阿爹又一扁担要落下来，阿妈马上就上去拦住了："有什么话就不能好好说啊！"

"没鬼混，那你在那种地方干什么？你看看里面那些人，抽烟的抽烟，文身的文身，打电脑的打电脑，哪有一点学生的样子？你这叫没鬼混？我叫你没鬼混！"阿爹不顾阿妈的阻拦，扁担再一次落在二哥的身上。

二哥闷哼了一声，神情却倔强："我没鬼混！"

阿妈见他不肯服软，知道这样下去，只会激化矛盾，控制不住泛起了泪光："岳平，别怄气，你好好说。"

"我说了你也不懂！"

"你怎么跟你妈说话的？"阿爹怒目圆睁。

"你打，你打，最好把我打死，我保证不跑！反正我在你们眼中，没大哥听话，也没妹妹懂事，我就是最差劲的。"

阿妈没想到他会这样说，震惊地望着他，眼中尽是失望："你在说什么浑话？"话音刚落，眼泪也跟着滚落下来。

阿爹更是被气得说不出话来，就那么瞪着他。蓝星月心里急得不行，可眼下这情形，她实在不知道该怎么办了，她觉着，二哥好像……变了一个人似的，忽然觉得要是大哥还在家里就好了，大哥一定能说动二哥的。

忽然，阿爹厉声喝道："你觉得你翅膀硬了，我管不动了是吧？"

突然提高的分贝，吓得蓝星月心中一颤，也吓了二哥一跳。

二哥低下头，语气软了下来："我没鬼混，我在赚钱。"

第 17 章　死性不改

"我用你赚什么钱？在那种地方赚什么钱？坑蒙拐骗还是去偷去抢？"阿爹盛怒难消。

"我没有！"

"那你说，我倒是要听听，你怎么赚钱？"

"就是打一种游戏，打出装备，装备就可以卖钱！"

"呵。"阿爹忽然就笑了起来，"我看你被人卖了都还能替人数钱！哦，玩游戏都能赚钱了，怎么大家不去玩游戏，还打什么工，干什么活儿？让你去读书你书读哪里去了？"

阿妈一听，也急了，在她看来，这简直是天方夜谭："岳平啊，你千万不要给人骗了。""没有被骗，我同学就赚到钱了，我跟他关系好，他才愿意带我的。"

"哪个同学？叫什么名字？"阿爹质问道。

蓝岳平满脸无奈，忽然觉得解释都是徒劳，干脆噤了声。他就知道会是这样的结果，阿爹阿妈老老实实、勤勤恳恳面朝黄土背朝天了大半辈子，出过最远的远门大概就是镇上了，跟他们说互联网，说电脑，说游戏，和对牛弹琴没有一点区别。

"岳平，我们送你去学校是不想你跟阿爹阿妈一样没知识没文化，现在的社会，你没文化就只能吃生活的苦。你们现在最主要的任务就是好好学习，赚钱的事，不是你们这个年纪该操心的，只有学好了知识，你们以后的生活才能好。"阿妈泪迹未干，苦口婆心，语重心长道。

蓝岳平耐心耗尽，又无奈又憋屈，解释成了诡辩，反驳成了顶撞，怎么说都是错，还不如什么都不说了，敷衍应道："知道了。"

"还有，你为了打你那个什么游戏，招呼都不打一声，你还觉得自己做对了，没做错？"阿爹想了想，又追究起来。

"我跟阿月说了的。"蓝岳平立即反驳道。

蓝星月惊慌地睁大了眼睛："你什么时候跟我说了？"

蓝岳平也意外，抬眼看她，想说什么，可最后目光像熄灯了一样，充斥着失望，似乎是懒得解释了，干脆认下了所有过错："行，我的错，下次不会了。"

见他松了口，阿妈连忙缓和道："行了，打也打了，说也说了，孩子知道错了，也说下次不会了，他知错能改，你也别总是摆着一张脸。"边说着，边将跪在地上的二哥扶了起来。

可蓝星月的心里却不是滋味，刚二哥义愤填膺地说他跟自己说过了，可昨天自己连二哥的影子都没见着，二哥怎么跟自己说的？他那话的意思，是他已经跟自己交代过了，但自己却没把话带回来，故意害他受了一顿打？联想起二哥那个眼神，是在怪自己没给他打掩护？还是他在用自己当挡箭牌说谎？蓝星月委屈极了，明明，他真的没跟自己打过招呼；明明，自己找不到他，也跟着急了一整天，原本昨天还打算回来就给天明哥写回信的，可因为没找到二哥，她连回信都没有写，二哥怎么就都怪在了自己的头上？与二哥之间的隔阂似乎就是从这个时候开始的，蓝星月明显察觉到，二哥对自己的态度与之前全然不同，仿佛是在有意疏离，即便是像往常一样一起回校，有着无法避免的接触，二哥的态度也是冷冷的。这样的变化，使得她郁闷极了，哪怕周日一回校就收到了李娅送的会下雪的水晶球，她也依旧开心不起来。

　　蓝星月给雷天明回了信，说了说自己学习上遇到的困难，也聊了聊二哥近来的变化。尽管二哥答应了不再去黑网吧，也没有再提过什么玩游戏赚钱的事，周五一放学就跟往常一样跟自己一块回家。可她总觉得二哥的灵魂里住着另外一个人，出了寨子后，那个沉睡的灵魂在一点点觉醒。冰冷冷的态度持续了一阵子，阿月思来想去，还是决定抽空找一下二哥，她可以被人讨厌，但她不愿意稀里糊涂就被一个人讨厌，更何况，这个人是家人，是二哥，她必须与二哥说个明白。这样想着，刚回到宿舍的蓝星月将东西放下，拒绝了李娅一起吃晚饭的邀约，径直去男生宿舍找二哥。

　　然而，刚下楼，就远远看到了二哥的身影，他被那几个平日交好的伙伴簇拥着，正往学校门外走。不好的预感陡然升起，蓝星月跟了上去。果不其然，又是那个巷子，又是那个黑网吧。蓝星月愣在巷子深处，不敢再向前。原来，二哥根本没有改，只不过把去网吧的时间，换成了周日晚自习前的空当。可是，他明明口口声声答应了阿爹阿妈，不再来了的。要不要告诉阿爹和老师？蓝星月陷入了巨大的矛盾当中，脑海里不自觉就浮现出了二哥那日被抓回家后的场景。阿爹的愤怒，阿妈的眼泪，还有二哥的怨恨都让她恐惧，她甚至可以想象，若是知道二哥根本没有悔改，阿爹阿妈该有多伤心多难过多失望……可是，若是当作什么都不知道，帮着二哥隐瞒，任由他跟一帮坏同学在这样鱼龙混杂的地方与一群社会闲散人员厮混，那二哥会不会变坏？

　　蓝星月内心煎熬着，终是没有勇气上前。好在蓝星月还没做出决定，在周三的时候，老师就通报了那个黑网吧因为未取得相关营业资质、容许未成年人进入、不进行身份登记等多项违规操作被执法部门给关停的消息。这让蓝星月大大地松了一口气。可二哥对自己的态度，并没有任何好转，还是那么冷漠，那么疏离，甚至，还有怨念。二哥的情绪不隐藏，蓝星月的感知也不迟钝。忍无可忍，蓝星月在食堂主动坐到了二哥的对面，惹得旁边的男生面面相觑，最后识相地走开了。她就想问个明白，二哥为什么对自己这么地不满。

"二哥，你是在生我气吗？"蓝星月开门见山。

"没有。"

"没有吗？那你为什么这样？"

"哪样？"蓝岳平放下了饭盒，一脸不爽。

"你自己知道！"

蓝岳平按捺着脾气，不想再继续。

"我哪里惹你了？我想来想去，就是从我们生日那天开始的，你是怨我没帮你掩护，把你说谎的事拆穿了？"蓝星月试探道。

"我说谎？"

"对啊，生日那天你没回家，你说和我说过了。这不是说谎？不是骗人？那天我找了你几圈都没找到人，为了找你我险些都挤不上车，车子发车了我才坐顺哥的车回去的。"

蓝岳平也较起了真："你故意的是不是？我在阿爹阿妈眼里已经很一无是处了，他们也已经很偏心你了，你还想怎么样？"

这话听得她一头雾水："你乱说什么？"

"我说的不是事实吗？"

蓝星月眼泪在眼眶里直打转，可想了想自己找二哥的目的，还是强压制住了内心的委屈和气愤："我就问你，那天我连你人都没见到，你是怎么跟我打招呼的？"

　　严肃的表情，让蓝岳平也怔住了，心里暗暗察觉，她似乎不像在装傻。这让他也动摇了起来："我让你同学带话给你的，她也答应我了的。"

　　"哪个同学？"蓝星月也愣了。

　　"我……我不知道名字，就是经常跟你一起的。"蓝岳平边回忆边形容。

　　"李娅？"

　　"我不知道，可能是吧？比你高点，戴个眼镜，我看你们一群女孩总是在一块儿的。"

　　听到"戴眼镜"，蓝星月心里明确了，寝室里戴眼镜的，只有梁晓红一个人。

　　"那天我本来是要跟你说的，但那天最后一节课是体育课，烟头他们拉着我把课给逃了，说去晚了就抢不到机子了，恰好上课之前我碰到她，就让她跟你说我睡同学家，不回去了，她也答应我了的。她没有跟你说吗？"

　　"你还逃课？"蓝星月不可思议。

　　"就一节体育课。"蓝岳平不以为然。

　　"你不自己跟我说，让别人带话，中间出了差错，到头来你还怪我？"蓝星月委屈得直想哭。

　　蓝岳平急忙捂住了蓝星月的嘴巴："别哭别哭，别人看到了又要告状！"

　　蓝星月一把打下了他的手。

　　"她真没跟你说啊？"蓝岳平的语气彻底软了下来。

　　蓝星月瞪着他："你自己去问她啊！"

　　"行嘛行嘛，我跟你道歉！是我误会你故意没把话带回去，故意带着阿爹阿妈来网吧抓我。"

看阿月还是委屈得不行，他又哄道："那我也结结实实挨了两扁担啊，就算是对我的惩罚了行不行？真的很痛的。"

"那你觉得自己不该打？你突然就找不到人了，阿爹阿妈不该来找你？你还怪阿爹阿妈不重视你，他们要是真不管你了，才懒得这么大老远赶镇上来找人呢。还有，他们打你打得不冤，别以为我不知道，你说不去不去，后面还去了！"

一通质问，妥妥的教训口吻，一时让人恍惚究竟谁是大的，谁是小的，蓝岳平更是被说得哑口无言。

蓝星月一回到宿舍，立即就找了梁晓红求证。

梁晓红一听，才跟刚想起来有这回事似的："啊……我完全忘记了，你二哥是跟我说过，他那些同学要给他过生日，他不回去了，星期六他再自己回去的，真的对不起，那天放学我太高兴了，刚好我爸从外地回来来接我，我一激动就给忘了，过去这么久了，你不说我都想不起来，话说……没事吧？"梁晓红并不知道自己一时疏忽，险些让兄妹俩决裂了。

蓝星月抿了抿嘴："没事没事，我就是以为我哥又在骗我呢。"

"哦哦，那没有，你哥真跟我说了，怪我怪我，给忘记了。"梁晓红摆手否认道。

蓝星月松一口气，这误会算是解开了。谁知她以为误会解开，这事就算过去了，也没再把这事放在心上，却不想有一天梁晓红回到宿舍，就把一个随身听塞到了她手里。

"你干吗？"蓝星月不明所以。

"你帮我把这个给你哥，就说是我赔他的。"

蓝星月一头雾水："你为什么要赔他这个？"

"上回我问你，你说没事，我就以为真的没事了，我真的不知道因为我的原因害你哥挨打了。我……现在也只有这个值钱。"

"我哥……他敲诈你了？"蓝星月难以置信地询问道。

"没有没有，是我答应了他的事没做到。"梁晓红慌忙摆手否认。

蓝星月只觉得一股怒气直冲脑门。二哥虽然从小就贪玩捣蛋，但他不是个是非不分的人。可自从他出了寨子，蓝星月就觉得他变得和从前不一样了，学习没见多用功，整日与那一群给班级拖后腿的男生一块儿，专门干些不是正道的事，黑网吧、游戏厅，偷着摸着骗着都要进，还总是惹阿爹阿妈生气，跟他们顶嘴，而现在，居然还敲诈勒索上女同学了。

"你赔个屁！"蓝星月将随身听塞回到梁晓红的手里，转头出门去找二哥。刚到男生宿舍楼下，就看到了与"烟头"勾肩搭背的二哥，看样子，他们正要回宿舍。

"你妹找你。""烟头"一提醒，蓝岳平才注意到蓝星月。

"找我？"蓝岳平朝她走了过来。

"你干吗欺负梁晓红？"蓝星月没好气，一门心思只想替梁晓红出头。

现在换作二哥一脸疑惑了："我怎么就欺负她了？她跟你说我欺负她了？"

"你是不是看她斯斯文文好欺负？"

梁晓红不像李娅，性子软，胆也小，典型的乖乖女，阿月都能想象二哥堵她质问她的时候，她一定被吓得不轻。

"不是！"蓝岳平忙否认道，"我在操场碰到她了，问一句她是不是真把我的事给忘了也算欺负她？她答应我的事，结果没做到，害我被阿爹当着那么多人的面从网吧里拎出来，还挨了一顿打骂，我没跟她计较就算了，还不能问一问她了？"说着，二哥也有些恼了："她怎么跟你说的？她说我打她了还是凶她了，还是把她怎么了？"

"你没敲她竹杠，要她赔你钱？"

"我什么时候让她赔我钱了？"二哥激动得加大了分贝。

"那她为什么说她现在只有随声听值钱，让我拿给你，当赔你了。"

"我怎么知道？她有病啊，谁要她赔了？"二哥越说越恼。

好在这时候梁晓红也追了过来，连气都还没喘平，就连忙挡在了蓝岳平的身前对蓝星月解释道："阿月，你误会了，我就是觉得你二哥因为我说到却没做到挨了打，心里挺过意不去的，想补偿点什么，你二哥没敲我竹杠，真的！"

蓝岳平看向挡在自己身前极力为自己解释的梁晓红，意外万分。

第 18 章　爱的定义

> 十八十九正当年，
>
> 要学歌言与娘盘。
>
> 好似十五光明月，
>
> 十五明月照满山。
>
> ——《十八十九正当年》

　　阿月在学习上的用功是有目共睹的，几乎每次成绩公布都能看到她在进步，可即使这样，她还是不敢松懈。越靠前，竞争就越是激烈，排名就咬得越紧，前有狼堵，后有虎追，蓝星月只有紧绷着神经，才能保证自己的排位，只要稍稍一放松，下一次考试的排名就会直观地体现出来，她不想因为自己不够努力而落后于其他人。蓝星月几乎是在你追我赶的强压之下，度过了她整个初中生涯，任何事都无法排在学习之前。倒是二哥，他并没有因为镇上的黑网吧关停就把心思放在了学习上，阿月还是经常能听到老师们对二哥那一伙人的批评，甚至是处分。他们已经是大家眼中公认的问题学生。

　　阿爹阿妈说他，他也不辩驳，总是嘴上敷衍着，却没有丝毫改正的态度，惹得阿爹阿妈一提起他就无奈地直叹气。为了二哥，阿爹阿妈特地给家里装了一部电话，就是为了方便与班主任联系，及时掌握二哥在学校的状况，以免他再出现不打招呼就夜不归宿的状况。可电话的作用微乎其微，毕竟阿爹阿妈不在他身边管束着，光靠着电话，并不能挽救他一落千丈的成绩。蓝星月努力过，想像从前一样私下给二哥补习，想着能挽救一点是一点。可二哥早已不是当初的二哥，用他的话说，他学不进去，就是拿着刀抵着他他也学不进去。他还说，连向来成绩都这么好的阿月为了追赶排名都学得这么吃力，更何况是基础就不好的他？他好像忘记了当初说要像大哥一样去当兵的目标，也不再有当初的学习劲头。后来，阿爹阿妈放弃了，连阿月也放弃了，对他不再抱有期望，要求也一降再降。

家里因为二哥而装的电话还是有一定好处的，至少阿月觉得，她跟天明哥联系变方便了。有了电话，她就再没有写过信了，天明哥第一次打电话来的时候，恰巧就是她接的。

"喂，是阿月吗？"

看到是陌生号码，阿月原本还疑惑是不是学校来的电话，直到听到这声，她人都精神了。那么熟悉的声音，经过电话的听筒传来就变得不一样了，沉沉的，很磁性，让人听着很舒服。见许久没回应，那边又"喂"了一声。

阿月这才反应过来，连忙应道："是我。"

那是他们第一次通话，两人都有些莫名其妙的拘谨。电话不像书信那么地有距离感，写信的时候，写下的每一句话都可以深思熟虑，写错了还能修改，甚至重写。可电话就不一样了，说话的语调、语气，甚至是沉默时的呼吸，都能实时被听到、感知到。但这电话到底是方便的，所以如今寨子里的信越来越少，有时候几个月都见不着那个邮递员的身影。从那以后，天明哥时常会打电话回来，有时候会让阿月帮忙去喊文顺叔来接电话，有时候也会开解因为压力太大而心情不好的阿月，甚至还会通过电话给阿月讲题。同样从山里走出去，雷天明当然明白阿月此刻所面临的压力，这条他自己走过的路，他希望自己也能替阿月扫除一些荆棘。但更多的时候，天明哥这电话是给二哥打的，时常会在讲完题后让她喊二哥来接电话。她以为天明哥会数落二哥，生怕如今二哥的脾气会跟他吵起来，却不想接完电话，二哥总是乐呵呵的，完全不像被骂了的样子，还会对着她做鬼脸，将电话还了回来。

蓝星月好奇："你怎么这么开心？"

"你们懂什么，还是天明哥懂我。"说完，屁颠屁颠就回了自己房间。

蓝星月满脑袋疑惑，但二哥和天明哥却跟约定好了一样，任凭她怎么追问，就是不告诉她他们之间究竟都说了些什么。

联络是越来越便捷了，可阿月却隐隐觉得，她跟天明哥之间有着一道无形的裂缝，并且随着时间的推移，这道裂缝已然变成了一道鸿沟，她不知道这是不是自己的错觉。苦恼的时候，阿月就会去找小娟倾诉。小娟虽然没有继续上学，也依然有忙不完的活儿，但还是会耐心倾听，并认真给她分析："是不是因为这几年天明哥放假都没怎么回来？说不定等你们俩面对面了，你就不会这么觉得了。"

阿月想着小娟的话，仔细回想，这几年天明哥确实回来得少，就连春节的时候回来，也是急匆匆给文顺叔置办好年货，待不了两天就要赶回去工作。就像自己将学习排在了首位一样，天明哥也将工作放在了首位。这些年，她是明显感觉到了天明哥身上的变化，好似他真正变成了一个"大人"。

"话说，天明哥今年回来吗？"小娟又问。

蓝星月摇了摇头："不知道，他没说，我也没问。"

这些年来，每每放假她都盼着能见到天明哥，可天明哥永远都会说要留在公司，期待落空了太多次，到现在她都已经不敢去期待了。

"阿月，你还喜欢天明哥吗？"小娟忽然问道。

蓝星月不明白她为何会这样问，疑惑地看着她。

"是那种喜欢吗？"

蓝星月眉心微皱："小娟，你觉得我之前说喜欢天明哥是瞎说的？"

"当然不是，我只是担心你是不是把习惯和依赖当成喜欢了。"

不知道从什么时候开始，小娟不会像之前那样笃定天明哥对自己的感情了，也不会激动地帮着自己出谋划策，看待自己和天明哥的感情的时候，整个人都变得理智了不少。蓝星月不知道习惯、依赖、喜欢和爱的界线在哪，她对天明哥的喜欢，是希望能时时见到他，见不到他时会忍不住想他，自己所有开心和不开心的事都忍不住第一时间要与他分享，再大的事，只要想到天明哥在就会很安心。

出寨子后，她遇到了很多很多人，可再没有人让她有过这样的感觉。

"阿月，天明哥是咱们寨子唯一一个大学生，他费了那么大的力气走出去，以后的志向肯定不是为了回到咱们寨子里的，咱们寨子又穷又落后，连车都不通，能给他什么呢？所以，我觉得天明哥为了在省城站稳脚跟努力工作是没有错的。你要是真的喜欢天明哥，要跟他在一起，以后一定是要跟他一块儿在城市里面定居的，那就需要你跟他 样，走出去，追上他，而不是等着他回来找你。"

这些话，以前小娟从没说过，阿月也从没想过这样长远的事，以至于她忽然这样说，蓝星月听得都愣了一愣。时间的滚轮确实推动着每个人一路向前，命运的分水岭又让曾经的好友、伙伴走向不同的方向。

一个与往常无异的晚饭时间，二哥忽然变得正经了起来："阿爹阿妈，有件事我想跟你们说。"

"什么？"阿爹应了一句。

"你们也知道，我这水平，好学校肯定是去不成的，所以我想去职高，学计算机。"

"计算机？什么计算机？"阿爹满脑袋问号。

"就是电脑。"

"啪"的一声，阿爹将筷子重重拍在了桌上，顿时脸都青了："我看你是不知悔改！之前我就听说有些小孩打电脑游戏上瘾，家里不让玩还闹着要跳楼自杀的，你光玩电脑游戏有什么用？"

"不是玩游戏，就是计算机，是一门专业，不信你问阿月，我们学校里都有计算机课的。"二哥连忙解释道。

"你不用拿妹妹当挡箭牌。"阿爹黑着脸打断道。

"天明哥都说学计算机有前景，不信你给他打电话，现在就打，你们问他去。你们待在这寨子里，目光短浅没见识，什么都不懂！"二哥也恼了，脾气一上来就口无遮拦。

蓝星月猛地反应过来，难怪天明哥和二哥联系得那么密切，而每次二哥接完天明哥的电话也都是心情大好的。原来，二哥早就规划好了，知道自己拼成绩拼不过别人，干脆挑一个自己感兴趣的专业，学点自己想学的东西。

"阿爹，是有计算机这门专业的。"蓝星月赶紧帮忙解释道。

见阿月都这么说了，阿爹的态度才开始动摇："不是玩游戏？"

"电脑不只可以玩游戏，用处很多的，天明哥在大城市里面工作，听说很多的公司，还有工厂里面很多东西都要靠电脑的，既然他说计算机有前景，我相信天明哥的判断。而且二哥的成绩确实很难考上重点学校，既然这样，还不如选个他自己感兴趣的专业来学。"

"你看你看，阿月说的你们总该相信吧？别小瞧我，我都打听过了，现在职高出来还包实习，包分配工作的。以后等我赚了大钱，就把我们家这破屋子拆了，我给你们盖洋楼。"

"喊，还洋楼，我看你是异想天开，你之前不还说要跟你大哥一样去当兵吗？"虽然嘴上没松口，可好歹态度是缓了许多。

阿爹态度有所松动，二哥也明显松了一口气，嬉皮笑脸道："我说要去当兵才是异想天开呢，就我身上那些疤，过不了征兵的。总之，你们就等着看，以后计算机肯定是热门行业，等我工作了肯定给家里面盖洋楼。"

"你长大了，以后走什么样的路也是你自己选的，别只顾着玩，更不能干违法乱纪的事，其他的，我也决定不了你们。"阿爹终是被兄妹俩说服，放下了对电脑的偏见，不再视它为洪水猛兽。

没有了中考的压力，二哥整个人都明朗了不少，倒是阿月自己，越是接近开考日，心里就越是紧张。小娟说的话她是听进去了的，这三年来，自己对自己的严格要求硬生生从八十六名进步到了前三十名，后来，又在天明哥的悉心辅导下一路追赶，才以黑马之势，将自己稳定在了全年级前十名。班主任老师时常表扬她是最刻苦且进步最大的学生。可平日里模拟考考得再好都不算什么，只有这最后一考才是真正地决定成败。

考试前夕，二哥忽然找到她对她说道："阿月，天明哥让我跟你说，别有太大的心理负担，放松心态，就把考试当成做模拟卷，有好的心态就已经成功了一半了。"

"天明哥什么时候跟你说的？"蓝星月觉得二哥一定是在哄自己。

"上周末我跟天明哥打电话的时候啊，你刚好不在家里，应该去找小娟了吧，我跟他说阿爹阿妈同意我去学计算机的事，他就让我把话带给你。还特意强调了，大多数人的能力肯定没问题，那就是比心态，越紧张越容易发挥失常。"

　　蓝星月原本还怀疑，可最后这话，确实不像是二哥能说得出来的，想着天明哥终究还是关心着自己的，心里莫名就安心了不少。可当她坐在考场里，依然免不了紧张的心情，好在看到了许多大题天明哥都在电话里给自己讲解过。考完了试，感觉良好的阿月才真正松懈下来。千军万马过独木桥，人生的路再一次走到岔路口，同窗同寝三年，身边的同学走的走，散的散。二哥如愿去市里上了职校，李娅跟着她的父母去了外地上学，梁晓红虽然平日成绩不错，但因为考试的时候没发挥好，只考上了第二中学。好在阿月发挥稳定，考上了自己心仪的一中，那可是天明哥和大哥曾经上过的学校。待回头望，阿月不禁有些感慨，好像成长就是在身边的人不停更换中完成的。阿月第一时间将好消息告诉了雷天明。

　　"阿月，我就知道你肯定没问题的。"光是听着声音，她都能想象此刻天明哥脸上是什么表情。

　　"那天明哥……放假你回来吗？"蓝星月紧紧握着话筒，她实在是太久没见到天明哥了。

　　"回不来呢，我正式开始实习了。"

　　意料之中的答案，尽管没抱什么期望，可真正听到天明哥这样说，阿月心中还是忍不住觉得失落。

　　"不过阿月这次考得这么好，想要什么奖励？"

　　这些年，尽管天明哥很少回来，可每逢生日、节日，甚至只是学习上有了一点点进步，天明哥的礼物和奖励从没有缺席。最开始的时候，阿月拿到天明哥的奖励会很开心，可时间一长，阿月却渐渐开心不起来了，因为考试考得好而给你奖励，天明哥越来越像个长辈，也越来越说明他只把自己当个小孩。就像也只有阿爹阿妈会因为这次考得好而问自己要什么奖励一样。

前两年，阿爹为了不再面临拿不出学费的窘境，种了几亩柑橘。高山柑橘很甜，也受欢迎，一到季节阿爹就拉着二哥一起，一担一担往山下挑。这样才将他们兄妹俩供下来，她只感激，哪还会去要求什么奖励。她不知道天明哥是不是有意在用这种方式定义他们之间的关系依然只是"兄妹"，可在阿月的心里，天明哥早就不是哥哥了，那是她打小就喜欢，且喜欢了很久很久的人。

"我不要奖励！"蓝星月表达着她内心隐忍了许久的不悦。

电话那方显然愣了愣，但很快就笑了起来："不要的话，我可就不给咯。"

天明哥打着哈哈，很快就绕开了这个话题。

第 19 章 人生的路

　　市里的学校比镇上的大了一倍，宿舍也从大通铺换成了上下铺，一个宿舍只住六个人，明亮的教室，宽阔的操场，温馨的寝室，还有种着梧桐的校园小道，一切都与寨子里那所饱经风霜且修修补补的小学形成了鲜明对比，也让阿月切身实地地觉得自己是真的走出了那个寨子，也真正体会到了自己过去的一切努力都值得。只是周遭的人全都换成了新面孔，阿月又一次经历着与大家从陌生到慢慢变熟悉的过程，好在之前受李娅影响，阿月的性格也变得开朗了许多，面对"半路上车"的新伙伴，阿月也不那么局促了。

　　尽管拒绝了天明哥的奖励，但天明哥还是在生日前将礼物寄到了学校里来，一个长方形的小盒子，胶带缠得严严实实。蓝星月特地拿回了宿舍才拆开，直到看到盒子里装的是一台崭新的灰色小灵通，蓝星月呆住了。天明哥送的礼物越来越贵重了，她甚至不敢收。

　　"哇！！！谁啊？给你送手机啊？"舍友苏丽芬看到后激动得立即就从上铺爬了下来。在宿舍的其他人也新奇地围了过来，惊叹连连。

　　"谁啊谁啊？"王露也追问起来。

　　蓝星月忙解释："我哥。"

"真好！都是哥哥，我哥只会想方设法坑我零花钱。"王露满脸羡慕。

"就是说，我家里就我一个，都没有哥哥姐姐。"苏丽芬说着，又迫不及待催促起来，"快打开看看！"

"可是，学校不是不让带手机吗？"孙丽霞提醒道。

阿月还没说话，苏丽芬就反驳起来："别带教室去就好啦，大家不都是放寝室里偷偷玩？"

说着，就一把拿过了阿月的小灵通开了机，轻车熟路地按开了各种功能。

"通讯录里就一个雷天明？咦？你不是姓蓝吗？"苏丽芬好奇道。

"我表哥。"阿月赶紧将手机拿回来。

"表哥都对你这么好！月月你也太幸福了吧？"

阿月越想越觉得不妥："我去打个电话。"说着，就躲进了卫生间里，拨通了天明哥的号码。

这些年来，天明哥送过自己不少礼物，但这么贵重的还是头一次，蓝星月实在不能像之前那样心安理得地就这样收下。

电话刚一接通，天明哥的声音就从小小的手机里传了过来。

"阿月，送你的手机，款式还喜欢吗？"

她听着那头的天明哥似乎在忙着什么。

"天明哥，你怎么送我手机？我……"蓝星月斟酌着，也不知道怎么表达此刻内心复杂的心情。

"方便联系啊。你长大了，我觉得成年礼物怎么也得送你个像样的东西吧？"

"是不是……要花很多钱？"蓝星月忐忑道。

"不贵。我们老板已经带着我做项目了，放心吧，天明哥有钱。"

"可是……"

蓝星月的心思，雷天明又怎么会不知道，忙打断道："那你就当替我保管好不好？阿月，你也知道我常年不在家，一年到头回不来几次，家里头我阿爹有什么事我都得找你。你也是，遇上什么事，你也能随时联系上我，对吗？"

"我……随时可以联系你吗？"

"可以啊，要是我忙没接到电话，你就给我发短信，我看到了肯定就回你。当然，上课时间除外，学习还是要认真，别松懈。"

"我知道的。"

雷天明没给阿月推辞的机会，蓝星月只好收下了这份贵重到让她不安的生日礼物。

尽管有了手机，但他们的联络并没有因此变得频繁。寨子里是真的一丁点信号都搜不到，联络还是靠家里那台座机。只有在学校的时候阿月才能用上那部小灵通，可她每次想给天明哥发信息，都会犹豫很久，该说些什么呢？说太无聊的话题会不会显得刻意？天明哥会感兴趣吗？会不会打扰到天明哥？顾虑着，那信息始终就发不出去。她每天放学回到宿舍第一件事就是拿出手机看一眼，有没有天明哥的消息，然而结果常常是失望的。

一日中午休息时间，手机终于响了，显示的却是陌生号码。蓝星月犹豫了片刻，还是接了起来。

"阿月，我在你学校门口，你快出来。"

蓝星月赶紧向校门口跑去，远远就看到了钟小娟的身影。学校的铁栅栏门划开了两个世界，她们隔着那道门，看着对方。

"你怎么来了？"蓝星月喜出望外。

钟小娟难掩激动："阿月，我要去打工了，去广东，我想都到市里了，就来看看你。"

"广东？"

说起来，她也只听寨子里的大人们提起过广东这个地方，相传，畲族的起源地就是在广东的凤凰山，他们祖上都是从广东迁徙过来的，到如今分布在各个省市。蓝星月觉得当初自己走出寨子上学，就是一种远行，没想到如今，钟小娟比自己走得更远了。

"嗯，我表姐说那边的厂子工资高，跟我阿爹阿妈说了好久，他们才答应让我去的。"小娟的语气中满是对那个新城市以及自己新生活的憧憬。

这些年，小娟不止一次抱怨过她的阿爹阿妈，也不止一次跟她的阿爹阿妈闹矛盾，她不想被小燕、被这个家拴在那个落后的深山小寨里，她也不止一次憧憬过外面的繁华，但是，每一次争吵，都是以她的妥协收尾。

蓝星月第一次见到她这副神采飞扬的神情："太好了，你阿爹阿妈肯让你出来了。"

"是啊，阿月，多亏了我表姐，她愿意带我，还帮我一起跟我阿爹阿妈解释，不然我也出不来的。阿月，你等着，等我去到那边，赚了钱，那边的好吃的好玩的我都给你带回来。"

蓝星月既替她开心，又觉得不舍，如今陪伴自己的人，又少了一个。

夜晚，蓝星月躲在被窝里，终于忍不住拿起小灵通给天明哥发短信："天明哥，小娟今天来学校跟我告别了，她说要去广东打工了，说实话，我很替她开心，但心里总忍不住难过。"

天明哥似乎不忙，很快就回了短信："我知道你为什么难过，但你看就像我跟你岳峰大哥，你大哥去部队之后又选择了留队，这么多年都没回来过，我也从学校里出来开始工作，他在部队里有新的伙伴、战友；我呢，也有新的同事、朋友，平时我们几乎都没有联系，但是这些不会影响我跟你大哥的兄弟感情的。所以你和小娟也一样，你要相信，你们的感情是不会被轻易改变的。"

"是吗？不会变吗？"

"有些人就算每天朝夕相处，感情也未见得有多好，真正的朋友，就算不经常联系，感情也是在心里的。"

尽管天明哥这话让蓝星月心里安慰了不少，可这一年的春节，依然是她过得最无聊的一个春节。

大哥还在部队，天明哥依旧没有回来，小娟因为年前才去的广东，自然也没有回来，就连最喜欢呼朋引伴一起玩耍的二哥，也不知道什么时候开始变了，他几乎就在他的被窝里头，窝了一整个冬天。一个个离开了寨子的年轻人，好像把年味也一块儿带走了。但看着这一堆、那一簇，开心玩炮仗、穿新衣、比较压岁钱的孩童们，又似乎什么都没变。

再收到大哥的信，已经是中秋。尽管家里已经装了电话，但大哥并不常打电话回来，还是保留着在汇钱的时候一并把信寄回来的习惯。与之前不同，这一回信是直接寄回了寨子。而来送邮件的快递员，已经换了个年轻的小伙子。阿爹阿妈不认得多少字，读不懂信里到底写了什么，但这一封信还是让他们开心得好几个晚上睡不着，因为信里除了信件，还有一个年轻女孩的照片。女孩纤瘦，身着黄色长裙，手里捧着一簇野菊，乌黑的长发拢在耳后，笑容格外甜美。即便看不懂信的内容，他们也该明白是怎么回事了。蓝岳峰谈对象了，就是照片里这个漂亮的姑娘。

钟彩银拿着照片看了又看，笑了又笑，暗暗在心里感叹，小时候还担心蓝岳峰那个闷葫芦性子以后很难找到对象了，没想到一转眼，就找了个这么优秀的女孩来。

两口子等到在学校的兄妹俩一到家，甚至连手中的东西都还没来得及放下，就赶紧拿出了信让岳平念给他们听。信中介绍道，照片上的姑娘名字叫郑欣欣，小大哥两岁，是文工团里的钢琴乐手，两人自由恋爱，并且已经准备向部队打结婚报告。大哥的信里，对于两人怎么认识的，怎么喜欢上对方的，又是怎么决定在一起的细节没有过多交代，但从字里行间，能看出大哥对欣欣的珍视。

"我们有嫂子了？"蓝岳平读着信，反应迟钝，才抓到重点。

蓝星月刚刚将行李放到椅子上，赶紧从阿妈手里拿过了照片，只一眼，便觉得惊艳万分，她觉得照片上的姐姐真好看，气质优雅，就像电影明星一样。蓝岳平也忙侧过来看照片。

阿爹阿妈听着信，嘴角都咧到了耳后根："别打岔，你大哥还说什么了，读完。"

蓝岳平又将注意力回归到信上，看到最后，忍不住大喊起来："阿爹阿妈，大哥说了，今年年底要带嫂子回来看我们！"

"真的啊？"阿妈拍着手，喜悦之情简直让她要溢出眼泪来。

读完了信，大家都抑制不住地开心，唯独阿爹，本来还笑着，忽然就犯起了愁来，坐在一旁眉头紧锁。

"怎么了？岳峰找对象，你前几天不还挺高兴的吗，怎么突然愁眉苦脸的？"阿妈心里还是美滋滋的。

"岳峰说年底要带人家姑娘回来。"只听阿爹沉沉叹了口气，抬起头看了一圈，"你也说了，人家姑娘是那什么文工团的，从小弹钢琴，这从小弹钢琴你说人家家里得什么条件？就咱们家这破房子，就咱们家这条件，人家女孩真来看了，还能看得上我们岳峰吗？"

阿妈一愣，脸上的笑意也退了。

"是啊，既然岳峰说要带回来见我们，万一女孩来了一趟我们寨子……"阿妈顿住，又继续说道，"光从照片就能看出来人家女孩条件不差，跟我们这儿那是一个天一个地，就算人女孩不在意，想来她爹妈也是很难同意的。"

看着因为自身条件而自卑得唉声叹气的阿爹阿妈，蓝星月的心情也跟着被影响，皱起了眉头，

"不会的，大哥都没这么想，说了带她回来，就说明他都不怕，你们有什么好顾虑的。"向来乐天的蓝岳平看不得大家一个比一个沮丧，忙宽慰道，"而且，等我以后赚了钱，还愁没有大洋房吗？"

"也是，岳峰都没担心，我们瞎担心什么？到时候人来了，我们好好对人家，给人家留个好印象。说到底，岳峰去部队这么多年我们都没见着他了，很多事，得他自己做主了，我们也帮不上忙，至少别给他添乱。"阿妈道。

"嗯，怠慢是肯定不能怠慢的。"阿爹也应道。

明明离年底还远，可阿爹阿妈十分重视这一次见面，风风火火就开始准备了起来。先是将屋子里里外外、上上下下都清扫打理了一遍，又收拾出了阿嬷的房间，该翻修翻修，还添置了一些新的家具，还一趟趟去集市上，买了新的被子、枕头什么的，早早洗晒好备着，生怕有一点让人家女孩觉得不舒心的。阿爹阿妈兴奋地准备完这一切，才发觉时间还早，这才在满怀期待中，渐渐冷静下来。到了夜晚，两个人还是会忍不住在床上讨论岳峰和欣欣的事，毕竟见儿媳妇他们当爹妈的也是头一遭，他们也同样紧张和无措。

蓝星月的心情一开始跟大家伙是一样的，她替大哥高兴，也对年底与新嫂子的初次见面充满期待。可是，当她拿起小灵通，想到天明哥，就渐渐担忧了起来。大哥都谈对象了，眼见年底就要把嫂子带回来了，还准备打结婚报告，那和他同岁，同样到了年纪的天明哥呢？几年前自己送彩带表达心意，天明哥一次都没提过，也没回应过，就好像从

没发生过这件事一样，时间一长，连阿月自己都觉得恍惚了。当然，也是因为这些年自己一门心思都放在了学习上，放在了用成绩追赶天明哥上，自己毕竟还因为从小体弱多病比同龄孩子晚入学，所以碍着学生的身份，从没问过他，他对自己，究竟是怎么想的，可此时此刻，蓝星月忽然就意识到，自己忽略了他们之间的年龄差距，自己才成年，天明哥却已经到了结婚生子的年纪，再这样下去，会不会哪天天明哥也跟大哥一样，忽然就带个漂亮的姐姐回来，告诉大家那是他的女朋友，他们要结婚了？

　　想到这，蓝星月的心中一阵恐慌，怎么都睡不着。翻来覆去，她拿着小灵通，想给天明哥发条短信说些什么，可一遍遍编辑好短信，再看的时候又怎么都觉得不妥当，一遍遍按下消除键。她不知道该怎么和天明哥表达自己的感情，也担心天明哥从始至终回避的态度，或许已经说明他对自己就不是自己以为的那样。

第 20 章　情窦初开

"天明哥，大哥寄信回来了，还寄了张他女朋友的照片，还说年底要带嫂子回来看我们。"蓝星月最终还是忍不住给雷天明发去了短信，一毛钱一条的短信，她时常需要言简意赅，把事情的前前后后说清楚。

小的时候，蓝星月并不觉得天明哥与大哥、二哥有什么区别，但是随着一年年长大，天明哥渐渐变成了如同她生命里的灯塔一样的存在。不动声色的这些年，对天明哥的这份感情，只是被藏起来了，却从来没有改变过，她总想着等自己长大一些，追上了天明哥的步伐，可以堂堂正正站在天明哥面前与他说这份心事的时候才是最好的时机。可看了大哥寄回来的信件和照片，她的心里仿佛总有个声音催促着她，所谓的好时机，究竟是什么时候呢？可若是等不到那个时机呢？自己真的就要追不上天明哥了。忐忑着，不安着，天明哥并没有及时回复消息。

上完一下午的课回到宿舍，看到空空如也的收件箱，蓝星月心中一阵焦灼，就在她犹豫着要不要再发一条的时候，天明哥的消息总算来了。

"岳峰今年能回来了？太好了！这么多年没见，那我今年说什么都不加班了，一定要回来一起过年，顺便也见一见他的女朋友。"雷天明回复道。

光从短信中，就可以看出关于大哥找了女朋友的事，天明哥和自己一样高兴，但他显然更高兴能见到大哥，话题的重点并不在"女朋友"这个关键词上。

蓝星月斟酌着，那些原本想问的、想说的，又不知道怎么继续了。

"月月，楼下有人找。"舍友苏丽芬从外面回来就对她说道。

"谁啊？"

"江涛。"苏丽芬愣是一句多的都不愿意说。

江涛，长得还算端正，身高近一米八，成绩中等，但篮球打得一流，也算得上是个"班草"级的人物。蓝星月坐在第一排，他坐在最后一排，两人的接触不算多。要不是前段时间老师进行学习分组将他们分在了一组，只怕一个学期都不一定能说上十句话。虽然不知道江涛因为什么找自己，但身为小组组长的蓝星月还是起身下了楼。

"你找我啊？"蓝星月询问，并未注意到今天的江涛是特意将自己收拾精神了的。

"那个……我夹在你数学书里的信你看了吗？"江涛有些腼腆地笑道。

"信？什么信？"蓝星月疑惑道。

江涛更慌乱了："哦，没事，我就是告诉你一声，等你看了信，再告诉我答案。"江涛说完，就跑开了。

学校里，同班级，明明天天都能见到，任何事都可以当面说，他却选择了写信，并且悄悄将信夹到了自己的课本中，再看着江涛这副神情，蓝星月又从来不是个对感情迟钝的人，心里瞬间就有了猜想。除了情书，她实在想不到还有什么别的可能。可毕竟还没亲眼看到，她只能猜测着走去教室，翻出数学书进行求证。

书里确实有封信，竟不知道他是什么时候放进来的。果然，没有意外，那就是一封情书，是江涛的表白。这是蓝星月长这么大第一次收到别人的告白，虽然在对江涛的情感上她不会有一丝波澜，可面对着这样一份赤诚的坦白，她心中依然有点慌乱、忐忑不安，因为她不知道该怎么处理应对，更是莫名其妙从心底生出一股子心虚来，生怕别人知道这件事。她将信随手扔进了垃圾桶，走出教室时又害怕信被值日的同学看到，又返回去把信从垃圾桶里捡了出来，撕了个稀碎。应对不来这突如其来的感情，蓝星月只好当作什么都没看到，也不作回复。

然而，接下来的日子，江涛竟更加殷勤了。他会在众目睽睽之下给她带矿泉水、零食，会在小组学习的时候特意将身边的座位留给她，会当众对她嘘寒问暖，惹得周遭的同学连连起哄，还有人故意拿他们俩打趣。

"月月，江涛真的在追你啊？那天他来找你，我就觉得他对你不对劲。"一时间，宿舍里都八卦起了他们俩。

"没有，不是你们想的那样。"

"懂，我们懂，你不用解释，解释就是掩饰。不过话说回来，江涛真的挺不错的，还以为他会喜欢隔壁班周楚楚那样的呢。"苏丽芬的语气竟然透出了一丝难掩的羡慕。

"也不能这么说，江涛喜欢谁是他自己的权利，你以为有什么用？"舍友王露不平道。

苏丽芬的脸色立马就沉了下来。

蓝星月一脸为难，明明大家都是舍友，可是相处起来，却再也不像以往那么自在轻松了。她有些怀念跟李娅、梁晓红她们一个宿舍的时候，那时候大家都简单，都坦诚，从没有这些阴阳怪气，明嘲暗讽。

江涛还是一如既往，好像理所当然就将蓝星月当成了女朋友，同学们更是心照不宣地将两人看作一对。蓝星月每一次都想解释，可大家都只是将她的否认和解释当作她在害羞。

"阿月，我要是这次考试进步了，你是不是该给我一点奖励？"江涛窃笑着。

蓝星月抿了抿嘴，心中的不悦也表现在了脸上："你进步了是你自己努力的成果，跟我没关系，为什么要我给你奖励？"

江涛显然没想到阿月会是这个反应，愣了一愣，随即嬉笑道："对对对，应该是我给你奖励，毕竟我要是进步了，都是你这个学习组长的功劳。"

"江涛。"蓝星月的语气格外严肃。

"嗯？"江涛也不敢嬉皮笑脸的了。

"你是第一个这么正式跟我告白的人，我以前从来没有遇到过这种事，所以我不会处理，也不知道怎么应对才妥当，很抱歉因为这个原因，因为我态度的不明确，这段时间以来可能让大家让你都误会了……但是我觉得我需要跟你说清楚……"

"你……不喜欢我？"江涛满脸不解地打断道。

蓝星月郑重地点了点头："我们是同学，不是那种喜欢。"

"你……是害怕吗？担心老师知道，学校里知道会叫家长，会背处分吗？"江涛追问道，除了这样，他实在想不到一个女生还能因为什么理由拒绝他。

"不是担心这些，就不是你想的这样。"

"那为什么？"

话已至此，蓝星月意识到不能再这么纠缠着，必须快刀斩乱麻，让他彻底断了对自己的念头。

"我有喜欢的人了。"

江涛明显一愣，随即追问起来："谁？我们班的吗？还是其他班的？"

"跟你没关系。"

"总得让我知道我输给谁了吧？"

"你不认识！"

"校外的？"

蓝星月实在讨厌他这副追根究底的样子，已经没了耐心，也没有好脸色。江涛只好作罢，不再继续追问。阿月以为自己与江涛说清楚了，这件事就算解决了，可两人碰到，阿月还是满心的不自在，也能感受到来自江涛的满满敌意。她不过是拒绝了一个自己不喜欢的人，不愿意与江涛纠纠缠缠、拖泥带水，也不想让大家继续误会自己与他的关系。她并不认为自己做错了什么，可江涛给的种种反应，却还是让她莫名其妙觉得自己好像真的做错了什么似的。她不喜欢这种感觉，为了避免尴尬，她干脆尽量回避了与江涛的接触，平时学习小组讨论，她也尽量把江涛分给其他的同学。

"月月，我听说江涛在追隔壁班的巧玲，怎么回事？"苏丽芬一听到这个八卦，就赶紧回到宿舍来问她，语气里还夹着一丝意味不明的同情。

"不是吧？他不是喜欢月月吗？"王露一副要替阿月不平的架势。

"不知道啊，我听隔壁班的一个同学说的，说今天早上江涛还给巧玲带了热豆浆和包子。"

"不是吧？"

"月月，你去问问江涛到底什么意思？脚踏两条船玩劈腿啊？"舍友们纷纷拿出了一副阿月娘家人的气势，要向江涛讨要说法。

蓝星月满心的无奈："我都说了好几遍了，我跟江涛什么事都没有，也不是你们想的那种关系，他去追谁都跟我没关系，你们总不听也不相信我！现在信了吧？"

"不是，那之前……你们都那样了，都不算在一起啊？"

"哪样？"蓝星月反问。

苏丽芬惊讶地张着嘴，仔细一想还真说不出什么东西来。

"暧昧，你们俩关系都那么暧昧了，江涛那次演讲的时候都是看着你讲的，那眼神，可骗不了别人，我们都能看出来！"王露赶紧补充道。

蓝星月无奈地透一口气："他是说过喜欢我，但是我明确拒绝他了。我跟他从始至终就没有关系，也从来没暧昧过。"

苏丽芬和王露面面相觑，原以为之前蓝星月只是口是心非，只是没胆子明目张胆在学校里面谈恋爱，所以才一直否认和江涛的关系。没想到，竟是真的没有一点关系，现在就连江涛追别人去了，也没从蓝星月脸上看到一丝难过和气愤。

"那这么说……江涛也太花心了吧？那么大张旗鼓，好像多喜欢我们月月似的，结果这才多久，转头就追别人去了。"王露依然有些愤愤不平。

"他追谁是他的自由，我又没答应做他女朋友，也不算花心吧？"

"这就是花心，之前我还觉得他挺好的，长得帅，篮球也打得好，没想到他是这种人。"苏丽芬鄙夷道，吐槽完，又不忘八卦，"不过我真没想到，月月你居然会拒绝他，你为什么不喜欢他啊？"

就在蓝星月不知道该怎么回答时，王露开口了："你这意思是，要是江涛追的是你，你就答应他了？别告诉我你暗恋他？"

王露一针见血拨开了她那点小心思，苏丽芬当即恼了，忙否认道："那当然不是了，跟我有什么关系。"

王露笑了笑，看透一切的表情："所以咯，月月不喜欢他拒绝他不是很正常？而且，我觉得月月就应该拒绝他，这种转头就能喜欢别人的人，真在一起了，说不定什么时候看到个更喜欢的就移情别恋了。"

两人我一言你一语，蓝星月也插不上话，只好不作声，低头继续看自己的书。可一回过味来，一个在情书里将自己夸上了天，口口声声说有多喜欢自己的人，一转头就喜欢上了别人，蓝星月的心中还是免不了有些失落的。她很确定，这种失落跟喜不喜欢没关系，从收到情书的那一刻起，她反而更加明确了自己对天明哥的感情。可现在控制不住的失落情绪，又让她陷入了自我怀疑。失落归失落，可仔细一想王露说的话，还是有道理的，真正喜欢一个人，又怎么可能因为这个人拒绝了自己，就立马变不喜欢了，并转头就能喜欢上别人呢？

蓝星月忽然就想到了天明哥，至少，她做不到，即便与天明哥身处两个城市，即便天明哥从一开始就没正面回应过自己，即便这么多年过去了，她也是做不到说不喜欢就不喜欢了的。

然而，没过几天，苏丽芬又风风火火地带着最新的八卦消息回来了。

"月月，我听巧玲同寝室的同学说，巧玲跟江涛闹矛盾了。"

"怎么了怎么了？发生什么了？什么矛盾？"王露像个狗仔一样，嗅着八卦的味道就围过来了。

"具体的我也不清楚，只是好像昨天巧玲还说可以继续考察考察江涛，没想到今天两个人就吵架了，重要的是听说巧玲还放了狠话，说她要是再理江涛她就是小狗！"苏丽芬绘声绘色，讲述着她不知道转了几手的消息。

"该不会江涛这么快又移情别恋了吧？"王露猜测着，还不自觉看了一眼蓝星月。

蓝星月尽管心中也有那么一丝好奇，但仍然保持着一脸的平静。正说着，就见陆巧玲沉着一张脸出现在宿舍门口："谁是蓝星月？"

所有人纷纷转头，看到这副来者不善的样子，又不约而同地看向了蓝星月。

"你就是？出来一下。"陆巧玲丢下这句话便转开了。

"怎么了？月月，她该不会是想找你麻烦吧？"舍友忍不住担心道。

蓝星月虽然不知道陆巧玲来找自己到底是因为什么，但还是站起身跟了出去。走到宿舍楼的拐角处，就看到了孤身等候的她。

"怎么了？"蓝星月开门见山。

"你拒绝了江涛？"

蓝星月警觉地看着她，不明白她这样问的用意是什么："怎么了？"

巧玲目光中闪过一丝诧异："那你知道他来追我吗？"

"知道。"

"他今天居然跟我说，他来追我是为了气你，想看看你什么反应。"

蓝星月张了张嘴，却不知道自己能说些什么，在她看来，江涛去追谁都好，陆巧玲喜不喜欢江涛也好，都跟自己没有一毛钱关系，这本就是他们之间的事，现在巧玲这么一质问，倒显得自己有什么不可推卸的责任一般。

"没反应，你们的事跟我没关系。"蓝星月应道。

陆巧玲抿了抿嘴："你真的对他一点好感都没有？"

"没有。"蓝星月心中腾起一股子怒意。

陆巧玲似乎意识到自己理亏了，脸上浮起一丝尴尬，随即大骂道："那他真是活该，还好我聪明，不然差点都要被他骗了。"

"他这么做，只会显得他很幼稚。"蓝星月应道。

陆巧玲赞同道："是啊，幼稚死了，亏我之前觉得他还挺帅的。"

蓝星月不再说什么，或许陆巧玲是真的被江涛打动的吧，所以在江涛说出真实想法后才会这么地气不过，甚至恼羞成怒地来找自己兴师问罪。回想之前听闻江涛去追巧玲时内心的那份失落，蓝星月逐渐想明白，自己失落大抵是因为，她也希望自己是优秀的，也是值得被人喜欢的人吧。

第 21 章 自力更生

陆巧玲找过自己之后，蓝星月确实能察觉出江涛在有意无意地观察自己对他的态度。

可江涛这样幼稚的行为，却让蓝星月对他的好印象荡然无存，无论江涛怎么试探，蓝星月都处事不惊地应对着。她希望有一天，江涛也能明白他做的那些事很无趣。

蓝星月现在最在意的就是春节，她几乎每天都在数着时间，只要春节一到，大哥、天明哥还有小娟，就回来了，她从未像今年这般这么期待新年的到来，至于其他的事，都不值得她在意。

眼看还有一个星期就放假了，离大哥他们回来的日子又近了。

"阿月，我在你学校门口。"

收到天明哥消息时，蓝星月正在宿舍里收拾东西，原本只是被提示声吸引，拿起小灵通扫了一眼，却不知道这条消息让她忍不住尖叫了一声，生生吓了舍友们一大跳。

"月月，你疯啦？"

顾不上其他人奇怪的目光，甚至都顾不上还没收拾好的行李包，只将要带回家的衣服和课本胡乱往包里塞，便朝着校门口狂奔而去。

正是周五放学时间，全校学生都在离校，校门口堵满了人。可蓝星月还是一眼就看到了淹没在人潮中的雷天明。

许久未见，他好像一点都没变，还是那么地帅气挺拔。走近看，才发觉他比之前胖了一些，原本消瘦的脸颊线条圆润柔和了一些，更是添加了几分少年气，要不是他那略显商务的着装，恐怕说是学校的学生也不会有一点违和。

"天明哥。"蓝星月喊他。

雷天明这才将手机塞回口袋里，抬头看到她的瞬间，目光像被什么定住了一般。几年未见，他惊讶地发现眼前的阿月早已不是自己印象中的模样，站在自己面前的，分明是已经脱了稚气、亭亭玉立的少女，他第一次这么具象地理解了"女大十八变"这句话。

"你怎么回来了？"蓝星月掩不住满心欢喜，嘴角的笑意更是压都压不住。

雷天明这才回了神，十分自然地接过了阿月的书包，顺便解释道："出差，跟我老板一块儿来见客户的，结果老板临时有事，时间改成了明天，我就趁空当来看看你们。"

"所以……你不回寨子啊？"蓝星月有些失望。

"嗯，不回，就在市里，明天见完客户，顺利的话就要回公司了。"说着，雷天明又道，"我给你家里打电话了，今天你跟岳平都不回去了，虎子在排档城那边弄了个摊子，刚刚开业，晚上天明哥请你们去吃好吃的，顺便也给虎子捧捧场，明天再送你们去车站。"

天明哥不说，蓝星月险些忘记了自己二哥的存在，自从两人去了不同的学校，除了每次上学和放学，自己与他联系的还没天明哥多。

"你二哥说要先去接个人，我们直接过去找虎子。"

"接个人？接谁……"

"蓝星月！"

阿月话都没问完，一个带着怒意的声音就在身后响了起来。

蓝星月转过身，就看到了江涛，此刻他的目光如火，在自己与天明哥之间来回。雷天明也察觉出这目光不带善意，疑惑地看向他，下意识将阿月往自己身后挡了挡。

"你说的人就是他？"江涛的脸色并不好，目光在雷天明的身上扫射。

蓝星月一瞬间大脑短路了一般，她从没有想过会出现这样令自己无法应对的状况。

"我知道了。"江涛一脸怒意，丢下这句话，头也不回地转身离开。

蓝星月来不及解释，也不知道该怎么解释，愣愣看着他离去的背影，心中又气又恼。

"谁啊？"雷天明心里暗暗猜测着，询问道。

江涛带着轻蔑的口吻，让阿月恼怒到了极点，又发不出来："同学。"

"小男朋友？"雷天明继续试探，心中却隐隐开始忐忑。

"不是！我没有！"蓝星月气愤极了。

谁都可以误会，谁误会了她都不怕，唯独天明哥一定不能这样误解。蓝星月担心自己没说明白，又补充道："只是同学，他给我写情书，说喜欢我，让我跟他在一块儿，我没答应。"

"是吗？"雷天明抬头朝着江涛走的方向看去，已经看不见他的身影了，"不喜欢他？"

"不喜欢，我跟他说我有喜欢的人了，然后他觉得我会在意，竟然去追隔壁班的女生了，他这样我更不会喜欢他，我都不知道他刚刚说那话什么意思，就好像我跟他有什么似的。他有病，我真的没有跟他谈恋爱！"蓝星月越解释，心里就越慌，既害怕自己解释得不够清楚，又怕自己的解释，天明哥不相信。

雷天明也愣了一愣，阿月说她跟那男孩说她有喜欢的人了，而那男孩看到自己第一反应说的是你说的那个人就是他，不问也知道怎么回事了。雷天明也不知道什么样的答案是自己想要的，这一刻，他只觉得心中五味杂陈，莫名乱得很。

"天明哥，我说的是真的，你别不信我。"蓝星月又强调道。

雷天明笑了笑："天明哥相信你，我们阿月聪明得很，可是要考大学的，不是随便什么小男孩三言两语就能骗走的，对吧？"

也没给阿月开口的机会，雷天明又说道："走吧，去给虎子捧场去。"

雷天明带着阿月到达排档城的时候，离饭点还早，二哥也还没到，整个排档城里显得有些冷清。不过许是因为新开张，钟二虎依旧是春风满面的样子，见到他们来了，忙不迭就招呼了过来，还未开口，先掏出了一包利群烟，抽出一支递了过来。

雷天明摆了摆手，表示自己不抽烟，钟二虎这才又把烟收了回去。他打小就壮，如今看着倒是更壮了，整个人大了几个码，戴着厨师帽还真是像模像样，一点不违和。钟二虎自从放弃学业去学厨师之后，蓝星月也只是偶尔能听到他的一些消息，前几年听说他跟着他的师傅在给人家里烧宴席，有时候师傅不在，他一个人也能掌勺。两年前又听说他已经出师了，离开了师傅去大酒店里应聘了个厨师，没想到现在他自己也支起了个摊子，做起了生意。

虎子和天明哥还在寒暄着，阿月的心中却有些感慨，相同的年纪，虎子已经掌握了一门手艺，并靠着这门手艺自己养活自己这么多年，再看自己和二哥，都还在往学校里花钱的阶段。

正聊着，二哥就到了，可当他们看到跟在二哥身后的梁晓红时，蓝星月与雷天明几乎同时惊讶地看向了对方。梁晓红依然戴着眼镜，整个人透着腼腆。最后还是雷天明先反应过来："这边。"

蓝星月也忙朝他们招手："晓红，这儿！"

晓红也像是终于看到了熟悉的人一般，跑过来紧紧挨着蓝星月坐下。

蓝星月心中当然是有一堆疑惑的，她怎么都没想到二哥说去接人，接的竟然是晓红。印象里，上一回二哥和梁晓红接触都还是二哥找梁晓红兴师问罪的时候。自从毕业后晓红考去了二中，自己跟她还有李娅的联系就变少了，没想到二哥居然和她保持着联络。虽然好奇，可蓝星月也能察觉出此刻梁晓红的拘谨和不好意思。

"岳平，不介绍下？"刚一落座，雷天明就看向了蓝岳平。

钟二虎的目光里也满是赞赏，似乎想说些什么，碍于这么多人在，又没说。

蓝岳平也鲜少地露出了几分羞涩，挠了挠头："她是晓红，是阿月初中时候的同班同学，她家的电脑坏了，我之前就答应了要去帮她看看的，所以刚我去帮忙重装了下系统。她今天家里没人，没人给她煮晚饭，我就带她一块儿来一起吃个饭，刚好阿月也在。"

雷天明意外："原来是阿月的同学？"说着，又冲晓红笑了笑，"我是雷天明，是他们大哥，待会儿喜欢吃什么尽管点，别客气。"

"谢谢天明哥，之前在宿舍的时候，总听阿月提起你，也总看到你寄给阿月的快递，我跟李娅一直都很羡慕阿月呢。"晓红也应道。

"哦？是吗？她说我什么？"雷天明好奇地追问。

天明哥手机铃声突然响起，打断了对话。等到他接完电话，钟二虎又开口道："天明哥，先点吧，有些菜时间要久一点，我就先做上去，等待会儿人到了，我刚好差不多时间上菜。"

"行。"雷天明应着，起身跟着二虎去点菜。

蓝星月松一口气，生怕刚刚的话题继续，晓红再说些什么令她尴尬的话来。

临近饭点，排档城里开始进客，渐渐热闹了起来，烟火气也越来越浓厚。

天明哥喊的人也陆陆续续到了，除了自己、天明哥、二哥和晓红之外，天明哥还喊了几个他的老同学一块儿。也是，毕竟许多年没回来，连阿月想见天明哥都没那么容易，更何况这些老同学，天明哥难得回来，把想聚的人凑起来聚一聚也是应该的。

为了感谢天明哥来照顾生意，钟二虎还特地贡献出了自己家的土酿。

"这两位妹妹要不要来一点。"天明哥的一个同学给大伙倒完了酒，又询问道。

梁晓红刚要摆手，雷天明就率先开口道："她们就不喝了。"

往常，阿爹在家里酿了新酒，蓝星月是会尝一尝的，但这样正儿八经地在饭桌上饮酒，她还是不敢。

男生们喝着聊着笑着，只有阿月跟晓红认真吃着饭，但毕竟女孩子胃口小，明明没见吃几口，两人就都饱了。

蓝星月终究还是耐不住好奇心，偷偷扯了扯晓红的衣角，压低声音在她耳边询问："你跟我二哥什么情况？"

梁晓红忙解释："就知道你要误会，我们就是普通朋友。"

"普通朋友？"

这样的说辞，蓝星月是不相信的，一个是自己同窗同宿舍三年的同学加好友，一个是自己从小一起长大的二哥，这两个人她都太了解了。他们俩在对方面前的所有表现，就不是这两个人正常会出现的反应。

"真的！你不相信我啊？"

蓝星月点点头，并不打算打破砂锅问到底："知道啦知道啦，我二哥这么浑，你看不上他的。"

只见梁晓红抬眼偷偷瞄了一眼蓝岳平，嘴角噙着浅浅的笑意，但也没有反驳。

梁晓红收到父母的消息，一脸抱歉地说要先离席回家。

二哥原本还端着酒杯，听她这样说，连忙就放下了酒杯对大家说道："我先送她回家，等会儿回来继续。"

大伙看他这样，心中也就了然究竟是个什么状况，纷纷表示不介意，催促他快去快回。

"不用不用，我叫个车就能回去了。"梁晓红推辞着。

"我把你带出来的，也得安全把你送回去才行，走吧。"二哥说得不容拒绝，梁晓红也只好听他的。

蓝星月挽着梁晓红送他们到排档城的门口，看着他们上了车才往回走，然而，她怎么也没想到，在这里居然能碰到江涛。更让她没想到的是，江涛的亲哥，竟然是天明哥的同学。看样子，他会出现在这是因为忘了带钥匙，他是来找他哥拿钥匙的。

打上照面的那一瞬，两人都愣了愣。蓝星月能感觉出江涛有很多话想说，但碍于这么多人，欲言又止，最后从江海那拿了钥匙，头也不回地离开了。

蓝星月心里别扭着，又担心江涛回了学校会乱说话，于是丢下一句"我去趟厕所"又追了上去，她想还是有必要跟江涛把误会说清楚。

追到排档城门口，才看到江涛，也不知道他是在等车，还是有意在等自己。

"心虚了？"江涛冷着脸，打量着她。

阿月都还没开口，他反而先发制人，一副审问的架势，令人十分不舒服。

"心虚什么？"

"你心里清楚。"江涛又道。

"你误会了。"说完，蓝星月心里一阵别扭，不明白自己为什么要跟一个无关紧要的人解释。

"我误会？那你说你现在是在干吗？放学了不回家，就是为了和那个人出来约会吧？"江涛问得理直气壮。

"不是约会，你别乱说！"

"不是他？那里面那么多男的，总有一个是吧？你别告诉我你喜欢的人不在里面。"

蓝星月只觉得脑子像忽然打结了一样。江涛见自己猜中了，更加笃定了心中的想法，看向她的眼神也更加轻蔑："在学校里一副三好学生的样子，没想到出了学校是这样的，小心别被人玩了。"

蓝星月不敢置信地看着江涛，"玩"这个字让她感受到了前所未有的屈辱。

她狠狠看着江涛，眼泪在眼眶里蓄积，却一句话都说不出来，回想江涛为了测验自己是不是在意他，就给无辜的陆巧玲献殷勤，再加上刚刚说的话，蓝星月只觉得眼前的这个人，令她无比恶心。

第 22 章　呼之欲出

"阿月。"天明哥不知道什么时候走了过来，"我还以为你找卫生间找迷路了呢。"

一走近，才看到阿月已经红了眼眶，再看向阿月边上的江涛，皱起了眉头："怎么了？"

"没事，天明哥，我们回去吧。"蓝星月快速抹去眼泪，压下了心里的委屈，拽着雷天明就往回走。

直到二哥送完晓红回来，阿月的心情依然低落着，就连向来算不上细心的二哥都察觉出来了。

"阿月，你干吗丧着个脸，谁欺负你了？"

"没有。"蓝星月勉强提起情绪应道。

"谁敢欺负你你跟我说，我去教训他。"

"都说了没有，你要教训谁啊？"

眼看气氛不对，雷天明连忙解围："对了岳平，之前那个公司你们联系了吗？"

"我们已经联系上了，而且聊得挺好的。"

"嗯，你自己看，觉得合适就去试试？"

"我觉得挺好的，总之，不管成不成，都要谢谢哥。"梁晓红不在，二哥喝酒吃饭都豪迈了许多，话音刚落，就见他无比豪爽地喝下了杯中酒。

蓝星月的心情被江涛那充满侮辱的话所影响，也就没心思听二哥和天明哥具体在聊什么了。直到聚餐结束，二哥酒劲上头，已经醉得趴在桌子上一动不动了，最后，他是被天明哥架着，阿月扶着，踉踉跄跄地离开排档城的。二哥醉得厉害，一被拖到旅馆的床上就睡了过去。安顿好二哥，雷天明转头又问蓝星月："阿月，你饿不饿？我看你晚上都没怎么吃。"

蓝星月摇了摇头。

"我饿了，你陪我出去再吃点？"雷天明又征询道。

蓝星月犹豫了片刻，最后点了点头。

冬日的风带着寒意，吹得人脑子瞬间变得清醒起来。雷天明就近找了一家环境算不上好也算不上差的小面馆，要了一份炒河粉，又给阿月点了一份小馄饨。

"阿月……你跟那个男同学吵架了？"雷天明终究还是忍不住问出了心里的疑惑。

虽然阿月说那个男孩追她，她拒绝了。可是，看着阿月刚刚那副眼眶红红的委屈样子，雷天明觉得两人不像阿月说的那么简单。

雷天明知道阿月向来心重，喜欢什么事都藏心里，可她骨子里倔强得很，可不是那么轻易就能掉眼泪的姑娘。所以他不得不开始猜想，阿月是不是没跟自己说实话，她和那个男孩是在谈恋爱？又或者闹了矛盾吵架了，阿月才哭的。心里是这样猜想着，可一晚上都有其他人在，江海也在，所以即便他知道阿月有心事也不好多问，现在只有他们两个人了，他才终于有机会提这个事。

"没有。"提起江涛，蓝星月还是忍不住心中的委屈。

看着阿月这副气恼的样子，雷天明心一沉："他欺负你了？要是他欺负你，我现在就给他哥打电话，让他哥教训他。"说着，雷天明从口袋里掏出了手机。

"不……不是！"蓝星月慌忙按住了他的手。

这样的反应让雷天明更加起疑了："那你跟我说实话，你们是不是在一块儿了？刚刚是不是吵架了？"

蓝星月吓得睁大了眼睛，从天明哥出来找到她那一刻，她知道天明哥会怀疑，却没想到他会误会这件事。

"天明哥，真的没有！"

阿月这副反常的样子更说服不了雷天明了："阿月，你们这个年纪的男孩女孩在学校里互相产生好感很正常，但是绝对不能因为这些耽误自己的学习，你们……"

"天明哥！"蓝星月愤怒地打断道。

这发自心底的怒意，也将雷天明喝住了，从小到大，阿月从没这样朝自己发过脾气，可现在……他看得出来，此刻的阿月是真的生气了。

"我都说了我不喜欢他，我更没有答应和他在一起，你为什么就是不相信我呢？"蓝星月又气恼又无奈，原本江涛说的话已经够让她生气和委屈了，可现在天明哥竟还一个劲儿误会自己。

雷天明怔怔看着阿月，他只想知道到底发生了什么，可现在看阿月的样子，他也不知道自己该不该继续追问，又该如何问。

"炒河粉，小馄饨。"老板端来了面和小馄饨，话题也就此打断了。

碗中的食物热气腾腾，紫菜、葱花、猪油的香气直直往鼻孔里钻，可蓝星月满腹怒气，没有一点胃口。她拿着勺子慢悠悠地搅着碗里的汤，心里的委屈无以复加。她不知道自己和天明哥是不是分隔了太久，以至于现在天明哥这么不相信自己。自己对他的心意，他好像从来没有当一回事，也不知道是真的迟钝不在意，还是假装不知道，现在还一个劲儿要将自己跟别的男生扯上点什么关系。

直到走出面馆，两人都没主动开口提起刚刚的话题。

回宾馆的路上，阿月望着走在自己前面的天明哥高大的背影，始终是咽不下这个委屈的。

"天明哥。"她忽然开口喊住了他。

雷天明停下步子，转过身，这才发觉，阿月走得比自己慢了许多。路灯下，阿月的身影被披上了一层薄薄的柔光，过肩的长发被凉风吹得微微拂动，她的影子倾斜着，与自己的影子相叠在一起。此刻，也不知道哪来的一股冲动，蓝星月只想将在心里那些憋了许久的话全对天明哥说明白："天明哥，今天晚上我跟那个同学是吵架了，因为他来的时候看到我跟你一起出来吃饭，而且一大桌子全是男的，只有我一个女的，说了很难听的话。"

路灯下，雷天明的眼睛藏在行道树的阴影里，蓝星月看不清他的眼睛，也不知道他此刻是什么样的神情。

心"扑通扑通"跳着，紧张、犹豫、迟疑……可她豁出去了，什么都不想管了，也不想藏了："我怕他回了学校会乱说，想跟他解释，可是我不知道怎么解释，因为，我跟他说我有喜欢的人不是骗他的，我也被他猜中了……"

"阿月。"雷天明打断道。

雷天明是慌了，前所未有的慌乱，此刻他脑子里只有一个念头，那就是不能让阿月将那些话说出口。他总以为，年少的感情担不起风浪，抵不过流年。自己已经离开寨子走上社会，阿月也已经是能分清楚自己感情的大姑娘了，这些年来他从没回应，两人也一直十分默契地当作根本就没有"送彩带"这回事，他以为所有事情早就回到原先的轨道，可如今看来，一切都是自以为是。他低估了阿月对这份感情的执拗。

"阿月，天明哥冤枉你了，我跟你道歉，也是我没考虑周到，让你被误会了。"雷天明又道。

蓝星月原本要说的话，就那样卡在了喉咙里。

"我会让你那个同学的哥哥跟他说清楚的，至少他也得跟你道歉，不能让他在学校里乱说话，影响了你们学习。"雷天明故作镇定。

"天明哥，你知道我想说的不是这个。"好不容易才有了豁出去的勇气，她不想就这样退缩。

"阿月！"雷天明又一次打断，他后悔极了，早知道就不该提那个男生。

手机铃声忽然响了起来。雷天明觉得这个电话简直是一根救命的藤，慌忙掏出手机，接了起来，就怕晚了阿月就把不该说的话说出来了。

两人就那样并排往旅店走，天明哥一直在讲电话，蓝星月心中好不容易鼓起的那一股子勇气也散了一路。蓝星月听到电话那头是个女人的声音，尽管两人聊的内容都是工作，可电话那头时不时就会传来"咯咯咯"的笑声，笑声像银铃一样。再看天明哥，也是笑着的，对她说话的语气也是一如既往地温柔。

是……女朋友吗？这个念头一冒出来，蓝星月连步子都停住了。她满脑子想的都是要跟天明哥说清楚的事，似乎并没有考虑过天明哥是不是有女朋友的问题。可是，这么多年，天明哥也从没有说过他找女朋友的事啊。不是的，一定不是的，要是女朋友，上次岳峰大哥寄照片回来的时候，天明哥就应该会说了。这样想着，蓝星月又加快了脚步追上。直到将阿月送到房间门口，雷天明才挂了电话，可到了此刻，蓝星月心中那点勇气也是一点都没有了。

"阿月，早点休息，明天我来叫你。"雷天明驻足在房间门口。

"天明哥……刚给你打电话的……是你女朋友吗？"蓝星月知道，这个问题要是不问，她今晚大概是不用睡了。

气氛仿佛凝固了一般，雷天明愣了会儿神，迟疑片刻后还是点了点头。

蓝星月怔住，她甚至顾不上自己此刻的表情有多错愕，多暴露内心。

"天明哥，你有……女朋友了？"她不敢相信，也抗拒接受，又一次求证道。

雷天明再一次重重地点了点头。

"什么时候？"

"没多久，我们以前是同学，毕业后一起去了现在的公司，跟我在同一组。"雷天明回答道，想了想又补充道，"现在只有你知道，你得替我保密。"

这一瞬间，蓝星月只觉得脚底下好似一空，整个人掉进了无底深渊，脑子里有千言万语想说，可愣是一句话都说不出来。难怪，天明哥始终没让自己将心意说出口。他都知道，他什么都知道，他只是用了他的方式来拒绝自己。可是，为什么他对自己这么好？这么多年过去了，他还是一如既往地好？明明，他对自己跟别的女孩是不一样的，怎么……是因为自己晚了一步吗？如果当时没有犹豫不决，或者，自己再勇敢一点，早些向天明哥要一个明确的答案，他是不是就不会跟别的女生在一起了？眼泪又一次要涌出来，蓝星月强忍着，生生压了回去。已经很狼狈了，她不想最后一点坚强都粉碎了。

"进去吧，早点睡，我跟你二哥就在隔壁。"雷天明当然看出了她此刻的失魂落魄，更明白此刻她内心的煎熬和隐忍，可他只能假装没有看到。

　　正因为阿月此刻内心焦灼，才没看出他这破绽百出的谎言，他也只能硬着头皮将这个谎言说下去。给她打电话的是他的同事陈悦没错，两人是同学也没错，却不是男女朋友关系。毕业后陈悦跟着他去了同一家公司，两人并肩作战，一路摸爬滚打，刚进公司的时候，确实有人开两人玩笑，称他们是天造地设的一对，可这样的玩笑无伤大雅，时间长了谁也不会当真。更何况，如今陈悦马上就要跟她的未婚夫结婚了。

　　看着蓝星月进屋，关上了门，雷天明心里提着的那口气才松了下来，他不想看到阿月这副受伤的样子，可除了这样，他不知道还能怎么做。阿月不该，也不能喜欢自己。回到房间，蓝岳平在隔壁床睡得雷都打不醒。雷天明走到窗边，在床边的沙发上坐了下来，像浑身的力气都在一瞬间被抽走。

　　这宾馆看似装修精致，可老式建筑的隔音效果几乎为零，雷天明甚至能清晰地听到，阿月此刻就在隔壁哭。想起刚刚阿月在门口时那副咬牙强忍情绪的样子，雷天明的心狠狠揪了起来。他知道，阿月现在一定是难过到了极点，也委屈到了极点。他从没听她这样伤心地哭过，就连当初她阿嬷下葬的时候都没有。雷天明就那样听着阿月的哭泣声，压抑、烦闷、沮丧，心如刀绞。他不知道为什么今天在排档城看到阿月追着江涛出去后，自己就坐不住了，于是随便找了个买烟的借口也跟了出去，也不知道自己为什么急于求证阿月与江涛的关系，当听到阿月说他们没有关系时，心中会明显地松一口气。可刚刚，当阿月要说出那些话时，自己又没勇气面对。

　　雷天明觉得自己的心口上压着一块沉重的巨石，压得他透不过气来。心烦意乱的雷天明，就那样坐着，听着阿月的哭声从一开始的宣泄一点点变弱，变成了抽泣，直到最后恢复寂静。

第 23 章　聚散离合

盘古开天到如今，世上人何几样心；

何人心好照直讲，何人心歹俭骗人。

盘古开天到如今，一重山背一重人；

一朝江水一朝鱼，一朝天子一朝臣。

说山便说山乾坤，说水便说水根源；

说人便说世上事，三皇五帝定乾坤。

——《高皇歌》

　　第二天，蓝星月被二哥敲门喊醒时，天明哥已经没了人影。二哥说天明哥接到了他老板的电话走的。蓝星月心想，也好，经过昨天的事，她已经不知道该怎么继续假装若无其事地面对天明哥了。

　　退了房，简单吃了早点，两人就坐上了回家的大巴车。

　　"阿月，我要开始实习了。"二哥忽然说道。

　　蓝星月竟从他脸上看到了几分得意。

　　"去哪实习？"

　　"天明哥给介绍的一个网络公司，具体做什么我现在还不知道，不过他们需要计算机专业的人，我跟他们都说好了，等过完年，我就过去报到，到时候我就可以开始领工资了，干得好的话每个月有八百多呢。"

蓝星月知道，这些年来，看着自己为了不给家里增添负担而一直靠着编彩带解决自己的生活费，二哥对赚钱这件事一直是有执念的，昨晚上二哥喝多了酒，更是提了好多次对钟二虎的羡慕。同一年纪，不同境遇，蓝星月明白二哥心中的那种落差感。毕竟在他们看来，尽管二虎的摊子不大，但那也是个正儿八经的老板。

"真好！"蓝星月鼓励道。

"是啊，也不知道大哥要什么时候回来，我都等不及要跟他说这个消息了。"

"都快放假了，大哥应该也快回来了吧。"蓝星月应道。

然而，直到放假，他们都没有收到大哥动身的消息，但大哥要带女朋友回来的消息，却是整个寨子都知道了，大家都想见见一去多年的大哥，更想见见他的女朋友。毕竟这寨子处在深山，甚至连辆车子都开不进来，几乎与外界隔绝。向来都是寨子里的年轻人走出去，却很少有外人到寨子里来。听说有人要来，自然是觉得新鲜的。

又早早就开始冷了，山下都还未见动静，寨子里却已经积起了雪，整个山头都白茫茫的。

"阿月，别织了，下来烤火。"

蓝星月编着彩带的手被冻得僵硬，听到二哥在楼下喊她，也就放下了未编完的彩带，下楼去烤火。

自从那个暑假靠着卖彩带赚到了钱，阿月就将编彩带当成了自己的任务，每逢长假，就要编上一编。既是害怕自己长时间不编生疏了手法，更是为了减轻家里的负担。现在，她只想让自己专注在这件事上，就没有闲心胡思乱想了。

"阿月，你看看你这手，快烤烤，不然要长冻疮了。"阿妈一眼就看到了阿月被冻得通红的手，边说着，边挪开了位置，心疼地握过阿月的手搓了起来。

阿妈的手是一双常年劳动的手，很有力量，也很有温度，可冻疮、水泡、老茧、伤口都在她的手上留下了斑驳的痕迹，在阿妈心里，她双手经历过的苦难，不希望阿月的手再经历。阿月的手就是一双少女的手，白净，修长，细嫩，用俗话说，那就是一双富贵的手，阿妈护着她，不舍得那双手受一点儿伤。

阿爹用火钳在炭盆里搅了搅，那些覆着灰的炭块又变得红艳明亮起来。阿妈将阿月的手高高放在炭盆上方，顿时，阿月便感受到热浪包裹而来，整个人都暖洋洋的。

"唉……这雪不知道什么时候才能化，不然你大哥他们回来不好走啊。"阿妈看着门外的积雪担忧道。

"不会，天明都能回来，岳峰在部队这么多年，还能怕这点雪？"阿爹宽慰道。

"天明哥回来了？"蓝岳平又惊讶又欣喜。

"是啊，刚回来，说是提早请假回来过年的。"

"那我去找他玩。"

蓝岳平"噌"地就站了起来，也顾不上门外的风雪，从门后掏了把伞就出了门。蓝星月眉头蹙了蹙，竟不知道二哥什么时候跟天明哥关系变得这么好了，反而是从小就被天明哥偏爱着的自己，现在变得连与他见面都觉得别扭。仔细回想，就是从那一晚后，她再没有主动联系过天明哥，每次想跟天明哥说些什么，就会想起他有女朋友的事，她也不愿意一遍遍去回想天明哥承认他有女朋友时的场景，每回想一次，心里就一阵阵发闷，堵得她透不过气来。她知道自己不甘心，可除了不甘心，她不知道自己还能做些什么。她只能将所有注意力转移在学习上，不让自己有胡思乱想的空间，并一遍遍对自己强调，要拿出好成绩，要有出息，以后更要给阿爹阿妈更好的生活，去报答他们对自己的养育之恩。

那晚，她本以为自己大哭一场后，就可以平静放下。可如今，听到别人提起天明哥，心中的那份不甘和悸动，像雨后春笋一样疯长出来。是啊，连见他的勇气都没了，谈什么放下？不过是自欺欺人而已。一双手已经暖烘烘的了，身上的寒意也被这盆炭火驱得一干二净，可心里塌陷的那一部分，还是跟冰窟窿似的，仿佛还结着厚厚的霜。

"阿月，你天明哥回来了，你怎么不开心啊？"

"是啊，往常天明回来最开心的人就是你了，今天这是怎么了？闹别扭了？"

蓝星月猛回过神看向阿爹阿妈，慌忙挤出笑意："没有啊，天太冷了，还积着雪呢，懒得出门。"

应付了一番，害怕露馅的她起身回了屋。关上门的瞬间，心里又觉得空荡荡的。天明哥回来了，她当然是想要见他的，也迟早都是要见的，可是内心深处，她又无比害怕真的与天明哥面对面。

电话铃声突兀地响起，不一会儿就从楼下传来了阿妈的喊声："阿月，小娟电话。"

蓝星月赶忙跑下楼去接听。

"阿月，我回来啦！"

"真的啊？你现在在哪？在家吗？"蓝星月激动道。

"还没呢，今天赶不上车了，明天应该能赶回来吃晚饭的。我给你带了好多东西，等回来了我来你家找你，等我哦！"

"好呀。"

小娟总算是要回来了，她心里藏着的这么多与天明哥有关的事，总算有可以倾诉的人了。挂了电话，就从门缝里看到了天明哥和二哥的身影，他们俩手上拎着东西，正朝家这边走来。蓝星月几乎是落荒而逃，下意识就躲上了楼。一双手拿着织线，却没有编织，而是竖起耳朵听着楼下的动静。

随着大门"吱呀"作响，阿月知道，他已经到了。

"阿叔，阿婶，我给你们带了点外地的特产尝尝。"

"噢哟，不用的，去年就让你别浪费钱给我们买东西了，今年你怎么又买？"阿妈应道。

"就是一点土特产，没几块钱，我们这边没有，就带点回来给你们尝尝。"

"谢谢啊！阿月在楼上呢。"阿妈说着，还加大了分贝朝楼上喊道，"阿月，天明哥来了！"

蓝星月只听到自己的心脏"扑通扑通"跳得狂烈，她知道自己躲不过，但没想到在她根本来不及做心理建设的时候，一切都来了。

"阿月。"见蓝星月没反应，担心阿月没听到的阿妈又喊了一声。

"哎，来了。"蓝星月起身，强压住心中的慌乱，硬着头皮往楼下去。

比起自己的如临大敌，天明哥显得泰然自若："阿月，来，这是给你的。"天明哥的反应让蓝星月慌乱的内心平静下来，但她依旧不敢看他，伸手接过袋子："谢谢天明哥。"

袋子里是一条粉白色的围巾，毛茸茸的，看着就暖和，这大冬天的，正合适。可蓝星月心里却觉得委屈，莫名地委屈。

"天明，那晚饭就在这吃吧。"阿妈热情招呼道。

"不了，我阿爹已经在烧了，我这刚回来，陪陪他老人家。"

"也是，平时你阿爹都是一个人在家，今年你难得回来过年，他肯定很高兴。"

"嗯，那我就先回去了，等岳峰和他女朋友回来了，我再过来。"

"好，岳峰回来了肯定会通知你的，外面雪厚，你慢点啊。"

雷天明笑着，最后看向蓝星月，可阿月的眼神始终躲避着，他也只好若无其事地打招呼："那我先走了。"

直到雷天明出了门，蓝星月这才敢抬眼看他远去的背影，内心更觉得委屈了。回了屋，蓝星月才从纸袋里拿出了围巾。换作以前，在这样的大冬天收到这样一份恰合时宜的礼物，她一定是万分开心的，可现在，她却一点都开心不起来。

这围巾的款式，是个女孩都会喜欢的。是天明哥的女朋友帮忙挑的吧？蓝星月甚至能想象到天明哥和他女朋友一起牵着手挑礼物的场景。

……

小娟总算是回来了，因为行李太多，她的阿爹带着小燕还特意去山下接的她。

刚一到家，她就顾不得还没融化的积雪迫不及待地来找阿月了。一年多未见，小娟肉眼可见地瘦了许多，踩着带跟儿的皮鞋，穿着时髦的大衣，头发染成了黄色，还烫了卷，涂了口红，也画了眼影，与曾经在寨子里时的她相比简直是脱胎换骨。阿月险些没认出她来，直到小娟笑着朝她扑过来："阿月，我想死你了。"

这一开口，蓝星月才确认，真的是她。蓝星月上下打量了几番，她想过小娟会有些变化，却没想过小娟简直来了个大变活人，愣是不知道该说些什么。

阿妈看她穿着单薄，忙招呼道："小娟啊，你穿这么点冷不冷啊，快过来烤火。"

小娟摆摆手："不冷的，别看我穿得薄，但里面这个是羊绒衫，很暖和的。"

二哥刚巧从楼上走下来，看到小娟愣是错愕地盯了她一阵："我去，还以为谁呢，化得跟妖怪一样。"

小娟立即回撑他："你懂什么？这个很流行的。"

二哥摇了摇脑袋敷衍道："行行行，你最潮流，要风度不要温度，冻不死你。"

小娟不搭理他，转头对阿月说道："走，我箱子里带了好多东西给你呢。"

一出门，小娟就下意识缩了缩脖子，手也不自觉搓了起来。可路上一碰到人，总能听到各种各样的惊叹声。

"哟，这是小娟啊，有一年多没回来了吧，出去赚钱了，变洋气了。"

"小娟啊，都快认不出来嘞，穿这么点不冷啊？我看着都冷呢。"

小娟又会强撑着将耸起来的肩膀放下来，继续嘴硬："不冷的婶。"

从出阿月家到回到自己家，小娟愣是被夸了一路，整个心花怒放。

刚一到家，就迫不及待翻起了行李箱，将一大包零食塞进阿月怀里："阿月，这些是给你带的，那边的特产。"又从另一个装得鼓鼓囊囊的大编织袋里掏出一大包衣服，"还有这些，你拿回去看看你能不能穿，不喜欢就给你阿妈穿。"

小燕站在一旁，不住地往箱子里瞧。

"有有有，吃的穿的，你也有，都有。"

小燕眼中的期待才变成了欣喜。小娟去了广东之后，小娟的阿爹阿妈并没有选择回来，这个家也没有因此发生什么变化，只是那些原本小娟要干的活儿都落在了小燕身上，小燕也变成了曾经的小娟，一边上着学，一边照顾家里的老阿嬷和"喏喏"。小娟虽然曾经一度在心里暗暗抱怨过是小燕这个妹妹拖住了她，这份埋怨也在心里藏了很多年，但现在反过来想，若不是有小燕能接住这些活儿，她是铁定出不去的，小娟心里，自然也是想着小燕的。

拿到了属于自己的零食和衣服，小燕才喜笑颜开地走开。

"对了，要化妆吗？给你化个妆吧。"小娟又迫不及待摆弄起她那些化妆品来。

蓝星月看着那些五颜六色、花花绿绿的化妆品，摆了摆手道："不化了吧。"

"干吗不化，我觉得你扮起来肯定很好看。"小娟对自己化妆技术很是自信。

蓝星月继续婉拒："算了，不化了，平时都不化妆，也看不习惯。"

小娟一愣，才猛然意识到，阿月还是个学生，也不再坚持要给阿月化妆，而是话锋一转："听我阿爹说你大哥要带女朋友回寨子，什么时候回来啊？这没几天可就要过年了。"

蓝星月摇了摇头："我也不知道，应该快了，过年之前肯定得回来吧。"

"真好，好像天明哥也已经回来了。"说着，小娟已经收好了她的化妆品。

小娟一提到天明哥，蓝星月心里的那股委屈又涌上心头。

"阿月，你还喜欢天明哥吗？还是那种喜欢吗？"小娟忽然又问了这个问题。

蓝星月低下头，心中千回百转，喜欢又有什么用呢？天明哥都已经有女朋友了，自己的喜欢，算得上什么呢？

她的沉默，让小娟感到意外："不喜欢了？"

"不想喜欢了。"蓝星月应道。

"那就是还喜欢，你打算什么时候跟天明哥说？"

"如果他有女朋友了，我还要跟他说吗？"

小娟惊讶道："什么时候的事？我没听说他带女朋友回来啊？"

"我只是说如果嘛。"

"……"

看小娟这副错愕的样子，蓝星月又转开话题道："对了小娟，你在广东这一年多了，感觉怎么样，那边的厂子工资是不是都给得很高？"

"还行吧。"小娟轻描淡写地应着，可阿月却从她的神情里看出了回避和闪躲。

"阿姊，好看吗？"小燕已经换上了小娟给她带的棉服，不停在她们面前转着身展示。

"还行，挺合身。"小娟走过去将她袖子拉齐整。

"真暖和。"

小娟又走到行李箱旁，抽出几包衣服递给小燕："阿妈的，还有阿嬷的，你去拿给她们试试，看喜不喜欢。"

小燕领了衣服，屁颠屁颠跑出去了。

蓝星月眉头微微皱了皱，小娟这趟回来，带的最多的就是衣服，那一整个编织袋里全是各种花纹、各种款式的棉服，若不说她是回来过年，都要怀疑她是去进货的程度。

"你怎么带这么多衣服回来？"

小娟瞥了编织袋一眼："当然是穿呗，家里这么多人，还有那么多亲戚朋友，过年了都要买衣服的，我这是直接从厂家拿的货，进货价，能比你们去市场上买便宜一半多呢。"

小娟说着，连打了两个喷嚏。

尽管小娟说的理由也没什么可反驳的，但是对于阿月来说，就算自己穿，那也太多了些。

第 24 章　噩耗传来

积雪刚要化尽，就又飘飘洒洒下了起来，温度一降再降，冻得人恨不得随身捧一个火盆，阿嬷的竹编手炉也再一次派上了用场。就在满山积雪还未化尽的日子，一家子人终于见到了照片上的那个女孩——郑欣欣。

但她是和武装部的人一起被书记引着来的。身着军装，比照片上穿着长裙的样子多了几分干练和飒爽，可一双眼睛却是肿着的，布满了红血丝。没有喜悦，没有欢呼，似乎连天空都比以往低了一些，压得人心情越发沉重。阿妈见到她第一眼，就再也控制不住情绪，眼泪决了堤。郑欣欣见状，也跟着哭了。阿爹极力控制，抿紧的嘴唇直发抖。

就在前日，部队来了电话，带来了让所有人都沉痛的消息——大哥牺牲了，牺牲在一次抗灾抢险任务中。听到消息的那一刻，这个家中再也没有了欢声笑语，阿妈甚至一直都还在怀疑这个消息的真实性，总是无法相信，也不愿相信。万一呢？弄错了呢？是骗子的假消息呢？

可如今，郑欣欣带着大哥的骨灰和遗像，就站在面前。阿妈瘫了下去，被阿爹一把托住，兄妹俩连忙上前去扶。哭喊声彻底打破了寨子的宁静。

蓝星月和二哥一块儿,将阿妈扶到凳子上坐下,来报丧的人这才进了门。二哥用袖子抹了抹眼泪,搬来几张椅子让大家坐下。

武装部的人深深吸了一口气,才开口说道:"蓝岳峰同志是在执行洪灾抢险任务时牺牲的,他是一位伟大的战士,是英雄。"

阿妈哭得直捶胸口,阿爹眼泪滚下来,又被他倔强地抹去。蓝星月的脸,更是像被泪水洗过一般。而郑欣欣,表情悲怆,却已经流不出一滴泪,没有人知道,从她听到蓝岳峰牺牲的消息到决定带着他的骨灰落叶归根的这一路上,她一个人是怎么挨过来的。

面对一条鲜活的生命逝去,任何安慰的话,此刻都显得无力且苍白。

蓝星月忽然无比讨厌冬天,阿嬷是在冬天走的,大哥也是在冬天走的。此刻,她只觉得身体像被掏空一般,空虚而孤独。她的灵魂似乎飘浮在空中,俯瞰着眼前充满痛苦和悲伤的一切,她不知道该如何面对这个突然的打击,只有前所未有的无助和绝望。忽然就记起了大哥被欢送着去当兵时的热闹场面,那时的他,那么地意气风发,风光无限,一转眼,竟已经这么多年,更没想到那竟是最后一面。

天明哥也听到消息赶过来了,他站在门外,先看向阿月,然后目光才落到那骨灰盒和遗像上,就那么怔怔地看着棕色的骨灰盒,一句话也说不出来。

"叔叔、阿姨,岳峰是大家的英雄,也是我的英雄,这辈子能遇到他,我觉得自己很幸运,谢谢你们!"郑欣欣还是开口了,尽管悲痛,可她还是试图安慰大家,可说着说着,又哽咽起来。

向来最懂怎么调节气氛的蓝岳平,这时候也跟木了一样,他好像也没学会怎么接受眼前的一切。

"岳平,把大哥接过来。"

阿爹发令,二哥这才反应过来,走上前跪在郑欣欣身前,举起双手郑重地从郑欣欣手上接过了沉重的盒子，又转身将大哥的骨灰放在堂中央，点上了蜡烛和香火。

"阿姨，今天我想留下来。"郑欣欣看着大哥的遗像征求道。

阿妈满眼悲怆，点了点头。早早整理好的房间和早早洗晒好的新棉被，也都派上了用场。可这屋子里的气氛，实在是太沉重太压抑了。

郑欣欣看着大哥的遗像，目光里有柔情也有慈悲，仿佛有很多很多话想说，又仿佛什么都不说，大哥也能懂。阿妈看到，就坐在她身旁陪着她。欣欣便主动拉起阿妈的手，说一些大哥在部队里的事。阿妈也跟她说大哥小时候的事，说到有趣的就笑一笑，说到对大哥的亏欠就抹一抹眼泪。

隔壁的六花大娘担心大家，主动过来帮忙做起了晚饭，阿爹在厨房里木然地盯着火，二哥也进去帮起了忙。蓝星月站在厨房门口，远远看着，远远听着，眼泪不听使唤地流。那么久的期盼，到最后却只换来了这样的噩耗，没有人能接受这个结果。

尽管深受打击，尽管大家都没有一点胃口，可招待郑欣欣的晚饭却没有一点含糊，还是按照原本准备好的一样不差地摆上了桌。

"饭好了，快来吃，多多少少，都要吃一点。"帮忙做好了饭的六花大娘边招呼大家上桌吃饭，边给大家分发碗筷。

"欣欣，吃饭吧。"一家子心情沉重，但还是将郑欣欣当成最重要的客人来热情招待。

"我们这都是些土菜土肉，不知道你吃不吃得惯？"六花大娘关切地说道。

"吃得惯的。"

饭后，就腾起了雾气，整个寨子都躲藏进了云雾之中。

寨子里许多人得知了消息过来探望，但又不敢走近，只是远远在门外看一眼又转身回去了，这种时候，说什么都多余，不但安慰不了什么，还会激起大家好不容易才平复下来的情绪。

"阿月，带我逛逛寨子吧？"郑欣欣忽然提议道。

蓝星月错愕地看她，点了点头。看两人要出门，阿妈赶紧拿来围巾给郑欣欣围上："外面冷，别感冒了。"

两人出了门，郑欣欣忽然忍不住感叹道："这寨子好安静。"

蓝星月忙解释："天暗了，又冷，大家都窝在家里头。白天会热闹一些。"

郑欣欣知道自己说的话惹阿月误会了，又开口道："安静点好，我喜欢这。"

蓝星月也松一口气："我们收到大哥信的时候，知道大哥要带你回来，阿爹阿妈都还担心，你会被这里的穷和落后吓跑呢。"

"不会的，你大哥很真诚，他早就跟我说过的，我要是被吓跑，早就跑了。"郑欣欣应着。

"寨子不大的，不过寨子后面有山，寨子外面还有水库和小溪，夏天一到我们都在水库里面玩。"

"嗯，你大哥也说过的，听起来就很有意思。"

蓝星月不知道大哥还对欣欣姐说过什么，也不知道欣欣姐拉自己出来逛是想看什么，一时不知道还能开启什么话题。

"你大哥的好兄弟雷天明回来了吗？"郑欣欣忽然问道。

蓝星月停住脚步，她没有想到，大哥甚至跟欣欣姐提过天明哥。

"怎么了？"见蓝星月反应这么大，郑欣欣疑惑问道。

蓝星月忙回过神："哦，回来了，在家里吧。"

正说着，就从前方传来了动静，是有人过来了。尽管只是一个迷雾当中的身影，但蓝星月还是一眼就认出了雷天明。雷天明没有想到会碰上她们，也是愣了愣神。

还是郑欣欣先开口："你就是雷天明吧？"

雷天明点了点头。

"我正想让阿月带我去找你的，岳峰跟我说过你，你是他最好的兄弟。"

雷天明怔怔看着郑欣欣，等着她将要说的话说完。

"岳峰在的时候最放心不下的就是家里，现在他不在了，能不能请你就当他还在部队回不来，家里继续帮忙照看着，还有阿月和岳平，都是你跟他一起看着长大的……"

雷天明看向蓝星月，但只一眼，眼神便闪躲开，应道："我明白的。"

"嗯，你了解他的。"

"嗯，我知道。"

"这么冷，我送你们回去吧。"雷天明说道。

郑欣欣挽着阿月就要往回走。蓝星月心里犯着嘀咕，明明欣欣姐是要逛逛寨子，怎么一遇到天明哥就不逛了？天明哥一路将她们送回了家，看到蓝岳平正在给大哥烧纸。

这一次，雷天明没有驻足在门外，而是走进门，神情凝重地给大哥上了香，还陪着二哥一起烧了纸。燃起的火光中，天明哥看向大哥遗像的目光中满是感慨，可他却一句话没有说，只是那样看着，没有人知道他内心在想什么，在说什么。与照片上的大哥对视了片刻，雷天明缓缓低下了头，一起长大的好兄弟，如今只回来这一盒骨灰，那些不能说出口的话，现在都变成了枷锁，锁在他的心上。

"天明来啦。"阿爹从屋里走出来。

"嗯，来了。"雷天明站起身。

阿爹点点头，坐在一旁一口接一口地抽起了烟，烟雾氤氲，也没遮住阿爹脸上的愁绪。

"国兴叔，岳平和阿月都还小，接下来有什么要帮忙的随时跟我说。"雷天明说道。

阿爹看他，点了点头。

按习俗，阿爹阿妈是不能操持大哥的后事的，而大哥又没有结婚生子，所以一切后事都只能让岳平和阿月来完成。

"岳平，快新年了，先让大家安安心心过年吧，等过完了年，你再去报丧。"阿爹提点道。

"知道了。"

大哥遗像前的香火和蜡烛，没有熄灭一直亮到了第二天。这一晚，也没有谁是真正睡着的，特别是郑欣欣，二哥几次醒来续蜡烛，都看到了她，她几乎在遗像前守了一夜。

"欣欣姐，早些休息吧。"二哥劝她。

郑欣欣分明已经哭红了眼睛，但还是平静地应他："我还不困，你快去休息。"

蓝岳平无法，只好上楼。

郑欣欣是第二天早上离开的。临走前，阿妈将一只银手镯塞她手里，郑欣欣连忙推辞。

阿妈却摆了摆手："不值钱的，岳峰说他要带你回来我就准备好了，当是个见面礼，现在虽然岳峰不在了，但还是要感谢你这么大老远陪他一起回来，这就是阿姨的一点心意，你收下吧。"阿妈说着，转头看看遗像又哽咽起来。

郑欣欣看着阿妈，面露为难。

阿爹也开口："岳峰跟我们说你们向组织打了结婚报告，还没批吧？"

郑欣欣摇了摇头。

阿爹如释重负："那就好，那就收下吧，千万不要有心理负担，你阿姨没别的意思，就是想谢谢你……"说到这，阿爹哽了哽，又继续说道，"现在岳峰不在了，好在结婚报告还没批下来，不然就耽误你了，你还这么年轻，往后的日子还长着呢。"

郑欣欣捏着手镯，思虑了片刻后深深地呼一口气："叔叔阿姨，那我就收下了。"顿了顿，又道，"我了解岳峰，他在部队的时候最放心不下的就是你们，平时对你们也总是报喜不报忧。现在，他牺牲了，但他肯定不希望你们太难过的，你们一定要保重身体。"

"哎。"阿妈边抹着眼泪边应着。

最后，郑欣欣的目光看了过来："阿月，你大哥时常跟我说，你从小就懂事，多陪陪叔叔阿姨，照顾好他们。"

"我知道，欣欣姐，大哥这么喜欢你，他肯定也不希望看到你难过的。"蓝星月应道。

郑欣欣的神情滞了一滞，然后嘴角向上弯了弯。那是她来到寨子之后第一次这么会心地笑，眉眼弯弯，笑得和照片上面一样好看。可一转身，她的眼泪就滚落下来。

阿月看着她离去的背影，即便交流不算多，但她知道，欣欣姐一定是很喜欢很喜欢大哥的，而阿爹阿妈，也是很喜欢很喜欢欣欣姐的。差一点，就差一点。他们就可以在欢声笑语、其乐融融中度过这个新年了，他们就会变成一家人了。可现在，看着欣欣姐远去的背影，再看向大哥遗像前摇曳不止的烛火，一切都像极了一场梦，而随着欣欣姐的离开，这场名叫"团圆"的梦也就醒了。

寨子里，还是会响起炮仗声，也随处可见欢声笑语的孩童们，唱吉祥歌、说吉祥话，新年的喜庆气氛不会有丝毫减少，只是这些欢乐和喜庆，与阿月，与这一家都无关了。

家里早早准备的红对联也全都换成了绿对联，屋子里没有一点过新年的喜悦，兄妹俩更是早早为年后的丧事做起了准备。一过完年，二哥就在叔叔的陪伴下，学着当初阿爹的样子，挨家挨户下跪报丧。寨子里，无人不对年纪轻轻就牺牲了的大哥唏嘘万分。

做功德了，家家户户都来人了，连钟老师都特意赶来了。大哥没有子女后代，但书记说，大哥是烈士，是英雄，不能让他走得寒碜，于是在他的张罗之下，村子里比大哥年纪小的后辈都来跪拜、祭香、守夜了，丧礼还算得上隆重。

阿月面对着大哥的遗像，忽然有好多好多话想对他说。这一刻，她很后悔，大哥在的时候，他们交流得实在是太少太少了，总觉得来日方长，总有机会的，可没想到，很多话都还没来得及说，竟然就再也没有机会说了。直到后来，蓝星月才知道，部队里的军人，每次出重大的任务，是要留遗书的，而大哥的那封遗书，是给欣欣姐留的。得到大哥的死讯，欣欣姐悲恸欲绝，但还是执意向组织申请由她来送大哥落叶归根。她这一趟来，既是想看一看大哥长大的地方，留多一些与大哥有关的回忆，也是想帮大哥完成他遗书里的心愿。

第 25 章　人生苦旅

就在大哥丧事结束没多久，小娟家也传来了坏消息，小娟年迈的阿嬷，也没挨过这个冬天。

人活一世，究竟是为了什么？

大哥的死，对阿月冲击是巨大的，她从未如此认真地思考过"生"与"死"的问题。既然人生走到最后，必然是死亡，只是有人死在了暮年，而有人死在了青年，也许还有人死在童年，那人活一世，究竟是为了什么呢？这样的问题时不时从脑子里冒出来，可她无法回答。

同样是至亲离世，小娟倒是比自己冷静许多，她平静地完成了所有她该完成的程序，披了麻也戴了孝，最后将她的阿嬷送上了山。直到一切都结束了，小娟也没有过多悲伤，反而是如释重负。

新年伊始，大家又要出寨子奔生活去了，临走前一天，小娟来找阿月，才吐露心中真实想法："我阿嬷做功德的时候我听到有人说我没良心。"

阿月怔怔看着小娟，不知道该怎么接这话，那些议论，她也听到了，甚至连小娟的亲戚，都说小娟出去才一年多，赚钱了，就变了。

"我确实替小燕松一口气，阿嬷走了，小燕以后只要照顾好自己就行了。"小娟喃喃说道。

阿月心里是明白她的，不能出去的那些年，小娟心中是攒着委屈和怨恨的，腿脚不灵便还常年吃着药的阿嬷，年纪尚小还不懂事、处处需要人照看的小燕，家中的鸡鸭，猪栏里的"喏喏"……这些，都是曾将她绑在寨子里的长绳。小燕是她一手带大的，小娟不愿意自己受过的委屈、吃过的苦，又原原本本转嫁于小燕，她不希望小燕变成曾经的自己。小燕是燕子，她本该自由飞翔在天际。

"我好像有点麻木了，真的感觉不到难过，我阿嬷常年病痛，年前我回来时她甚至下不了床，我真的觉得她是解脱了。"小娟又说道。

真正的悲伤，往往是说不出的，阿月想起阿嬷走的时候，她也没有哭，直到阿嬷入土，她都没有掉眼泪。可是，当她看到阿嬷没编完的彩带，出门时习惯跟阿嬷打招呼却发现小椅子上没人时，吃饭时习惯帮阿嬷拿碗时，她都能记起阿嬷。

"不说了，随便别人怎么说。"

"是啊，跟你再亲的人也不是你，他们不知道你心里真正的感受的。"阿月安慰道。

"阿月，天明哥什么时候走？"小娟忽然问道。

"应该也就这几天吧。"蓝星月回答。

天明哥原本早就该回去工作了的，只是大哥牺牲要办后事，再加上小娟阿嬷的突然离世，他不得已，假期一延再延。

"阿月，如果你是真的喜欢天明哥，那我觉得就算天明哥有女朋友了，你也应该让他知道你的心意。"

蓝星月不知道小娟怎么突然就将话题拉到了这来，惊讶地看向小娟。

"其实我在广东，也碰到了喜欢的人，但我没机会让他知道我喜欢他了。"小娟神情悲伤，陷入回忆。

"怎么了？"

"我刚到那边的时候，是跟着我表姐一起进了一个电子加工厂，正是快年底，很多工人都回老家过年了，厂里为了赶进度，加班工资确实很高，我也赚了一些钱，但是过完年，因为我那个岗位不是技术岗，很快我就离开了电子厂，租了个房子。那个人就住在我隔壁，大我两岁，不高，也算不上帅，但笑起来很好看。他很照顾我，知道我一个人，总是做完饭喊我一起吃，还帮我搬重的东西，最后还带我进了服装厂，他是我组长。"

"然后呢？"

"说实话，我真挺喜欢他的，我长这么大第一次有人这么对我，我也能感觉到他是喜欢我的，我一直在等他跟我开口表白，但……去年十月份，我先下班回了家，他留在厂里加班。结果等到他下班回来的时候，在半路就被车撞了，当场死亡。"

蓝星月心里"轰"地一震，也不知道是什么塌陷了，这个时候，"死亡"这个字眼，就像一枚子弹，正中她的胸膛。

"他家里人赶来领了赔偿，带着他的遗体回去了，他什么话都没留下给我，我也什么都没来得及跟他说。当然，我就连难过，都没有身份去难过。"小娟顿了顿，有些哽咽，但很快又平复了心绪，"其实他试探过我很多次，我心里都知道，但我就是没说，我总觉得，这些话要他先开口才行。但后来想，其实这话谁先说又有什么关系呢？如果我当时说了，至少他会知道我心里的这份感情。"

小娟忽然抬眼，眼中全是泪光："所以阿月，我觉得，如果你真的喜欢天明哥，应该要让他知道，至少不留遗憾吧。"

蓝星月望着她，心中震荡着，难以平复。是啊，说了，至少不会像小娟这样地遗憾吧？

"那你明天回去，还去那个服装厂吗？"蓝星月忍不住担忧。

小娟摇了摇头："不了，服装厂效益不好，年前两个月就发不出工资了，所以拿了那么多衣服给我们抵工资。我回来过年的钱都还是最后两个月去打零工攒的。不过那边机会多，有手有脚，够勤快，就饿不死自己的。"

蓝星月知道，这才是真实的小娟，旁人看到的光鲜亮丽，都是小娟的外壳，她也必须要给自己包装上这样的外壳，否则她一心要出寨子、要往大城市里挤的执念，就变成了笑话。

"阿月，不知道有句话你听过没有，那个人车祸之后，我倒是经常听到：你永远不知道明天和意外哪一个会先来。"

那天，小娟和阿月聊了许多许多，但小娟说的每一句，都发人深省。

夜晚，蓝星月躺在床上，辗转反侧就是无法入睡。脑子里是大哥与欣欣姐，是小娟和她的那个人，也是天明哥。各种各样的念头此起彼伏着，那个问题，又冒了出来，人活一世，究竟是为了什么呢？是为了风光无限，还是不留遗憾？这样的提问依然是没有标准答案的。直到另外一个念头冒出来：如果明天和意外，是意外先来呢？

天明哥走的那天，正是学校要开学的日子，天明哥主动提出要送阿月去学校。一起下山的，除了天明哥、二哥，还有雷顺和寨子里学校的新老师钟晓芬。蓝星月才知道，顺哥的摩托车已经换成了面包车，就停在山下大路边，天明哥跟他已经打好招呼，大家坐他的车一块儿去镇上。一路上，晓芬姐和天明哥一直有说有笑地聊着学校里的情况，蓝星月也插不上嘴，只能听着。从狭窄的山路走到大路上时，就看到了"前方施工，慢行通过"的牌子。天明哥回头看了好几眼，忍不住问走在一旁的雷顺："这路往哪修啊？"

雷顺瞥一眼警示牌："不是金坑寨就是上牛寨吧。"

"那怎么不往我们寨子修一修？"

雷顺边掏出钥匙边应道："我倒是想啊，这样我们车子就可以直接开到寨子里了，每次回来停在这大路边我都不放心呢。但我们寨子在最山窝窝里头，想要修条大路出来，要么挖掉半座山，要么沿着山沿绕上去，不容易的。"

雷顺启动车子，大伙也赶紧上了车。

一路上，天明哥都没说什么话，一双眼睛看着窗外景致，若有所思。蓝星月转头偷偷看他，只看到他的侧脸，风从窗户缝隙里透进来，撩拨着他额前的碎发。二哥今天也是格外地沉默，蓝星月这才猛然发觉，似乎就是从大哥去世后，二哥就再也不像往常那样叽叽喳喳，大话连篇了。是啊，要去实习了，要自力更生了，他是多想跟大哥分享这个消息，多想让大哥知道这些年他的变化，向大哥证明自己不是一无是处。

可最终却是这样的结果。

顺哥的面包车在镇上唯一一家文具商店门口将晓芬姐放下，又将剩下的他们直接送到了镇上的车站，正巧赶上了去城里的巴士。只是来得晚，车上早已经没了空余的座位，他们只能站在拥挤的人群中。

蓝星月矮，甚至抓不到上面的把手，而车子已经启动，眼看就要被惯性摔倒在别人身上，雷天明赶紧伸手抓住她，将她往自己身前拽了拽："抓紧。"

蓝星月怔怔看着他，小心翼翼伸出手，抓住他的衣角。然而，一个急转弯，蓝星月就脱了手，重重摔在了旁边一位中年男子的身上。雷天明赶紧将她牵过来，拿过她的手环在自己的腰间，把她护在自己身前。

车厢里已经响起了抱怨声，责怪司机开车不稳当，但经常坐这趟车的人都了解这趟车的风格，倒不是司机的问题，实在是这条进城的路太崎岖，大弯连着小弯，就没几处是平坦的。蓝星月抱着雷天明，脸上一阵发烫，这么亲密的接触，怕只有小时候天明哥背自己时才有过，她甚至不敢抬头。可车子时而左转，时而右转，每次过大弯，她又不得不紧紧抱住他。过了一会儿，二哥也挤了过来，于是，他与天明哥两人一左一右，紧紧将阿月护在中间。

路程过半，车上的人也下去了大半，车厢里总算是空出了几个座位。

"阿月，那有空位置，快去坐。"二哥指了指最后一排刚刚空出来的两个位置说道。

天明哥看到，拉着阿月的手，朝那个位置走过去，还让阿月坐在了窗边。

"天明哥。"

"嗯？"雷天明转头看向她。

"我喜欢你，从很小就开始喜欢你了。"

当面对天明哥说这些话，是蓝星月早就决定好了的，这些天，她一直在找机会，可直到现在，她知道，再不说，等天明哥一走，就说不定什么时候才有机会说了。刚刚那一瞬间，她忽然就觉得，把想说的话说出口，似乎也没那么困难。四目相对，蓝星月从天明哥的眼中看到了各种各样的情绪如暗流涌动。雷天明不敢置信，他曾经最担心最害怕的事还是发生了，阿月还是对他说出了这些话，且说得如此平静，从她的脸上，他甚至看不到紧张和羞怯。雷天明觉得此刻自己就像被架在了火上炙烤，内心更是煎熬。

沉默，良久的沉默，好在车厢里足够喧嚣和吵闹，那些声响淹没了雷天明的窘迫。

"阿月，你还小，你不懂……"

"天明哥，我知道你一直都知道是不是？"

雷天明怔住，没说完的话就那样卡在了喉咙里。他是知道，从阿月那天跑着来给自己送彩带的时候他就知道，只是他天真地以为阿月不懂感情，时间一长，等她长大了，就会明白什么是真正的感情。这些年，他一再回避着，只盼他们都可以默契地当作彩带的事没发生过，可到了现在，却还是同样的结果。

"阿月，我有女朋友。"这是雷天明最后的底牌，可说这句话的时候，心里却莫名像被针扎了一样刺痛。

蓝星月点点头，神情依旧没什么波澜："嗯。"

蓝星月这一句简简单单的"嗯"，实在让雷天明不明所以。雷天明一直想再说些什么，又担心聊得太多，阿月还会说出什么让他无法应对的话来，就这样，话题止于此。

车子不知不觉就到站了，车上的人像潮水一样拥下来。

"阿月，你好好读书，要是没钱了就跟我说，等我发工资了我来给你零花钱。"蓝岳平说道。

蓝星月意外地看向他，这实在不像是二哥会说的话，他以前也从来没对自己说过这些话，如今看来，他真是越来越有大哥的样子了。

雷天明站在一旁，眼神闪躲，甚至不敢对上阿月的目光。

"天明哥，我去你朋友公司实习还有什么要注意的吗？你再跟我说说。"这是二哥人生当中的第一份工作，所以他格外看重，也是有着满心的忐忑。

"也没什么需要注意的，我只是跟对方推荐了你，至于你能不能在那里混下去，还是要看你自己。不过刚过去，就多看少说话，多做事，多学习，多积累经验，很多事是你在学校里学不到的。"

"嗯，明白了。"说完，雷天明又看了一眼阿月，他有很多很多的话想说，可也有很重很重的顾虑和为难。

"天明哥，你一路顺风。"最终还是阿月率先开了口。

"嗯，你好好读书。"

那些想说的话，终是没说出来，他们都如往常一样告别，然后各自奔向自己的路途。他们都不知道，这场与往常无异的分别，会那么漫长。

第 26 章　久别重逢

人生大抵是在一次次离别和相逢中组成的。

蓝星月将车站那次的告别，当作是她决心放下天明哥的一场仪式。她与天明哥之间的关系转变似乎也就是从那次告别开始的。那天过后，他们几乎断了联系，时间一长，天明哥甚至需要通过蓝岳平来询问阿月的近况了。

高考填志愿的时候，阿月看着志愿表，神情却不轻松，在这一刻之前，她的目标一直很明确，去海市、考海大，去找天明哥。可就是在要下笔的这一刹那，她犹豫了。已经作了告别的人，再不顾一切奔向他的意义是什么？蓝星月迟迟下不了笔，她忽然就记起了那天自己在车上对天明哥说喜欢他的那个场景。是啊，假若那天没有一冲动说了那些话，或许他们之间还能像从前那样若无其事地相处的。可她说了，天明哥也回应了，已经发生的事，就不能当作没有发生过一样，那些说出去的话就像泼出去的水，她收不回来了。而他们之间的关系，也回不到从前了。此刻回想，她终究是后悔了的，她对天明哥的那份感情，说与不说，天明哥都是知道的，他们之间，差的并不是那一句表白，差的是天明哥对自己压根就没有喜欢。犹豫到最后，阿月停下了追逐天明哥的脚步，选择往西南，去了南庄市，上了民族大学。

天明哥得到消息的时候，打过一个电话给她。两人对着电话沉默了许久，最后雷天明先开口："阿月，听说你要去南庄上民族大学？"

"嗯。"蓝星月回答。

雷天明在那头愣了一愣，似乎也很意外她的这个决定："怎么去那么远？"

"我考虑清楚了才决定的，真要算起来，南庄很远，但其实海市也不近。"阿月说着，忽然就有些感伤。她未说出口的那句话是：只不过海市有你。

雷天明沉默了片刻后开口道："阿月，只要你考虑清楚了，天明哥支持你的决定。"

话音落了，雷天明的心中也一阵落寞，阿月不止一次说过她要来海市、考海大，自己也认定了阿月会来的。可如今，阿月做决定的时候，甚至没和他打声招呼。

雷天明一边落寞着，一边又不停地告诉自己，阿月做的这个决定，对他，对阿月，其实都好。阿月长大了，她已经用自己的方式为自己的人生做决定了，雷天明很清楚，这个时候他不该干涉，也干涉不了，阿月的人生，要她自己去选择和负责。

"去了南庄，一个人照顾好自己。"雷天明提了提精神，让自己的语气听起来轻松一些。

"我会的，天明哥。"

"有事别忘了给我打电话，没事也可以。"雷天明又交代道。

蓝星月整个人僵了僵，是自己听错了吗？天明哥的语气里，竟然带着一丝埋怨。是在怨自己不跟他联系吗？

"嗯。"蓝星月应道。

　　虽然在电话里阿月是这样应着，可与天明哥的联系并未增多，除了逢年过节时的简单问候。她总觉得，自己平白无故联系天明哥，对彼此都会是一种负担。

　　久别重逢，是在两年之后，钟二虎的婚礼上。

　　钟二虎的媳妇是个外地姑娘，姓金，叫金欣菊，皮肤黑黑的，个子小小的，一双眼睛却清亮。她在最窘迫的时候遇到了彼时还在摆排档摊的钟二虎，钟二虎给她炒了一份饭。饿了一整天的她狼吞虎咽，没有浪费一粒米。看着她吃饱喝足，二虎才开口与她交谈，才知道她跟同乡一起出来打工赚钱，结果不但没找到合适的工作，还被同乡骗走了身上所有的钱。二虎觉得她一个小姑娘在外不容易，打算给她买张火车票送她回去，可金欣菊却不愿意就这样回去，主动提出给钟二虎打工，让钟二虎管她的饭就行，其间她会用空余时间去找工作，找到了，就不麻烦钟二虎了。尽管钟二虎的摊子不大，但他还是收留了她，管了她的吃和住。

　　金欣菊也是穷苦出身，手脚十分勤快，洗菜、备菜、收拾、打扫，有她在，钟二虎轻松了很多，除了采购、炒菜和收钱，其他的事他完全不需要操心。有段时间，金欣菊磨的"豆腐娘"还特别受欢迎。时间一长，一些熟客都默认他们俩是小夫妻。直到有一天，金欣菊说她在一个新办的工厂里找到了工作，工资不高，但厂里包吃住，她打算去。早已习惯有她在的钟二虎这才怅然若失，才意识到早在遇到她的那天，他就瞧上这个性格坚韧的女孩了，于是提出给她比厂里面还要高的工资，将她留了下来。一来二去，金欣菊也能感觉出钟二虎对自己的情谊。就这样，两人靠着那个排档摊子慢慢累积，如今成功开了这家名叫畲味馆的菜馆子，并在这个馆子里办了他们自己的婚席。

　　婚礼十分简约，可现场的氛围却很是火爆，就连过路的人和旁边的商户都来要了喜糖和喜烟，夫妻俩也十分大方，跟每一个来道贺的人分享了他们的幸福。

蓝星月先到的，刚进门就看到小娟早已经坐在位置上了，她走过去坐到了小娟身边，耳边听到的全是欢笑声与祝福声。

"阿月，天明哥来了。"小娟用肩膀撞了撞阿月提醒道。

蓝星月一抬头，就看到了姗姗来迟的天明哥。他好像变了，又细说不出究竟是哪里变了，但看着突然出现在自己面前的天明哥，蓝星月明显感觉到自己的心乱了，迅速收回了自己的目光。天明哥是被当伴郎的二哥带着过来的，也不知道二哥是成心的还是巧合，雷天明就被按到了阿月身旁的位置上。

"小娟、阿月，你们也回来啦？"雷天明冲她们打招呼。

熟悉的人，熟悉的声音，甚至连说话的语调都没什么变化，蓝星月强压着内心的慌张和不安，才没让自己落荒而逃。

"是啊，虎子结婚，我们当然要回来，而且，不是说金富叔发了通知，让我们趁着虎子结婚回趟寨子嘛，天明哥你接到通知了吗？"小娟回答道。

雷天明笑着："嗯，收到通知了。"

小娟一眼看穿了阿月的不自在，心里坏笑着开口道："也不知道是什么大事，该不会是要给我们发钱吧？阿月，你有没有什么消息？"

"我哪有什么消息，等明天回寨子就知道了。"

"阿月，你什么时候回来的？"雷天明又问。

"昨天，二哥接的我。"蓝星月甚至不敢对上他的目光。

这些年，她以为自己早在那场告别后就放下了，可现实却狠狠地打了她的脸，见到天明哥时慌乱的心情，也许能骗得过别人，却骗不过自己。她知道，她心里那份死寂的感情又一次复苏了。说到底，这些年的故作洒脱，不过是自欺欺人而已。

雷天明点点头，不再说话，路途遥遥，他实在是饿得紧。

就在这时，坐在对面的一个男生憋红了脸，一脸腼腆地询问起阿月："哎，你叫什么名字？听他们喊你，阿月还是阿玉？"

阿月虽然觉得突兀，但还是耐心地回答道："阿月，月亮的月。"

"哦，真好听，我叫金宝生，是新娘的哥哥。"男孩认真地介绍起自己，眉眼里是挡也挡不住的笑意。似乎是因为得到了回应，金宝生更加殷勤了："你要喝什么？我给你拿吧？"

蓝星月连忙推辞道："不用不用，我自己倒。"

"没事，能给你倒饮料，是我的荣幸。"说着，金宝生就拎着橙汁走了过来，插到了雷天明和阿月中间，为阿月倒了一杯饮料。

"你还在上学吧？"金宝生坐回到位置后，又问道。

"嗯，上学。"

"大学生，文化人。"金宝生竖起了大拇指。

而坐在一旁的雷天明，一眼就看穿了金宝生这是把心思打到了阿月的身上。

"新娘的哥哥，那就是大舅哥。按我们这边风俗，大舅哥可是最大的，比新娘的爸妈都大。"雷天明边打断，边往他的酒杯里倒酒。

也不知道是盛情难却，还是想在阿月面前展示自己的酒量，金宝生仰头就干了杯中的酒，喝完还不忘满脸邀功地看向阿月。

"今天大舅哥在这，我们新郎家的人可得陪好了。"钟小娟见状，也开始发起了对金宝生的进攻。

这一声招呼，桌上的人纷纷瞄准了金宝生，一杯接着一杯，愣是没给他半点喘息的机会，不一会儿，金宝生就醉了，也正是因为醉了，胆子反倒大了许多，竟大着舌头问道："阿月，你电话多少？你玩QQ吗？"

蓝星月刚要回答，雷天明就又一次拿起了酒瓶子，要给金宝生倒酒。

蓝星月连忙挡了挡："天明哥，他喝多了，不能再喝了。"

雷天明转头看她，蓝星月这才看清他的眼神已经变得迷离。天明哥竟然也已经喝多了。

山哈人几乎家家酿酒，户户储酒，人人饮酒，生性好客的他们认为，如果吃饭没有酒让客人醉，就不算正经请过客，更何况，这是婚宴，是虎子哥的"娶亲酒"，自然是要让所有人都喝尽兴才算行。金宝生作为"舅子"，首当其冲，早早就被灌醉了。虎子夫妇俩敬了一桌又一桌，虽然杯子小，但喝的却是实实在在的自酿米酒。当伴郎的二哥虽然强撑着，但从他迷离的眼神当中也能看出他撑不了多久了。还有不少宾客，简直称得上是醉倒了一片。原本想在今天赶回寨子的蓝星月，为了照顾喝醉酒的二哥和天明哥，只好住在了虎子家安排的旅馆内。二哥作为伴郎，得坚持到宴席最后，蓝星月看着昏昏欲睡的天明哥，决定先将他送回房间休息。

"阿月，"小娟忽然喊住她，递给她一个示意的眼神后轻声在她耳边说道，"酒后吐真言。"

蓝星月皱了皱眉头，在这一刻之前，她确实没想过要再向天明哥求证些什么，但刚刚酒桌上天明哥的反应，又让她觉得疑惑。

刚扶着他走出门，雷天明就醉醺醺地念叨道："阿月，金宝生那家伙没安好心，你少理他！"

蓝星月神情一怔："我觉得他还挺有意思的。"

"有意思？他哪有意思？"雷天明忽然甩开她扶着自己的手，较起了真，"还有，刚刚我给他倒酒，你为什么替他挡着？"

蓝星月看向他："我就是觉得他不能再喝了。"

雷天明不悦："你护着他？"

"不行吗？"

雷天明下意识要反驳，张了张嘴却又不知道该怎么反驳。

蓝星月看着天明哥被自己撑得哑口无言，本以为自己会开心，可看着雷天明带着怒意的神情，此刻她一点开心的感觉都没有，而是从心底升起一股莫名的烦躁。天明哥明明不喜欢自己，为什么又对向自己表现出好感的金宝生产生这么大的敌意？可若是他喜欢自己，那他的女朋友又算什么？

"天明哥，虎子都结婚了，你打算什么时候把你女朋友带回来？"蓝星月直白问道，她倒不是对天明哥的女朋友好奇，她只是想提醒此刻已经喝醉的天明哥，别忘了他有女朋友的事。

"什么女朋友？"雷天明几乎脱口而出。

空气仿佛凝固，雷天明似乎也在这一瞬间清醒了，再转头，就对上了阿月吃惊的目光。

"哦……大概年底吧。"雷天明迅速转变语气。

阿月怔怔地看着他，刚刚那一瞬间，天明哥的回答根本没设防，这让她不得不怀疑天明哥说他有女朋友的事究竟是不是真的。

"为什么你要我少搭理金宝生？"阿月本就赌着气，听到雷天明的回答，心里的烦躁更重了。她能看出天明哥在意她对金宝生的态度，她偏要装出对金宝生很感兴趣的样子，她也不知道自己能得到天明哥什么样的回答，可她就是想这样说。

"他没安好心。"雷天明满脸不悦。

"怎么才算安好心？"

"反正我说了不行！"

"金宝生不行，还是所有男生都不行？"

雷天明惊愕地看向她，似乎这一刻他才猛然反应过来，阿月是真的长大了，是到了可以找男朋友的年纪了。可是，为什么想到她的身边会出现别的男孩，自己的心里会这么地抗拒甚至是愤怒呢？是啊，是金宝生不行，还是所有男生都不行？他也在心里问着自己。

阿月这话对他来说就像一个陷阱，他怎么回答都是不对的。

"你还在上学。"

"我还在上学，学习才是第一位？"蓝星月抢过话茬质问道。

雷天明怔怔看着她，他知道这话是立不住脚的，阿月不是小孩子了，她这样的年纪，谈个恋爱再正常不过。

"天明哥，你不喜欢我，也不允许别人喜欢我吗？"

这次回来，阿月是知道要见天明哥的，可她早在心里预设了见面后的场景，她想就当表白的事没发生过，也不提那茬，可今天发生的一切，让她做不到泰然自若，话赶着话，她还是没忍住提起在心里掩埋了这么久的情感。

"不是的！"

"那是什么？"

雷天明张了张嘴，却作不了答。

蓝星月撇过头，她觉得天明哥是喜欢自己的，哪怕天明哥一直说他有女朋友，哪怕他们已经这么长时间没见，可就凭刚刚天明哥在饭桌上的表现，她能清晰地察觉到他是喜欢自己的。特别是他在面对金宝生时的一切反应，分明是一个男人对一个女人的占有欲。

"天明哥，你喝多了，我送你去房间。"蓝星月终止了话题。

雷天明欲言又止，但终究是什么都没说，点了点头。

虎子家安排的旅店跟他自己的饭店就在一条街上，不到一百米的距离。一路上，蓝星月后知后觉天明哥刚刚说"哪来的女朋友"的神情，那分明是下意识的反应。可是，如果他说他有女朋友的事是骗自己的，那为什么呢？天明哥为什么非得用这样的手段让自己对他死心呢？要不要向天明哥问个明白？或者诈一诈他？这个念头一旦起了，便再难压下去，还没回过神，他们就到了旅店。

雷天明来得晚，二楼已经住满，只能住在三楼。蓝星月扶着因为醉酒而走路不太稳当的天明哥，将他送到了房间门口。雷天明刷了卡，推开了房间的门。

"天明哥，你没有女朋友对不对？"蓝星月语气笃定。

雷天明怔住，显然还没有反应过来。

"为什么骗我？"蓝星月更加笃定了。

她逼近一步，雷天明就往后退一步，他确实没做好被阿月询问的准备。

"你那么在意我对金宝生的态度，你喜欢我？"

"我不喜欢你！"刚刚还表现得有些心虚的雷天明立即反驳。

蓝星月愣住："那你为什么对我那么好？"

"我答应了你大哥要照顾你。"

"只是因为这个？"

"对！我在意你对金宝生的态度只是因为我要替你大哥看着你，不想你随随便便开始一段感情，又在感情里吃亏！"雷天明心口堵得慌，下意识攥紧了拳头。

两人就这样对峙了一阵。

"所以……是我自作多情了是吗？"蓝星月眼中噙着泪，丢下这句话就跑了出去。

雷天明愣愣站着，还有些回不过神来。恐怕只有他自己知道，刚刚说出那些话，他究竟是什么样的心情，他连心都是揪着的。可是，阿月突然而来的质问，根本没有给他反应的时间，他几乎是慌不择言，更何况，除了这样说，他也想不到还有哪些更合理、更不伤人的话了。

第 27 章　脱贫攻坚

第二天大家一块儿回的寨子，阿月早早钻上车坐到了最后一排。

一路上，坐在中间位置的二哥和小娟都在念叨着昨个喝了太多种类的酒，以至于现在还头疼欲裂。

天明哥则坐在顺哥的副驾驶。

阿月全程没有抬头，所以也就不知道雷天明通过反光镜看了她许多次。

"顺，你总知道寨子喊我们回去是啥事吧？"天明哥询问雷顺。

"听到过一点，好像是我们寨子有一个脱贫的政策。"

"脱贫政策？什么政策？"

"具体的我也不知道，就是听我阿爹提起过一嘴。"雷顺回答道。

"我阿爹说好像是要搬迁？"虎子也搭话了。

"搬迁？"金欣菊一双眼睛冒着光。

"不知道具体的，不过应该差不多这意思，所以支书才会把我们都叫回去吧。"虎子应道。

雷天明也不再追问，忍不住又从后视镜瞄了一眼阿月，她始终低着头，甚至都看不清她脸上的表情。

　　面包车一路颠簸摇晃，总算到了山脚下。然而，刚一停下车子，所有人都傻了眼。因为前两天暴雨，整条路上全是泥泞，还有大大小小车轮压出的水坑，大家甚至连下脚的地方都没有。可回寨子的路只有这一条，他们不想走也得走。

　　雷顺和雷天明率先下了车子，踮着脚尖来到车门边扶车里的人下车，大家陆陆续续走到马路边。蓝星月最后下车，看着天明哥朝自己伸出的手，她选择了无视，然而一只脚刚踏到地面，就被路面上的泥泞滑了一滑，下意识抓住了天明哥的手臂。

　　"小心！"雷天明紧紧扶着阿月，"我背你过去吧。"

　　"不用！"蓝星月冷冷说道，心底更是没来由地生起一股怒气，天明哥总是这样，明明不喜欢自己，却总做些让人容易误会的举动。她实在不愿意再听到天明哥说他做这一切只是因为死去的大哥之类的说辞。

　　"那慢一点。"雷天明依旧牢牢扶着她。

　　蓝星月甚至想甩开他的手，可是，现在她又不得不依靠天明哥的支撑。就这样，在天明哥的搀扶下，两人踮着脚尖走到了回寨子的小路。再一低头，发现大家的鞋子都已经被泥糊得不成样子。

　　"真是，回趟寨子比取经都难。"雷顺甩了甩脚，抱怨道。

　　"是啊，我阿爹还总说我不回去看他们，也不看看这都是什么路。"虎子也满脸无奈道。

　　"这有什么的，我老家那边差不多都是这样的路，天晴还好，一下雨就不好走。"金欣菊不以为然道。

　　见媳妇都这样说了，虎子也不再抱怨，埋头向前。

　　一路到了寨子，就见到不少年长一些的同辈都已经回来了，都聚在了村委会的门口。到得差不多了，晓芬立即将所有年轻人都叫到了会议室里头。大家也是正襟危坐，面面相觑。因为以往寨子里有什么事，都是大人们商量做决定，然后通知到在外面的他们，像现在这样，把所有在外面的年轻人喊回来一起参与决定寨子里的事的阵仗，还是头一次。不一会儿，书记和村双委就捧着茶缸子进来了。

雷金富主持的会议："这次趁着虎子结婚，把大家聚回来，是有件重要的事情跟你们商量。这件事原本也不是该跟你们商量的，但毕竟寨子以后要怎么发展，还是需要看你们年轻一辈的人，所以我们考虑了一下，还是想听听你们的意思。"

"阿爹，什么事你直接说呗。说半天也没说到底什么事。"雷顺有些不耐烦道。

雷金富白了他一眼，继续说道："是这样，现在国家要求脱贫攻坚，然后市里面的领导，有想法让我们寨子整村搬迁，简单点说，就是在市郊或者镇上给我们批地基，我们移下去，跟那边的一个村子做合并。"

"我同意！"雷顺第一个举起了手。

"没问你。"雷金富将雷顺数落了一番，又继续说道，"这对寨子来说算得上是件好事，大家都是寨子里出生、长大的，我们寨子这条件你们也都清楚，不过之前我们开村民大会，想听听大家的想法的时候，你们的阿爹阿妈，还有一些老人都不太愿意，所以我们村委也想听听你们的想法。"

"这是好事啊，以后大家住在镇上或者市里面，不就是城里人了？为什么不愿意？"小娟直白道。

"天明，你是我们寨子里走出去的大学生，现在也算得上是半个城里人了，你说说你的看法。"雷金富忽然开始点名。

一直没说话的雷天明这才开口道："搬迁的政策已经下了吗？"

"那倒是没有，只是目前镇里、乡里都有这样的想法，但最终还是要看寨子里大伙的意愿。"

雷天明沉思了片刻："现在是愿意搬的人多还是不愿意搬的人多？"

"你们的阿爹阿妈都想替你们考虑，所以希望让你们年轻人能迁下去，但目前的情况是，你们得跟你们的阿爹阿妈一块儿做决定，要么一起搬，要么一起留。有些老人是觉得在寨子里待了一辈子，不习惯全新的环境，懒得变动。大多数人，包括你阿爹，估计是不想放弃家里的山林和田地。"

"几块山、几亩地，值几个钱？我家那些就是全卖了，也不够我在深圳买一套房呢。"小娟不解道。

"值钱是不值钱的，但是我们畲族人祖祖辈辈就靠着这山林、土地吃饭的，一下说不种地了，去一个全新的地方谋生，大家接受不了也是正常的。"雷金富解释道。

"随便吧，搬不搬对我来说没什么影响，我店开在城里，我也已经定居在城里了。"虎子一脸无所谓。

"那不一样，有地基批给我们，还有补贴，总比我们自己买房子划算一些吧？"金欣菊盘算道。

"你们啊……都是出去见过世面的，这次喊你们回来，是希望你们跟家里头也商量商量，给一个统一的结果，迁还是不迁，等我们有了一个统一的结果了，我再去跟领导作汇报。"雷金富总结道。

整村搬迁是大事，关系到寨子和每一个民众的未来发展，所以需要寨子里的每一个人来做这个重大的决策。支书这是把压力给到了他们大伙，让年轻人参与到这件事里来。想走的人，就得动员自己家里阿爹阿妈、阿嬷阿公同意迁，或者他们被家里人说服不迁，总之最后，少数服从多数，也算得上是民主。

回家路上，蓝星月询问蓝岳平："二哥，你想离开寨子吗？"

"我听阿爹阿妈的。"蓝岳平头还痛着，似乎并不想为这事费脑子。

"我也听阿爹阿妈的。"蓝星月喃喃说道。

对她而言，搬有搬的理由，不搬也有不搬的理由。也许换作以前，她会毫不犹豫地选择离开这个落后且贫穷的寨子，可现在，她竟有些舍不得，何况阿嬷、大哥都还葬在这。

两人刚回到家，就看到阿妈正在给阿爹红肿的肩膀擦药。

"阿爹肩膀怎么啦？"二哥赶紧询问。

"没事，前段时间挑担挑的，收橘子的卡车上不来，我们家又有那么多亩柑橘，得一担担挑下去，你阿爹挑了几天，就把这肩膀磨破了。"阿妈边说着，边将阿爹的衣服整理好。

蓝星月的心揪着疼。以前她只知道每年等到橘子收获，她上学就有钱了，却从来没了解过这些。而阿爹，也从来没让她知道过这些艰辛，肩膀被扁担生生给磨破，那得有多疼啊？

……

"整村搬迁"就像一颗炸雷，许多户家中都为迁不迁吵开了。

雷天明回到家就问起了雷文顺的意见，雷文顺说话的语调虽然柔和，但也是表明了自己的立场："天明啊，我在寨子里待惯了，去城里待我不习惯，能不迁的话，我最好还是不挪了吧？我想你现在大小也是个经理，你的生活、工作，也都已经在城里了，这些年，我也帮不上你什么忙，这下山不下山都不影响你自己发展的，你说呢？我啊，你只要以后有空了，常回来看看我这个老头子就行了。"

"可是阿爹，你年纪越来越大了，交通、医疗这些必不可少的保障，寨子里肯定不如城里方便的。"

"天明啊，金窝银窝不如自己的狗窝，我觉得寨子里蛮好，无非是车开不到而已，在我看来还少了污染呢。我也不需要常往外跑，你所说的交通、医疗，咱们寨子的雷大夫也给我们看了大半辈子的病了，也没什么方便不方便的。"

雷天明了解了雷文顺的想法，没有多说什么，点了点头应道："听您的。"

雷文顺抽一口旱烟，沉沉叹了口气："天明啊，现在对我来说，迁不迁下山、进不进城都不是最重要的，你得考虑考虑自己的事了，你也老大不小了，现在结婚都算晚了，这事要是不给你办好了，你说我以后要是去了地底下碰到你阿妈，我怎么跟她交代呢？"

这是雷天明长这么大，阿爹第一次提起这个事，能看得出来，他是真的替自己急了。

莫名地，雷天明脑子里就浮现出昨日阿月质问他的场景，阿月那张满是失望的脸，又一次让他的心狠狠揪了起来。但下一秒，他又立即反应过来，暗暗在心里责骂起自己究竟在胡思乱想些什么。

"我知道的。"雷天明忙应付道。

"你自己心里有数就好。"雷文顺又叹了口气。似乎就是从雷天明去省城上大学开始，雷文顺就已经清晰地感觉到，他是越来越做不了雷天明的主了。这也正应了那句话，孩子有出息，就不需要父母多操心了。这些年，雷天明做任何事，都不会跟他商量，当然，即便真找他商量，他多半是给不了意见的。毕竟天明好歹是个大学生，他只身闯荡在外的这些年里，遇见的人、经历的事、学到的知识，都不是以他这样一个窝在寨子里大半辈子的人能够理解和明白的。刚出去那年，或许他还能说说大道理，交代雷天明为人要正直，不能做坏良心的事，要遵纪守法。再后来，他能关心的也只是"吃了吗？睡了吗？天气冷不冷、热不热……"。

雷天明也能细心地从阿爹的语气里听出他的自卑和无奈，所以不管做了什么决定，都会把曲折的过程略去，将好的结果通知他。他们打电话的时候，常常是雷天明一个劲儿地说，雷文顺就默默地听，有些能听懂，有些也听不怎么懂，也插不上什么话，可只要雷天明打电话回来，愿意跟他说这些事，他就高兴。这至少说明雷天明心里，还是记挂着他这个爹的。

而这一次，是这些年来父子俩难得地要一起做决定，雷文顺依然给了雷天明最大的自由，没有以父亲的身份去独断，而雷天明，也给了雷文顺最大的尊重。他们都明显地感受到了彼此之间的关系，正一点点微妙地变化着。

阿月和二哥回到家后倒是没主动跟阿爹阿妈提迁不迁的事，反而是蓝国兴夫妇俩先询问起了他们的意见："你们去村委会开完会了，你们俩怎么想？"

蓝岳平一脸无所谓："没想法，你跟阿爹决定就行，我们都听你们的。"

钟彩银脸上挂着愁绪，与蓝国兴对视一眼："可是岳平，你们都是要出去的，出去了才会有好的发展，留在寨子里，是没有出路的，以后你还要讨媳妇呢。"

"那你们要是同意搬我们就一块搬。"二哥显然还没有听出阿妈话里的话。

阿妈的脸色更为难了，沉沉叹了口气："阿妈是希望不拖你们的后腿，让你们都能在城里有好发展，但要我们也下山去……虽然他们说，下山是去过好日子的，可是要是搬下去，咱们家种的那些柑橘和茶叶怎么办呢？在寨子里我们可以自食其力，种点粮食怎么都饿不着自己，但是下了山，就没有那么多地给我们种了，我跟你阿爹也没什么文化，去打工、去找工作也不知道人要不要？"

蓝星月一直没说话，她看得出来阿爹阿妈的为难和纠结，还有面对着全然陌生的环境和未知的以后那满心的恐慌和不安。

"阿妈，没事的，二哥刚刚都说了，我们都听你们的，搬迁这个事出来之前，我跟二哥不也在外面上学、工作嘛。搬不搬都不影响的。"蓝星月忍不住开口宽慰道。

"就是，我也没想搬，等我再攒两年钱，回来再给你们盖个三四层的洋楼，不搬迁，咱们住的跟城里一样好。"蓝岳平终于反应过来，明白了阿妈心里的顾虑，拍着胸脯信誓旦旦地说道。

"就是……要是能把寨子的路修一修就好了，通车了，啥都好办了。"蓝星月还在心疼阿爹的肩膀。

"都让咱们搬下山去了，估计修路是不会修了。"二哥的神情也满是无奈。

尽管岳平和阿月都很懂事，可阿爹阿妈的心里依然很不是滋味，他们心里都很清楚，这次错过了可能就再也不会有这样的机会了。他们点头，对阿月和岳平来说，就是捷径，否则，只怕阿月和岳平要靠自己付出更多的努力，也未必能达到他们想要的结果。孩子还小的时候，他们就盼着儿女们长大、成才，盼着他们能走出寨子，去见他们从没见过的世面，可到了如今，大半辈子转瞬即逝，蓝岳峰的牺牲，让他们恍然，健康、平安，比出息、成才更重要。尽管阿月和岳平都表了态，愿意听他们的，可越是这样，钟彩银的心里就越是免不了内疚和自责，说到底，终究是他们拖累了孩子们。

第 28 章 争论难休

吵得最凶的还是顺哥他们家。

顺哥的阿公雷立光是寨子里的老支书，算得上是寨子里最有威望的"老人头"，他态度强硬，打一开始就在反对搬迁这件事。而雷顺则觉得将寨子迁下山去，对寨子里像他这样的后生来说，绝对是百利无一害。

都说清官难断家务事，村支书雷金富夹在意见无法统一的爷孙俩之间，连他自己都不知道该劝谁好。

"搬迁，说得好听，你们是不是忘了我们下去是要跟别的村子合并的，那不是寄人篱下是什么？"雷立光说什么都不答应。

"你们老一辈怎么不替我们想想，我们关丰寨这么偏这么高，干什么都不方便，一个个年轻人都往外跑了。搬下山去什么都方便了不好吗？我看你们就是舍不得村支书这个官儿，觉得跟别的村合并了，就不是你们说了算了。"在雷顺的眼中，这又破又旧又偏的关丰寨，实在是一无是处。

"瞎说什么呢！"雷金富听不下去，斥责道。

"我瞎说了吗？那你说阿公为什么不肯搬？不说别的，就咱们寨子这样的，哪个好人家的姑娘愿意嫁进这山沟里来？让人死守着这寨子，能有什么发展？能有什么出路？"雷顺气极了，又提起了旧事。

原本，他是谈过一个对象的，是个城里的姑娘，家中条件很是优渥，但人家知道他家在寨子里之后，便直接提出让他上门的要求。这让雷顺很是为难，虽然不愿意女孩嫁到寨子里来，下降自己的生活水平，可也不能接受自己去给人家当上门女婿，于是这婚事就因为这样拖黄了。这是他心里最大的遗憾，当时，若是他能在镇上有一套房子，女方的父母都不会反对的。

雷立光高仰着头："你们搬你们的，反正我不会下山的。"

雷金富一听，更为难了："老头子，要搬就一家子人一起搬了，怎么还我们搬我们的，把你一个老人家留在山上，这说出去像什么话？"

"我！不！下！山！"雷立光一字一顿，气得拿拐棍直跺地，态度没有丝毫动摇。

雷顺知道阿公的脾气，知道自己说不通他，黑着一张脸也不再说话。最终还是吵完一架也没商议出统一的结果。

整个寨子茶余饭后也都在说迁不迁下山的话题，有时候立场不同的人碰上了，还要争论一番。

"我们祖上迁到这的时候，这大山有没有嫌我们一穷二白？什么都没有！怎么？现在一个个都忘本了？嫌这穷，寄人篱下都要去城里了？"

"这都什么年代了，你们在这山旮旯里懂什么？你们那老一套思想已经过时了，现在外面发展多快你们知道吗？要我们搬迁是国家关照我们，是想让我们普通老百姓都过上好日子，是想让寨子里的小孩都能接受到更好的教育，这怎么就忘本了？"

"你说搬就搬，你觉得别人都愿意我们搬到他们的地盘上？到时候处不好出现什么矛盾，你再想搬回来可就搬不回来了。"

"我们这么多人，团结一起还能被欺负了不成？"

“就不是欺负不欺负的事！”

意见不同的两方人吵了起来，互相指责对方的不是，到最后情绪越来越激动，险些要当场动手，现场乱成一团，最后不欢而散，也没商量出个结果来。

迁还是不迁的问题吵了几日。现在最为难的就是雷金富，对于不想迁的人来说，这个麻烦就是他这个支书挑起的，而对于想迁的人来说，这样的机会这么多年才有一次，是他给了大家这么大的希望，如果最后搬不成，大家空欢喜一场，必定是会怨他的。雷金富陷入两难的境地，最重要的是，离他去跟领导汇报的期限越来越近了，没商量出结果，到时候领导问他，他又该怎么向领导们交代呢？没办法，雷金富只好顶着压力，准备明天再一次在村委会召开村民大会。

他们几个后生也聚在了虎子家商量了起来。

“天明，你们家肯定是要搬的吧？”

不知道是不是因为雷天明常年在城里，而寨子里也只有雷文顺一个人，所以大家都理所当然地认为雷天明家的意见是答应搬迁的。

却不想雷天明摇了摇头：“我阿爹不想搬。”

“为什么啊？那你呢，怎么想？”雷顺迫不及待想要得到一个肯定的答案。

雷天明眉头微微皱了皱，没有明确回答。

就在这时，蓝岳平姗姗来迟：“不好意思，来晚了，刚把阿月送下山。”

“阿月下山了？干吗？”雷天明的心猛提起来。

“我也不知道，接了个电话，好像是学校打来的，说是有急事要她赶回去。”蓝岳平找了个小竹椅坐了下来。

“岳平，你们家呢？什么意见？”雷顺也没等他喘口气，就询问起来。

"我阿爹阿妈是说在寨子里头他们还能自食其力，出了寨子他们就不知道该怎么办了。"蓝岳平回答道。

顺哥满脸失落，他还以为大家都是年轻人，都会站在同一立场，没想到一连问了两个人，家里的意见都是不愿意搬，而他们好像都被他们家里人说服了，说不搬的时候没有一点怨气。

"那我们家是要搬的，我阿嬷走后，我们那房子就空着，逢年过节才有人回来住一住，不搬干什么？"小娟插话道。

"我阿爹是同意搬的，可是我阿公那个老古板，就是不肯！"雷顺怨气冲天。

见大家意见也没法统一，顺哥的头耷拉了下来："唉，我估计明天开会还跟上次一样，浪费时间。"

"就是！"小娟附和道。

"我觉得就算这次不迁，寨子里的年轻人也都是往外跑的，说句不好听的，等老一辈走了，这破寨子迟早变成荒村。"顺哥怨念更大了。

雷天明听闻阿月已经下山返校后就一直盯着手机，心里犹豫要不要问问阿月发生了什么事，可想起那天情急之下自己对阿月说的那些话，又怕自己的关心会惹阿月伤心。直到听到顺哥这话，他才回过了神。

他忽然想起之前自己跟着蒋总做过一个项目，也是和寨子差不多的情况，要移民，而大家意见无法统一，最后村子商量出结果，将移民的方案换成了给村子修条路，才解决了问题。

"你们说这样行不行？就是大家不愿意搬的话，咱们把搬迁换成修路，路通了，大家出门或者回家都方便了，我觉得搬不搬也不是什么大问题。"

雷顺怔了怔："这我没意见啊，要是我那面包车能直接开到家门口，让我每个星期回家我都愿意。"

"是啊，我跟我老婆也刚准备买新车，有车子其实挺方便的。"虎子也应道，"问题是上面让我们整村搬迁我们都不配合政策，他们会愿意给我们修路吗？"

雷天明想了想："上面也没直接颁布政策要求我们搬，我觉得还可以商量。"

"谁去商量？跟谁商量？"虎子纳闷道。

雷天明看了眼顺哥："要么先看看明天开会结果？"

"不用看，我都已经能想到会是什么样的了，保证跟上次一样，统一不了的。"顺哥拍着胸脯说道。

"那对修路这个事，大家都没意见是吗？"雷天明又一次确认道。

"我没意见。"雷顺应道。

"我更没意见了，前几天阿月都还在说要是能把路修一修就好了，路要是通了，我阿爹阿妈卖山货的时候直接喊车来运，就不用一担一担往下挑了。"蓝岳平也说道。

小娟看大家都没意见，知道自己和大伙并不在一条阵线上，噤了声。

雷天明也没耽搁，直接找到了村委会来。雷金富正为这事发愁，但看到雷天明来了，还是露出了笑脸："天明，你怎么来了？"

"金富叔，是这样，目前的情况看来，搬迁这个事肯定不会那么顺利的。"

"是啊，我正发愁呢。要是明天开会还决定不下来，到时候我怎么去跟领导汇报啊？"

"金富叔，其实我有个想法，能不能这样，就是大家如果都不愿意搬迁，那就不搬，咱们改成修路，给寨子修条路出来，通到大路上，大家以后能直接开车到寨子里，出行往返都方便了。"

雷金富眉毛一扬，仔细琢磨了一番："是啊，我怎么就没想到。"

"是啊，就是不知道大家对修路有没有意见。所以我过来是想看看，明天开会的时候你提一提，跟大家一块儿商量商量。"

雷金富的眉眼刚舒展了一会儿，就又皱了起来："跟大伙一起商量是没问题，而且目前来看，不会有人反对修路的。只是……这修路是大工程，我也不懂啊，这我怎么跟上面汇报？"

雷天明沉思了片刻："金富叔，你不需要懂这些，如果这个提议领导同意，那肯定会找到专业的人来做这些事的。"

雷金富看向雷天明，忽然灵光一闪："天明啊，说起来也难为情，但是除了你，我也不知道谁能帮我，就是过几天我得去做汇报，到时候你跟我一块儿去吧？"

"我？"

"是啊。你看你是有文化的大学生，这些年在省城也是做大项目的，这里面的道道儿肯定比我说得清楚明白。现在不都流行什么大学生村官吗？你是咱们寨子里出去的，肯定要为咱们寨子着想对吧？"

雷天明面露难色，犹豫了起来，原本这次只请了几天假回来喝虎子的喜酒的，可看着金富叔满脸期待的样子，雷天明又不想让他失望："什么时候去开会？"

雷金富这才反应过来天明有他自己的工作，忙翻开日历："后天，下周一，行吗？"

雷天明看了看时间，最终还是答应了下来。

村民大会如大家所预料的那样，争吵不断、混乱一片，顺哥和虎子他们甚至都不愿意来掺和了。

雷金富扯着嗓子喊了几声也没让大伙安静下来，干脆站到了凳子上，怒吼了几声，这才让大家的争吵平息了下来。

雷金富喝了口茶润了润嗓子，慢条斯理地说出了雷天明的提议。

"修路可以，我没意见。"

"那要修路的话我也没意见，咱们寨子这条路早就该修了，这路不修，咱们住在寨子里的人连辆车都不敢买，买了也开不进来啊。"

"就是说，路修起来，大家运点什么都方便了，那还搬什么？"

大家你一言我一语，虽然还是有个别人固执己见，但大多数人已经统一了意见。

第 29 章　雨夜回响

雷金富也吸取了教训，不敢再给大家太大的希望，明确说明了自己愿意代替大家向上面陈情，但这条路修不修、怎么修、什么时候修，还是要看最后的规划，村民大会才算圆满结束了。

雷天明回到家，跟雷文顺两人就喝起了酒。雷天明原本是想跟阿爹聊聊这修路的事，没想到雷文顺一开口，却先问起了阿月："天明，阿月下山了跟你说了没？"

雷天明一愣："是啊，好像是学校里有事被叫回去了。"

"哦，你知道啊。"雷文顺安下心来。

雷天明不知道阿爹为什么会突然问起阿月，但心中还是免不了一阵失落，因为阿爹问的是阿月下山前有没有跟自己打招呼，而阿月下山也确实没有像以前一样跟自己说，自己都还是听岳平说了才知道的。他知道，自从那天那番话一说出口，他已无力改变他们之间越来越疏离的状态。

"天明啊，阿月什么时候毕业啊？"阿爹又问。

"快了。"

"那你是怎么打算的？"

雷天明有些发蒙，但还是顺着提问回答道："我打算先跟金富叔去汇报下修路的事，也不知道领导会不会同意。"

"你不出去了？"雷文顺惊讶道。

"去的，先去汇报，再回去工作，我请好假了。"雷天明回答。

雷文顺点点头，像忽然反应过来自己想说的话题被带偏了，又开口道："我不是问你怎么打算，我是说阿月。"

"阿月怎么了？"

雷文顺长长叹了一口气："说起来阿月是还小，但是你年纪不小了，你们有没有打算？"

雷天明终于听出了阿爹话里的不对劲，惊讶地看着雷文顺："阿爹，你是不是喝多了？"

"我才喝二两酒喝什么多？你是我儿子，你别以为我看不出来，你心里有阿月，阿月对你就更不用说了，只是这些年你在忙你的工作，阿月也在忙学业，以前我不提是觉得阿月还小，但现在我真的担心，就怕你们因为这样各自忙，坏了感情。"

这话让雷天明惊得从位子上猛地站了起来："阿爹你知道你在说什么吗？！"

雷文顺被他这过大的反应吓了一跳："我知道啊，我说的就是你跟阿月的事啊。"

雷天明不敢置信地看着雷文顺："阿爹你真是喝糊涂了，阿月不是我亲妹妹吗？"

雷文顺神情一滞，怔怔看着雷天明，雷天明也怔怔看着他，父子俩仿佛都从对方那听到了什么天方夜谭。这一秒，这个昏暗空间里，空气都凝固了。提起阿月的身世，就不得不提到蓝春梅老师，可关于她，也是他们父子之间最不愿意提的痛楚。

雷文顺缓缓将酒杯放到桌子上，声音略显低沉："你不会一直这么认为的吧？"

"难道不是吗？"雷天明一双眼睛紧紧盯着雷文顺，此刻他依然觉得不可思议。

"阿月怎么会是你亲妹妹呢？"

"你跟蓝老师……"雷天明不敢再说下去，他也不知道该怎么重提那埋藏在久远时光里的旧事。

"原来你知道阿月不是你国兴叔的孩子。"雷文顺语气变得平和了些。

"我还知道她是蓝老师的女儿。"

雷文顺抬头看着他，伤感仿佛要从眼睛里流出来："既然你早就知道，我也没什么好瞒的，阿月是你蓝老师的孩子，但她不是你的亲妹妹。"

雷文顺放下了酒杯，陷入了回忆："说出来不怕你笑话阿爹，当年我是喜欢蓝老师，蓝老师长得漂亮，又有文化，唱歌还好听，性格也要强，我觉得她是我见过最特别的女子。"

阿爹好似要将这世间所有对美好的形容用来形容蓝老师，都还不够。

"但你阿爹也是有自知之明的，就我？就咱家当时那个条件，咱拿什么配她？用句俗语，我那是癞蛤蟆想吃天鹅肉，蓝老师看不上我，也正常。而且，按时间算，蓝老师来寨子的时候就是怀着孕的，她自己不知道而已。"

这是自那次收到录取通知书之后，阿爹第一次主动提到蓝老师，然而，阿爹说的每一句话，都让雷天明震惊得说不出话来。

"天明，都说知子莫若父，你是我生的，你那么小都能看出来我喜欢蓝老师，你觉得我看不出来你对阿月是什么样吗？"雷文顺又补充道。

雷天明还处在惊讶当中有些回不过神来，脑子里仍然有许许多多疑问，各种念头和困惑在脑子里盘旋缠绕，让他都不知道该问哪一个好。

"蓝老师生阿月那天，到底发生了什么？后来阿月是怎么到国兴叔家的？"

雷文顺端起酒杯抿了一口，这才悠悠说起那一晚的事。

那个雨夜的雨实在是太大了，黑暗和寒冷还有那下不停的雨……让雷文顺至今都不想提，也不敢忘。

正是夜深人静，接生娘抱着刚出生的阿月，将她包了一层又一层，最后还是觉得冷，又将她裹进自己的怀里，而老大夫则试图扶起已经情绪崩溃的雷文顺。

"文顺啊，蓝老师这孩子怎么办啊？"接生娘看着皱皱巴巴、瘦瘦小小的阿月也没了主意。

"我养。"雷文顺应道。

"你没奶你怎么养？这孩子这么丁点小，在肚子里就已经营养不良了，没奶是养不活的。"老大夫质疑道。

"是啊文顺，这孩子可不比你家天明，你家天明虽然也难产，但好歹他在他娘肚子里的时候争气，出来的时候健健康康、白白胖胖的，身体健康就好养活。这一出生就营养不良的女娃娃，不是你想得那么简单的，得给她找个有奶的娘，说不定还能养得活。"接生娘也劝道。

此刻的雷文顺脑袋里一片糨糊，也没了主意。

就在这时，远处竟有一个撑着伞的身影朝着他们走过来。而这个人不是别人，正是急寻接生娘的蓝国兴。谁也没有想到那么巧，钟彩银也在这一晚破了羊水、见了红。十万火急，也顾不上接生娘怀里还抱着个娃，就将她请到了家中。接生娘将阿月放在床脚的位置，刻不容缓就立即着手钟彩银的生产，一夜过去，钟彩银顺利生下蓝岳平。

一切顺利，接生娘才总算歇了口气，赶紧就去查看被冷落在一旁的阿月，只见她乖得很，正恬静地睡着。

也就是这个时候，接生娘的脑子里冒出了个念头，也顾不得反复斟酌，就向钟彩银和蓝国兴表达了希望他们夫妇俩能收养下这个脆弱的小生命的请求。

那时候家家户户都不富裕，钟彩银和蓝国兴也还年轻，都有些拿不定主意，最后还是阿月的阿嬷开了口："家里已经有两个男娃娃了，多个女娃也不是什么大负担，而且，这女娃娃跟岳平同一天出生，又是被抱到咱们家来看着岳平出生的，那就说明她跟我们家有缘分。蓝老师是岳峰的老师，现在她不在了，我们也不能对她的孩子见死不救。外面人问起来，就说这回彩银生的是双胞胎，名正言顺，也不会惹人怀疑，你们觉得呢？"

老太太都这样说了，钟彩银和蓝国兴也没有反对，就这样，阿月成了蓝岳平的双胞胎妹妹，而这个秘密，也仅仅只有他们几个人知道，谁也没再提过。

"阿月是差点变成你的妹妹的，但是当时阿月实在太瘦，生下来的时候可能五斤都不到，接生娘说要是没有奶，她是活不成的。而且，阿月小的时候因为体质弱总是生病，不好养活，对阿月，你国兴叔和彩银婶是用了心的。"雷文顺叹息着。

"不过后来看你跟阿月相处，阿爹又觉得可能这就是命运的安排，要是当时我收养了阿月，那她就真成你亲妹妹了。"

"那阿月的父亲是谁？"

"不知道，我问过你蓝老师，她怎么都不肯说，临终的时候她也许想说，但也没来得及，谁知道呢。"说完，雷文顺抿了一大口酒，连五官都皱在了一起。

"天明啊，要知道这么多年你一直是这样想的，阿爹应该早些跟你说的。你现在知道了，好好想想你心里对阿月是怎么想的。"

想要给阿月打个电话，告诉阿月他之前说的那些话都不是真心的，可他又有顾虑，因为这等同于要告诉阿月她的身世，到那时阿月又该怎么面对这个真相呢？

"阿月，在干什么呢？"雷天明试探着给阿月发了条短信。

寨子里信号不好，雷天明举着手机，一直走到屋外的坡子上才将短信成功发了出去。

夜晚格外安静，一点风吹草动都能听得一清二楚，雷天明握着手机，看着信号时有时无地跳着，等了许久，都没有收到回复。一瞬间，心情像坠入深渊。是啊，阿月对自己满腔热情的时候，自己用一个个伤人的理由将她拒之千里之外，现在阿月怕是压根就不想搭理自己了吧。

这一晚，雷天明失眠了。回想自己这些年来因为这个误会而发生的种种，一次次强迫自己将阿月推远，光是想着都觉得遗憾万分，这些年来的隐忍和克制，都在这一刻粉碎。内心对阿月的情感像海浪翻涌而来，冲破了那个始终被拧紧的阀门，变得一发不可收拾。

第 30 章　初到南庄

交情要交长久（吓）来

莫要半途两分（吓）开

要学泉水细细（吓）流

莫学海水一时（吓）退

————《交情要交长久来》

　　雷天明如约跟着雷金富去参加会议。

　　会议室不大，参会的人员在两排长桌相对而坐。会程过半时，雷金富才开始发言，他特意强调了雷天明是寨子里走出的第一个大学生，现在在海市的一家大公司做管理，更是将雷天明的履历吹嘘了一番。

　　领导们纷纷投来了好奇的目光："你们公司是做外贸的？"

　　"嗯，不过前两年我们老板又拓展了房地产行业。"

　　问话的领导赞赏地点了点头："以你年轻人的眼光，说说对我们乡镇发展经济的看法？"

　　雷天明觉得领导偏题了。这次来参会，他只是想说修路的事，但还是礼貌地先回答了领导的提问："我的看法……可能不对……"

"没事，咱们就是探讨探讨，你随意说。"

"我们是旅游城市，但是我们乡镇范围内却没有特色的旅游点位，发展旅游显然是比不过那些有 A 级景区存在的乡镇的。而且以现在的体量，也难以发展工业，我之前接触的是房地产行业，我个人认为，咱们乡镇地广人稀，政府可以以土地置换等利好条件，进行招商引资。"

领导笑着点了点头，刚想再问些什么，看到雷金富那焦灼的表情，才想起今天他是代表寨子来作汇报的，于是话题一转："那你对整村移民这个事怎么看？"

雷天明心里暗暗松一口气，总算问到正题上了，于是将自己想给寨子修路的想法全盘托出。他以为一切都会像那天开村民代表大会一样顺利，可领导开口的第一句话就往他头上泼了盆冷水。

"我想你们都搞错了，整村搬迁的最终目的并不是为了让你们搬迁，搬不搬也不是最重要的，咱们真正的目的还是脱贫，是想让大家生活都变好，都富裕起来，你们不想搬迁可以理解，想修路也能理解，而且你说的要致富先修路这一点都没有问题，但你们想好修了这条路后，怎么来发展你们寨子的产业，怎么让大家的生活都变好了吗？"

雷金富和雷天明都愣住了，是啊，打一开始他们就搞错了重点，一直在考虑搬不搬，却没想过这件事从头到尾，重点是在脱贫。雷天明的自信在这一刻熄了火，直到会议结束，他都再没吭过声。发展寨子这个事，必然是要考虑在修路之前的，可他们都把问题想得过于简单了。

"你们再回去好好想一想，再商量商量，特别是天明，你可是寨子里难得的人才啊，待会儿我们留个电话，你们有什么新想法，随时来跟我汇报。"领导拍了拍雷天明的肩膀，眼中满是欣赏。

会议结束，黄镇长真的和雷天明交换了电话号码，边存号码的时候，还边感慨道："现在年轻人都往大城市里跑，还能回来为寨子出力真是难得。"

这一通夸奖，倒是让雷天明不好意思起来。

会议结束，雷金富看着有些丧气的雷天明，鼓励道："天明啊，从今天黄镇长的这个态度来看，他是同意并且看好修路的，也没有强制我们要搬迁，就说明一切都有可能，他话里的意思，是希望我们找出寨子里可能发展起来的产业，回去之后，我们村委再讨论讨论。还是得谢谢你，愿意为寨子做这些。"

"也没帮上什么。"雷天明应着，脑子里却在搜索哪些凭借寨子的条件可能发展起来的产业。

然而当他们走到车站，他才忽然想起来自己请的假已经到期了，明天他就得离开寨子。坐在回寨子的大巴上，雷天明握着手机，想给阿月发条短信，可看到他们的聊天记录还停留在那天晚上他发的"阿月，在干什么呢？"他又没了底气继续发第二条。明明是自己将阿月推开的，现在她真的离开了，连自己的消息都不回了，自己又死皮赖脸去缠着她吗？这算什么呢？

次日，雷天明按原计划回海市，火车站内熙熙攘攘，人们来来去去。眼看发车的时间还没到，雷天明干脆从边上的报刊摊子上随手买了一张报纸来看。然而，他刚一翻开，就看到了关于阿月的报道。阿月竟然上报纸了？雷天明盯着照片看了又看，确认是阿月无疑。

这是一篇关于女大学生设计的民族元素服饰在服装设计大赛上获大奖的新闻报道，报纸几乎用了四分之一的版面来介绍这个赛事和获奖情况，这是一个针对全国大学生的赛事，算得上权威，而这位女大学生，正是阿月。雷天明一字一句，十分认真地看完了这篇新闻，还是有些不敢相信自己的眼睛。愣了好一会儿，才掏出手机赶紧给蓝岳平打去电话。

听闻阿月上了报纸的消息，蓝岳平的反应甚至比他还惊讶，连忙打开了网页，搜索起这个赛事来。发现还真有这样一个比赛，甚至网页上都有阿月领奖的照片，他立即将照片拍下来，传送给雷天明。

"你不知道这件事，那阿月回学校之后，你跟她联系过没有？"雷天明追问道。

"本来那天开完会大家决定修路，我是想打电话跟她说一声的，结果电话没打通，我就没打了。"

"阿月的电话打不通？"雷天明紧张了起来。

"那天是没打通，后面我就没打过了，等下我……"

也没等蓝岳平把话说完，雷天明就掐断了电话，赶紧给阿月拨了过去。

"你好，你所拨打的电话已关机，请稍后再拨……"电话里麻木的语音提醒，让雷天明心一沉。他一直以为阿月是因为自己那番话伤着她了所以才不给自己回消息，但现在看来，就是从阿月下山后第二天，她就已经联系不上了。雷天明又看了看报道里颁奖的时间，正好是阿月返校后的第三天。阿月总不会出什么事了吧？这个念头猛一下从脑子里跳出来，让雷天明一阵心慌。

火车站里，报刊摊子旁摆着的茶叶蛋和水煮玉米的香气几乎弥漫在整个候车厅里，广播里已经开始播报雷天明要坐的那一趟列车开始检票，可雷天明却迟迟没动，不死心地拿着手机又一次拨打阿月的电话，可那头传来的，依旧是那个机械的关机提醒。雷天明满心都是对阿月的担忧，思绪在电光石火之间他就做了决定，走出候车厅，来到售票厅，买了一张最近去往阿月念书的南庄市的车票。

刚走回候车厅，蓝岳平的电话又一次拨了过来："天明哥，我刚打了电话，阿月还是联系不上啊，这丫头到底怎么回事？"

雷天明能听出蓝岳平语气里的焦急，忙安抚道："别急，我买了去南庄的票，你先别跟你阿爹阿妈说阿月联系不上的事，不然他们要着急了，我去她学校先看看怎么回事，到了再跟你说。"

"行，我知道了。"蓝岳平应道。

一个小时后，雷天明总算坐上了去往南庄的火车，卧铺，因为票买得晚，只买到了最上面一层，但也有好处，那就是安静，没人能打扰他。忐忑和担忧伴随了一路，雷天明看着窗外的景致一换再换，又忍不住给阿月发了条短信："阿月，看到消息第一时间回复我。"

天色渐暗，车窗外只剩下了原野上荒凉的路灯，整个车厢也从白日的喧嚣变得安静。雷天明昏昏欲睡，可手机却在手中紧紧握着，生怕自己一个不留神就错过了阿月的消息。然而，他终究还是扛不住越来越深的睡意。再一睁眼，已经是凌晨，天边泛起了鱼肚白。缓了缓神，连忙按亮了手机，才看到自己睡着这期间，来了无数条消息。而他自动忽略了那些广告和蓝岳平的十多条消息，点开了阿月的。

"天明哥，二哥说你来南庄了？"

虽然阿月没有解释她这些天失联的原因，而是向自己求证是否真的来了，但她总算是有消息了，雷天明始终悬着的一颗心才总算落了地。

雷天明迅速编辑消息，内心的数落和责备化成一个个字眼，可就在按下发送键之前，他又犹豫了起来。不管怎样，至少阿月是安全的，也回消息了，这不比什么都强吗？眼看就要到了，有些问题不如当面问清楚比较好。这样想着，他将编辑好的那一长段数落和责备全部消除，回复道："嗯，今天中午前到。"

回复完，雷天明才去翻看蓝岳平的消息。原来他是在晚上十点左右联系上阿月的QQ的，问了设计大赛的事，也问了阿月失联的事，才知道阿月拿奖的事是真的，不过作品是她跟一个朋友一起设计的，两人平分了那笔奖金。今天她出去玩了，手机早早没电了，回到宿舍后才看到消息。但看到天明哥去南庄找她的消息之后，她就没再回复了。

雷天明一条一条地读着蓝岳平的消息，忽然心里五味杂陈，混乱得很。明明自己是要回海市的，可现在却一个冲动来了南庄，本想到学校去找阿月，结果他还没到，阿月就已经联系上了。现在，他也不知道自己还能以什么理由去找阿月。但转念一想，他跟阿月之间，因为一直以来的错误认知，因为一直以来的心理负担，一直缺少一次正面的、坦白的交代。他不知道这是不是所谓命运的安排，但既来之则安之，这一次，他不想再逃避了。

刚一出站，就有不少摩的司机围了上来，操着一口当地口音，用蹩脚的普通话询问雷天明要去什么目的地，要不要坐他们的车。雷天明有些茫然，刚想询问民族大学在哪，就听见了阿月的声音。

"天明哥。"她就站在前方不远处，面对着出站口，向自己招手。

雷天明杵着，因为时间过长的车程而恍惚的脑袋还有些反应不过来。自己报了到站时间后，阿月就一直没回消息了，万万没想到她竟然就这样没有任何预兆地出现在车站来接他了。

雷天明拨开围着他的人，径直走到了阿月面前。两人相对而笑，喜悦之情难以隐藏。然而，只是一瞬间，喜悦过后的两人都有些不知所措，气氛陷入了某种尴尬。

"天明哥，你怎么来了？"蓝星月看了一眼他的黑色行李箱，率先开口道。

"本来是打算回海市的，结果联系不上你，担心你出事，就买了票来了。"雷天明回答道。

"哦。"蓝星月点点头。心里那抑制不住的喜悦又冒了出来，她心想，要是早知道天明哥联系不上自己就会这么大老远跑来找自己，自己该早些把手机关上个五天七天的。但这样的心思也只是一滑而过，还是老老实实解释道："昨天……我就是手机没电了。"

"那前几天呢？"雷天明又问。

"前几天？"蓝星月不解。

"我给你发短信你也没回，还有你二哥说给你打电话了，也没打通。"

蓝星月作回忆状，想了一会儿，才忽然想起似的回答道："我没有收到你短信啊，可能我在颁奖礼，人太挤了，没信号吧。而且，自从拿了这个奖，我的手机就没停过，一下是校媒体，一下又是南庄的媒体，一下又是哪个网站和贴吧，一下又是我们老家那边的报社，都一窝蜂找我要采访，我就没顾上。"蓝星月一脸抱歉地解释道。

雷天明别过脸，他并不是真的生气，就在见到她向自己招手的那一刻，这一路上因为担心而生出的怨气都变得烟消云散了。

"天明哥，这么大老远来都来了，就在这边玩几天吧？"蓝星月征求道。

蓝星月心里是担心的，她怕天明哥看着生龙活虎的自己，会转头就回海市。

其实，就在雷天明联系上阿月的那一刻，他就已经在考虑要不要中途下车回海市了。可是这一路的舟车劳顿，雷天明满身疲惫，确实是想好好休息调整再考虑回去工作的事。更何况，眼下阿月盛情邀请，他没有理由拒绝。

"你给我当导游？"雷天明反问道。

"行啊，反正这几天我没什么课。"蓝星月爽快答应道，并且没有给雷天明后悔的机会，转头拦了辆出租车，去往学校。

第 31 章 初识南庄

一路上，雷天明才知道，阿月那日忽然下山，就是因为接到了颁奖通知，所以才急匆匆赶回了学校。

"阿月，我记得你不是学的设计专业啊。"雷天明好奇道。

"嗯，但李娅是，就是我那个初中同学，我们上大学之后才重新联系上的，她现在在北京上大学呢，是她学的服装设计专业，也是她主动邀请我一起参加设计的。我也就是忽然灵光一现，在她设计的基础上，融入了我们的民族元素。"对于获奖的事，蓝星月侃侃而谈。

"这么厉害？"雷天明看着阿月赞赏道。

"我不厉害，是李娅厉害，我就是给了点建议，然后给了一些畲服的样式让她做参考，没想到就蹭到了一半的奖。"

"你也厉害，现在不是有句话特别流行，民族的才是世界的，说不定你们胜就胜在你的建议上。"雷天明这样说，蓝星月自然是开心的，因为这些话李娅也说过。

蓝星月说，她可以理解为李娅谦虚，但天明哥也这样说，这就说明这些话不是在恭维和吹捧。

"不过我觉得我们畲族跟别的大民族比起来，还是太小众了些，很多人甚至都没听说过我们畲族，我记得我刚来的时候，还有很多同学问我'畲'字怎么念。现在，就更不知道那些得奖的衣服上，是我们畲族的纹饰和符号了。"提起这些，蓝星月有些惆怅地说道。

雷天明靠着车窗看着她，忽然就记起了那份报纸。

连忙从行李箱的夹层里抽出报纸递给阿月："你自己都没看过吧？这报纸上印了你们设计的那些服装，网上还有很多人说衣服和头饰漂亮的，我觉得会有越来越多的人知道我们畲族的。"

蓝星月确实没看过这篇报道，当时是电话采访，又让她提供了几张生活照而已。

正聊着，车就停在了校门口，但蓝星月并没有下车，而是让司机继续往前开，直接将车子停到了学校附近的一家米线店。

"这个点下车，肯定饿了吧，我们先吃东西，这家米线超级好吃，你吃了肯定忘不了。"

蓝星月边介绍着边领着雷天明进了店。看得出来，阿月常来，所以跟老板都已经熟悉了。老板不停对阿月使眼色，用口形询问："男朋友吗？"

蓝星月下意识看向雷天明，担心他会不高兴，忙摇头否认道："不是，是我哥，别误会。"

雷天明愣了愣，心中滋味万千。

"我老样子，天明哥你呢，想吃什么？"蓝星月指着菜单询问他。

"跟你一样，看看是什么好吃的让你这么推荐。"雷天明笑着应道。

"绝对好吃！"蓝星月自信道。

不得不说，阿月推荐的这家米线确实好吃，雷天明一度怀疑是不是因为自己太饿了，虽然都是米线，但味道和口感就是跟他在海市吃到的米线是不一样的，可具体是哪不一样呢？雷天明也形容不来，但确实就是能让人念念不忘，回味无穷，他甚至连汤都喝干净了。

吃饱喝足，蓝星月抢先买了单。

走出米线店，又带着雷天明走了一小段路，停在了一家酒店门口。

"身份证。"蓝星月向雷天明摊出手。

雷天明一愣："我自己来。"

"我拿了奖金，可以招待你的，而且，这里算是我的地盘。"蓝星月又一次挡在他身前向雷天明摊手。

雷天明见她态度强硬，无奈只好将身份证递给她。

很快，蓝星月就为他办好了入住，拿来了房卡。从下车见到阿月的那一刻起，她就主导了全盘，事无巨细地给他安排好了一切，但转念一想，自己也确实只能听阿月安排，就像阿月说的，这里是她的地盘，而自己是第一次到南庄。阿月将他领到了房间，才将身份证递还给他。房间里很安静，那种莫名的尴尬气氛又一次笼罩而来。就在雷天明刚想说些什么打破尴尬的时候，蓝星月就率先开了口："天明哥，我下午还有一节课，你先好好休息一下，等下了课我再来找你，晚上带你出去玩。"

雷天明顺势答应，这一路风尘仆仆，他正好可以趁着这个时间好好收拾收拾自己。阿月走后，雷天明就钻进卫生间洗了个澡，并补了个觉。睡醒时已经下午三点多，雷天明便顾自下楼逛了起来。

这边到底是民族学校，少数民族也多，甚至门店和招牌都各有特色。逛着逛着，不知不觉就来到了校门口，一张张意气风发的脸映入眼帘，也有出双入对的年轻情侣相伴而行。

"天明哥。"

雷天明定睛一看，就看到阿月正朝着自己小跑过来，而她的身后，还跟着三五个同学。

不由分说，阿月就拉着雷天明跟着大伙一块儿上了车。

"去哪？"雷天明好奇地问。

"踩花山。"蓝星月回答，又继续补充道，"其实跟我们那边'三月三'差不多，就是这边少数民族的一个节日，这边少数民族比我们那边多，彝族、苗族、傣族、佤族……每个民族都有自己的民俗节日，火把节、泼水节这些，还有花山节……这个节日就在这几天，所以我想着刚好可以带你去领略领略。"

听阿月这么一介绍，雷天明顿时来了兴致，虽然是第一次听说"花山节"，但是他是在网上看到过泼水节的，当时就觉得这节日欢乐极了，想来应该是差不多的。

阿月刚介绍完，手机就又响了起来，还是陌生号码，蓝星月几乎没有片刻犹豫就挂断了电话。可刚安静了一会儿，手机又叫嚣起来，一路上，手机几乎就没有停过。最后阿月干脆把手机关了机，车厢里也总算是清净了下来。

"可能是有急事找你，怎么不接？"雷天明询问。

"阿月阿哥，阿月现在可是我们学校的明星了，有不少男孩子来问她的联系方式，想跟她交朋友。"同行的那个高高瘦瘦的男孩解释道。

听口音，像是本地人，看起来跟阿月的关系还不错。

"他叫苗鹏，苗族的，我同学。"蓝星月忙介绍起来。

雷天明冲他点点头，想来阿月也是用"哥哥"的身份向她的同学介绍自己的。

"阿月阿哥，你单身吗？"苗鹏像个话痨，好似怎么都安静不下来，一个话题结束，他立马又能找一个新的话题出来。

雷天明一愣，下意识看了眼神情已经有些不自然的阿月，因为这个提问，他们都回想起了之前雷天明骗阿月说自己已经有女朋友的事。见苗鹏正看着自己，雷天明不自然地点了点头。

"那正好，这花山节也可以理解成我们这边的情人节，都是年轻的男孩女孩一起出来玩。当然，也有很多汉族的、外面的人专门过来玩，到时候你留意留意，说不定你还能瞧上个我们苗族或者彝族的媳妇。"苗鹏热情地开着玩笑。

雷天明尴尬地笑笑，一时竟不知道怎么回应。

花山节，用人山人海来形容一点不为过。许多年轻的姑娘，穿着她们民族的传统服饰，在街上三五成群地走着，简直让人眼花缭乱。主街两旁，还有各种各样的小摊小贩卖着各色的小吃和小玩意，而南庄是花城，各种各样的鲜花是必不可少的，每走几步，就可以看到一个新的鲜花小摊，花香阵阵，入人心脾。最重要的是这儿的鲜花卖得便宜，商店里上百元的花束，到了这，只需要十分之一的价格。

"买束鲜花送喜欢的姑娘吧？"小贩冲年轻的男孩们招呼道。

苗鹏立即就买了一束深蓝浅蓝搭配着的鲜花，转头就递到了阿月面前，一群人，除了雷天明，都在起哄。

直到此时，雷天明才反应过来，原来这一路上苗鹏格外热情，对阿月也格外照顾，是因为他喜欢阿月。

蓝星月看一眼雷天明，竟意外看到了他脸上的不悦。

"收着，不收我多没面子。"苗鹏的爱意一点都不含蓄，热情似火，也没给阿月拒绝的机会，掰开阿月的手，就将鲜花塞到了她的手中。

蓝星月也只好捧着那一束鲜花继续往前逛。

"阿月阿哥，热闹吧？"苗鹏丝毫没注意雷天明早已收起的笑意，满是炫耀的语气对他说道。

"嗯，是挺热闹的。"雷天明点点头。

"这其实还好，要等火把节的时候，那才叫热闹，很多外地人专门跑过来旅游过节，大家围着篝火打歌、跳舞，那氛围才算好。等火把节的时候，你要是有空，你再过来一趟，我带你们去我老家那边，让你们体验体验。"苗鹏走在前面，边走边继续热情地介绍。

雷天明没有说话，满心都是复杂的情绪在拉扯着。

"天明哥，包浆豆腐，这边的特色美食，我来南庄后才吃到的，你一定要尝尝。"阿月从小摊贩那买来一盒递到雷天明的手中。雷天明也欣然迎接着阿月的投喂，将这边的特色小吃都尝了个遍。

正走着，一个身着苗装、头上还戴着银冠的姑娘手中拿着一束浅粉色的玫瑰走到了雷天明的面前。雷天明愣住，下意识看向阿月想去征求她的意见。

然而热情的苗鹏又跳了出来，用大家都听不懂的苗语与那姑娘对话了几句，转头才跟大家翻译道："这姑娘觉得你很俊俏，喜欢你，不过我跟她说了你只是过来旅游的，她了解到你们老家在那么远之后，姑娘说很遗憾，但还是希望你收下花。"

雷天明这才连忙接过来鲜花，并认真地向她道谢。姑娘白净秀气的脸上这才露出好看的笑容，然后跑向了她的小伙伴。

蓝星月是不想再受天明哥影响的，可她那双盯着花束的眼睛还是将她的在意出卖了。

"你是不是更喜欢粉玫瑰？"注意到阿月神情变化的雷天明转头就将花束递向她。

那一瞬间，阿月是错愕的，片刻后，连忙摆手："别人送给你的，我才不要！"

雷天明也才反应过来，赶紧走到一旁的鲜花摊子上，买来一束好看的雏菊："这是我自己买的，你要不要？"

蓝星月意外地看着雷天明，努力让自己理解他此刻的行为，可是，她还是无法理解。雏菊的花语代表暗恋：我爱你藏于心底，希望你能记得我。

这一刻，蓝星月原本还明朗的心情，变得乌云密布，她实在是很讨厌天明哥这样，一次次让她误解他的感情，又一次次在她看到希望后又告诉自己他并不喜欢她。次数多了，让她看起来就像是被戏耍的猴子，而天明哥就是那个耍猴人。

"不要！"蓝星月带着他人不易察觉的怒意，坚定地回答道。

雷天明也一愣，最后无奈将花束收回。气氛就是从这一刻开始变的，只是，有苗鹏在，气氛也不至于坏到哪里去，尽管各怀心事，但大家还是尝了许多特色小吃，还买了纪念品。等大家一块儿回到学校的时候，天已经黑透了。

阿月送雷天明回的房间，一进门，天明就将手中那束粉色玫瑰和雏菊一块儿插到了茶几上的花瓶里。阿月倚着门，看着那束雏菊失神，又猛地反应过来，这是在南庄，天明哥跨越千里为自己而来，现在他是客人，自己在跟他生什么气？想到这，蓝星月又像什么不愉快都没发生过一样，主动寻起了话题："怎么样？是不是很热闹，很有氛围？"

"嗯，第一次体验。"雷天明看阿月没有不高兴，心里才松了口气。

"我在这边上大学这些年，他们的好多节日我都体验过了，有时候真的很羡慕。"

"羡慕什么？"

"羡慕他们这边的氛围啊。"说着，蓝星月忽然停下脚步，转头看他，"天明哥，你说我们山哈的'三月三'，是不是也可以跟他们一样办得很热闹？"

一语惊醒梦中人，雷天明脑子里忽然就冒出了一个念头来。"阿月，你提醒我了！"雷天明激动道。

蓝星月不明所以，怔怔地看着雷天明。

雷天明笑着，又意识到这毕竟只是个念头，还不成熟，于是冲阿月笑了笑："没什么。"

"你说呀，什么呀？"阿月追问道。

雷天明无奈，这才向阿月道出了他的想法："之前我提出给寨子修路，但领导说，搬迁的真正目的是脱贫，所以就算要修路，也要先想好怎么发展咱们寨子。"

"咱们寨子？"

"对，所以修路的事只能暂时搁置了，修不修得成也说不准。不过你刚才那么说，我就想着，如果我们寨子修了路之后，把'三月三'作为特色节日，主打咱们畲族特色，做畲寨旅游，说不定可行，就像他们这儿的花山节一样。"

"还有，你们家的高山茶叶和柑橘一直都卖得不错，我觉得到时候可以大规模种植生产。"

"种茶叶和种柑橘我可以理解，不过你说'三月三'，是咱们寨子自己办？"

"具体怎么办，我还没想好。"

蓝星月沉思了一会儿，肯定道："我觉得可以试试。"

话题就这样从鲜花转移到了寨子，此前的尴尬和别扭也随着两人的畅谈烟消云散了。

第 32 章　巧借东风

阿月的认同，让雷天明信心增长了不少，要给寨子修路的念头在这一刻变得无比强烈。他迫不及待想给金富叔家里打个电话，但立马又意识到现在时间已经晚了，于是又打消了这个念头。

"阿月，我送你回学校。"雷天明看了一眼时间，发现不知不觉已经这么晚了。

"不用，我自己回去，明明是我送你过来，你又要送我回学校，送来送去，谁都回不去。"蓝星月道。

"太晚了，你是女孩子，不安全。"雷天明还是坚持，边给自己拿上了外套。

蓝星月也不好再拒绝。

"苗鹏送你的花，不带走吗？"雷天明指着被遗忘在桌台上的粉蓝色花束提醒道。

蓝星月回头看了一眼，迟疑了片刻，走到茶几前，从花瓶里带走了那束野雏菊："感觉还是这一束最好看。"

夜晚的风带着寒意，雷天明看着阿月走进了学校，才折返回房间。

这一晚，雷天明预想着未来寨子的种种变化，怎么都睡不着。然而，第二天一大早，雷天明还在睡梦中，手机铃声却响了起来。从枕头下摸出手机看了一眼，竟然是黄镇长。雷天明的睡意瞬间被赶走，赶忙从床上坐了起来，清了清嗓子，才按下了接听键。雷天明怎么都没想到，这么快，黄镇长就能带来这么好的消息。畲族作为江浙一带唯一的少数民族，自然是和少数民族扎堆的南庄不能比的，可也正因为如此，所以才让相关部门对民俗文化、民俗节庆活动越来越重视。

黄镇长去区里开了会，得知区里要隆重举办畲族"三月三"活动，而且，不办则已，要办就要办场大的，要办得有声有色。于是，黄镇长想着，不如就借着区里意图发展少数民族特色文化的契机，顺理成章把关丰寨的路给修了。

"太好了，黄镇长，我们想到一块儿去了，这几天我在南庄，这边少数民族多，我看到了关丰寨很多的发展可能性，而且我们还有上牛寨和金坑寨，完全能形成畲寨特色部落群，我觉得前景非常大。"

"是吗？那真是太好了！"黄镇长话锋一转，"不过……天明啊，要发展一个新方向并不是简单的事，从策划到实行，都需要巨大的人力、物力和财力，我没记错的话，你们村书记说过你是工程建设方面的人才，现在我们这样的小地方的人才外流严重，不知道你愿不愿意回到地方上来，为家乡的发展做建设？"黄镇长询问道。

雷天明陷入沉思。

"当然，我也就这么一提，你们年轻人都是要往外走的，要是在外面发展得好，我喊你回来也确实是强人所难。"黄镇长似乎也意识到自己的提议有些为难人了，忙又解释道。

"黄镇长，如果修路的项目能审批通过，我愿意回来负责这个项目。"雷天明做下决定。

修路，对寨子来说是首要大事，只有路通了，寨子才有更多的可能，在寨子里生活的人才能过得更好。而这条路，对雷天明来说已然成为了他的心病，只有路修成了，他心里那份对蓝老师的歉疚、对阿月的歉疚以及他自己的内疚感，才能减少一些。

电话那头的黄元忠没有想到雷天明竟会答应得这么爽快，也是愣了一愣，才开口道："行，答应了那就好办了。我跟你打包票，这路，肯定是要通到你们关丰寨的。"

可一挂电话，雷天明才想起远在海市的公司和蒋总。蒋总对自己有知遇之恩，对自己一拖再拖的假期他也是一再宽容，可现在他已经承诺了黄镇长会回到家乡，如今又该怎么跟蒋总说呢？

就连阿月都看出了他的心事重重，在心里嘀咕了很久之后，才终于问出了口："天明哥，你是不是公司有急事？如果真有事要忙的话，没关系的，你能来看我，我已经很开心了。"

雷天明这才跟阿月坦白了心里的想法："阿月，咱们区里现在很重视我们畲族民俗，想办一场大的'三月三'活动。"

"难怪……区里的文化馆前些天会给我打电话，说是他们想弄一个时装秀，想展示我跟李娅设计的那些衣服，我把李娅的号码给他们，让他们联系去了。"蓝星月恍然大悟。

"黄镇长想让我回去，我也答应他了，如果路能修，我就回去负责项目。"

蓝星月望着雷天明，她没有想到，他竟会回去。没有人比他更明白，他从那深山走出来有多不容易，甚至许多许多年前，小娟就断定天明哥一定是会在大城市里扎根的。在所有人的认知里，回寨子是没有出路的，可天明哥，竟然说他要回去："那你工作怎么办？不去海市了吗？"

雷天明欲言又止，看得出来，他也是在为此事为难。

蓝星月怔怔看着他："寨子里的人都一个个往外跑，我觉得……换作任何人，都不会放弃眼下的一切，选择回到那个前途未卜的寨子去发展。天明哥，你为什么要回去？"

"路一定要修。"雷天明无比坚定地回答道。

蓝星月一时哑然，沉默了许久才开口道："天明哥，你是真的想回去吗？"

"想。"雷天明看向阿月，语气又软了下来，"阿月，你呢？毕业后，会留在南庄，还是……"

蓝星月显然没想到天明哥会这样问，这个问题也确实是将她给问住了。对于未来，她还没做过任何设想。起初，她的目标一直是雷天明，雷天明到了哪，哪就成了她的目标，她甚至想过毕业后去海市，但天明哥那天的态度又让她打了退堂鼓，可尽管如此，她依然没有想过要留在南庄。至于是回去还是去别的城市，她确实没有决定。

阿月的犹豫在雷天明的意料之中，这是一个艰难的抉择，更是人生重要的转折，做这个决定本就需要慎重。雷天明心一沉，既害怕阿月会留在南庄，更害怕阿月会为苗鹏留在南庄。

"天明哥，我不知道我会不会回去，但是我从没打算要留在南庄。"蓝星月忽然认真地回答道。

"其实设身处地地想，如果寨子需要我，我想我跟你的决定是一样的。"蓝星月又补充道。

听到阿月的回答，雷天明的心里忽然就释然了，阿月的态度，基本就代表了她对苗鹏的态度，就像踩花山的那天晚上，阿月送他回到房间，走的时候，却将苗鹏送的花留在了他的房间里。阿月的态度已经很明确了，她对苗鹏，或许是同学或者朋友的情谊，但绝对不是一个女孩对男孩的那种感情。

很快，雷天明就接到了黄镇长和金富叔的电话，修路的项目镇里已经正式向区里打了报告，并开始筹措资金。雷天明原本还悬着的心也总算落了地，他决定还是回海市，跟蒋总当面说自己的打算。

蓝星月坚持送雷天明到机场，一路上两人都没说什么话，那种莫名的尴尬感，总是在沉默的时候冒出来。最后，雷天明开口打破了沉默，也打破了那种如影随形的尴尬，可他们俩聊得最多的，还是寨子。

经过前面几次，阿月再也不敢向雷天明去确认他是不是喜欢她这个问题了。尽管她明确感觉到天明哥这次来南庄后对自己不一样了，好多次，她甚至都敏锐地捕捉到了天明哥眼中的在意和醋意，可是，她怕了，她不愿意天明哥再搬出死去的大哥当由头继续那番说辞。可看着雷天明走进登机口，看着他被一个个匆忙的身影掩没，蓝星月的心中又是忍不住一阵落寞。问了，只怕又是往心上扎一刀。不问，又都是遗憾。蓝星月觉得自己快疯了，她看不明白天明哥这到底是什么意思，只能一个人胡思乱想，一遍遍在心里猜测，然后又一遍遍否定自己的猜测。这些天，她就是这样过来的。

有时候钻进了牛角尖，她甚至冲动地想要找天明哥问清楚，至少算是死个明白，可当她面对天明哥，这样的冲动跟勇气，又会一点点熄灭掉。后来她就想着，天明哥在南庄就这么几天，能在一块儿的时光就是这么地短暂，又何必去触碰那些会让人产生困扰和不悦的话题呢？就这样开开心心地度过在一起的时光、留下些美好的回忆不好吗？他们去踩花山、去爬山、去逛街、去游乐场，还去看了电影，尽管都是跟同学们一起，但是蓝星月依然觉得很开心很满足。看着天明哥明朗地笑，她也会控制不住跟着笑起来，看着天明哥因为苗鹏吃醋，她就在心里偷偷笑，有时她也会因为其他同学要了天明哥的电话，又或者天明哥给她们拍了好看的照片而暗暗吃醋。这样的感觉，一度让她觉得他们就是一对情侣了。直到现在，天明哥终于还是走了，而她的心，也像是空了一样。

雷天明没有耽搁，一到公司就去董事长办公室敲了门。蒋友良的办公室里燃着雷天明说不上名字的香，而蒋总正在悠然地喝着茶，见雷天明来了，便邀请他坐下，并给他递了一杯茶来："这次请的假可够长的。"

雷天明恭敬地双手接过，尽管难以启齿，可他还是真诚地对蒋友良说出了自己要辞职的请求。

蒋友良很是意外，沉默了片刻后开门见山道："之前就听说海晟在挖你。"

雷天明一惊，原来关于公司，关于自己，一点风吹草动都瞒不过蒋总的眼睛："是，他们是联系过我。"

"但我知道你拒绝了，而且，你拒绝的还不止海晟这一家公司，所以，既然连海晟开出那样的条件都挖不动你，那现在你要辞职的理由是什么？"蒋友良向来如此，语气里永远没有太大的起伏，即便是在质问自己的下属，也会说得像是在聊家常一样平和。

"蒋总，我想回我的寨子，修路。"雷天明回答道。

蒋友良明显一愣："修路？随便一个你们当地的工程队都能修，为什么要你去？而且，修了这条路对你有什么好处？"

蒋友良是个商人，这些年在商场上的摸爬滚打，他已经习惯性用利益来衡量做一件事的价值，重要的是，雷天明是他看重的人，他觉得以雷天明的能力，回去他那个鸟不拉屎的寨子去修路，实在是大材小用。可他终究是低估了雷天明对这条路的执着。

"蒋总，可能对我来说确实是没有多大的好处，但寨子里的人都需要那条路，这也是我从小就想做的事，更是我大学时选择工程建设的原因。"雷天明认真地回答道。

"那你计划过未来吗？路修好了之后呢？我原本是计划把海南的项目交给你的，你应该明白我的意思。在这个时候，你选择回去，这不是得不偿失吗？"蒋友良语重心长地劝道。

"蒋总，您对我的栽培和期望我都明白，我可以向你保证，辞职以后，不管怎样我都不会去海晟。"

蒋友良无奈地笑着摇了摇头，雷天明竟然会误会自己不希望他辞职是担心他会去竞争公司："天明啊，我了解你，你不是不讲道义的人，我就是觉得可惜。"

这些年，蒋友良对雷天明的看重和欣赏是有目共睹的，他几乎是手把手带的雷天明，亦师亦友地教导雷天明到如今的地步，而他对雷天明的期望也远不止一个分公司的部门经理，甚至在得知竞争公司海晟开了丰厚的条件想要挖他都被他拒绝了之后，更是为他做了长远的发展计划，想着等海南的项目一落地，刚好他们的合同到期，他就给雷天明升职，签新的劳动合同。可他没想到，雷天明会在这个时候忽然提出辞职的要求，还是为了修条路这样的小事。

"蒋总，你可能不理解，但这件事对我真的很重要，也是我必须要去做的。"雷天明对蒋友良充满了敬意，可态度也是一如既往地坚定。

这样坚定的态度，让蒋友良一时也不知道该怎么劝。利弊权衡了，长远未来也分析了，该说的他都说了，但显然还是没能改变雷天明的主意。他知道他是留不住雷天明的，到最后，只能无奈地说道："天明啊，要不然这样，你想做的事你先去做，要是哪天还想回来，你来找我，我这儿的大门永远向你敞开。"

"谢谢蒋总。"雷天明满心的感激之情都是发自肺腑的，他心里很明白，若不是蒋总那年在他最落魄最无助的时候拉了他一把，他的学业和工作都不会这么顺利，甚至可以说，现在自己拥有的一切都是蒋总给的。所以这些年，他死心塌地地跟着蒋总，兢兢业业地学做人、学做事，再苦再累都没有一句怨言。

这也是他对其他竞争公司开出的诱人条件不为所动的原因。

第 33 章　重回故里

雷天明辞职的决定，不但是蒋友良没想过的，同时也震惊了公司里所有人，因为就在前些日子，雷天明还刚刚因为向总公司检举了公司副总利用职务，与合作公司串通谋利的事而扳倒了副总吕伟，为公司挽回了一笔巨大的损失，所有人都理所当然地认为雷天明一定会取代吕副总的地位，从此平步青云。

"天明，你真的考虑清楚了？"陈悦也不敢相信自己所听到的，连忙跑来探问。

"嗯。"雷天明边收拾着办公室里自己的东西边回答道。

"雷总，我们是同学，毕业后也是你带我进的这家公司，我们一直是最好的伙伴。但除开这些，我们也是朋友，站在朋友的角度，我是真心希望你能考虑清楚再做决定，你难道不觉得你现在离开公司以后会后悔吗？"陈悦连眉毛丝都透着不解，"是有什么苦衷？还是谁要求你这样做？吕副总报复你了？"

雷天明看向陈悦，平和地笑了笑："没有苦衷，也没有任何人要求我这么做，吕副总已经被开了，他更威胁、报复不了我。"

"那是为什么？"

雷天明停下了手上的动作，表情认真了起来："陈悦，我有自己想要去做的事，而且，我真的觉得我这样的性格，不适合在职场里勾心斗角玩心眼，感觉挺累的。"

陈悦哑口无言。

雷天明的耿直是大家都了解的，也正是因为他太过刚正，所以也是出了名的难搞，职场里的那一套，在他面前都不好使。他的眼中，非黑即白，一切都要按照规则办事，更不允许一些灰色地带的存在。要不是蒋总欣赏他、看重他，在背后给他兜着，只怕他待不到现在，也坐不到如今的位置。雷天明是清楚这一点的，特别是在吕副总的事发生之后。

吕伟明明是想收买雷天明，想将他拉入自己阵营为自己所用，所以才会让他跟着自己一起进行那些暗箱操作，却没想到雷天明没有一点犹豫，就把他检举了。事后，雷天明才知道，吕伟的那些小动作，蒋总心里其实都有数。与其说他是为了修条破路放弃了大好前景，不如说他是对自己有着太过清醒的认知，知道自己学不会职场里那些复杂的弯弯绕绕，也疲于应对那些勾心斗角，所以借着修路，让自己趁早离开不合适的环境。就这样，雷天明带着所有的不确定，重回故里，并一心扑在修路的事上。他暗暗下定决心，既然选择了回来，就没有给自己留后路，这条路，他无论如何都是要修起来的。

雷天明是寨子里走出的第一个大学生，而他从走出寨子上学到毕业后的这些年，一直留在了上学的城市发展，没有人想过，他竟会辞掉有着大好前景的工作，回到寨子负责起寨子的修路工程。

"天明啊，你真把工作辞了？"借着晚上喝的那杯酒，雷文顺终于问出了在心里藏了许久的疑惑，天明会回来，就连作为他阿爹的雷文顺也没有想到。

"嗯，辞了。"雷天明也喝了酒，爽快地应道。

雷文顺闷一口酒，沉沉叹了口气："好好的工作，怎么说辞就辞了啊？"

雷天明转头看向他，从他脸上看到了满是遗憾。是啊，自那次火车上的仗义执言，蒋友良不但资助他上完了大学，还在他毕业后带着他开拓新领域，从原来的外贸行业又涉猎与雷天明专业对口的建设行业，并一路将他从一个小小的实习生带到了如今分公司部门经理的位置，接着干下去，明明有着大好的前景，也能让他留在繁华的海市定居生活。可他却没有与任何人商量，说辞职就辞职，说回来就回来了。

"阿爹，这条路还是修得太晚了，要是蓝老师在的那个时候，就已经有这条路了，是不是蓝老师就不会死了。"

雷文顺一惊，他确实没想到雷天明会这么突然地提起蓝春梅。天明的话让雷文顺的思绪又飘回到那个雨夜。暴雨、泥泞、小推车……满身心的绝望和无力感。要是那时候下山的路是条大路，那该多好，叫辆车将蓝春梅及时送往医院，或者将救护车叫上来，不说一定就能把蓝老师救回来，万一一切都来得及了呢，是不是就不用眼睁睁看着她死去了？

雷天明忽然提到蓝老师，让雷文顺不知道怎么接话。

"阿爹，其实蓝老师的死，责任在我。"或许是酒精作祟，雷天明双眼有些泛红。

"嗯？"雷文顺不解。

"蓝老师刚怀孕的时候想过不要这个孩子的，是我求着蓝老师保下孩子的，明明……如果她没要这个孩子，就不会死的。"雷天明哽了哽，"蓝老师因为生阿月难产死了，我觉得我闯了大祸，也很害怕自己承担不了这么大的责任，我就一直没敢说。"

雷文顺怔怔看着雷天明，惊讶之余，忽然从心底泛出一股心疼。这个傻孩子，心里竟然藏了这样一个秘密。他忽然就理解了雷天明为什么宁可辞职也要回来将这条路修起来，也明白这个秘密压在他的心上让他的良心有多么的不安。

雷文顺拿着杯子碰了碰雷天明的杯子，他知道或许雷天明是喝多了，否则这个他藏了十多年的秘密一定不会就这样说出来。

"天明，这是蓝老师自己的选择。"雷文顺试图安慰他。

"不是的阿爹，是我！是我哭着求着，让蓝老师生下阿月……"雷天明口齿已经有些含混，脸上的悲伤和委屈跟着眼泪一块儿滚落。

雷文顺看着他，忍不住自责起来，蓝老师走后，他就陷进了自己的情绪里，全然没顾上雷天明的心里竟然还压着这么巨大的秘密，且这么多年过去了，他依然被这个秘密所折磨。

"天明啊，要是蓝老师不要孩子，现在就没有这么优秀的阿月了。蓝老师要是在天上看到现在阿月的样子，她一定不会后悔当初的决定的，更不会怪你的，她反而会很欣慰。"

话虽然是这样说，可是他心里清楚，这样的话起不了什么安慰作用，他不是蓝老师，谁也代表不了蓝老师。

或许是因为提起蓝老师话题太过沉重，雷文顺话锋一转："天明，不管怎么样，那都是过去的事了，就让它过去吧，眼下你有更重要的事要做。总之，不管你做什么决定，阿爹都理解、都支持，这修路的工程是大事，你要负责这个工程也不是那么容易，要是有什么我能帮上你忙的，不要跟阿爹客气，阿爹一定陪着你把这条路修出来。"

雷天明抹了抹眼角渗出的眼泪，他实在想不起来自己究竟有多久没有掉过眼泪了，如今这个秘密终于说了出来，雷天明觉得好像心口的大山被移开了一般，整个人都变得轻飘飘的。是啊，现在根本不是难过的时候，蓝老师已经死了，人死不能复生，这是他再难过、再自责都改变不了的，他能做的，只能是让寨子里的人都不再经历蓝老师的悲剧。

而眼前，他所面对的，可不只是修条路那么简单。

……

寨子虽然闭塞，但阿月获奖的消息还是在寨子里传开了。起初，是有个电视台的记者打了电话到寨子里，表达了想要对阿月进行采访的要求。但接到电话的雷金富说明了阿月并不在寨子里，而是在千里之外的南庄后，记者便不再打电话过来了。寨子里的人也没有觉得这是件多厉害的事。直到大家看到了报纸上的报道，才真正重视起这件事来，毕竟这是当地的日报，在他们眼中是最最权威的媒体，甚至寨子里都还没有人上过报纸呢。阿月这一上，等同于让整个寨子都增了光。碰上刚回到寨子的雷天明，寨子里的人纷纷向他打探起阿月得奖的事来，雷天明也都一一向大家解释起这个奖的权威。

"还得是你们年轻人啊，咱们寨子的姑娘小伙真是越来越厉害了。"大家纷纷赞叹道。

"对了天明，你不是前段时间刚出去吗，怎么又回来了？"

"辞职了。"雷天明回答道。

对他辞职返乡的决定，寨子里大多数人都是无法理解的，甚至还有人猜测他是不是在外面犯了什么事，躲回寨子里来，或者是因为一些不可告人的原因，被公司辞退了。雷天明也只是笑着敷衍应答。这世界上没有真正的感同身受，他想，只要阿爹能理解他就够了。

修路的事并不像想象得那么顺利，雷天明与雷金富跟着黄镇长一趟趟往区里跑，做了一次又一次方案和规划，解决了各个部门提出的一个又一个问题，这才总算得到了批复。尽管过程艰辛，但看着项目真正立项，雷天明就觉得一切都是值得的。

修路的事历经半年多总算是落听了，整个寨子也都沸腾了。雷天明迫不及待地给阿月打去了电话，跟她分享这个好消息。直到拨通电话，雷天明才猛然发觉，上一次跟阿月联络，还是两个多月前，自从自己决定辞职回到寨子这半年多来，就因为一直在忙着争取修路的事，都没顾上跟阿月联系，只是偶尔抽空才能跟阿月通上一次电话。

"真的吗？"蓝星月听到消息也是难掩自己激动喜悦的心情。

"当然是真的！这事要是没有最终确定，我是不会跟你说的。阿月，我跟你保证，为了你我也会把这条路修起来。"

蓝星月握着手机怔住，雷天明这也才反应过来自己因为太过激动而有些口无遮拦了。气氛尴尬了一阵，好在阿月及时发现了被自己忽略掉的信息："天明哥，所以你真的辞职了？"

"嗯，回来半年多了，一直在忙着争取修路的事，之前事情没有确定，我怕提前跟你说了结果会让你失望，所以也没有告诉你。"雷天明怀着歉意道。

"以后都不去海市了？"蓝星月又确认道。

"说不准，只是眼下最重要的就是把路修了，至于以后，谁知道呢？"雷天明回答道。

电话那头沉默了一阵。

"阿月，不用担心，说不定我回来反而会发展得更好呢。"雷天明知道阿月在担忧什么，忙安慰道。

"嗯，我知道。"

"阿月，快放假了，你回来吗？"

"回来的。"蓝星月回答道。

"那我等你。"雷天明应道。

蓝星月握着手机的手紧了紧，心跳也莫名就加快了。

天明哥说的这话是什么意思？蓝星月觉得天明哥这话说得有歧义，让她越来越难以判断天明哥心里究竟是怎么想的了。鼓了鼓勇气，刚想问天明哥为什么说等自己，可苗鹏忽然冲自己打招呼，心里的那一股勇气也被打散了。

"是……苗鹏？"雷天明询问道。

"嗯，他帮我占了位置，喊我过去。"蓝星月压低了声音。

雷天明心一沉，可他也知道现在的自己并没有在阿月的身边，他做不了任何事，只能故作大度地说道："那你先忙。"

蓝星月"嗯"了一声，然后挂断了电话。

她的心情很是复杂，刚刚天明哥电话里说的那些话，又搅乱了她好不容易才平复下来的心绪。为什么天明哥会说是为自己修路，为什么天明哥会说等自己回去？从小到大，向来都是自己等他的。

"阿月，这边。"苗鹏又一次向她招呼着，也打断了她原本就混乱的思绪。

雷天明挂完电话后，心里却空落落的，鬼使神差地就打开了阿月的QQ空间，才看到这几次的动态里，阿月分享的照片当中都有苗鹏的身影。这通电话，让他意识到阿月的身边还有一个同样优秀的苗鹏，他与阿月朝夕相处，更是近水楼台，尽管自己在南庄的时候阿月未表现出对苗鹏有意思，可这不代表朝夕相伴后，阿月不会萌生出其他的感情来。

这是雷天明第一次这么明确地感觉到有危机感，以前，阿月就像是他的一条小尾巴，对于阿月的感情，雷天明始终自信地认为自己是那个掌控者，只要他回头向阿月招手，阿月一定会向他奔赴。他没有想过阿月的身边会出现别的人，更没有想过阿月会跟别的男生在一起。可现在……所有的一切都透露给他一个信息，那就是阿月在努力地奔离自己。不能再等了，他觉得应该对阿月说明自己的心意，否则，等到阿月对自己的感情消耗殆尽，再去挽回就难了。可要怎么表明呢？明明是自己一次次将阿月推开的，现在又说喜欢她，阿月会不会觉得自己对待这份感情太过随意，不够认真呢？

夜晚，凉风习习，雷天明沿着小径爬上了坡，因为只有高一点的地方，才能搜到信号。举着手机，信号是搜索到了，可该说些什么呢？雷天明自认为从来不是个优柔寡断的人，可是，这一刻他却怎么都决定不下来，一次次拿起手机，编辑短信，然后又一次次按下删除键。

而见证这一刻雷天明复杂心事的，只有满天星辰。斟酌到最后，雷天明也泄了气，正打算收起手机，一条短消息却跳了出来。

"天明哥，我不想自己又误会了你的意思，所以我想问你，你说等我，是你等我，还是又代表大哥说等我。"

第34章　我喜欢你

雷天明怔怔看着短信，原来，自己反复无常、不够明确的态度，对阿月来说，也是一种折磨。所以她才会在挂完电话这么久之后，还是给自己发来了询问短信。他不知道阿月发这条短信是鼓起了多大的勇气，下定了多大的决心，但他很明确地知道，阿月需要一个明白的答案，而不是这种若即若离、让她捉摸不透的反馈。

"我等你！"雷天明回复道。

蓝星月猛地坐直了身体，她没想到天明哥会这么快就回复自己的消息，而且是这样地坚定明确，不再像之前一样拿大哥当借口，对自己明确感受到的情意矢口否认。这样的回复，又一次让蓝星月的判断产生了混乱。

"是天明哥本人吗？"犹豫了许久，蓝星月又发去第二条消息。

她实在不敢相信这会是天明哥的回复，甚至一度想到了会不会是别人拿了天明哥的手机恶作剧，就像她之前跟同学们玩真心话大冒险一样。

雷天明看到消息忍俊不禁，随即回复道："是我。"

这条短信让蓝星月变得坐立难安，天明哥怎么突然……像变了一个人。她咬着指甲思考了许久，也不知道怎么去回复这条短信。

雷天明等了一会儿，没有等到阿月的消息，于是又发了一条："阿月，等你回来，我有话想对你说。"

若不是最后那一丝理智拉扯着他，他险些就要将自己的心意全盘托出，可他终究是害怕阿月会追问之前自己一再拒绝她的原因，而那个原因，牵扯阿月的身世，他不知道那些身世阿月该不该知道，但他希望阿月永远都不知道。

然而，没想到阿月的电话就这样拨了过来。

"喂。"雷天明声音压得很低，好似生怕这份感情会惊动什么似的。

"天明哥。"阿月好听的声音从听筒里传来。

"嗯，是我。"

也不知道是不是信号的原因，电话那头沉默了一阵才又问道："你想跟我说什么？"

雷天明抿紧了嘴唇，不知道怎么回答。

"天明哥，是在电话里不方便说吗？"蓝星月小心翼翼试探着。

"嗯，我想等你回来当面和你说。"

电话那头又沉默了一阵："好，我知道了。"

"阿月。"

挂电话之前，雷天明忽然喊住她。

"嗯？"

"苗鹏喜欢你，那你呢？你会喜欢苗鹏吗？"话一出口，雷天明就后悔了，自己这问的是什么蠢问题？明明是自己跟阿月的事，现在怎么成了自己在替苗鹏来向阿月确定心意似的，"我的意思是……"

雷天明正要找补，话没说完，阿月就打断道："天明哥是希望我跟他在一起吗？"

"不是，不是，我……"雷天明懊恼极了，因为自己没经过大脑的提问，阿月果然误解了自己的意思，现在自己连找补都不知道怎么找补，只能惊慌地连连否认自己不是那个意思。

"我知道了。"蓝星月又说道。

就在这时，雷天明也因为刚刚的惊慌，走到了信号缺失的位置，这通电话就这样断了。雷天明乱了阵脚，连忙又给阿月发了条短信："阿月，我不希望你和苗鹏在一起。"

可寨子里的信号时有时无，闪烁不定，这条短信，愣是在雷天明重发了三次才成功，并且，也不知道是不是信号缘故，他始终没有收到阿月的回复。

夜深了，雷天明躺在床上，难以入睡，可又不得不逼迫自己入睡，因为项目进行到这一步，已经是箭在弦上不得不发。这一路走下来，雷天明经历着一个项目每一步的过程，几乎没有一个环节是一帆风顺的。他深深明白其中的不易和艰辛。

关丰寨要修路的消息是早就传开了的，上牛寨和金坑寨的人在路上碰到他都会问一问修路的进度，雷天明也只是告诉他们："还早呢，项都没立。"

他以为这只是人家的寻常关心，直到有人通过自己熟悉的人用请他吃饭的由头，向他推荐起了设计单位、施工单位。雷天明这才知道，在这样一个小地方，工程的竞争也是非常激烈的，这里面的道道儿，不比他在公司的时候少。他心里很清楚，如果这一次不处理好，以后像这样通过熟人请自己吃饭的施工方只会越来越多。

雷天明干脆偷偷提前买了单，并将话直白地说明白："关丰寨的路，我看重的是工程质量，你们想要承接这个项目，就拿招标方案出来说话。"

饭桌上的人面面相觑，这在他们眼中的常规操作，没想到今天会碰上块铁板。而经过这一回，雷天明不按常规、耿直刚正的形象也算是立住了。从那以后，再也没有施工方想通过私底下套近乎的方式来获得订单，将心力都放到了做招标方案上。经过一次次开会讨论，雷天明与黄镇长在一众招标方案中选定了施工方。

开工仪式就在寨子外的空地上举行，几乎全寨子的人都来了，宣布项目开工的瞬间，欢呼声几乎盖过了鞭炮声，没有人知道，这一刻，对寨子里的人来说，存在着怎样的意义。看着一张张熟悉的、透着喜悦的脸庞，雷天明的心里同样感动，也许，这条路还是修迟了，可他终究是完成了自己的承诺。

开工仪式简单却隆重，作为工程的总负责人，雷天明不敢有一丝懈怠，全身心投入到了工程里，不仅起早贪黑，更是亲力亲为。只有在夜幕降临的时候，他爬到坡子上才能跟阿月发上几条短信。起初没有话题，他就跟阿月说修路的进度，话题也由此打开。久而久之，阿月也会跟他分享起她在学校里的生活，吃到了什么好吃的、同学间发生了什么有趣的事，甚至是校园里的一只小野猫。两人很快就回到了无话不谈的状态，甚至相比曾经，两人之间还多了一份亲密和依赖。也是在这个时候，雷天明才终于体会到了阿月以前在寨子里等自己的心情。猛然发觉，因为那个误会，他跟阿月之间，浪费了很多的时间。

一转眼，天就冷了，没有下雪却天寒地冻，工程的进度也不得不变得缓慢。也就是在那个寒风瑟瑟的日子，阿月总算是回来了。到火车站时，天刚下过一阵雨，她想过这儿会比南庄冷，但没想过会这么地冷，尽管她穿了厚一点的外套，可车厢内与外面的巨大温差，还是让她冷得直打战。走出出站口，迎面而来的风简直像刮骨刀一样，她冻得寸步难行，瑟缩成一团。看着撑着五颜六色的伞来来往往的人，蓝星月忽然有些茫然，直到她的目光在人群里看见了那个熟悉的身影。

"阿月。"雷天明一眼就看到了穿着单薄被冻得缩成一团的她，也顾不上她有没有听到自己喊她，快步跑到了她的面前。

"都跟你说了这几天降温，怎么还是穿这么少？"雷天明放下了手中的雨伞，迅速脱下了自己的黑色大衣，给她套上。

蓝星月甚至还没反应过来，就已经感受到了大衣里天明哥的体温，也下意识裹紧了自己。

"天明哥，你怎么在这？"

"接你啊。"

蓝星月很是意外，上次联系的时候天明哥也没有说他会来接她，他的出现，实在是个惊喜。

雷天明十分顺手就拉过了阿月的行李箱，又捡起地上的雨伞："走吧。"

蓝星月这才顺从地躲进了雷天明撑的伞下。两人并排往车站外走，心脏"扑通扑通"地跳着，蓝星月的心情也莫名就紧张了起来。聊天的时候不觉得，现在走在天明哥的身边，跟他同撑一把伞，这样的心情实在是有些微妙。蓝星月时不时仰头偷偷看一眼雷天明，他瘦了，也黑了，或许是因为做工程的原因，整个人看着精壮了不少，他的身上已经看不到过往"商务精英"的气质，但感觉回到了没出寨子以前，是自己最熟悉的样子。

雷天明也感应到了蓝星月时不时就投递过来的眼神，可也只是嘴角微微上扬起一个好看的弧度，故作镇定地任由阿月用目光审视自己。是尴尬，还是紧张？雷天明已经分不清了。直到走出了火车站，蓝星月才忽然停住了脚步。

"天明哥，差点忘了，我得去趟区文化馆。"蓝星月有些不好意思，因为天明哥的突然出现，让她险些忘记了正事。

"文化馆？"雷天明疑惑。

"嗯，要去开个会。"蓝星月回答道。

"那我送你过去。"雷天明迅速打了辆车。

一钻进车，温暖的空气就包裹而来，蓝星月的脸色也逐渐变得红润。

阿月这一趟回来，不单纯是因为学校放假了，还是因为她接到了文化馆的邀请。因为之前"时装秀"的反响还不错，又或许是因为阿月在南庄上大学的缘故，所以文化馆在得知她即将放假回来之际，特别邀请她参与明年"三月三"的活动会议，想听听她有什么好的想法。阿月自然不会推脱，在南庄上大学的这些年，她也是参加了不少少数民族的民俗节庆的，每一次看到那些节庆活动办得有声有色，看到因为这些活动，使得他们的民族文化被越来越多的人所知，她就会想到自己的寨子，想到"三月三"，想到天明哥。当初，一句发展特色畲寨，天明哥就义无反顾辞职回来了。而现在，即将毕业的她有着和天明哥一样的目标和使命，她也希望自己的民族能被更多人所看到，所喜欢。

车子行驶着，蓝星月看着窗外，记忆中的街道早已不是自己熟悉的样子，想来，这些年，这座小城，也在日新月异地发展着。

不一会儿，车子就停在了文化馆的大门前。

"天明哥，可能没那么快，你找个暖和点的店等我吧？"阿月看了一眼时间，生怕自己会迟到，丢下这句话，就走进了电梯，去往三楼的会议室。

好在会议还未正式开始，大家都还在闲聊着。

直到副馆长罗敏到场介绍，阿月才知道今天到场的人，除了乡镇代表，还有民俗专家和民族协会的相关负责人，一眼看去，自己竟然是全场最年轻的。

会议正式开始，大家都围绕着如何办好这一届"三月三"主题歌会展开讨论。有人提出：畲族人民最大的特色就是以歌代言，所以畲歌对唱还得是重头戏。有人反驳：以往每年"三月三"都是歌舞为主，对于现在的年轻人来说，没有新意，而且畲歌对唱说白了，对于不是本族的群众来说，他们既听不懂，也没参与感，那不就跟过去一样成了我们自娱自乐了。提出的人不甘示弱："三月三"不就是我们畲族人自己的节日吗？为什么要迎合别人？

罗敏见不同意见的两人快掐起来了，连忙开口打圆场："这次请大家过来，就是要各位专家一起出谋划策，咱们一起商讨出一个又能吸引现在年轻人和外来游客，又能更好地对外展示咱们畲族特色文化的方案出来。"

会议持续了一个多小时才散会，阿月下楼时，看到天明哥竟然就带着自己的行李箱在文化馆的大厅候了一个多小时。

雷天明见阿月出来了，立即就迎了上去："怎么样？"

阿月还是有些兴奋："今天来了好多人，今天开会我才知道我们这边还有我们的民族协会，还有一些民俗专家，他们说以往'三月三'都以歌舞为主，今年想把我们的'婚俗'表演作为重头戏，大家都觉得很有特色。"

雷天明点点头，也十分看好这个提议："确实不错。"

就在这时，副馆长罗敏也笑着走了过来，看到雷天明手中的行李箱，一脸歉意地说道："小蓝，早知道你男朋友在等你，我们就早点结束会议了。"打趣完，也没等蓝星月解释，罗敏就将目光转向了雷天明："等很久了吧？小蓝也没说你在等她，不然可以先去我办公室。"

雷天明笑了笑："还好，不久。"

蓝星月心里闪过一丝诧异，罗副馆长误会他们的关系，她没来得及

解释，天明哥居然也默认了。联想到这段时间以来自己与天明哥之间的
联络……尽管心中其实早有察觉，可此刻心里的感觉还是乱七八糟的。

　　回镇上的大巴上，蓝星月与雷天明在车尾并排而坐，蓝星月怀着忐
忑的心情，心中的疑问翻来覆去，还是问了出来："天明哥，之前你说
要等我回来再跟我当面说的事，是什么？"

　　雷天明转头来看着阿月，其实就算到了现在，他也依然没想好怎么
跟阿月说明自己的心情。

　　"嗯？"蓝星月看着雷天明这副为难的样子，心中的疑惑已经压过了
紧张。

　　短信提示音突然响起，蓝星月掏出手机，就看到了苗鹏的关心短
信："你到站了吧？"

　　"嗯，早到了。"蓝星月回复。

　　"苗鹏很直接，也很优秀，性格也好，我……"

　　再一次无端提起苗鹏，蓝星月心里是有些恼的，她不明白为什么天
明哥总是提起苗鹏："既然你觉得他很优秀，为什么又不想我跟他在一
起？你又不喜欢我！"

　　"我喜欢你！"雷天明脱口而出。

　　蓝星月整个人一僵，怔怔看着雷天明，一脸的不敢置信。这竟然是
一而再、再而三拒绝过自己的天明哥说出的话。今天的天明哥，从出火
车站开始就表现出来的殷勤和主动，就让阿月觉得不适应，而这一刻，
当天明哥说出这句话，仿佛时间、空间都凝固了一般，蓝星月一度恍惚
地觉得自己是不是听错了。

　　见话已经说到了这份儿上，雷天明也清楚自己没有再退缩的理由，
始终是他欠阿月一个明确的回应。

第 35 章　刨根问底

天明哥的告白来得太过突然，突然到阿月震惊之余，更是被吓得不轻。各种各样杂乱的念头在她的脑子里胡乱蹦跶着，她承认，对天明哥的感情从来就没有改变，只是现在，天明哥的态度转变得太快了，快得让她不得不开始怀疑天明哥说的话究竟哪一句是真的。好在她也没有被这样突然而来的表白冲昏头脑，平复了好一阵，凌乱的心情才慢慢冷静下来，也渐渐恢复了思考能力。"天明哥，你别逗我，你之前不是还说不喜欢我吗？"蓝星月故作镇定地应道。

雷天明将目光转向窗外，他就知道，自己若说出这句话，阿月一定会追问自己此前一再拒绝她的原因。可想着阿月的身世，雷天明犯了难。

看着天明哥回避的目光，阿月的心向下沉了沉，眼底掩不住的失望："天明哥，你别拿这种事开玩笑，你知道我会当真的！"

"我认真的！"雷天明忙又解释。

蓝星月怔怔看着他，觉得自己心里混乱极了，天明哥的表情是这样真挚，可刚刚又分明从他的眼中看到了闪躲。

突然响起的电话铃声缓和了气氛，也让话题终止于此。

雷天明忙从口袋里掏出手机接起了电话，阿月则将脸转向窗外，以掩饰此刻内心的慌张。

没一会儿，雷天明接完了电话对她说道："你二哥在镇上等我们。"

"二哥在镇上？"蓝星月好奇道。

"嗯，你二哥在镇上开了一家数码维修店，你还不知道吗？"雷天明又将话题引向了蓝岳平。

"他就跟我说他们公司被老板转给了合伙人，新老板打算转型做电商，他打算辞职。开数码店的事他提过一嘴，但没详细说，我觉得他这个人一下这样、一下那样，不稳当，以为他也就是一时兴起，所以也没细问。开数码维修店是什么时候的事？"蓝星月惊讶道。

"也就上个月的事，别说，镇子上数码维修这一块业务是空白的，他的生意还不错，年轻点的人都找他修电脑、买配置，镇上的老人呢，买老人机也找他，修手机修电器也找他，充话费还找他，他那个小门店，每天都围着好多人。"雷天明笑着说道。

"是吗？"蓝星月很是意外。

"待会儿我带你去看看你就知道了，他的门店就在车站附近，一下车就看到了。"

蓝星月点点头，谁也没再继续提起刚刚的话题。

大巴拐了个大弯就到了站。雷天明拎着行李，护着阿月就下了车。

远远就看到了二哥的"方正数码"，门头不大，玻璃柜里摆放着各种各样的手机，再往里是一个操作台，上面堆满了各种配件。小小的门店里挤着许多学生模样的人。

看到阿月和天明哥一块儿来了，蓝岳平也连忙收拾了起来："好了好了，要关门了。"

"平哥，这么早就关门吗？"几个穿着校服的男孩子似乎已经和他混熟了，直接喊起了哥。

"关了关了，回趟家，你们也快回家吃饭去。"二哥将他们一窝蜂领了出来，拉下卷帘门就落了锁。

"你也回寨子吗？"阿月问他。

"你回来了嘛，阿爹阿妈说了，让我一块回去吃饭，我开了这个数码店之后就没回去了。"

就这样，三个人结伴，趁着天没黑往寨子赶。

蓝星月惊喜地发现，离上次回来不过半年时间，老家就发生了许多变化，原来的公路加宽了不少，还开通了城乡公交，营运的那辆破中巴也已经淘汰，换成了宽敞的公交车。

原本的站牌只是一块锈迹斑斑的铁牌牌，如今也搭了个小亭子，等车的时候再也不用怕天气不好了。见阿月看了好几眼，雷天明忙向她介绍道："现在这条路的城乡线被公交公司接管了。"

下了车，就要开始上山了。雷天明和蓝岳平轮流拿着阿月的行李箱，步行回寨子。路过施工的地方，雷天明就停下脚步跟他们介绍起来目前的工程进度和情况："金富叔想赶在'三月三'之前竣工，但我觉得时间有点赶，只能尽力了。"

路是从寨子这边开始往山下修的，所以当走过施工现场，他们就发现原来窄窄的小路已经宽了许多："这个宽度，过小车是没问题了。只不过下了雨，这路都是泥。"

"这才修了一半呢，之后这路面还要浇上柏油，以后随便它刮风下雨都不影响。"雷天明说道。

"对了，等路修好了，你就可以把女朋友带回家来了。"雷天明突然又转头冲蓝岳平说道。

阿月睁大了眼睛："女朋友？什么女朋友？"

蓝岳平的脸上难得地露出了不好意思的表情："你认识。"

阿月脑子里立即跳出了一个名字来："晓红？"

雷天明也爽朗地笑了起来："对，就是那天你二哥带过来一起吃饭那个女孩，好像还是你同学？"

"好啊二哥，你跟晓红在一起了怎么没跟我说，她也瞒着我。"蓝星月故作生气嘟起了嘴巴。

蓝岳平挠了挠头："没有故意瞒着你。"

"那天明哥都知道，我怎么不知道？"

"之前我是对她有意思，但我不知道她对我是什么想法，我又怕说了，万一人家没那意思，到时候一尴尬连朋友都做不成了，所以这么一拖，前段时间才算是正式开始处。"提起晓红，二哥脸上的笑意是藏都藏不住。

"我记得晓红她家里好像不希望她嫁去外地。"

"嗯，别说嫁去外地了，就是我在外地那会儿她都有顾虑，又不想异地。所以我回来呗，自己开个小店也挺好的。"说着，二哥又感慨了起来，"其实后来晓红跟我说，她初中那会儿就挺喜欢我的，只是她性格比较腼腆，我要是早点追她，我们早就在一起了。"

"你都不说，人家又不是你肚子里的蛔虫，怎么知道你对人家什么心思？"蓝星月话音一落，目光却与雷天明对上，顿时，两人都有些尴尬。

"我又不是情圣，我哪懂女孩子怎么样才算是喜欢我？"蓝岳平忍不住为自己叫屈。

二哥对感情迟钝是阿月从小就知道的，只是没有想到，如今就连迟钝的二哥都已经争取到了自己的幸福，而自己……

"晓红也是，藏得这么好，她要是不好意思跟你说，早些跟我说，我一定早就让你去追她了。"

"你懂什么？就你，还想当我军师？"蓝岳平回怼道。

"我……"蓝星月满脸不服气，又不知道怎么反驳。

一路边走边聊着天，三人很快就到了寨子口，天也已经黑透了，寨子里家家户户都亮着暖黄色的灯，莫名地就给人带来了暖意。

雷天明将阿月送到家，钟彩银夫妇留他吃晚饭。

"不了阿婶，我阿爹还一个人在家呢，我没跟他说今天晚回，他估计早就做好饭了。"雷天明谢过了彩银婶的好意，自己回了家。

进屋时，雷文顺正在热菜："怎么这么晚？"

"阿月去文化馆开会，耽搁了会儿。"

雷文顺没再说什么，将热好的菜上了桌。

吃着吃着，雷天明忽然放下了碗筷："阿爹，有件事我拿不定主意。"

"说来听听。"

"阿月的身世，我该不该跟她说？"

雷文顺一听，慢慢放下了筷子："天明，这件事怎么也不该是你去跟她说，她是你彩银婶和国兴叔养大的，那他们就是阿月的阿爹阿妈，要不要让阿月知道，得他们决定。你不能犯糊涂去说，阿爹也不能，一旦说了，不说阿月知道真相会怎么想，你把你国兴叔和彩银婶摆在什么位置？"

雷天明整个人一愣，这才猛然发觉自己竟然忽略了国兴叔和彩银婶，他们将阿月当作亲生女儿养大成人，现在自己去跟阿月说她的身世，这得是多自私的行为？可这样一来，他永远都没办法解答阿月心中对自己的质疑，一旦自己说不出先前明明在拒绝她、现在又说喜欢她的原因，那自己的这份感情，在阿月那也许永远都没有说服力。

二哥在家歇了一晚，第二天一大早就下了山。

许久没回寨子了，阿月觉得这寨子一点都没变，让人觉得好像回到了寨子，就屏蔽了这世间所有的喧嚣和嘈杂。寨子的清晨很静，时光都变慢了，但也非常冷。手机依然是搜不到什么信号的，直接变成了块砖头。吃过了早饭，阿月坐在门口的石凳上，看着门前的那片细竹，脑子里是一片空白。不知怎么的，以前自己追着天明哥跑的时候，希望他能给自己回应，可现在，天明哥那么认真地表示，自己只要一点头，两人的关系就会朝着她原本想要的方向转变，可她却莫名有些怕了。心里的那份恐慌，让她不敢再往前迈一步，而天明哥也因为忙于工程，并没有时间跟她儿女情长。

两人就这样，再没主动提起那个话题。可蓝星月也时常思考，那现在自己和天明哥之间，到底算是什么关系？朋友？兄妹？或者……恋人？

白日，阿月闲着无聊给小娟打了个电话，跟她说了天明哥向自己告白的事。就连小娟都厌烦了这两人这么多年的纠缠和拉扯，一整个不想评价的语气敷衍道："你们真的是……既然他都跟你告白了，那你顾虑什么？难道发现自己这些年一直是你在追他，所以现在他转过头来追你，你突然发现，你不喜欢他了？"

"不是，我喜欢他。"

"那你犹豫什么？"

蓝星月张了张嘴，却表达不出自己内心复杂的情绪。

"很简单，你还喜欢他就接受他的告白，让他做你男朋友，如果不喜欢他，那就拒绝他，以后各走各路。这有什么可纠结的？"

是啊，这么简单的事，有什么可纠结的呢？小娟的话听起来真是一点毛病都没有，阿月的心里刚要动摇，电话那头就传来小娟警觉的疑问："不对，你说天明哥突然跟你说他喜欢你？"

"嗯。"

"那这不符合常理啊，他以前都拒绝了你那么多次了，怎么突然就变了？他该不会是在外面找了一圈，没找到合适的，所以转过头来找你吧？"小娟敷衍的态度总算是认真了起来，一语中的，一针见血。

蓝星月忽然明白了自己因为什么而畏惧，就是怕会是小娟所猜想的这样，天明哥的态度转变实在来得太过离奇，蓝星月想给他找借口都不知从哪找起，她更害怕，自己从来都不是天明哥的第一选择，只是一个备选项而已。

"阿月，这你得找天明哥问清楚，不然他一招手你就屁颠屁颠地跟着他走，以后受伤的还是你。"小娟警告道。

蓝星月当然明白小娟是怕自己在这段感情里吃亏，可她也能感觉出天明哥并非是小娟所说的，在外面没找到合适的，所以转过头来找自己将就。从小到大，她所认识的、所喜欢的天明哥，从来就不是这样的。但天明哥对自己转变态度的原因，也确实是如今她心里最大的困惑。

暮色渐起，阿月觉着天明哥差不多该回来了，便去寻他。

此时雷天明刚吃过饭，见阿月来了，满眼都是欣喜："阿月，你怎么来了？"

蓝星月看了一圈，发现屋子里只有天明哥一人，便好奇地看了一圈："文顺伯呢？"

"他去德兴伯家串门去了。"雷天明赶紧搬来凳子，让阿月坐下。

"天明哥，我有问题想问你。"蓝星月鼓起勇气道。

雷天明脸上的神情一僵，他已然猜到了阿月要问什么，躲无可躲，但也只能故作轻松地说道："你说。"

"你是从什么时候开始喜欢我的？"蓝星月试探道。

雷天明挠了挠头："可能……你失联那会儿，我去南庄找你的时候。"

其实，雷天明也无法确定究竟是什么时间点，阿月就成了他的心上人，他只知道，在从阿爹那得知阿月并不是自己亲妹妹的这个真相时，那些一直被自己隐藏和压抑的情感就再也无法抑制。或许，从阿月第一次向自己表白的时候，又或许，比这还要早。

"天明哥，你以前喜欢过别人吗？"蓝星月又问道。

雷天明意外，完全没有预想到阿月会这样问，可为表诚意，他还是将过往的感情经历和盘托出："大学的时候谈过一段，是个城里姑娘。"

听到回答，阿月的心往下坠了坠，天明哥上大学前，自己就给他送了彩带的，可他还是跟别人在一起了，这个回答，至少说明了天明哥那时候是真的一点都不喜欢自己的。可阿月也不断地提醒自己，天明哥比自己大了足足六岁，有过情感经历是再正常不过的事，自己不也是十多岁就开始喜欢他了吗？

这样想着，心中的不悦又稍稍减退了一些："为什么分开了？"

"性格不合，而且我太忙了，没有时间陪她。"雷天明诚实地回答。他实在是不知道该怎么告诉阿月，因为对于她身世的误会，导致那时他被她的表白吓得不轻，所以大学期间，那个女孩主动追求他，他也就尝试着跟她相处过一段时间。可他太忙了，除了上课，他还要忙着打几份工赚生活费，他甚至没有时间陪她看一场电影，不到两个月，那个女孩觉得跟他在一起无趣，就提出了分开。

这不是一个会令人愉快的话题，可阿月还是继续追问道："那工作后呢？"

"蒋总想给我撮合，但只是接触了几次，一起吃过几次饭。"

"是你之前跟我说的那个同事吗？"

雷天明摇了摇头："那是骗你的。"

"为什么骗我？"蓝星月又问，随着这疑惑问出口，心中的怨气也莫名开始升腾，"所以在去南庄之前，你是不喜欢我的，而是去了南庄之后，突然就开始喜欢我了？"

雷天明怔怔看着阿月，尽管他一再回避着这个话题，可如今阿月这么直截了当地提问，他又要怎么回答？

"阿月，我无法回答我是什么时候开始喜欢你的，但我保证我现在对你的感情是认真的，你愿意跟我在一起吗？"雷天明望着阿月的目光里满是真诚，没有一丝闪躲。

又是这样真诚而坚定的表白，实在是让阿月很难不沦陷，这可是她打小就喜欢着、追逐着的人。

门外传来了靠近的脚步声，十有八九是文顺伯回来了。蓝星月惊慌地站起了身，像做了什么亏心事一般，边往门外走边提高了分贝："天明哥，我回家了，下次遇到不懂的再问你。"

一出门，果然就看到了来人正是遛弯儿回来的文顺伯。

第 36 章　山体滑坡

凤凰山上鸟兽多，

若爱食肉自去猎；

开弩药箭来射死，

老熊山猪麂更多。

——《高皇歌》

"不好啦，不好啦！山体滑坡，修路的工程队都被埋了。大家快去帮忙！"

消息传来时，阿月和阿爹阿妈刚吃过早饭，这突如其来的意外让阿月的心提到了嗓子眼，阿爹也忙抓着来报信的人询问："老钟，到底怎么回事？"

钟阿公跑得气喘吁吁："我本来是打算去镇上的，结果走到半路就看到施工那里发生事故了，我赶紧就回来喊人了，快去快去，救人要紧！"

钟阿公话音刚落，蓝星月就向天明哥的家跑去，她迫切需要确认天明哥今天是不是去了工地。然而，还没到，远远就看到了心急如焚的文顺伯拿着锄头急匆匆地出了门。蓝星月心一沉，完了，看来天明哥今天是去了工地的。也来不及多想，赶忙追上去，寨子里的大伙儿得了消息，纷纷拿上了锄头、铁锹等工具追了过来。

远远就看到了几乎半个山体都滑了下来，直接把施工的路段截断了，这边的人过不去，外边的人也过不来。路旁，坐着两名污泥满身的伤员，老大夫连忙帮他们查看起来。雷文顺第一个冲了上去，寨子里的人也一窝蜂冲过去，用从自己家带的锄头镰刀开始抢救。

"天明！天明你听到应一声。"雷文顺边挖边喊，却没有任何回应。

"雷工呢？"阿爹跑去问伤员。

受了巨大惊吓，此刻还有些发蒙的伤员摇了摇头。

蓝星月看向高高的土堆，想到天明哥兴许还埋在下面，只觉得脑子一片空白，整个人像块木头似的杵在那，久久回不过神来。

"阿月，别愣着，快来帮忙。"

老大夫这一声喊，才让她回了神，顾不上其他，赶紧上前帮忙剪绷带。

"施工队总共有几个人？"阿爹又询问。

"今天有七个，加雷工。"伤员回答道。

阿爹看向那高高的土堆，不敢再继续问下去。大家都拿出十二分的力气，也不敢有丝毫耽搁，所有人都知道，多耽搁哪怕一秒，底下的人就多一分危险。

忽然，其中一名伤员不顾自己手上的伤口，急切地冲大家喊道："撤，快往后撤！"

听到声响，不明所以的大伙纷纷从土堆上下来，向后撤退，也就在这时，山上的滚石和泥沙又滑了下来。雷文顺始终紧绷的情绪终于在这一刻彻底崩溃，他整个人往地上一瘫，嘴里不停喊着天明的名字。

从得到消息的那一刻，文顺伯的脸色就是白的，整个人都严肃得不行，可毕竟还没亲眼看到事故现场，所以他就一直紧绷着，哪怕到了现场，想到雷天明被埋在了泥沙里，他也抱着期望，一定能在黄金时间内把天明给救出来。可现在，他们都还没怎么动，就又发生了第二次滑坡，没有专业设备，没有专业人员，这样贸然去救，非但救不出人，说不定还会搭上抢救人员的生命，大家都不敢再轻举妄动。眼下，若砂石之下真的埋了人，以现在的情势，只会是凶多吉少。文顺伯还是不死心，哭了一阵又站起身要上去挖。

大家见状连忙阻拦："文顺，你先别着急，金富回去打电话了，等消防队的人来了我们再动，他们说怎么弄我们再搞，不然我们挖一点，上面就下来一点。"

"难道要我眼睁睁看着我儿子死这里吗？"雷文顺挣脱开拉着他的大伙，厉声质问。

大家被问得哑口无言，没有人会不痛心，更没有人愿意看到这样的事发生，只是他们很清楚，他们什么都做不了。

质问完，雷文顺像浑身力气被抽干了似的，整个人腿一软，无力地坐在地上哭了起来："在外面待得好好的，非要回来修路修路，要知道会这样，我说什么也不能答应他回来啊！"

文顺伯的哭喊声像刀子一样，一刀刀都扎在阿月的心上，惹得她的眼泪也控制不住往下落。她接受不了，也不愿相信，此刻她的脑子里就只有一个念头，那就是活要见人死要见尸，只要没有亲眼看到，她什么都不相信。

时间开始变得难熬，大家脸色沉着地陪在一旁等着，也不知道等了多久，回去打电话求救的金富叔终于回来了。

"已经派人过来了，上牛寨和金坑寨的人也接到消息过来帮忙了，只要消防队一到，大家听消防救援队专业人员的指挥。"雷金富急得脑门上全是汗，可他也明白自己现在必须镇定。

"老雷，雷金富，听到吗？"

忽然，从滑坡的那一头传来了喊声。

雷金富赶紧应声："蓝海旺，你们到了吗？"

"哎，寨子里有点力气的都来了，金坑寨的老钟也带人过来了。"

"谢谢啊，你那边什么情况？有没有伤员？"

"没有没有，一个人都没有。"蓝海旺回答道。

"你们先别动，等专业救援的人来，注意安全。"雷金富又交代道。

蓝海旺一听，赶紧让大家先停下了锄头。

也不知道过了多久，山脚下总算传来了消防车的警报声。

"金富，消防来了，我让人下去接一下。"蓝海旺喊道。

消防救援总算到了，可因为路还没修好，消防车开不上来，救援人员只能带上工具徒步上来，好在来帮忙的人足够多，大家听着指挥有条不紊地展开救援，救援工作一直持续到天黑。

帮不上什么忙的阿月，陪着已经精疲力尽的文顺伯在一旁等到了天黑。她害怕极了，既怕救援队真的挖出天明哥，又担心他们什么都挖不到，那天明哥生还的希望就更渺茫了。

"阿月，你先跟阿妈回去。"阿爹来劝道。

阿月不肯走。

阿爹又用眼神示意了一下在一旁抽烟的文顺伯："听话，温度下来了，你带着文顺伯先回去。"

蓝星月为难地看了眼文顺伯，也不知道是因为冷还是因为刚刚用尽了力气，又或者因为恐惧，此刻，文顺伯就连抽烟的手都在控制不住地颤抖。

　　冷，更何况文顺伯出来时因为太过心急，连件厚衣服都没穿，再这样熬下去只怕是熬不住的，别等天明哥还没找到，文顺伯又倒下去了。

　　"文顺伯，天黑了，也降温了，我们先回去吧？"蓝星月也去劝他。

　　本以为文顺伯会固执地要留在救援现场，然而让人意外的是雷文顺竟然答应了。

　　蓝星月心里松一口气，搀着文顺伯跟着来送饭的阿妈往寨子走。一路上文顺伯都没有说话，阿月也没有，在事故现场等了一天，此刻他们都满心疲惫，心力交瘁。

　　回到家，蓝星月习惯地拿出手机看了眼时间，可赫然出现的短消息提醒，却让阿月怔住了。这是一条来电提醒短信，而来电的对象，竟然是天明哥，就在傍晚的时候，因为施工现场没信号，所以短信才刚刚送达。蓝星月立即跑出家门，不停往高处跑，直到跑到了离天明哥家不远的一个坡子上，信号才跳了出来。

　　蓝星月拿着手机的手控制不住地在发抖，她几乎用尽了全身力气，才成功拨出了电话。

　　"嘟……嘟……"竟然通了。

　　心脏狂烈地跳动着，仿佛下一秒就要从喉咙里蹦出来，蓝星月将手放在自己的胸口上，试图安抚自己紧张的情绪。

　　"喂，阿月。"几声铃响过后，电话那头终于传来了声音。

　　蓝星月刚准备答应，可一张嘴却说不出话来，只觉得一股巨大的委屈涌上心头，让她无法控制地泣不成声。从早上得到消息，到亲眼看到事故现场，一整天的提心吊胆，一整天的惴惴不安，始终紧绷的神经一刻都不敢松懈，眼看着希望就像在风中摇摇晃晃的烛火变得越来越渺茫的时候，终于听到了天明哥的声音。

　　"阿月，别哭，我没事。"雷天明的声音有些哑，还有些虚弱。

"天明哥你在哪？"蓝星月激动得浑身颤抖。

"我在医院，你跟我阿爹说一声，我没事。"

蓝星月隐忍的情绪又一次崩溃，号啕大哭了起来。

"阿月，别哭呀——"阿月的哭声，让雷天明的心揪着疼。

"我还以为……我再也见不到你了。"蓝星月边哭着边说道，说完，哭得更凶了。这一整天，看着山体一次次覆盖下来，看着文顺伯绷不住后终于崩溃，看着那高高的土堆下，怎么都挖不出人。没有人知道阿月像抓着救命稻草一样抓着最后那一点渺茫希望，在一次次绷不住之后让自己强打起精神的心情是什么样的。

"对不起啊，让你们担心了。"

"没事就好，没事就好！"蓝星月抹掉了眼泪，可还是控制不住地抽噎起来。

"还有两个工人，他们没事吧？"雷天明关心道。

"没事，都是小伤，已经让老大夫处理过了。"蓝星月回答，又追问道，"天明哥，到底怎么回事？来报信的人又说你们都被埋了，我阿爹去问那两个工人，他们都摇摇头说不知道你在哪，我……"说到这，蓝星月还是忍不住后怕，悲伤的情绪再一次涌来。

"瞎说，没有人被埋，山体滑下来之前我就察觉出了不对劲，滑下来的瞬间，我就指挥大家往两边撤退了，可能因为滑下来的山体阻断了两边，我这边的人不知道那边的情况，那边的人也不知道这边的情况，我这边有个工人跑不及，腿被石头砸伤了，所以我就先背他下山去医院了。"

"那金富叔怎么说打不通你电话？"

"我……背那个工人下山的时候不小心摔了一跤，手机摔关机了，腿上也被石头划了道口子，下午在做手术缝针，从手术室出来后医生才把手机拿给我。"

"你知不知道我们都以为你们被埋在下面了，你阿爹都崩溃了……"蓝星月的眼泪又一次失禁。

"那现在怎么样，我打了救援电话的，救援队的人来了吗？"雷天明的心也悬了一天。

"来了，别的寨子里的人也都过来帮忙了，只是救援车上不来，都得靠人工清理，暂时寨子里的人出不去，外面的人也进不来，也不知道要多久才能恢复了。"

雷天明这才松了口气："阿月，麻烦你再跑一趟，跟他们说一声我这边的情况，免得他们误判了。"

"我知道，我这就去。"蓝星月应着，可又有些舍不得挂电话，她恨不得此刻就能飞到天明哥的身边，好像只有亲眼看到，才能真正安下心来。可她也明白事情的轻重缓急："天明哥，那你先好好休息，等路通了我就来医院。"

第 37 章　　失而复得

说完，蓝星月挂了电话，连忙跑向了天明哥家。

灯亮着，文顺伯披着件黑色皮外套呆坐在床边，一双眼睛满是绝望，看不到一点光。

"文顺伯，天明哥电话打通了。"蓝星月迫不及待地跟文顺伯说这个消息。

雷文顺回过头来，不敢置信地看着阿月。蓝星月将雷天明的境况跟文顺伯说了一遍，雷文顺激动地站起了身："真的？你没骗我？"

"没有，我刚刚才挂的电话。"蓝星月说着，还特地翻出了手机的通话记录给雷文顺瞧。

"阿月，你回家，我去通知他们。"雷文顺瞬间就打起了精神，套上外套，又从工具盒里翻出手电筒，急匆匆就出了门。

蓝星月想跟着一块儿去，但被雷文顺打发了回去，毕竟天黑了，阿月又是一个女孩子，山路崎岖，实在不安全。蓝星月只好回了家，将没有人被埋的消息告诉阿妈。

阿妈也整个人松了口气："老天保佑，这真是太好了。"

说完，才注意到阿月已经哭得红肿的眼睛："阿月，你怎么还哭了？"

阿月想回答，一张嘴却要哭出来。

见女儿这模样，钟彩银的心中了然，赶紧就将阿月搂进了自己的怀里："没事没事，虚惊一场，别自己吓自己。"

人是经不起安慰的，阿妈不提还好，这一问，让阿月的眼泪又控制不住要往外落。心中那无法名状的委屈使得她哭得不能自制，隐忍了一天的情绪在这一刻爆发："阿妈，我今天真的以为我再也见不到天明哥了。"

钟彩银轻轻抚着阿月的背："不会的不会的，天明是有福气的孩子，不会出事的。"

尽管嘴上这样安慰着阿月，可她的眼中却泛着泪光。她又何尝不怕？雷天明与蓝岳峰都是她看着长大的，两个孩子都是打小就懂事，岳峰走后，天明就像她的孩子一样，一直帮着岳峰关照着他们家里。今天听到消息，她也害怕最后会是噩耗。

"等等，你给二哥打个电话，现在我们也不知道啥时候才能下山，让他帮忙去医院照看一下天明。"阿妈忽然想到。

蓝星月这才反应过来，也庆幸二哥在外面，赶紧就拿起座机给他打去电话。

救援持续了一周，堵塞的路终于通了。虽然天明哥在电话里一直说他就快出院回来了，让他们不必多跑这一趟，可这话能劝住文顺伯，却劝不住阿月，此刻她已经迫不及待要下山去。

车子一到站，阿月一眼就看到了二哥的数码店里围着好多人，而二哥也是忙得一刻不得闲，连阿月跟他打招呼也没顾上。阿月也不敢耽搁，迅速赶往镇上的卫生院，此刻，她想见到天明哥的心情已经到达顶点。

刚准备进住院楼，阿月就在院子里看到了天明哥。他穿着病号服，整个人看着有些单薄，右手还拄着一副拐杖，正在跟一个同样穿着病号服的大爷聊着什么。蓝星月将目光移到他的腿上，受伤的是右腿，没有落地，裤腿被卷到了膝盖，小腿上包着厚厚的纱布。蓝星月忽然就觉得想哭，电话里，天明哥说得轻描淡写，一道口子，缝了几针，二哥在电话里也没说天明哥究竟伤得怎么样，没想到如今亲眼看到的比听到的严重多了。她无法想象，那天天明哥一个人在医院做手术的场景。

"那边有个姑娘一直在看你，认识？"还是那个老大爷先看到了阿月，看阿月的目光是在雷天明的身上，于是询问道。

雷天明这才转过头来，看到阿月的瞬间，竟有种恍如隔世的错觉。蓝星月跑向他，依旧是一脸的委屈。大爷见状，立即心领神会，识相地走开了。

"怎么了？"雷天明弯下了腰，语气温柔。

不问还好，这一问，蓝星月就再也绷不住了，豆大的泪珠直直往下掉。终于见到了天明哥，她原本是不想哭的，可不知道怎么的，失而复得的感觉，让她根本就控制不了自己。雷天明心疼万分，抬起手替她擦眼泪，可刚一擦完，阿月的眼泪又落了下来，就像个关不紧的水龙头。雷天明一把将她搂进了自己怀中："抱歉啊，让你担心了。"

蓝星月搀着他回了病房，刚扶着天明哥躺下，医生就来替天明哥换药了。

"阿月，你给我买碗馄饨吧？"雷天明忽然说道。

"等你换好药我再去买。"

雷天明不再说话，神情却有些不自在。直到医生一层层揭开纱布，长达十八公分、触目惊心的伤口暴露在阿月眼前，蓝星月才瞬间反应过来，天明哥并不是真的想吃馄饨，他只是害怕他这道像蜈蚣一样盘踞在腿上的伤口会吓到她。

阿月确实是心一惊，可她还是让自己表现得镇定自若，毕竟，比起再也见不到天明哥，这一道伤口，简直不值一提。看着天明哥忍痛的表情，蓝星月自然就伸出了手，紧紧握住了他的手。

"明天就可以出院了，再过一个星期后来拆线。"护士换好药，又对阿月交代道，"你是他女朋友吧？回去以后伤口不要碰水，忌烟酒，忌辛辣。"

蓝星月连连点头，一一记下。

等到护士离开，蓝星月才开口道："痛吗？"

雷天明柔情似水地看向阿月，摇了摇头。

"你在电话里都没说实话，二哥也不跟我说实话。"阿月抱怨道。

"我让他别跟你们说的，路不通，你们又下不了山，跟你们说了只会让你们担心、干着急。"

"你不说我们就不担心了吗？"阿月有些不悦。

雷天明嘴角微微向上扬了扬："阿月，其实你紧张我，我心里挺高兴的，至少……说明了你心里有我。"

"我什么时候心里没你了？"蓝星月反问。

雷天明的高兴劲儿简直无法隐藏。随着天明哥的目光，这才发现，两人从刚刚就牵在一起的手到现在都没松开。阿月下意识想抽回手，雷天明却握得更紧了，阿月这才放弃了挣脱，就任由他将自己的手捏在手心里。

经过这一次意外，对阿月来说，天明哥曾经和谁在一起过不重要，他是什么时候开始喜欢自己的不重要，他为什么突然开始喜欢自己也不重要，重要的是他还好好地活着，还能完完整整地出现在她面前。事故发生的那一日，她想到了所有能够想到的最坏结果，如今眼前的一切，已经比任何一种预想的结果都好得太多了。

"咳咳，我是不是来得不是时候？"晓红突然到访。

蓝星月肉眼可见地慌了神，忙撒开了雷天明的手，局促地站起了身："你怎么来了？"

"你哥他太忙了，我这几天刚好没事，就过来看看有什么我能帮上忙的。"晓红说完，就看到阿月的脸已经一片通红，但她也只是笑了笑，看破不说破，"看来这儿不需要我，那我就不打扰你们了。"晓红说罢将精心购置的果篮放在了桌子上就离开了。

但晓红的出现，明显让阿月的心里有了顾虑。

"怎么了？"雷天明看出阿月的脸色不对，忙关切道。

"她会不会跟二哥说？二哥知道了，会不会回家说？"阿月一脸认真地问道。

雷天明不解："阿月……你不想让别人知道我们在一起了？"

阿月也被问得一愣，才猛然反应过来，自己对天明哥的感情太过隐秘，从小到大，除了小娟，她从未跟任何人提过，长时间的隐藏，让她习惯地变得小心翼翼。又或是因为天明哥以往的一次次拒绝，让阿月潜意识地认为他们之间的这段感情是易碎的，是不可告人的，知道的人越多，越无法保护这段感情。她甚至理所当然地认为，天明哥不想让别人知道他们的关系，毕竟天明哥也曾因为别人开了自己和他的玩笑，就当场翻了脸。但现在看天明哥的反应，显然不是这样的。

"我不知道，我以为……你不想。"

雷天明再一次牵起她的手，与她十指紧扣，神情严肃，语气认真："阿月，别想那么多，我们在一起，光明正大，家人也好，寨子里也好，所有你顾虑的、担心的、害怕的，都交给我。"

第38章　三月初三

因为突发事故，修路的工程不得不暂时停止，要重新做施工方案，工程也终是没办法按照原计划赶在"三月三"前竣工。这也成了雷天明心中的一桩心事。这条路，是他对阿月的第一个承诺，一日不竣工，这件事就在他心里放不下。可时间也不会等候任何一个人，它会按照自己的步调直直向前，"三月三"，说来也就来了。

这一回区里要隆重举办"三月三"节庆活动是早就决策好了的，更是多部门联动，做足了准备。不少畲寨里的阿嬷阿公们都收到了区里的邀请。

为了让大家方便，区里还贴心地派了大巴，直接将他们送到了活动现场，阿公阿嬷们也纷纷穿上了"凤凰装"，将自己捯饬得精精神神的，下山来共同庆祝。

活动是在一个开阔的广场上举行，还没正式开始，广场上就挤满了看热闹的人，平时开阔空旷的广场，在此刻也显得局促起来，就连周围的路段也是人头攒动，围得水泄不通。

车子是进不来了，许多人便步行进来，越来越多的人不断往主会场里头拥。其中，许多摄影爱好者扛着"长枪短炮"，将镜头对准了身着畲服的姑娘小伙。短短一段路，阿月愣是被拦了许多次，都是想要给她拍照的。

"真好看！"同行的晓红忍不住夸起阿月。

尽管这是阿月第一次穿上"凤凰装"，更是第一次面对专业镜头，但面对别人拍照的要求阿月也不拒绝，大大方方地站到了镜头前，尽情展示着穿在身上的畲服和银饰。

雷天明就在一旁看着，好像在看一幅赏心悦目的画，看着看着，阿月的一颦一笑让他不由自主就想起了蓝老师。这么多年过去了，雷天明已经想不起来蓝老师的样子了，但他此刻看着阿月，又觉得脑海里那个模糊的身影在一点点变得清晰起来。

"我也好想买一件。"

"头上这个是真的银吗？"

"笑一点，笑起来更好看。"

各种各样的夸赞声不绝于耳，蓝星月也在一声声夸赞和鼓励中变得更加放松自如起来。拍摄的摄影师，从一个两个，最后变成一群人，将阿月围着拍，而前来邀请合影的人更是络绎不绝。

雷天明等着等着，终于有些按捺不住，走上前一把揽过了阿月纤细的腰身，要求合影。这一举动，既宣示了主权，也为阿月脱了身。

随着时间临近，主持人上台，活动也正式开始，就连市里的领导都出席了开幕式，并致辞。民族元素与现代潮流互相碰撞，迸发出了独特的火花，每一个小细节都体现出了设计者的别出心裁……主持人介绍着。

蓝星月也没想到，一开场就是时装秀表演，一个个身材高挑匀称的模特，穿上了自己跟李娅共同设计的服装，跟随着知性优雅的音乐，从幕后走到了台前。尽管这些衣服阿月也参与了设计，但是参赛和领奖都是李娅去执行的，且领奖的时候只是展示了作品，并没有模特穿上身走秀的环节，所以这还是阿月第一次亲眼看到这些衣服上身的效果。此刻，每一个模特在展示衣服时，脸上都充满了自信，蓝星月心里说不出地震撼，眼眶也不受控制地湿润了，心里满是感动。看了一会儿，才想起什么似的赶紧拿出手机，将现场图片拍下来，发给远在北京不能来到现场的李娅看。可惜现场的人实在是太多了，阿月的图片怎么都发不出去，只好作罢，想着等活动结束了再和李娅分享。

接下来是必不可少的歌舞环节，畲族采茶舞、砍柴舞，还有小品，以及多年来保持的传统节目畲族对歌。阿月记得，以前阿嬷还在的时候，编着彩带会唱几句，晒着太阳也会唱几句，寨子里的女人们，采茶时、种地时、砍柴时甚至是放牛时，也都会唱起歌来。小的时候，在寨子里时不时还能听到歌声的，可自从长大后，她已经许久没有听过了。今年的对歌也换了个新模式，畲族对歌讲究随性随心，所以今年不再是请几个歌手进行对唱展示，而是现场只要能对上的，就能上台去，再加上今年邀请了不少寨子里能唱能说的老阿嬷老阿公，大家也都不甘示弱，场面一下就热了起来。舞台上，很快就形成了两个阵营，男歌手一队，女歌手一队。大家轮番上阵，斗气十足，而场下的人，即便是听不懂这歌里到底唱的是什么，也都被这火爆的氛围所感染，在台下听得津津有味。双方你一句、我一句，斗得不可开交，有时候让人觉得他们简直是在用歌声在打架，可到结束的时候，双方又都能喜笑颜开地夸赞对方唱得好。

阿月忽然就理解了武侠小说里高手之间的惺惺相惜，过招的时候酣畅淋漓，过完招了又保持敬意。

最后才到压轴的婚嫁表演。

这样拥挤的现场，愣是挤进了一个迎亲婚队，还不知道从哪牵来了一头老黄牛。在山哈人的民俗里，黄牛走过的路寓意为"新路"，所以迎亲队伍由老黄牛开路，寓意为新郎新娘开启全新的生活。后面则跟着接亲的新郎方的人，媒人、伴郎、新郎……队伍中央，是一顶红轿子，由四个身着畲服的山哈男人抬着。这顶豪华喜轿，看得出来是花了心思了的，将所有人的目光都吸引了过去。寨子里不是没有人结婚，但过去寨子里穷，即便是结婚用的轿子，也都是最简易版的，实在是跟眼前这顶无法相比。新郎和新娘都是文化馆里挑选的演员，自然是顶顶好看的，所有人都在期待新娘的亮相。可既然是娶亲，又怎么会轻易让新郎将新娘接走？迎亲方和送亲方在台上对起了歌，伴娘们想了各种各样的辙为难起新郎来，不仅不给他厨具让他做饭，还在新郎经受考验时各种捣乱，原本阳光帅气的新郎官，愣是被伴娘们用锅灰抹成了个"要饭的"，惹得看客们发出阵阵哄笑。一番折腾下来，新娘总算是被伴娘们搀着缓缓走到了台前，只见新娘的扮演者五官清秀，眉眼含笑，穿着正红色的畲族婚服，头戴着凤冠，美得无法形容。新娘的流程也不少，要哭嫁，然后祭祖，还要留下自己的碗筷，最后才被"大舅哥"抱着送上了花轿。

这样新颖的表演，也着实让现场的人都开了眼。摄影师们更是不会放过这样新鲜的节目，扛着自己的设备，一拥而上，生怕自己没拍到好的镜头，闪光灯和快门声像海浪一样此起彼伏。

阿月和天明，即便是土生土长的畲族人，也不曾见过这样完整且隆重的接亲仪式，看得那叫一个目不转睛。雷天明赶紧将阿月小心护到了身前，生怕她被挤着。阿月忍不住在心里暗暗惊叹，仿佛自己不是在看表演，而是正在参加一位"公主"的婚礼。

"阿月，没想到你们那边结婚这么有意思。"晓红激动道。

"其实比这个复杂，但也确实很有意思。"阿月回答她。

正聊着，忽然有人靠近跟她们搭话："你们都是畲族的吧？"

阿月抬头看来人，五十多岁，头发已经花白，但精气神却格外好，穿着专业的摄影马甲，手上还拿着一个相机。

阿月记得，这个人在活动开始前好像给自己拍过照。

"哦，我不是，他们都是。"晓红向他介绍道。

眼前的人二话不说就从口袋里掏出了自己的名片，给他们都发了一张，随即开始自我介绍起来："我叫辛竺，是一个纪录片导演，今天是受邀请来到这的。不过参加完你们的活动，我觉得很喜欢，不知道你们是住在寨子里还是已经住到城里来了，如果你们还住在寨子里，或者有这样途径的话，我想去拍一拍你们的寨子，拍一些原汁原味的山哈人日常生活作为素材。"

阿月下意识看向天明哥。

雷天明仔细看了名片，眼中的戒备才放松了一些："你拍这个是做什么用？"

"首先是我非常喜欢你们的畲族文化，想去做更多的了解，其次我拍这样一个纪录片，能让更多的人了解到你们畲族。"

辛导的这个回答倒是与雷天明的初衷不谋而合，可他立即又想到了那条还没修完的路，于是犹豫道："我们目前还是住在原始的寨子里，不过我们关丰寨在很高的地方，车子都进不去，很不方便的……"

"没关系，就是要拍你们最真实的生活状态，我拍过很多村庄，什么样的路都走过，只是不知道你们寨子愿不愿意让我来拍？"说着，辛导似乎意识到自己提这样的要求有些太过冒昧，于是尴尬地笑了起来。

"这样吧，你可以先到我们寨子看看，有什么是可以拍的，至于拍摄的要求，可以跟我们的村长商量。"说着，雷天明掏出了手机，翻出了雷金富的电话给他。

"行行行！这样也可以。"辛竺也连忙把号码给记了下来。

　　因为现场的人实在是太多了，一到中饭时间，周边的餐饮店铺就挤满了人，阿月一伙人走了几家店都排不上位置，最后一合计，干脆绕远路去了虎子的"畲味馆"。

　　然而，刚到门外的他们也都傻了眼，即便是离会场这么远了，可餐馆内的客人也不少。

　　"来啦？听说今天广场那边很热闹啊！"虎子忙过来招呼大家。这次"三月三"，他原本是想带着媳妇一块儿去凑凑热闹的，可她媳妇不舍得放下这生意，觉得今天要搞大活动，客人铁定不会少。虎子觉得有道理，所以就留在了店里做着准备。

　　"生意不错啊！"二哥寒暄道。

　　"什么不错啊，平日里都没什么人，生意还没以前我搞夜宵摊时一半好呢，今天是凑上了'三月三'，不然哪来这么些客人啊，我听说隔壁的小吃摊连茶叶蛋都卖断货了。"虎子惆怅了一番，又立马反应过来，"来来来，先进来，要吃什么尽管点，我请客！"

　　"不用，我们都找不到吃饭的地儿，还好你在这开餐馆，哪能让你请。"

　　"一顿饭而已，你这就见外了。"虎子叼着烟，边说边拿来了菜单。

　　"这不是见外，兄弟归兄弟，生意还是生意。"

　　虎子被二哥说得烦了，也不想跟他掰扯："先点先点，我让厨房先做上去。"

　　阿月记得，上一次来这里还是虎子结婚的时候，这转眼就一年多过去了，自己也一直没机会再来光顾虎子哥的生意。

　　二哥和天明哥正点着菜，金欣菊也笑着走了过来："你们都去广场上啦，早知道我们也去那边上摆个摊子，我听说他们糍粑都打不过来呢。"

　　"咱就别凑这个热闹了，人太多了，万一挤着你呢。等明年吧，明年'三月三'，我自己过去支个小吃摊。"虎子边说着边拉开了凳子让她坐下，阿月这才注意到她微微隆起的小腹。

正说着，就听到有人在喊老板，又进客了，估计是跟他们一样，在广场周边没找到吃的，都找到了外围来。

"你们先坐会儿，菜已经让厨房做了，马上就上。"虎子夫妇招呼了一番，就连忙去迎接新的客人了。

尽管虎子一再强调他请客，可二哥还是将钱垫在了餐盘下面，如今，虎子媳妇怀孕，这餐馆的生意又算不上好，以后的开支只会越来越大。

这次的畲族婚嫁表演空前成功，得到了媒体的大肆报道，那几日的新闻里，几乎都能看到"三月三"相关的消息，而一连举办了多届却没有任何水花的畲族"三月三"，也终于有了一些影响力。

第 39 章　点睛之笔

关于拍纪录片的事，他们谁都没有放在心上，甚至与辛导说完，就彻底将这件事抛到了脑后。可当他们回到寨子的第二天，辛导也孤身找到了寨子里来，他率先联系了雷金富，还在他的陪同下，将整个寨子都逛了一圈。

"这里就是那个小姑娘家，这个姑娘了不得啊，她设计的衣服是拿了大奖的，就昨天开幕式时，那个服装秀，那些衣服就是这个小姑娘设计的。"雷金富眉飞色舞地介绍着，边将辛导往阿月家中带。

四目相对的时候，双方都一愣。

"原来是你，没想到你这么厉害？你们村长不说，我都不知道呢。昨天我看了，那些衣服很有特色，也很有新意。"辛导喜出望外，毫不掩饰对阿月的夸赞。

阿月被夸得有些不好意思："也没什么，那些衣服是我跟另一个初中同学一块儿设计的。"

"那你也很厉害。"

阿妈听到了动静，好奇地从屋内走出来，不明所以地看着来人。

这时，雷金富又开口道："本来阿月的阿嬷，就是她奶奶，织彩带可厉害了，我们平时经过他们家，经常看到她坐在门边织我们畲族的彩带，什么样式什么花纹她都能编，可惜前几年她走了，不然真可以拍拍她老人家。"

辛竺听后，好奇地看向了阿月："你们那个彩带，是什么样的？"

听到这，阿妈虽然没太听明白到底怎么回事，但还是热情地搭腔道："有有有，以前阿月织的彩带，我都保存着呢。"

说着，阿妈就进了卧室，从柜子里翻出了积压了许多年的彩带，一条一条整理好，在长桌上摆成了一排："这些啊，都是阿月小时候织的，没卖完，我都给她存着呢。"

"这些都是你织的？太有特色了，这么说你也会织？"辛竺发出惊叹。

"嗯，我奶奶从小就教我织了，再早一些的都卖了，这些是之前做好没卖掉的。"

辛竺喜笑颜开，又对雷金富说道："这民族文化的传承，还得靠年轻人，我认为，镜头里呈现一些年轻人对传统文化的态度，其实更有看点。"

说着，辛竺又向阿月征求道："我能不能拍一拍你？"

阿月内心有些犹豫，摆起了手："我不是专业的演员，我也没拍过……"

辛导却爽朗地笑了起来："我也不是要找专业的演员，我这也不是电影电视剧，通俗点说，就是用镜头来记录你们的民族风貌，展示给对你们这个民族不了解的人看，不需要演，一切都是最真实的。"

想到镜头要对着自己，阿月还是有些不知所措："我怕我拍不好，还是不出镜了吧？"

就在这时，雷天明也来找阿月了，看到辛导，才想起拍纪录片的事，他没有想到辛导的执行力这么强，昨天才说要来，今天就真来了。了解了事情的来龙去脉，雷天明也鼓励起阿月："阿月，不用怕的，你就当还是小时候一样，你就顾着自己织，别的什么都不用管。"

"对，就当我不存在，以前你奶奶教你织彩带的时候你怎么织，现在还怎么织，你放心，我一定拍出你最好看的一面。"辛导也鼓励道。

提到阿嬷，阿月的内心被触动，从小阿嬷就想将她的全部技艺都教给她，可直到阿嬷离世，自己还是留下了遗憾。如今也算是有个机会，能让她代替阿嬷，将畲族彩带的技艺进行展示。

"那……我试试吧。"想到阿嬷，阿月总算点头答应。

为了让画面更好看，阿妈替阿月换上了畲服，为她戴上凤冠。

一切准备就绪，拍摄正式开始。阿月坐到了小竹椅上，又一次拿起了织带架。许久没碰过了，阿月有些生疏，但好在基础还在，她凭借着记忆，织了起来。

雷天明也守在一旁，给辛导当起了助手。不需要帮忙的时候，他就站在一旁静静看着，此刻的阿月一脸恬静，浑身上下都透着温婉，雷天明看着看着，就失了神。他发现自己好像从来没见过这样的她，与平日的样子完全不同。没来由地他就想起了阿月给自己送彩带时的情形，那时候的阿月连头都不敢抬，明明送的是彩带，却像是递了一颗手雷，拔腿就跑了。想到这画面，雷天明忍不住笑了起来，意识到现场正在拍摄，又赶紧收起了笑意。

阿月很专注，"织带摆"在织线当中游走穿梭，织着织着就熟练了起来，也就忘记了此刻正在拍摄，刚刚因为镜头而产生的不自在在这一刻烟消云散。而辛导，也敏锐地抓取着阿月每一个细微的动作和写满专注的神情。

一阵清风拂过，微微撩动着阿月额前的碎发，这山间的日光、微风，似乎都在偏爱着这个畲家姑娘，阿月的红色畲服与橙黄色泥墙相互搭配，银饰点缀的凤冠在日光下闪着光芒，整个画面美得就像是电影画面。

明明镜头已经够了，可辛导还是忍不住多拍了一些。

"非常完美！"随着辛导的赞叹，拍摄圆满成功。

阿月似乎又想起了镜头在对着自己的事，整个人又陷入了一种拘谨的状态。

辛导忍不住当场回放起刚刚拍摄的画面给大家看："这个画面，肯定是这部片子里让人过眼难忘的点睛之笔，太好看了！"

雷天明看着画面，也认同道："是好看，感觉比昨天那个新娘都好看。"

阿月的脸唰地就红了："瞎说！昨天的新娘我都觉得好看。"

"没瞎说，只能说各花入各眼。"雷天明认真道。

阿月的脸更红了，也不敢再跟天明哥继续这个话题。

这时，辛导已经拿起了设备，将镜头对准阿妈拿出来的那一条条精美的彩带。看得出来，阿妈很珍视这些彩带，她要是不说，实在看不出来这些是在箱底压了好多年的东西，每一条都崭新崭新的。

拍摄完成，阿妈还热情地留了辛导在家中吃饭，辛导见盛情难却，只好恭敬不如从命。

"导演，这个拍摄，是不是就是我们阿月要上电视了？"阿妈询问。

"嗯，不只是电视，应该还会传到一些视频网站，做成专题片，估计要有不少人因为看到阿月，来了解你们的畲族习俗和文化。"

钟彩银是不懂什么叫纪录片、什么叫专题片的，在她看来，辛导说的就是一个意思，那就是阿月要上电视了，对于这个寨子、这个家庭，对于在这生活了大半辈子的夫妇俩来说，是件非常了不得的事。

寨子里来了个拍电视的，大家都觉得很稀奇，当得知不只是要拍阿月，也要拍寨子里的大伙时，纷纷都踊跃地推荐起了自己。有些阿婶甚至翻箱倒柜找出自己的嫁衣，更是捣鼓出自家的一堆老物件，让辛导去拍，为了表示对他的欢迎，有的人家里还起了糍粑，开启了新酒。

因为山哈人的热情和关照，辛导很快就跟寨子里的人熟络了。他的镜头里，有采春茶的山哈女人，有打麻糍的山哈男人，有织彩带的阿月和老阿嬷们，也有熬药的老大夫，就连坐在门口晒太阳的老阿公和小猫小狗他都不落下。他拍落日，拍竹林里的山笋，拍溪流，也拍落雨的屋檐和倒塌的泥墙。他的镜头，对准了一个又一个稀松平常的日常，可也因为他的镜头，那一个个稀松平常不过的日常，好似都闪闪发着光。寨子里的人虽然不明白这些劳作日常究竟有什么可拍的，也不懂他拍这些是做什么用，但还是全力配合了他的拍摄。

辛导是在雷天明的热情邀请下，住进了他的家中，但几乎每到饭点，就会有人邀请辛竺去自己家中吃饭。直到一个星期后，他才终于拍完了自己想要拍的所有素材，准备收拾东西打道回府。

"明天就要走了？"

"嗯，你们这寨子待得太舒服了，再不走我怕我不想走了。"辛导笑着说道。

雷天明也笑，在他身旁坐了下来。

"等片子播出的时候，我通知你，你让你们雷村长通知一下大家伙儿。"

"好。"雷天明答应道。

"不过可能没那么快，这些素材带回去后还要后期，还要配字幕，剪辑好还要审片。"

雷天明点点头："理解的。"

"话说回来,你跟阿月结婚的时候一定通知我一声,我排除万难也来。"辛导又说道。

雷天明被说得呆了几秒,随即开口道:"阿月还没毕业呢。"

"我知道,没说现在,但你们俩迟早都是要结婚的,不是吗?"辛导依旧笑着,他从事摄影行业大半辈子,他的镜头对准过很多很多形形色色的人,男女之间,有没有情,他一眼就能看出来。

"您说得对,到时候一定通知您。"

雷天明嘴上应着,可心中却是五味杂陈、百感交集。他猛然反应过来,在辛导提这件事之前,他甚至从没考虑到这一步。眼下的他,满心都是那场事故,以及那条没修完的路。没有人愿意发生这样的事故,可既然是安全事故,而自己又是项目的负责人,自然有着无法推卸的责任。从接到停工通知到现在已经几个月过去,迟迟没收到复工通知的他时常陷入自责和挫败当中,一度产生自我怀疑,是不是自己能力不足,没有预判到连续的雨天和持续的施工会导致山体滑坡,是自己把这样一件利好大家的事给搞砸了。这条路,是他给阿月的承诺,是他给蓝老师的承诺,也是给寨子里每一个乡亲的承诺,是他与阿月最大的期望,而现在,路都还没修好,他哪还敢去奢望娶阿月的事。

第二天清早,辛导就带着满满的收获下了山。

小小的关丰寨,没有因为辛竺导演的到来而改变什么,也不会因为他的离开产生变化。它就像个守望者,安安静静地立在那,看着人们来来去去,去了又回。

辛导离开后不久,阿月也要回校了,雷天明提着她的行李箱,像那日接她回来一样,又将她送往车站。一路上,分离的不舍情绪,始终萦绕在他们周围。若还是在从前,他们之间的关系没有发生转变,或许他们都不会这么舍不得分离。

尽管雷天明让自己尽量表现出了轻松的样子，但蓝星月还是一眼看穿了他眉眼当中的忧愁。

火车站里人潮汹涌，眼看着车票上的时间越来越近。

"天明哥，等我回来。"蓝星月努力控制着自己的情绪。

"嗯。"雷天明冲她点头，伸手理了理阿月额前的碎发，"南庄虽然比我们这暖和，但天凉的时候还是要穿暖一些，照顾好自己。"

蓝星月点点头，情绪猛地涌上来，眼睛也在瞬间湿润。

雷天明低下头，将她往自己怀里拢了拢，阿月顺势就将头埋进了他的胸膛里，抽泣起来。

"别哭，如果时间来得及，你毕业的时候我来南庄接你。"雷天明轻声温柔地安慰道。

"每天都要给我打电话，每天都要想我。"

"好。我保证！"雷天明一脸认真地说道。

哄了好一阵，阿月才收起情绪，拎上行李依依不舍地走进了站台。进了车厢，找到自己的座位，阿月立即就拿出了手机。明明才刚分开，她却已经开始想念他了。也不全是想念，更多是担心，她怕自己一走，天明哥又会陷入到低落的情绪里无法自拔。

"天明哥，修路的事别轻易放弃，等我回来，我陪着你，我们一起努力。"坐上车后，蓝星月给雷天明发了这样一条短信。

这是事故发生以后，阿月第一次主动提这件事。此前，她都刻意回避了与这件事有关的话题，就是害怕一不小心就戳到了天明哥心里的痛处，她每天都在想着法儿让天明哥忘掉那场事故，暂时放下那条没修完的路，她希望天明哥能想通，事故是一场意外，不是他的责任，她想让他开心一点，她想让他明白，她永远都会站在他的身边。但此刻，火车即将发动，她再也没办法像之前那样陪在他身边，为他解忧，逗他开心了，与其再跟从前一样逃避，倒不如直面它。她也很明白，尽管天明哥这段时间一直表现得很轻松，可他的心里，是不可能放下这件事的。既然如此，那不如就向他表明自己的态度，她无条件相信他，并且坚定地站到了他的身边，她愿意和他一起努力，做一切他想要做成的事。

收到短信的时候，雷天明正在往回走，他的脚步忽然就停滞了，将短信看了好几遍，心里仿佛有一股暖流抚过，一瞬间，所有的不安、焦虑、挫败，都被这股暖流抚平了。

阿月那满是坚定和信任的话语，就像给他注入了一股无形的力量，雷天明不自觉地嘴角向上弯了弯，给阿月回短信："嗯，我不会轻易放弃的。"

第 40 章　毕业典礼

雷天明又重新打起了精神，领导不找他，他便主动去找领导。

可这一场事故，到底也给了大家一个警醒，地势险峻、复杂，领导的担心和顾虑也并非多余，不需要像上次一样发生大规模滑坡，哪怕只是一块简单的落石，都可能造成无法挽回的人员伤亡。真到那时，谁又该为此负责呢？

"难道那修到一半的路就不修了吗？"雷天明一直压抑的情绪终于爆发。

"那你能保证不再发生意外，不再出现安全事故吗？"

这突如其来的质问，让雷天明刚刚浮起的情绪都被压了下去，如同满身热血沸腾的时候，被临头泼下一盆凉水。

是啊，他拿什么保证呢？

"天明啊，上次发生那么大的事故，很庆幸没有造成重大伤亡，只造成个别轻伤而已，不管怎样，人身安全是最重要的事，也是最该放在第一位考虑的事。"分管这一块项目的领导拍了拍雷天明的肩膀，语重心长地说道。

"那你有没有想过，那天发生事故的时候，就因为没有一条像样的路，救护车、消防车全都上不来，若当时真有人受了重伤，或者真有人被埋在了底下，只怕根本就得不到及时的救治！"雷天明据理力争。

但话音一落，他就意识到自己的语气太过强硬，于是又开口补充道："这也是我迫不及待想将这条路修成的原因，寨子里生活的每一个人，都很需要这条路，你们要求停工，我一停就停了这么久，那你能不能给我个确切的时间，到底什么时候可以继续动工呢？"

"天明啊，别心急，再等等，这路既然动工了，就肯定要修。但不是盲目的，置所有工人人身安全不顾地去修，等我们安排了专业的人员去现场勘查，做了更加详细、更加安全的施工方案，我们再动。"领导松了口。

雷天明一听，心里猛地就松了一口气，听这意思，这路是铁定要修的，不过是时间问题。这也让雷天明连续阴霾了这么长时间的心情，像雨后初晴，变得明朗起来。

这一拖，又是两个月，新方案迟迟未出，复工依然遥遥无期。

雷天明在漫长的等待中逐渐灰心，好在每当他与阿月联络，阿月总能给他鼓励，这一刻，听着电话那头阿月熟悉的声音，他才恍然意识到，以前他总把阿月当小孩看，总不想将自己不好的状态让阿月知道，害怕她会有负担，也害怕她担心，殊不知阿月什么时候竟已经成长为可以给自己鼓励并陪着自己迎难而上的另一半，更是自己前行的全部动力。

他很想跟阿月说声谢谢，可又觉得这么说实在矫情，怎么都说不出这句感谢，最后一开口，就成了："阿月，我想你了。"

蓝星月在电话那头呼吸都顿了半拍，紧接着就爽朗地笑了起来，笑声从电话那头传来，激荡着雷天明的心房。

"你笑什么？"雷天明不解地询问，嘴上却是噙着笑。

"开心啊。这可是我出来以后第一次听你说想我。"蓝星月回道。

"是吗？"雷天明疑惑。

"是！非常确定，我还以为你打死都说不出这样的话呢。"蓝星月回答道。

雷天明也腼腆地笑了起来，从小到大，他表达情感的方式都是含蓄的，仔细想来，自己确实没对阿月说过这样的话，但这也证明了，他是真的想阿月了。

"天明哥，你说来参加我的毕业典礼的事，还算数吗？"阿月又问。

雷天明一恍惚，才惊觉时光的流逝，阿月竟然就要毕业了："当然算数。"

"所以你应该庆幸，不然一旦工程恢复，你就要对我食言了不是吗？"阿月又宽慰道。

虽然知道阿月是在安慰自己，但他也不得不承认，阿月这份安慰很有说服力，至少他可以趁着工程没开工，去完成对阿月眼前的承诺。

雷天明并未告诉阿月自己的车次，一个人赶往了阿月的毕业典礼，还从学校门口的鲜花摊子上买了一束好看的雏菊，才第一次走进了校门，在一众穿着少数民族服装的人群中寻找阿月的身影。

阿月正对着镜头，并未看到身后不远处的雷天明，而他却一眼看到了她，趁着相机按下快门的瞬间，他就站在阿月身后，笑着冲镜头比了个耶。

"阿月。"拍照的同学示意阿月往后看。

阿月这才好奇地转过身，就看到了数月未见的天明哥带着花正朝自己走来，一瞬间，又惊又喜。她觉得天明哥整个人都发着光，又或许是因为他的出现，让她的眼里全是光，从小到大，她见过天明哥许多面，但却从没有见过他这样浪漫的一面。

"恭喜毕业！"雷天明将花束递给阿月，眼中尽是宠溺。

阿月笑得甜蜜灿烂："我还以为，你要晚上才到呢。"

"如果连准时参加你的毕业典礼这么简单的事都做不到，那你可能得考虑考虑把我这个不称职的男朋友给换了。"

"才不换！迟到了也不换，你来我就很开心了。"

"阿月阿哥，你又来啦？"苗鹏还是那样的自来熟，一见到他就过来打起了招呼。

谁料雷天明还没开口，阿月就当着他的面亲昵地挽住了雷天明的胳膊："我说了，现在他是我男朋友。"

阿月这话一出口，苗鹏整个人一愣，看着眼前的二人，俨然一副小情侣模样，他表情跟喝了假酒似的变幻莫测着，最后好像还是不愿意相信，又看向雷天明询问："她说的是真的？"

雷天明冲他笑，那表情似乎在说："不然呢？"

苗鹏还是一脸难以置信，那神情把一旁的女同学都逗笑了："苗鹏，上次咱们一起踩花山的时候，我就看出来他们两个不对劲了，就你不肯相信。"

苗鹏的目光肉眼可见地暗了下来，但还是笑了笑，以掩饰自己的尴尬。忽地，那女生又八卦了起来，看着挽在一块儿的两人询问道："话说上回他来的时候，看你们俩那个状态绝对没有在一起，是后来你回去之后，才天天打电话的？说说，你们是怎么决定在一起的？谁先告的白？"

蓝星月和雷天明对视一眼，才想起似乎他们之间没有确认在一起这个环节。那次事故，让阿月险些失去了天明哥，于是，之前天明哥是因为什么一直拒绝自己也变得没那么重要了，重要的是天明哥没有被埋在落石之下。

"不告诉你。"阿月俏皮地卖起了关子，拉着雷天明到一旁拍起了照片。

随着毕业典礼结束，也正式宣告阿月的学生生涯结束。

"天明哥，晚上我们约好了不醉不归，你陪我一块儿吧？"阿月邀请道。

"我去是不是不太合适，影响你们聊天？"

"没什么不合适的，就我们宿舍的几个，加几个玩得要好的，好几个你都见过的，也没别人。"阿月又道。

"苗鹏也在？"雷天明好奇。

"嗯。"

"好。"

约定的地点是一家露天的烧烤摊子，虽然阿月这一桌的人不多，但是看了看周围，来这吃散伙饭的学生还真不少，这一小桌、那一小簇的。点了风味十足的烤串，要了整箱整箱的啤酒。

"毕业快乐！"阿楠举起酒瓶欢呼道。

大家也都纷纷举起了酒瓶子应和她。一仰头，一瓶酒就下去了大半。

雷天明坐在阿月的身旁，看着一张张青春洋溢的脸，也不自觉回想起了自己毕业的时候，那时候宿舍就四个人，甚至没有一顿像样的散伙饭，就急急忙忙地各奔前程了。不像眼前年轻的他们，这么肆意地欢聚、喝酒、唱歌……这么认真且有仪式感地告别。

"月月，你真的不打算留在南庄？明明有那么好的机会……"酒过三巡，同宿舍的阿楠询问她。

蓝星月笑着，回答得没有一丝犹豫："不了。"

雷天明从话语中听出了端倪："什么机会？"

"我们这边的一个大公司，可能看到了阿月之前的一些报道，早早就向阿月抛出橄榄枝了。"阿楠说道。

雷天明意外地看向蓝星月："怎么没听你说过？"

蓝星月依旧笑着："反正一开始就不打算去，也就没必要说了。"

"阿月，既然你都没打算留在南庄，怎么会这么远跑这来上大学？"另一个女生也疑惑道。

阿月一愣，回忆起自己来南庄的理由，下意识转头看了眼雷天明，随后才回答道："随便选的。"

阿楠一脸可惜，又有些伤感："那以后就说不准什么时候才能再见了。"

"没关系，人生漫漫，来日方长。"蓝星月安慰起她。

一直自顾自地喝着酒的苗鹏，似乎到现在才接受阿月已经跟雷天明在一起的事实，兴许是酒精的作用下，他猛地站起了身："阿月，你是不是就为了他，前程都不要了？你要知道，这个机会，是多少人梦寐以求都求不来的！"

突如其来的质问，让大家都愣住了，雷天明更是满眼错愕。

"苗鹏，你是不是喝多了？"阿月强压着怒意。

"我没喝多，我知道我没资格干涉你的选择，但我怕你以后为你现在做的选择而后悔。"苗鹏似乎是认定了阿月会拒绝这么好的机会就是因为雷天明，在他眼中，这是极其愚蠢的行为，更是他所认知的阿月不会做出的事，可偏偏，阿月就为了所谓的爱情放弃了一切。此刻，他心中的愤愤不平，被酒精放大到了难以扼制的地步，并在这一刻彻底爆发。

"苗鹏！我不需要你为我担心，我很清楚自己在做什么，我也绝对不会后悔！"阿月的怒意已经无法隐藏，她不能接受自己的好朋友，当着自己的面这样去指责天明哥。

"最好是。"苗鹏也毫不退让。

一瞬间，剑拔弩张，气氛明显有些僵。

阿楠和几个女生连忙将苗鹏拉回到位子上劝他："好了好了，这些啊也不是你该操心的。今天咱们就是喝尽兴了，今天过后，再想将来。"

这样一缓和，苗鹏又闷头喝起了酒，气氛也才在几个女生的努力调解下逐渐恢复。

到底都是正当青春的姑娘小伙，都是个顶个地能喝，烧烤没吃多少，啤酒箱子却摞了一箱又一箱。

隔壁不远处那一桌有人弹起吉他唱起了他们民族的歌谣，另一桌或许是因为有人在告白，一大群人都在起哄。草坪上的气氛一浪盖过一浪，阿月却怎么都开心不起来，但她依然紧紧拉着天明哥的手，担心他的情绪被苗鹏的话影响。

聚餐结束，大家都喝得有些醉了，阿月看着停在眼前的公交车，忽然脑子一热，拉着雷天明就坐了上去。

城市的霓虹好似在发烫，末班车里只零星坐着几个人，蓝星月拉着雷天明在最后一排坐下，趴在窗口看着窗外。

"要去哪？"

"不去哪，就是想带你坐一坐我常坐的路线，带你看一看我生活了三年的南庄。"蓝星月说着，转过了头，"天明哥，你当初为什么要骗我说你有女朋友了？如果不是因为那样，我一定不会来南庄的。"

雷天明看着已经醉意满满的阿月，不知道如何作答。但阿月似乎也没有要他回答，喃喃地顾自说道："天明哥，我真的很喜欢你，从小就喜欢你，所以当时听你那样说，我觉得自己的世界都崩塌了，我真的很伤心！"

酒精的作用下，阿月似乎要将自己埋在心里的那些委屈和不甘全都倾吐出来，深深地呼了一口气，又开始喋喋不休地说道："也还好我来了南庄，也算是给了自己时间和机会，看清楚自己的内心。我在想要是那时候我坚持去海市，你是不是为了圆那个谎真去找一个女朋友？"

雷天明被阿月说得有些无地自容，好在阿月也没有故意要为难他，让他说出个一二三来。

"你看，前面有个湖，白天能划船，但现在下班了。"

"那个，发着光的摩天轮看到了吗？"阿月向雷天明介绍着南庄。

"想去坐吗？"雷天明问。

阿月却摇了摇头："听说一起坐摩天轮的情侣都会分手。"忽然，她转头看向他，"我不想跟你分手。"

凉风抚着阿月额前细碎的刘海儿，她的眼神因为越来越发作的酒劲而透着迷离。夏夜灯火下的她好迷人，雷天明望她望得出神，再也没有心思去看窗外的街景。好似有一股致命的吸引力，吸引着雷天明缓缓靠近她，轻轻吻向她的唇。

蓝星月明显身体一僵，似乎连呼吸都滞住了，脑子里只剩下一片空白。

第 41 章　故人之约

"你不留在南庄，是因为我吗？"雷天明声音喑哑，终是没忍住去探寻这个疑问的答案。

这一问，让阿月刚刚完全僵住的大脑慢慢找回了些思路，可也因为酒精开始上头，她的思绪变得混乱。她冲他摇了摇头否认道："不是。"话音未落，强烈的眩晕感让她险些难以支撑。

雷天明见状，赶紧在公交进站的时候将她带下了车，扶着她在路旁的长椅上坐了下来。过量的酒精加上走走停停的公交，再不下来，只怕阿月非得吐他一身不可。

"等你好些了，我们再打车回去？"雷天明征求道。

阿月表情痛苦地点了点头。

雷天明看了周遭，发现前方不远处有个书报亭，于是忙跑过去给阿月买了瓶水，并贴心地喂她喝了点。看着阿月因为醉酒而痛苦，他心中是有些不悦的，今天阿月喝的酒，早已超过了她的最大限量。可转念一想，大学毕业，人生一大转折，一生也就这一次，醉一场又何妨？

阿月靠在雷天明的肩头，看着南庄空旷的大街，心中感慨万千却说不出来，虽说她来的时候并不是那么情愿，可如今要离开了，还真是有些不舍。

回去的路上，虽然出租车比公交车快了不少，也能让人舒适不少，可终究是封闭的空间，阿月只觉那醉意又涌了上来，她的胃里一阵翻江倒海。

"天明哥，好难受，我不想坐车。"

雷天明立即就让师傅停了车，扶着阿月再次下车来。

司机师傅警觉地看着这对深更半夜还在外面游荡的年轻男女，等了一会儿，开口询问："她没事吧？"

"没事没事，她喝多了，有些晕车，就到这吧？"

司机师傅并不信任雷天明的说辞："小姑娘，你跟他什么关系？"

阿月强忍着胃里涌上来的恶心，忙替天明哥解释："没事师傅，他是我男朋友。"

听阿月这样说了，司机师傅才踩了油门，扬长而去。

"司机把你当成坏人了。"阿月笑道。

雷天明扶着阿月，一脸无奈："是个好司机。"

雷天明看了看，好在离学校也不远了，干脆蹲在阿月身前："上来，我背你。"

蓝星月怔了片刻，但还是缓缓趴到了天明哥的背上，紧紧搂着他。

冷不丁的，阿月忽然开口道："天明哥，你不要觉得我是在安慰你。"

雷天明显然没有反应过来："什么？"

阿月继续说道："我选择不留在南庄，不是因为你，也不是像苗鹏说的那样，是你阻碍了我的大好前程，你千万不要这样想。"

雷天明眉头拧在了一块儿，阿月一醉酒，连思维都如此跳跃，这明明是公交车上的话题。

但还是顺着她的话问道："那是为什么？"

"我有自己的打算了，比起留在南庄，我更想去做我自己想做的事。"阿月语气里还带着一丝骄傲。

雷天明无奈地笑了笑，尽管晚上听苗鹏说阿月是为了自己才不留在南庄时确实有些不知所措，也确实感到心理压力不小，生怕自己成为了阿月的绊脚石。可现在，听阿月说她不留在南庄并不是为了自己，还真称不上有多开心。这种复杂的心情，让雷天明也分不清自己的内心究竟是希望阿月这样，还是不希望她这样。

"你想做的，是什么？"雷天明好奇地追问。

"天明哥，确切地说，我不留在南庄，有你的因素，但不全是因为你，其实，上个月罗副馆长给我打过一个电话。"阿月说话有些吃力，"罗副馆长说，自己的亲侄女婚期是定在年底的，原本都已经试好了婚纱的，可'三月三'的时候，她看了我们的婚俗表演，也看了服装秀，回去以后把原定的婚礼流程都推翻了，她想按我们畲族的风俗来，她还要买一件畲式婚服，出嫁的时候穿。她看上了我跟李娅一块儿设计的衣服款式，想找我们量身定做一套，还说一辈子就一次，她想按自己喜欢的方式出嫁，还给我们报了她的预算，足足两千呢。"

"是吗？"雷天明有些意外，这件事确实阿月从来没提过。

"罗副馆长还跟我说，咱们那边山哈多，但是这块市场几乎空白。服装秀展出那些衣服后，挺多人来问过能否租借的，她让我们考虑考虑，是不是可以把这一块做起来，我也跟李娅商量了，她意愿也挺大的。"

"怎么没听你说过？"雷天明询问。

"我没跟你说，是因为都还只是打算，我也不知道最后李娅会不会回来，这件事能不能做成。"阿月又解释道。

听到这，雷天明觉得自己内心深处还是开心多一些的，至少阿月如他所期望的，选择了她自己想做的事："相信自己，你可以的。"

转眼，就走到了学校门口，可校园里一片寂静，连个人影都没有，他才反应过来，夜已深。

"这么晚，宿舍门还开着吗？"雷天明询问阿月。

阿月趴在他的背上已经昏昏欲睡，摇了摇头："去你那吧。"

雷天明怔了几秒，还是将阿月带回了自己的房间。打开空调，调到适宜的温度，照顾着阿月躺下后，他才走进浴室给自己冲了澡。

虽然阿月的体重算得上轻，可毕竟走了这么远的路，雷天明衣服早就被汗水浸透了。洗完了澡，雷天明却更加无措了，要与阿月同床共枕，雷天明的心情有些难言的复杂，冲动是有的，他也担心自己会控制不住，可心底顾忌也不小。深呼吸了几口气调整了心情后，雷天明才走出了浴室，踱步到床边，就看到不胜酒力的阿月早已沉沉入睡。雷天明为自己刚刚在浴室里的胡思乱想而有些无地自容，可同时又重重地松了一口气。他小心翼翼在阿月身旁躺下，关了灯，侧过身将阿月搂进怀里，又轻轻吻了吻阿月的额头。

夜晚很静，房间里只有空调发出的轻微声响，阿月像只猫，蜷缩在他的怀里睡得恬静，雷天明却有些难以入睡。想着过往的点点滴滴，他的心里忽然闪过一丝侥幸，他很庆幸，尽管兜兜转转，可至少此刻，他们的身边，都还是彼此，过了今夜，他的阿月，就要跟着自己离开南庄了。

……

蒋友良的电话来得很突然，而彼时天明跟阿月刚看完一场电影。

雷天明看着手机上显示的名字，甚至有些反应不过来，他没想到蒋总居然会给自己打电话。仔细想来，自从离职后，除了逢年过节会发一些问候短信，他们再没有更多的联系。

看着雷天明骤变的脸色，蓝星月关切地询问："怎么了？"

"我接个电话。"雷天明走出了嘈杂的影院大厅，才按下了接听键。

"天明啊，好久不见！"

"蒋总，好久不见。"

"晚上方便吗？一起吃个饭吧？"蒋友良单刀直入邀请道。

雷天明疑惑："吃饭？"

"是啊，我现在就在你的地盘上，刚好有件事需要你帮忙，不知道你今天方不方便？"

雷天明微微皱起了眉头，蒋总说这话实在是抬举了自己，蒋总当初对自己的帮助他一直记在心里，如今他对自己说出需要帮忙，他自然是不能拒绝的。

"方便是方便，我能带个人吗？"雷天明向他确认道。阿月是他约出来看电影的，总不能半道把她一个人丢下。

蒋友良也十分爽快："没问题。那就说好了，江城饭店莲花厅，晚上六点。"

挂了电话，雷天明一脸抱歉向阿月解释："阿月，抱歉啊，我不知道蒋总会这么临时给我打电话，说好看完电影要陪你逛夜市吃小吃的，但他说有事要我帮忙，约晚饭，你想去吗？"

"蒋总？"

雷天明点点头："对，就是他资助我上大学，毕业后也是他一直带着我，当时我决定辞职回来，他还留过我，只是……"

"那当然得去，不但得去，人家还是贵客。"蓝星月并没有因为雷天明的临时变卦而生气，反而觉得就冲着他对天明哥的赏识和帮助，也应该好好谢谢人家。

他们到达约定的饭店时，蒋总早已经到了，包厢里还坐着一些生面孔。

　　许久未见，蒋总圆润了一些。见到他们来了，蒋友良也是连忙站起身来迎接他们："天明啊，快坐快坐。"

　　可当他看到跟在雷天明身后的蓝星月时，神情明显一滞，但很快又恢复了常态，招呼他们坐下。与电话里的生疏感觉不同，一见到面，那种熟悉的感觉就回来了，蒋总没有一点老总的架子，也没有将雷天明当作下属，两人更像久别重逢的老友。

　　"这位是……女朋友？"蒋友良看了阿月一眼又一眼，询问道。

　　雷天明又腼腆地笑了起来，点了点头。

　　蒋总笑着看向阿月："我跟你是不是在哪见过？"

　　阿月一愣，神情有些尴尬："应该……没有吧？"

　　"我总觉得你很面熟，但是想不起来在哪见过了。"

　　为了缓解尴尬，阿月只好搭话道："我大众脸，好多人第一次见我都说觉得面熟。"

　　蒋友良被逗笑了，这个话题也一笑而过。

　　"天明啊，还好今天我没让小慧一起来，不然见到你女朋友，她又该要脾气了。"蒋友良又冲雷天明说道。

　　听到这，阿月一头雾水。

　　蒋总随即解释道："我呢，只有一个儿子，没有女儿，但是有一个侄女，天明还在我那的时候，我还想撮合他跟我侄女在一块儿的。"

　　蓝星月睁大了眼睛："还有这事？"

　　"是啊，我侄女毕业后在我公司实习，她喜欢天明喜欢得不得了，可天明一直看不上她，我撮合也没用，我还想怎么回事呢，现在看到你，我算是知道了。"

　　"蒋总，别拿我打趣了。"雷天明尴尬万分。

　　"玩笑而已，别当真，别介意啊。"蒋总又特意对阿月笑道。

　　蒋总的小玩笑让气氛变得轻松了一些，也让有些拘谨的阿月放松了一些，此前，她只听天明哥偶然提起过他，在她的认知里，当老总的人，总是自带气场的，如今见到了，只觉得蒋总是个性格活泼的大叔。

　　服务员很快就上了菜，阿月也确实饿了，默默享受着满桌的佳肴。

　　"对了蒋总，这杯酒，我要代阿月敬你！"雷天明忽然就举起了酒杯。

　　"阿月？"蒋友良的目光又转向了蓝星月。

　　"不知道你还记不记得，那年你借我的七百块钱，其实是给阿月的学费。"雷天明解释道。

　　听到这，蓝星月也愣了愣，放下了手中的筷子。

　　"这点小事，你还记着呢？"蒋友良笑着摆了摆手，表示这件事不值一提。

　　"蒋总，这对您来说只是小事，但对当时的我来说可不是小事，那时候我真的以为不能上学了，还难过了很长时间。"阿月也说道。

　　说着，为表诚意，又从雷天明的杯子里分了一半的酒给自己，双手举起："我也应该谢谢您。"

　　蒋友良摆了摆手，但还是笑得合不拢嘴，拿起了杯子一饮而尽。

　　喝完酒，蒋友良忽然一拍脑门："我说我怎么觉得你面熟呢，我真在一个片子里看到过你，你坐在你家门口织彩带，是不是？"

　　蒋总这么一说，雷天明才想起之前辛竺导演来拍过纪录片的事，只是说来奇怪，辛导之前说过片子上线了会通知他的："蒋总，你是在哪看的？"

　　"就一个网站，我记不清了，当时我也就偶然看到一眼，觉得这姑娘好看，没想到竟然就是你小子的女朋友。"蒋友良神情激动，"主要你不是视频里那一身装扮，不然我肯定一下就认出你来了，那你现在是还在上学？"

"刚刚大学毕业。"

"哪上的大学？"

"南庄，民族大学。"

"哟，跑得够远的，那现在毕业了，有什么打算吗？"蒋友良又问。

蓝星月下意识看了一眼天明哥，不知道自己该不该说，可想到蒋总是自己和天明哥的恩人，又觉得没什么不能说的："打算跟同学一起开个工作室，我还想跟天明哥一起把寨子里的路修起来。"蓝星月诚实地回答道。

"嗯。"蒋友良若有所思地点点头，又看向雷天明，"阿月说的就是你在修的那条路吧，现在是什么进度？"

雷天明想起了辞职时蒋友良的挽留，越发没了底气："修路的时候发生了山体滑坡事故，虽然没有造成重大伤亡，但是终归是有安全隐患，因为这个工程被叫停了，现在在排除隐患，做新的施工方案。"

"那有说什么时候复工吗？"

雷天明沮丧地摇了摇头，脸上再也没有了当初决定辞职修路时的信誓旦旦。

蓝星月默默从桌底下伸手牵住了雷天明的手，用眼神示意他别灰心。

雷天明以为蒋总听到这些，会数落他一顿或者挖苦他一番，毕竟要不是当初自己一意孤行做了选择，也不会是现在这样的境遇。

可蒋总只是随手点起一支烟，吸一口，悠悠吐出烟雾："我说个想法，你听听看。"

"您说。"

第 42 章　推心置腹

三月哩——初三摆歌场，你娘赶上郎赶哩——上，

三月哩——初三大节气，大家一通赶歌哩——场。

三月哩——初三摆歌台，四路歌手来拢哩——阵，

四路哩——歌手来相会，今日相会歌唱哩——起。

——《歌唱"三月三"》

"你们那是畲寨，完全可以打造成旅游乡村，就像年初你们的'三月三'活动，我觉得很有特色。"

"那时候您也在？"雷天明惊讶道。

蒋友良笑着点了点头："在啊，刚好来这边办点事就碰上了，凑了会儿热闹。说真的，以前我可不知道你们'三月三'是这么火热的，那天挤得我呀，差点把我挤扁了。"

幽默的话语、响起的阵阵欢笑，让饭桌上原本有些沉闷的气氛又变得活络了不少。

笑了一阵，蒋友良继续说道："但我觉得这毕竟是畲族的节庆，放在那么大一个舞台上，终归是不如放在真正的畲寨里原汁原味，你们觉

得呢？"

雷天明听着与自己不谋而合的提议，神情也变得认真起来。

"我是这样想的，既然要搞祭祀仪式，那就不能只是纯为了表演在舞台上弄，就得在你们寨子里，真的祭拜你们畲族老祖。还有那个婚仪，我觉得非常好看，非常有特色，但是缺少互动性，你想啊，要是换种形式，比如从你们寨子里挑个好看的姑娘出来，扮新娘，直接从游客里抛绣球挑选夫婿，完成一些仪式，这就增加了互动性，也让游客们有了更深的参与感。"顿了顿，蒋友良又继续说道，"比如像阿月，我就觉得很合适。"

"阿月不行。"雷天明连忙开始宣示主权。

直到看到大家在那笑，才反应过来蒋总是故意拿他打趣。

蒋总又继续说道："你想啊，就哪怕那天广场上十分之一的游客能到你们寨子，要吃吧？要住吧？不说别的，就一块钱的茶叶蛋、一块钱的水，一天都能卖上多少？说不定人家喜欢的话，还要从你们家里买些什么民族特色的东西回去当纪念品，是不是就可以发展成常态化旅游？"

蒋总的提议，简直说到了雷天明和阿月的心坎里，之前雷天明就有这样的想法，只是对于特色畲族，究竟要怎么去打造、怎么去发展他还毫无头绪，如今听蒋总这样描述，光是听着，都觉得有意思极了。

"你们寨子里有什么东西，你肯定比我们外人清楚，到时候都可以弄出来作为游客体验的项目，既有收益，又让我们外面的人更加了解了你们的民族文化。"

但雷天明很快就冷静了下来："我们寨子太小了，而且，路也没修好，之前在广场上的时候有这么多人来是因为交通方便，如果换在我们寨子，只怕没有几个人愿意跑到那去的。"

蒋总晃了晃手："这都不是问题，你们寨子是不大，但那山上可不只你们一个关丰寨啊。可以先在你们寨子做个试验，看看效果，如果人多，后期不就可以联合其他寨子一块儿，这样不仅可以容纳的游客量增加了，也能促进各个寨子的收入，有什么好顾虑的。至于那路就更不用担心了，寨子要包装、要发展，第一步就是要把路给修成，不可能不修的。"

"就算真的能弄起来，一年也只有一个'三月三'，为了这一天……"

雷天明话还没说完，蒋友良就打断了他的顾虑："天明啊，你要先理解什么是常态化，单为了一个'三月三'投入这么多人力物力肯定是不划算的，但是你们的祭祀、你们的婚俗，包括你们的民族运动项目，没有规定只有'三月三'才能进行对吧？这样的模式很多地方都已经弄出来了，也有少数民族的，像那个什么苗寨。你们就是学习他们的模式，要把寨子当成一个旅游景点去打造。"

"我双手赞成！天明哥，我在南庄的时候也去当地的少数民族寨子玩过，真的有那种从很远的地方过来旅游，而且一待就是待十天半个月的。"蓝星月激动说道。

"十天半个月毕竟是少数，游客我们早期可以跟旅行社接洽，这都是小问题。你要知道，你们畲族是江浙一带唯一的少数民族，这就是优势。你们有的东西，我们汉族人没有，这就是优势。"蒋总说着，在座的人纷纷点头赞同。

"我记得你们好像有编彩带，还有银饰，你们完全可以在寨子里弄一个体验点。"坐在蒋总身旁的人提议道。

"这没问题。"阿月也对这个话题兴奋不已。

"是啊，阿月你说要做工作室，完全可以放在寨子里，既能体验也能展示。"

"还有你们的茶园，也是可以体验的东西，现在城里的很多小孩，连米是怎么从地里长出来的都不知道，放假了刚好可以去你们寨子里放放牛、采采茶、挖挖笋……"

大家你一言我一语，越说越兴奋。

阿月认真听着，连连点头，表示认同大家的观点。

但听到这，雷天明也听出了些端倪："蒋总，你怎么对我们寨子那么了解？去过我们寨子？"

蒋友良神情一顿，忽然笑了起来："是啊，不能打没有准备的仗，我是去考察过，这其实也就是我想要找你帮忙的事。"

"我能帮你做什么？"雷天明依旧不解。

"天明啊，其实早在那次'三月三'回去之后我就在筹划这个事了，我打算成立旅游投资公司，第一个项目就是开发、包装你们关丰寨。"蒋总坦白说道。

雷天明震惊，只觉得蒋总这跨越实在太大，从外贸到房地产再到如今的旅游投资，蒋总似乎一直在大胆地做着新尝试。

"真要按你们说的做，投资的数目不小，甚至还要经过政府层面，难度……"

"天明，上面的事我们有专业的人员去沟通搞定，你们什么都不需要担心，但寨子里的事，我需要你来帮我。"

"要我做什么？"雷天明又问道。

"来我们旅投任职，代替旅投与寨子达成合作。"蒋总顿了顿，又补充道，"当然，这个项目能成，我们旅投这边会补上你们修路的资金缺口，让你们把路先修起来，由你全权负责。"

雷天明不自觉皱起了眉头，蒋总所说的每一句话，听着都有利于寨子和自己，可也正因为这样，他总觉得自己好像忽略了些什么。可究竟忽略了什么呢？思考了许久，雷天明才想起来，被自己忽略的是盈利，这样巨大的投入，蒋总罕见地没有分析盈利，也没有在任何一个项目里听到盈利点。

"怎么盈利？"雷天明也不绕弯子。

蒋友良爽朗地大笑起来："你跟我那么多年，还是你了解我啊。"

"我是个商人，确实，做任何事都要考虑盈利性。不过，眼下看不到的，不代表它就没有，我既然选择这样做，就肯定有我想要的东西。你只需要告诉我你的意愿。"蒋友良并没有正面回答问题。

"没关系，你不用马上答复我，你可以回去商量商量，再来找我。不过我可以告诉你的是，开弓没有回头箭，这件事，不管你来不来帮我，我都会做。"蒋总明确道。

雷天明沉思了片刻，又问道："虽然我不知道你们的整个计划是什么样的，但你要是能保证不会损害寨子里原住民的利益，我同意。"

蒋总倒了杯酒，又爽朗地笑了起来："我的做事风格你是了解的，我要做的一切，不仅不会损害他们的利益，还会给寨子带来更大的收益。当然，投资有风险，最终能不能达到我们预期的效果，这我不能保证，但对寨子、对寨子里的民众而言，绝对是获利的。"

蒋总这样一说，雷天明又觉得自己太过凌厉，跟了他那么多年，他的做事风格和为人，他又怎么会信不过呢？

雷天明一抬头，就看到了蒋总正看着阿月，眼神中意味不明。再看阿月，只见她也察觉到了蒋总时不时就投来的目光，且从刚刚开始，阿月就因为不自在一直没开口说话。

"阿月，去找服务员拿壶开水过来。"雷天明想了个法子支开她，而本就被蒋总看得有些不自在的阿月，连忙就站起身走出了包厢。

"阿月全名叫什么？"蒋友良似乎没有意识到自己无意的目光已经给她造成了困扰，见阿月离开了包厢，便迫不及待向雷天明询问道。

"蓝星月。"雷天明回答道。

蒋友良的脸色骤变:"哪个星哪个月?"

虽然有些不悦,但雷天明还是回答道:"天上的星星月亮那个星月。"

蒋友良眉头微微皱了皱:"阿月的妈妈是谁?"

雷天明刚要回答,可脑子里忽然就想到了蓝春梅老师,顿时整个人怔了一怔。

"钟彩银。"就在这时,蓝星月拎着开水进了门,边回答道。

落座后又回答了一遍:"我妈妈叫钟彩银。蒋总认识?"

蒋友良脸上的失望肉眼可见,尴尬地笑了笑:"不认识,我只是想起来,你长得很像我认识的一个老朋友。"

误以为蒋总一直看自己是有什么意图的阿月也明显松了口气,随即笑道:"大众脸嘛。"

"你长得这么好看,可不算什么大众脸。"

就这样,这个话题也在玩笑当中过去了,可蒋友良还是没控制自己的目光,总是不自觉地看向她。但蒋总刚刚从欣喜到失望、从期待到落寞的细微变化,全都落在了雷天明的眼里,也让他有了一个大胆的念头。

饭后,借着去卫生间的空当,雷天明主动询问起来:"蒋总,你那位朋友叫什么名字?"

蒋友良洗着手,沉沉叹了口气:"很多很多年都没联系了,不提她了。"

可雷天明不甘心:"是不是叫蓝春梅?"

蒋友良猛地转过头看着雷天明,晦暗不明的灯光下,他脸上的震惊简直要溢出双眼,透露出僵硬的肢体下情绪涌动的内心,卫生间里的空气仿佛凝固了一般,只有水龙头里的水"哗哗"流着。

这样的反应,也让雷天明心中一惊,想来,他猜得没错了。

走出卫生间后，蒋友良看向阿月的目光里增添了许多他极力想隐藏却没有隐藏住的复杂情绪。许是害怕自己露馅，蒋友良又看向雷天明："这么晚了，你们回去肯定没车了吧？等会儿跟我们一块儿，晚上就歇在市里，明天再回？"

雷天明转头看向阿月征求道："可以吗？"

蓝星月内心依然有些别扭，但此刻也确实没有反驳的理由，于是紧紧拉住了雷天明的手，点了点头。

就这样，雷天明带着阿月上了蒋总的车，到了他下榻的酒店。蒋友良给他们俩安排好了房间，才上了楼。

上电梯的时候，阿月偷偷在雷天明耳边说道："刚刚吃饭的时候，我还以为这个蒋总也是那种不正经的老色狼呢。"

"也是，难道以前遇到过？"雷天明疑惑。

"嗯。"蓝星月点点头。

雷天明的神情立即变得严肃起来："什么时候？"

"就我去参加颁奖的时候，好多不认识的人存了我号码，一直给我发短信打电话，有些委婉地说要跟我交朋友，有些直接的就说要包养我，所以那段时间我才吓得把手机都关了。"

雷天明听着，本就不好看的脸色越发难看起来。

"但也就那一阵子，我不理会了他们也不至于自讨没趣，不过我确实没想到，你联系不上我会跑南庄来找我，当时真的很意外，简直是意外之喜。"蓝星月明朗地笑了起来。

雷天明歉疚又心疼，懊恼自己在阿月的人生中缺失了那三年，又心疼阿月一个人承受着那些骚扰。

"天明哥，你别这个表情，真的没什么，我能应对。"阿月语气轻松，反而安慰起雷天明来。

雷天明吐了一口气:"我只是很难受,你在面对这些恶意的时候,我没有保护好你,还因为联系不上而怪罪你。"

"我又不是小孩,哪能时时刻刻需要人保护?我也要有独自应对的能力才行啊。"阿月安慰道。

看着阿月现在能够表情轻松地说出这件事,想来这件事并没有对阿月的心理产生影响,雷天明也就松了一口气。

第 43 章　启封过往

　　一个长得漂亮的女孩，一旦冒尖，总是会面对这个世界形形色色的恶意，甚至有些人还将这些恶意美化成善意。是啊，阿月已经长大了，长得也算得上标致，自己将她推远的那些年，她自然是要独立面对这些的。想到这些，雷天明心里有些歉疚："这算什么意外之喜？"

　　"就是意外之喜，要不是你来了南庄，你是不是不会喜欢我？"蓝星月又问。

　　"瞎说！"雷天明没有想到，阿月竟然误以为自己是到了南庄之后才喜欢上她的。

　　"那你之前还说不喜欢我来着，就是来南庄之后才改变的。"蓝星月坚持道。

　　"叮。"

　　打开的电梯门终止了话题，两人拿着房卡寻找房间。

　　两人的房间是一个对门，雷天明没有进房，而是跟阿月一起进了她的房间，将门锁、卫生间、窗门窗帘都细细检查了一遍。

　　"等会儿睡觉的时候，要确认一下保险是不是锁上了。"雷天明交代道。

蓝星月愣愣地看着雷天明："要不然你也睡这，不就什么都不用担心了吗？"

一瞬间，雷天明的脑子是凌乱的，不由自主想起了回南庄前他们同床共枕的那一晚，一晚上脑子里各种念头扰得他几乎无法入睡，实在是煎熬。但很快他就想到了和蒋总的约定，于是开口道："蒋总待会儿找我还有点事，你先睡。"

蓝星月走到雷天明跟前，嘟起嘴有些生气的样子。

"怎么啦？"雷天明顺势就拥住了她。

"你跟小慧，你们……"尽管刚在饭桌上阿月表现得落落大方，可心里却对这段过往很是好奇。

"我早就交代过了，我跟她就一起吃了几次饭。"雷天明诚恳道。

"都一起吃了好几次饭了，怎么没在一起？"阿月有些吃醋。

雷天明掰正阿月的身体，双手抓住了她的手，缓缓在床上坐了下来，将阿月拉到跟前："说实话，我是有考虑过，但那时候公司传得沸沸扬扬，我是傍上了董事长的侄女，所以才被蒋总赏识的，大家都觉得我目的不纯，别有用心。"雷天明无奈道。

"那……如果没有这些流言蜚语，你觉得你喜欢她吗？"阿月又问道。

雷天明一脸无奈，但看着阿月为自己吃醋的样子，又忍不住宠溺地摸了摸她的头："想什么呢？那时候我满脑子都是想着怎么赚更多的钱，要是你没有学费了，我还能拿得出来，哪还有心思想那些。"

蓝星月也见好就收，没有继续纠缠这个话题。

"等会儿洗个澡早点睡，睡觉的时候检查门锁。"走出阿月房间时，雷天明又强调道。

"知道了。"阿月倚在门上，满眼不舍地目送天明哥回了他自己的房间。

雷天明打开了房间里所有的灯，又打开了空调，在房间的沙发上坐了会儿，直到手机信息提示音响起。雷天明穿过长长的走廊，坐着电梯来到了一楼的咖啡厅。咖啡厅里放着一首《奢香夫人》，昏暗的灯光更是给这个空间增添了许多氛围感，此时的咖啡厅里并没有什么客人，只有一两个位置的台灯亮着。远远看到蒋友良已经在一个角落的位置等候，雷天明径直走到他的对面，坐了下来，而蒋友良点的一壶茶也在这时送上了桌。原本靠着椅背的蒋友良坐直了身体，微微前倾，率先开口道："你认识蓝春梅？"

雷天明点了点头，脑子里组织着语言，思考着从何说起。

蒋友良拿起烟盒，抽出一支烟点上，似乎在用手上的动作来掩饰内心的不安和慌乱。

"她过得好吗？"

"她死了。"

蒋友良夹着烟的手就那样顿在半空中，难以置信地看着雷天明，明明想从天明这得到更多关于蓝春梅的消息，此刻却被这突然而来的消息打击得说不出话来。

"她生阿月，难产。"雷天明眉头微微皱了皱，艰难地说起这些他本不愿意提起的。

蒋友良似乎还是接受不了蓝春梅死亡的事实，强撑着问："那阿月的爸爸是谁？"

"没有人知道，从小到大，我一直以为阿月是我的亲妹妹，但后来我阿爹告诉我不是，他承认他很喜欢蓝老师，但他也清楚自己配不上蓝老师。我阿爹还说蓝老师来寨子前就已经怀孕，只是她自己不知道。"

雷天明看着蒋友良，看着他又震惊又伤心又痛苦，他想问问他与蓝老师究竟是什么关系，因为他已经从此刻他的反应当中察觉出了他们的关系并不普通，可话到嘴边又不知道怎么问出口，更不知道自己该以什么样的身份去问。

"她……是怎么来到你们寨子的？"蒋友良声音颤抖着。

雷天明慢慢将蓝老师来到寨子之后的事一五一十地说给蒋友良听，蒋友良认真听着，连杯子空了都没有去续，烟灰断落也没有去理会。到最后，蒋友良再也没能控制住情绪。这是雷天明跟着蒋总那么久，从未见过的样子，他那样睿智精明、运筹帷幄的一个人，此刻却在咖啡馆里痛哭落泪。看着眼前的蒋总，雷天明心中的猜想也得到了印证，蒋友良与蓝老师，曾经是一对恋人。

他们的故事很简单，用现代的话来说甚至有些狗血，可却彻底改变了他们的人生。在那个封建又保守的年代，他们就是自由恋爱，他们互相吸引，且决定携手一生，但就在蒋友良将她带回家准备谈婚论嫁的时候，却遭到了家人的激烈反对。那个年代，不被周遭所有人祝福的感情举步维艰，他们勇敢地为彼此抗争过，可最后蒋友良不知道他的母亲跟蓝老师说了什么，又或者蓝老师遭受了什么难以承受的压力，导致她不辞而别。蓝老师离开后，只寄过一封诀别信给他，他也循着信找过她，可当时他得到的只有一个邮编号码，甚至连个具体的地址都没有，那时候信息闭塞，他要找到她如同大海捞针。一经多年，没有一点消息，蒋总最终放弃抵抗，在家人的安排下与现在的妻子结婚生子，奋斗事业。他还是偶尔会打探蓝老师的消息，可他也明白，那时候的感情不像现在，一旦错过就可能是一辈子，他也想，蓝老师说不定也已经结婚生子，有自己的安稳生活。再后来，他意识到自己的寻找不但什么都改变不了，说不定还会打扰到她原本平静的生活，这才彻底放弃了寻找。可他怎么都没想到，蓝老师竟然早已不在人世。

蒋友良极力控制着自己的情绪，红着眼眶："蓝老师有没有说过她为什么给阿月取这个名字？"

雷天明摇了摇头，声音低沉："我阿爹说，那时候蓝老师已经虚弱得说不出话了，什么都没来得及说，就……"

蒋友良沉痛万分，泪水抑制不住地从眼角渗出来："我记得她跟我闲聊，聊起了以后孩子叫什么，她说男孩就叫蒋扬帆，女孩就叫蒋星月。她说，因为如果夜晚天上能见星月，就说明那天会是个好天气，她希望她的女儿一生平坦，有星月，无风雨。"

"有星月，无风雨。"这句话震撼着雷天明。

之前只觉得阿月的名字浪漫，却没想到这名字包含了蓝老师对阿月最质朴的祝愿，可想到阿月偏偏出生在那个风雨交加的夜晚，他的心里狠狠一抽。

"天明，阿月也许是我的女儿，我想……"

"不行！"未等蒋总把话说完，雷天明立即反对道，"蒋总，阿月并不知道自己的身世，而且，这么多年，是蓝国兴夫妇把她当亲生女儿养育成人。"

"天明，你听我说，你的顾虑我都明白，我也绝不会去打破眼前的稳定，我只是想知道一个明确的答案。"蒋友良连忙解释道。

"如果是呢，你打算怎么做？"

"我……"

雷天明不得不顾虑，蒋总得到了答案之后呢？他会怎么做？还有，国兴叔和彩银婶面对这件事会是什么态度？最重要的是阿月，她又该怎么面对这一切。他没办法替他们任何一个人做任何的决定。

"天明，不管结果是什么，我保证一定尊重阿月的决定，她认我也好，不认我也好，我一定不会用这个结果去打搅到她的养父母。"蒋友良几乎恳求地看着雷天明，希望他帮自己寻找到答案。

雷天明陷入两难，一边是自己最敬仰的蒋总，一边是自己最想保护的阿月，他不知道阿月知道自己的身世后，是不是也想去寻求这个答案。

"天明，我想和阿月做亲子鉴定，这件事只有你能帮我。"

猝不及防，阿月的声音竟然从薄薄的矮书架后面响起："天明哥，我同意做亲子鉴定。"

雷天明和蒋友良同时警觉起身，就看到了阿月。他们错愕地看向对方，紧张和不安爬上心头，他们聊得投入，竟不知道阿月是什么时候到的，也不知道刚刚的谈话，她听到了多少。

"阿月？"雷天明忐忑地走到阿月身旁，就像个犯了错的人。

走近了，才看到阿月的脸上满是泪痕，想来该听的不该听的，她都已经听到了。

雷天明更内疚了，这个深藏的秘密，最终还是因为自己，让阿月知道了真相。

阿月微微仰头看向他，生硬地挤出了一个笑容："天明哥，阿爹阿妈永远都是我的阿爹阿妈，我永远都不会离开他们的，但是我跟蒋总一样，我也想知道这个答案。"

没有歇斯底里，没有大哭大闹，阿月太过平静了，可这样平静的反应，却让雷天明更加不安起来。一时之间不知道该说什么，直到看到阿月身上还穿着单薄的睡衣，他连忙揽住她的肩膀："这里冷气太凉，我先送你回去。"

蓝星月没有抗拒，深深地看了一眼蒋友良，顺从地跟着雷天明，回了房间。

看着雷天明惊慌失措的样子，蓝星月心里一阵不忍："天明哥，其实我的身世，我很早就知道了。"

"你知道？"雷天明不敢置信。

"我不知道我的亲生父母是谁，但我知道我不是阿爹阿妈亲生的孩子，你还记得那一年，我跟你说我不上学了吗？那时候我就想着，我不是阿爹阿妈的亲生孩子，我不该占用这个上学的机会，我想把上学的机会让给他们亲生的二哥。"

"那个时候你就知道了？"

蓝星月抿着嘴，点了点头。

"那你怎么没跟我说，不好奇你阿爹阿妈到底是谁吗？"

蓝星月摇摇头："我很害怕，我怕自己是被亲生爹妈抛弃不要的，我怕……"说到这，她委屈得哽咽了起来，再也说不下去，眼泪又落了下来。

雷天明看着她，心都被揪了起来，赶紧拥住她，试图给她安慰。

蓝星月靠着他，努力整理自己的情绪，也害怕天明哥被自己的情绪影响："但是今天我知道我不是被他们抛弃的我真的很开心！至少，我不是被抛弃的那个，我的阿妈不是不要我，她只是没办法陪我长大……"

雷天明低下头，在阿月的头上吻了吻："蓝老师很爱你。"脑子里不自觉就想到了蒋总说的那句"有星月，无风雨"。

"我跟蒋总说的你都听到了？"

因为哭过，阿月的鼻音有些重："服务员给你们桌上茶的时候我就进来了，没想到，你们聊的是我。"

"你怎么知道我下楼了？"雷天明低下头柔声询问她。

"我洗完澡，但没找到吹风机，正想去你那边找找，就听到你关门出去的声音了，我哪知道你这么晚出去干什么，就跟着你下去了。"蓝星月撒娇着说道。

雷天明这才注意到蓝星月半干不干的头发，赶紧从自己房间里拿来吹风机，轻柔地为她吹干头发。蓝星月坐在镜子前，看着镜子里神情专注为自己吹头发的天明哥竟看得出了神，这个男人，心里竟然和自己一样，藏着巨大的秘密。

"天明哥，所以，以前你一直说不喜欢我，是因为你以为我是你妹妹？"蓝星月忽然问道。

雷天明被问得有些无处遁形，只能借着卷吹风机的线来掩饰尴尬。

"所以，你其实早就喜欢我了对吧？"

雷天明不回答，蓝星月就不依不饶，缠着雷天明非要问个明白。

"是不是？"

"是不是？"

雷天明彻底败下阵来，放好吹风机后一把扶住了险些被沙发绊倒的阿月："是。"

看着天明哥认真的表情，再对上他火热的目光，气氛骤变，蓝星月忽然有些羞怯，别开眼神，也转过了身。

雷天明咽了咽口水，又跑到茶台给自己倒了杯水，仰头一饮而尽，这才让自己冷静了一些："阿月，那蒋总，你怎么想？"

"我是阿爹阿妈养大的，我永远都不会离开他们，所以不管蒋总是不是我的亲生父亲，我都不打算告诉他们。我不是未成年，我有自己选择的权利，我只是……既然知道了，如果不弄清楚这件事，那这件事就永远是我跟蒋总心里的一个疙瘩，与其这样，不如明确了，毕竟以后要是合作，总要见的。"

雷天明点了点头，阿月的反应比他预想的平静，处理得也比自己周全，他没有立场去左右她。

曾经这件事压在他的心上千斤重，可现在在毫无准备的情况下，所有的事情都迎面而来，但又好像也没自己想得那么困难。

第44章 得偿所愿

鉴定在一个星期后出的结果，没有意外，这份鉴定结果证明了蒋总与阿月的亲子关系。蒋友良看到结果后，第一时间就通知了他们。但似乎他们都已经预想到了，所以他与阿月都没有因为这个结果而感到吃惊，对于阿月来说，也只是切除了心中的那个疙瘩而已。他们也都遵守了约定，并没有将这件事让第四个人知道。

拿到这个结果，最激动的人是蒋友良，但激动过后，却并没有因为找到了蓝老师的消息，也找到了女儿而开心，反而因为这件事心中生出了许多的愧疚，对阿月的、对蓝老师的，这些亏欠让他难安。他想要去弥补，可又深深地明白，他亏欠蓝春梅的，永远都弥补不了。他又一次来到寨子，这一次，他让雷天明和阿月将他带到了蓝老师的墓前。还是那个连墓碑都没有的小土坟，但因为雷文顺常年打理着，所以并没有被杂草掩没，反而井井有条、干净利落，坟前甚至还有风干的野花。

"蓝老师，我和阿月来看你了。"雷天明带着阿月一起祭拜。

蒋友良就在边上一张一张烧着纸，没有说一句话。

雷天明知道，蒋总一定有很多话想说，于是祭拜完带着阿月先下了山。

那一天，蒋友良在那个小坟堆前待了很久很久。

……

金富叔从区里开完会回来了，当晚就召集了村民代表开会，带来了大家期盼已久的好消息：下山的路，总算是可以重新动工了！

"我还有第二个好消息。"金富叔神秘一笑，卖了个关子。

"什么好消息？"有人好奇地问。

"这次区里开会，主要还讨论了一个项目书。"

"项目书是什么东西？"

"这个项目书目前区里已经通过，我简单跟你们说，那就是有个大老板，想要开发建设咱们寨子，还定了明年的'三月三'，由我们寨子承办，换句话说就是，明年的'三月三'，咱们关丰寨就是主场。"金富叔大手一挥，揭开了最后的悬念。

雷天明与蓝星月默契地看向对方，毫无悬念，金富叔所说的大老板，一定就是蒋总了。

"这是上面给我们寨子的机会，也是一个重大的考验，所以咱们所有人，一定要团结一致，办好这件事！"雷金富又动员道。

"在咱们寨子办？怎么办？"还是有人一头雾水。

"怎么办他们都给我们想好了，现在重要的是，大伙有没有信心，咱们齐心协力，把这件事给办好？"雷金富情绪高昂，一声令下，大伙也都纷纷应和。

"那有钱挣不？"人群中又响起一个声音。

"有，分派过任务的、参加排练的、出过人出过力的，都给算工资！可不只是'三月三'啊，我看那项目书里，可是要常态化。"雷金富回答。

"啥是常态化？"

"就是咱们寨子以后就是旅游景点了，城里的游客过来，不用'三月三'，咱们也可以展示咱们山哈特色。"说着，金富叔忽然转向阿月，"对了阿月，大老板说了，要在咱们寨子建一个风俗体验馆，想要个年轻的姑娘来当馆长，也算是当门面，还要找一些老手艺人，在馆里分区域展示，我想来想去，这个馆长，就你最合适了。"

"我？"阿月瞪大了眼睛。

"那是，咱们阿月可是上过报纸和电视的，大名人了，还是刚回来的大学生，长得又标致，还会编彩带。"

"是啊是啊，没人比阿月更合适了，阿月，我阿嬷也还会编的，到时候你要人，别忘记了我阿嬷。"

"还有我阿公，好多人都请他出去唱呢。"

大家纷纷表示认同，愣是没有给阿月一点开口的空间，这件事就被大家伙儿一致决定了。

"那我们呢，可以做什么？"

"有有有，到时候各个节目都需要人，你这么年轻力壮，抬轿子！"雷金富应道。

"行嘞，有活儿干就行，有活儿干就有工资。"

"那点工资算什么？你们还记得'三月三'不？我一个亲戚就在那广场边上打麻糍，就一天卖麻糍卖了七千多块钱。"

这话直接把大家听愣了，情绪瞬间高涨起来，纷纷上前要求领取任务。

蓝星月的心中却百感交集。那些不安和无措，无一例外落入了雷天明的眼中。

回去的路上，雷天明才开口："阿月，这不是你一直想做的事吗？"

"可是蒋总……"蓝星月形容不出心中的别扭。

雷天明当然明白阿月心中的顾虑，从刚刚金富叔说出这个提议的时候，他就知道阿月一定会多想："阿月，金富叔刚刚也说了，蒋总只是说需要这么一个人来替他经营，但他没有指名道姓说要让你来当这个馆长。让你来，是金富叔和寨子里大家伙一致推荐并且认可的，是因为你这些年一点点积累的成绩，你不用觉得这是蒋总的授意，更不需要有心理负担。"

阿月依旧紧皱着眉头，好似心中还是有一道无法过去的障碍。其实，早在鉴定结果出来的那一刻，阿月心中就已经打起了退堂鼓，她忽然开始后悔自己跟蒋总做了这个鉴定，总觉得，这个结果，随时可能打破眼前的平静与安稳，给阿爹阿妈带来伤害。

"阿月，那换个思路，如果说这个人不是蒋总，要来投资开发我们寨子，让你做这些，你愿意吗？"雷天明又问。

阿月脚步一顿，认真思考起天明哥的话。

"你一定会愿意的，还会觉得这是个不错的机会对吗？既然这样，那你只要想，你跟蒋总只是一种商业合作，互相需要，就像我跟他是一样的。"

天明哥的话，让阿月心中忽然就明朗了。看着阿月逐渐放松的神情，雷天明的心中也松了一口气："所以阿月，你还是你，在做自己想做的事，不是吗？蒋总我了解他，他既然答应了，就不会轻易食言的，你别害怕，还有我呢。"

蓝星月看向他，那份不安就渐渐消失了，是啊，还有天明哥呢。

修路工程按照全新的施工方案再一次动工，寨子里的大伙自发放起了鞭炮庆祝，鞭炮声响彻山谷。这是一条路，但也不仅仅只是一条路。那是寨子里每一个民众的期望，是寨子能变得越来越好的基础。

时间紧，任务重，雷天明再一次投身到了修路的工程当中。而阿月，则加入到了筹办"三月三"的组委会里。

寨子里，织彩带的、扛大旗的、打麻糍的、唱迎宾歌的、摇锅的、提篮的、抬轿子的……就连整日坐在家门口晒太阳的阿公阿嬷们也都忙活了起来。

一些老阿嬷们，并不懂"非遗"是什么，更不觉得编的彩带是多贵重的东西，但只要寨子里的年轻女孩们想要学，她们都会倾囊相授。

虎子哥得了消息，夫妻俩一商量，决定干脆把镇上那家生意并不景气的饭店给转手了，带着孩子回寨子，将自己的家改造成畲味农家乐。

雷金富更是抓住机会，计划用自己家四层高的楼房，改造成寨子里第一家民宿。

就连远在广东的小娟也被阿月喊了回来，小娟的情路并不顺畅，前些年，小娟说她要嫁人了，是广东那边的一个小老板，但后来，又没了消息，再联系她时，她又变成了单身，说是闹掰了。阿月觉着，如今，她算得上是寨子里最时髦好看的姑娘，由她来当这个新娘再合适不过，说不准还真能选上个合适的夫婿。

大伙有条不紊地做起了准备工作，而关丰寨这个小寨子，因为蒋友良的介入，好似一夜之间有了活力，再也不是那个宁静却贫穷、默默无闻藏在这深山中的小寨子了。尽管项目书里写的未来他们无法想象，也不知道那样的未来最后到底能不能来，但看着路一点点向山下的大路修，生活就有了盼头，人也有了精神头。

寨子里，胆子大的已经开始付诸行动，今天招呼大伙垒墙，明天那一家又喊着要翻修。前景不明朗，但还是整个寨子都在帮忙。胆子小的边帮着忙，边观望着，想着稳妥一些，等看到了寨子举办完"三月三"的效果，再决定要不要将自己家也改造改造，做点小生意。

李娅也总算回来了，阿月与晓红特地跑到车站接了她，并在一个消夜摊上点了烤羊排为她接风。

　　多年未见，大家都发生了不少变化，让她们都忍不住感慨万千。

　　得知晓红跟蓝岳平处了对象，李娅吃惊万分："我是真没想到，你居然跟月月她哥哥在一起了。"

　　"还有更让你吃惊的呢，你问问月月她男朋友是谁。"都是熟悉的老同学兼朋友，谁也不拘着。

　　"谁啊？我认识？"李娅好奇地转向阿月。

　　"天明哥。"晓红也不卖关子。

　　"我去……阿月，不是我说，你好歹也是见过外面的世界的，南庄那边就一个喜欢的都遇不上？怎么到头来，是选了个你窝边的。"

　　"外面的可不一定就比窝边的好，而且，你要知道，阿月可是从我们上学那会儿就开始喜欢他的，那时候还偏不承认，非说是她哥。"

　　阿月被调侃得无地自容，赶紧将话题转移到"工作室"上来。

　　然而，听完阿月所说的计划，李娅却开始反驳："我认为这个工作室得开到城里来，虽然现在寨子里有专门的场地，也不愁资金，但是我做这个工作室的目标群体是顾客，而不是游客。寨子里提供的条件再好，但它面对的群体是有限的，城里面对的客户量，我觉得寨子里是比不上的。"

　　李娅的话让阿月也呆住了，她以为现在分明是万事俱备、只欠东风的局面，李娅一回来，就可以放开手脚大干一场了，谁料李娅会与她意见相左。

　　"阿月，你相信我，我们做婚服也好，常服也好，肯定是在城里更有发展的。"李娅试图劝服她。

　　此时，阿月似乎才意识到，李娅并不是寨子里的人，她有她的专业和判断，并且判断得并没有错，而自己，在做这件事的时候，完全融入了自己对寨子的那一腔情感。

　　可现在……尽管李娅说得都对，可让她放弃寨子里的一切，她很清楚地听到心里有个声音在告诉她，她不愿意。

　　晓红再也看不下去意见相左的两人陷入两难的样子，于是提议道："其实我觉得不冲突的，你们在城里成立这个工作室一点都没问题，但是寨子里也别放弃，就好像是一个分公司，一个点位。你们还是可以一起做，阿月负责维护寨子这边的游客客户，李娅你就负责城里的客户，设计、定制、制造，还是可以一起商量着来，现在要说一定能做成什么样也很难说，既然两边都是赌，那我觉得万一一边不行了，另一边还是个退路，你们觉得呢？"

　　晓红的提议，让阿月和李娅紧皱的眉头瞬间舒展开来，当即决定，就这么干。

第45章 流言四起

时间飞快，下山的路，在雷天明的加班加点下，竣工比预计时间还提早了一些。寨子的路成功连接到了大路上，终于可以通车了。

那一天，蒋总特地赶来参加了竣工仪式，那也是阿月第二次见他。蒋总站在高台上发言，阿月就站在他身后看着他，许久未见，如今再见，阿月的心里依然有些别扭，她说不清自己对这个突然冒出来的亲生父亲究竟是什么样的情感，既想亲近，又满心抗拒。

竣工仪式结束，蒋总走到他们跟前："阿月，天明，中午一起吃饭吧？庆祝竣工！"

雷天明首先看向阿月，只见她的眼里满是犹豫和闪躲。

蒋友良又开口道："刚好工作上一些新的安排，我们也沟通一下。"

"行。"雷天明答应道。

阿月虽然迟疑，但看天明哥答应了，也点了点头。就这样，他们上了蒋友良的车，第一次坐着车子走出寨子。一路上，看着这条走了十多年的山路上有许多寨子里的人，他们脸上洋溢着笑容，似乎就是为了走一走这宽敞的新道。而那些早就想买辆摩托车的阿叔阿伯们，更是赶紧买了新摩托车，成群结队地骑回到寨子里来。

"阿月，现在路通了，风情馆很快就会着手建设。建成以后，对馆内的布局，你有任何想法都可以提。"蒋友良说道。

阿月眼神闪躲着，显然，蒋总要做的这个风情馆，打一开始他也没考虑过别人。而坐在一旁的雷天明，也一眼看出了蒋总望向阿月时那眼中的克制。

见阿月迟迟没答话，气氛都有些尴尬了，雷天明连忙开口解围道："蒋总，阿月有很多现代年轻人的想法，你让她放手去做，她肯定会把这个风情馆经营好的。"

蒋友良点点头："是啊，寨子要发展旅游，说到底还是要靠你们年轻人。"

一顿饭，大家吃得实在算不上轻松。

饭后，阿月才向天明哥说出自己内心的顾虑："天明哥，蒋总是特意为我建的风情馆是吗？"

她原以为天明哥会反驳，却没有想到他倒是十分坦诚就承认了。

"可……"

"你是讨厌他吗？"没等阿月反驳，雷天明就率先询问道。

阿月一愣，缓缓摇了摇头。

"那你是怨他？"雷天明又问。

阿月依旧摇头。

"那为什么你对他这么……抵触？"

刚刚阿月的一系列表现，雷天明很明确地感受到了阿月内心的抗拒和抵触。

"我……"阿月说不出来，尽管她很想去做自己所有能做的，只要对寨子好。可她的心里，仿佛总有个声音在提醒着她，若是她接受了蒋总的好意与用心，那就是对阿爹阿妈的背叛，所以自从知道了鉴定结果，她一直不知道该怎么去面对他。

"阿月，他是你的亲生父亲，不管你认他与否，他都想要弥补这些年来对你的亏欠，但他也能感觉出来你对他的抗拒，所以他为你做任何事都很小心翼翼。你能告诉我，你心里是怎么想的吗？"雷天明语气温柔，试图引导阿月说出她内心的真实想法。

阿月更加矛盾了："我不知道。"

"阿月，蓝老师已经不在了，蒋总他只是想要一个对你好的机会。你当初说想开自己的工作室，蒋总原本是想要投资你的工作室的，但怕你心里有负担，所以才带着一个父亲对女儿的私心，借着公事的名义，来支持你的梦想，让你尽情做自己想做的事。"

"阿月，其实……这件事，你将它看作是公事，它就是公事，哪怕他藏着私心。"雷天明又说道。

蓝星月有些懵懂地看着雷天明，脑子里乱糟糟的，心里也乱糟糟的。

"阿月，路已经修好了，下一步，就是将寨子发展起来，这是我们一直想做的事不是吗？蒋总做了这么大的投入，他的目的也是寨子能够发展起来，带来盈利的同时，让大家都富裕起来，所以抛开你顾虑的那层关系，我们跟蒋总的目标是一致的，对不对？"

天明哥的一番话，让阿月心中动摇。是啊，寨子如果真的要发展旅游，那就需要这个风情体验馆，只是这恰巧也是自己想做的事。

回寨子的路上，阿月一直在想着天明哥说的话，心中的芥蒂，好似也放下了一些。天明哥说得没错，这件事，自己看作是公事，那就是公事，那么，在自己想明白该怎么去面对蒋总之前，那就把他当作自己的老板，是不是会轻松一些。

"蒋总，我会认真把风情体验馆做好的！"下车的时候，阿月忽然对蒋友良表态。

蒋友良先是一怔，看着她的目光里是抑制不住的慈爱："哎，我相信你的能力，一定可以的。"

阿月目送着蒋友良的车子远去，又看着这条新开通的宽敞道路，心中感慨万千。这条路，总算是通车了，她想到了阿爹，以及他每年因为挑担而磨出血的肩头。以后收茶叶、收柑橘的老板就可以将车子直接开到寨子里来，阿爹阿妈再也不用一担一担往山下挑了。而那些原本要肩挑手提的东西，一趟车子便直接送到了寨子里，水泥、砖块、钢筋、建材，一车一车往寨子里送，挖掘机、工程车，一趟趟往寨子里来，这也大大加快了畲寨建设的脚步。

畲山风情体验馆，阿月怀着不同的心态，看着它打地基，看着它楼房起，看着它封了顶。

可还没来得及庆祝，便开始流言四起。

那日，寨子里的许多人都聚在了村委会，雷天明和阿月也刚开完会回到寨子。走进村委会，只见原本喧闹的会议室里瞬间安静了下来，而那一个个投射过来的目光，都充满了怪异。

"怎么了？"雷天明不知所措地看向大伙。

"雷天明，你是不是把咱们寨子给卖了？"

站出来的人名叫钟金亮，虽是一个寨子的，但平日里接触的确实不多，更不理解他为什么会提出这样的质疑。

"说什么呢？"雷天明又困惑又愤怒。

"你是不是把我们寨子卖给蒋老板了？别以为没人知道，你跟蒋老板其实早就认识，前几个月，有人还看到你们一起吃饭了！"钟金亮双手交叉在胸前。

"我跟蒋总是认识，我上大学都是他资助的，怎么了？有什么问题吗？"雷天明强忍着心中腾起的怒火解释道。

"所以，他给了你多少钱，让你把我们都卖了？"

"你最好给我说清楚，我卖你们什么了？"雷天明再也压不住怒意，质问他。

"蒋老板给我们寨子投资是假的，他真正的目的是想要霸占我们寨子，侵占我们的房子、田地跟山林吧？到时候，别说我们了，就连金富叔这个支书，都得听他蒋老板一个人的吧？万一哪天金富叔不听他的，他把金富叔这个支书撤了都可能吧？"

"你用脑子好好想想这可能吗？蒋总他就是个做旅游开发的，他不会霸占我们的寨子，更不可能像你们说的把金富叔给撤了，咱们寨子，还是咱们说了算！"

钟金亮并不接受雷天明的解释："我说的就不是这个事。"

"那你什么意思？"

"很简单，你说蒋老板是开发我们寨子，那我问你，为什么上牛寨和金坑寨他不去，偏偏是我们关丰寨？这是不是说明你们之前有利益往来？还有，你觉得我们寨子，有什么可开发的？你真觉得那些个城里的有钱人，会来我们这种穷山沟里旅游？分明就是借着开发的名义，来侵占我们地盘！"

"为什么不会？！"

钟金亮也带着愤怒："雷天明，没有不透风的墙，你们打着什么算盘我都知道！蒋老板开发旅游就是个幌子，他就是因为刚好有你做内应，冲着我们寨子来的，你们之间肯定有什么见不得人的利益往来。"

雷天明气极，拍着桌子质问道："谁？你让他站出来跟我当面说！"

钟金亮却不回答，雷天明再看向周围，只见那一双双眼睛里都充满了质疑，仿佛都在说让他给个交代。

"是啊，蒋老板开发我们寨子，那是不是以后我们寨子就变成他做的一个景点了？那到时候是不是他想怎么动我们寨子就可以怎么弄，那我们在自己的地盘上岂不是一点话语权都没有了？"有人小声嘀咕起来。

这话一出，在场的人明显不安了起来，钟金亮更是涨了气势，开始危言耸听："到时候他说寨子是他投资的，他想要把我们赶出寨子怎么办？"

雷天明张了张嘴却哑口无言，众口铄金，明明压根不存在的事，如今却被说得确有其事一般。

阿月看不下去，刚要站出来替天明哥反驳，就见雷文顺从人群后走到他们身前："你再瞎说八道，我打烂你的嘴！我家天明放着那么好的工作从海市辞职回来修路的时候怎么不见你们质疑他？现在路修通了，寨子也有人拿真金白银来投资开发了，试问寨子里谁不是受益者？这个时候你们质疑起我家天明来了？你们有没有良心？"

雷文顺平日里时常沉默，碰见人总是温温和和的，这次显然是真的碰了他的底线，使他发了火，几句话，便让大家都不敢再吭声。

就在这时，蓝星月也站到了天明哥的身前："我在南庄上大学，像这种景村合作的寨子有的是，模式很成熟，而且发展得很好，哪怕淡季也是不缺游客的，很多原本很穷的寨子就靠着旅游业，收入年年翻涨。还有，为什么你觉得没有人会来我们寨子旅游？你瞧不上咱们寨子，但我们寨子有的东西别人就是没有，别人就是会觉得新鲜、好玩。这有什么问题？"阿月越说越气不过，"还有，你们以为这是买猪肉简简单单闹着玩的吗？这是政府层面的合作，是白纸黑字要签合同的，不是天明哥和蒋老板两个人商量了就能成的事，你们要是实在不愿意，觉得蒋老板是贪图咱们这点山林土地，那行，金富叔，你去跟领导汇报，把这个机会让给上牛寨好了！"阿月转头又将火力对准了雷金富。

雷金富连忙解释起来："不是不是不是，金亮肯定不是那个意思，这其中肯定有误会，寨子里都是老实巴交的农民，很多事他们都不懂。"

"不懂就可以随意诬蔑人吗？"蓝星月依旧愤愤不平。

雷金富也转头看向钟金亮："你说的这些，都是听谁说的？"

钟金亮这才说道："是上牛寨的一个兄弟，他说他认识一个人，跟的是一个姓吕的老板，他跟我说吕老板之前也是跟蒋老板一起合伙的，天明和蒋老板他都认识，他还知道他们不少事，所以特意让我提醒大家，别稀里糊涂被人卖了。"

"你真是糊涂，什么风言风语你都信吗？"

雷天明在脑子里搜索了许久，才终于想起了吕伟吕副总这一号人物来，可是为什么，他会插手寨子与蒋总的合作中来呢？仔细算算，自从离职之后，他们之间就已经没有任何联络了，吕副总散布这些不实谣言，究竟是什么目的呢？

"我看啊，就是上牛寨他们眼红我们寨子有人投钱开发，反正我信天明。"人群中终于有人表态。

"就是说，咱们寨子自己人都不信，还去信外面人瞎说八道，怎么，天明修的路你没走啊？"

"是啊，他们越是这样说，就越说明他们眼红咱们，咱们可不能中他们的圈套。"

大家你一言我一语，说得钟金亮有些无地自容，心里也不免怀疑了起来。

第46章　直面流言

"天明哥，吕老板是谁？"阿月好奇地问。

雷天明回忆起旧事："以前蒋总公司的一个副总，他想拉着我一起暗箱操作、从中谋利，被我举报了。后面他就离开了公司。"

蓝星月眉头紧皱，目露担忧："那他是不是记恨上你跟蒋总了？我们是不是得跟蒋总知会一声。"

雷天明也顾不上气愤了，回到家就给蒋总打了电话，因为，谁也不知道这个吕伟散布这样的谣言有什么居心，更不知道他接下来还会有什么样的动作。

蒋总在电话那头沉默了片刻，沉着道："行，我知道了，这事没影响到你吧？"

"蒋总，不用担心我，我能摆平，我只是怕他会不会后续留有黑手。"

"不用顾虑，他从公司出来后，利用在我那积累的人脉和资源自立门户了，可能是因为我要做旅游的事他不知在哪得了消息，故意捣乱来了。你只要放手去干，我这边跟你们政府的合作已经是板上钉钉的事了，他影响不了任何结果，也只能散布散布谣言，来恶心恶心咱们。"蒋友良语调平静，似乎压根儿就没把吕伟放在眼里。

雷天明也松了口气，蒋总都这样说了，想来这个吕副总不足为惧。

可关于这件事，时常还是会有不明真相的人在私下议论纷纷，各种各样的猜测依然没有停止。有人说，哪怕雷天明没有把寨子卖了，但他跟蒋总之间不为人知的利益往来肯定是有的。

最后，就连阿爹也开始旁敲侧击："天明啊，我们山哈在整个大革命期间，都没有出过一个叛徒，不管怎样，不管多少钱，咱都不能做违背道德、没有良心的事。"

雷天明这才明白，扎在大家心中的那些质疑，并没有完全消失。他想要自证清白，可他与吕总之间的那些恩恩怨怨，生活在寨子里的村民都没有参与，他们不了解，也不知情，他没办法逢人就说吕副总当初的所作所为，更不能在没有任何有力证据之前，就跟大家伙儿断言吕伟的不良居心。此时正是首个畲族风情体验馆即将开张的关键时期，为了不影响阿月，雷天明只能将所有的委屈都咽回到肚子里，若无其事地帮着阿月进行最后的布置与安排，他相信，时间能证明他的清白。

风情体验馆在阿月的精心策划下，正式开张了。

整个一楼大厅的左侧，展示着各个款式的服装和银饰，在右侧，安置了彩带、银器的体验区，阿月还安排了最有耐心和亲和力的六花大娘来做体验区的负责人，指导大家进行织彩带体验。二楼的左边则是一个服装仓库，放着一排排铁架子，虽然目前看着有些空，但以后，这儿将挂满衣服，供游客挑选体验。右边有一道门，走进门，那便是阿月的工作室了。婚服的定制、团队接待的接单，都在这儿。

蒋总也特意赶到了寨子里来，为了替阿月庆祝，还安排了放电影。

寨子里娱乐活动本就匮乏，大伙吃过饭便搬着凳子来到了寨子外的空地上等着了，还有许多上牛寨和金坑寨的人闻讯而来，不一会儿，广场上就挤满了人。

　　蒋友良正是在电影放映前出现的，他就站在电影幕布前，站在一盏照明灯之下，表达着自己的诚意："我听闻，前段时间，寨子里的乡亲们对我有些质疑，今天借着这个机会，咱们畅所欲言，你们心里有什么疑问，都问出来。"

　　雷天明站在人群后面，怔怔看着台上的蒋总，他没有想到，蒋总心里还记挂着这件事，还特地为自己澄清。

　　"蒋老板，你投那么多钱给我们寨子，你图什么？"终于有人开了头。

　　这一问，也让大伙不再顾虑，纷纷问起了他们心中困扰已久的疑惑。在他们的认知当中，他们理解不了蒋友良的投资行为，那些钱，是他们一辈子都赚不到的。在他们眼中，蒋友良这么做，等同于他自掏腰包跟寨子里的大伙分钱，可他有什么理由要这样做呢？难道只是因为他是有钱人？也正是这些疑惑，让他们对雷天明那日的解释仍然存在质疑，他们不得不去思考钟金亮说的那些话。

　　蒋总认真听着大家的心声，才不疾不徐开口道："我理解你们，现在吕伟说我们不对，我又说他不对，各种各样的说法让你们觉得混乱，你们不知道该相信谁，我能理解。但是，天明是你们寨子里走出来的男儿，你们要相信你们自己人，前几年，他跟我提离职的时候我很震惊，我觉得他得不偿失，但我怎么劝都没有用，他还是放弃了在海市积累的一切，回来了。

　　"他做这些，都只有一个目的，那就是想让寨子越来越好，让你们的生活越来越好。确实，我跟天明早就认识了，这个项目我刚起念头的时候，想到的第一个人就是他，因为我了解他的品质，他这个人可靠，值得信任，我把整个项目都交给他我都放心。但你们知道天明是怎么说的吗？他只跟我提了一个条件，那就是不能损害你们的利益，不然他不会来帮我。"

蒋友良的一番话，让大家伙儿都噤了声。

"我也理解，为什么你们质疑我，因为眼下我看起来就是个冤大头，在花钱做一些对自己根本没什么好处的事。我可以坦白地说我有私心，但不管我的目的是什么，我答应天明的，一定会做到。我想要的利益，不是从你们身上获取，相反，我跟天明一样，希望寨子里的每一个人都能因为我而获利。"

底下交头接耳，响起了议论声。

"蒋老板，你说你有私心，那你的私心是什么？"底下又有人追问。

蒋友良一愣，随即释怀地笑了笑："蓝春梅老师。"

他提起蓝老师太过突然，一瞬间，底下哗然一片，人群里也炸开了锅。

"我是因为蓝春梅蓝老师，才决定来开发你们寨子的，我今天所说的，你们相信也好，不相信也好，我希望时间证明一切。你们可以对我保持质疑，但我希望你们能给这个寨子一个机会，也给自己一个机会，更是给寨子里一代又一代的年轻人一个机会。"

蒋友良站在台上，深深地看了一眼站在天明哥身旁的阿月，阿月也望着他，心中莫名的情绪翻涌着，却无法表达。

蒋友良说完走下台，钻进了车子离开了，好在电影随即开始放映，大家的目光又聚焦到了幕布上，议论声也像潮水一般退去。

因为蒋友良的直面应对，这场小风波并没有造成太大的影响，再加上"三月三"临近，大家又投身到了紧张的筹备当中。

三月初三，春意盎然，漫山遍野的映山红点缀了整片山头，寨子里的人纷纷穿上了民族服装，做起了特色小吃。

天刚刚亮，寨子里就有了外来的游客。

开幕式还未正式开始，年轻的游客们便逛起风情馆，看着模特身上新潮的服饰，二话不说就租下换上，美美拍起了照。到开幕式时，整个寨子里已经挤满了人。尽管做了充足的准备，可陆陆续续来到寨子的人还是远远超过了大家的预想。

金富叔家的民宿一秒售罄，大伙便纷纷收拾出了自己家的空房间，接纳有入住需要的游客。德清阿伯与几个男人轮流抢着锤子打麻糍，愣是做得还没有卖得快。虎子家的农家乐，更是卖空了整个冰柜，甚至连多一个鸡蛋都掏不出来。尽管倾尽所有，还是有许多人没有吃上饭，便被指引着去了上牛寨和金坑寨，还是没吃上的，便开着车子到镇上，解决了中饭又赶回来参加下午的婚俗表演。

仅仅一个上午，雷天明和蓝星月就累得感觉腿都要断了，可还是忙得连喝口茶的时间都没有。风情馆的衣服供不应求，还接了不少定制的单子，阿月忙得团团转。雷天明怕阿月饿肚子，急匆匆跑来风情馆，给阿月送了从德清阿伯那强留下来的麻糍和水，都来不及说几句话，只能一遍遍对阿月强调麻糍要趁热吃，就马不停蹄又去准备应对下午的重头戏了。

小娟早早就装扮好了，拿着五彩的绣球走上舞台。台下黑压压地挤满了人，纷纷伸着手，呼喊着，渴望接到小娟的绣球。小娟看着一眼望不到头的人潮，干脆转过身，背朝着大家丢出了绣球，绣球在人潮上方翻滚跳动，最后落到一个青年手里。男子捧着绣球，满脸喜悦地挤过人潮，好不容易到了台上。台下没有抢到绣球的人也不遗憾，簇拥着仪仗队观礼，每个环节都不肯落下。一整场仪式结束，小娟被沉重的婚服压得累得直接瘫在了沙发上。

这一天，前所未见的巨大流量，震惊了山头上的每一个住户。

尽管寨子里的大伙都做了充足的排练，可这么庞大的游客群体，还是让他们手忙脚乱。但这一天，也终究还是在大家伙儿的共同努力下，热热闹闹、风风火火地撑了下来。

对蒋友良来说，开发关丰寨就是一场豪赌。从第一次参加"三月三"发现商机，到后来决定开拓旅游市场，再到付诸行动，他没有迟疑也没有犹豫，特别是确认了阿月的身世后。这一整天，他亲眼看到乡亲们虽然很累，可面对游客依然拿出了最大的热情，算着收入时笑得合不拢嘴。而他们看自己的眼神，也从以往的充满质疑到如今的满眼感激。他安下心来，这眼前的盛景，这满山的游客，已然证明了，这场豪赌，他已经赢了。

一天忙下来，累，累得人懒得再动一下，可雷天明的心里，总有一种如释重负的轻松感和满足感，无关任何人，他只是觉得，自己给了自己一个交代。所以尽管累了一天，可他的心里却满当当的。侧过头，只见阿月穿着全新的艳丽畲服，头上戴着凤冠，化了淡淡的妆，目光闪闪的，与自己齐头躺靠在沙发上小憩。他忽然就动了个从未动过的念头，他想娶她，想与她成家。

"阿月。"

"嗯？"阿月累得很，但还是侧过头来看他，有气无力地答应着。

"我想跟你成家。"

阿月猛地睁开眼睛，直直盯着他，两个人就这样躺靠着椅背，侧着脸四目相对着，静默了几秒。

阿月扭正了脑袋，坐直了身体。

雷天明也猛然意识到自己这话说得太过轻易，又或许是因为太过疲惫而导致根本没来得及思考，居然一冲动，就这样把这个念头给说出来了。

站在女孩的角度，说这话可是求婚的意图，自己连戒指都没准备，也没精心安排场地，更没有一个像样的仪式，就这样企图让一个女孩交付她的一生，实在是不够真诚。

可就在雷天明绞尽脑汁想着该怎么找补时，阿月却露出了一个明媚的笑容。

"好啊。"

这一回，倒是雷天明傻眼了，呆呆看着阿月，满脸的不可思议。

阿月转过身来，捧起他的脸："你怎么这个表情？别跟我说你刚才是在开玩笑。"

雷天明将她拽进怀中，抬起双手拥着她，语气温柔且坚定："我认真的，我只是觉得……太随意了点，也没想到你会这么轻易就答应。"

阿月顺势靠着他："可你说得很认真，对我来说，这就够了，所以，我刚说的话也是认真的。天明哥，你知道的，我从很早很早就选了你。"

雷天明只觉得心里软绵绵的，也暖洋洋的，像被云朵包裹着，让他沉溺。

可喜悦过后，紧接而来的就是深深的亏欠感，他从不知道，阿月竟是这样地信赖着自己，也认定了自己。心情很复杂，复杂到无法言说："这么轻易就答应了，岂不是便宜我了？"

"是啊，说起来好像是便宜你了。"阿月仰起头看他，眉眼弯弯，"那就当便宜你了吧。"

这一刻，雷天明无比确认，眼前这个自己一手护下的姑娘，成为了他真正意义上的"家人"。

第 47 章　情意百年

天长地久水流东男人同女结成双

夫妻好似天边月养男养女做花宫

天上无云星光光爱情就要自主张

嘴讲心想要一样情意才能百年长

——《星月歌》

　　因为"三月三"的成功举办，这个小小的寨子，好像一夜之间被所有人看到了。

　　就连辛竺导演那部观看人数寥寥无几的纪录片，也被网民们翻了出来，观看人数快速增长，评论区的意见回馈也不断增加。称赞服饰很好看，寨子很美丽，彩带有特色的，也有很多人称完全没有听说过这个民族，想来瞧一瞧的。

　　这一场盛会的成功，也让县、区、市政府看到了民族产业和旅游产业融合发展的更多可能性，甚至还特意为这一届"三月三"开了表彰大会。

　　紧接着，绿色通道开通，加快寨子的硬件设施基础建设，甚至还特批给寨子开了专线公交，公交线路贯穿山头那七个畲寨，尽管一天也只有两班车，但比起过去只能步行下山，已经是巨大的便利。

区里更是趁热打铁，让阿月和小娟等女孩们作为主角拍摄了旅游宣传片。而阿月，也凭借着那张坐在门前织彩带的照片，成为了这座畲山的旅游代言人。

仅仅一年时间，寨子就发生了天翻地覆的变化。寨子外的空地上不仅有了停车场、公交站，还搭起了舞台。寨子里，修旧如旧的屋子满满是畲族特色，全新的家具电器更是一车一车往寨子运。一年当中，旅行团和公司团建团队陆陆续续地来，寨子的旅游业也发展得小有规模，不少专业摄影师更是专门跑到寨子里来，一住就是半个多月。"三月三"更是成为了万众期待的大节日。

也正因为如此，雷天明与阿月也变得越来越忙，忙得几乎没有空隙，婚期更是一延再延。

"实在不行，你们就定今年'三月三'结婚吧，往年都是找演员演的，但今年却是让大家参加一场真正的畲族婚礼，不管是对你们还是对游客们来说，都是绝无仅有的体验。整个寨子都是你们的主场，所有人都会为你们祝福，你们为寨子带来了这么大的发展，他们肯定会用心来操办你们的婚礼的。"拍摄宣传片时，黄镇长提议道。

本不想太过张扬的阿月，在听了黄镇长的提议后，两人一商量，认为这是个不错的提议，于是一拍板，就定了下来。可眼看着婚期临近，阿月却开始没来由地紧张，总觉得这一年来，寨子变化得太大、太快了，自己也过得像场梦，一切都有种不真实感。

"阿月，岳平，你们来。"夜晚，阿妈将他们俩喊到了跟前。蓝星月坐到了阿妈身旁，亲昵地靠着她。阿妈温柔地抚着蓝星月额前的碎发："阿月，你就要出嫁了，马上就要有自己新的家庭了，有件事我跟你阿爹商量了下，决定还是得让你知道。"

蓝星月眉头微微蹙了蹙，这样的气氛，这样的铺垫，阿妈想说的事，蓝星月心里自然了然。

"什么事啊？"蓝岳平不解地问。

"阿妈，我知道。"蓝星月抬起头看着她。

只见阿妈与蓝国兴互看一眼，满是惊讶。

"你知道？知道什么？"蓝岳平有些发蒙。

"阿妈，我都知道，蓝老师是我的母亲，二哥，其实是我弟弟。"蓝星月极力想让自己的语气轻松一些，可说到这些，还是忍不住有些哽咽，"我还知道，蒋总是我的亲生父亲。"

蓝岳平怔怔看着阿月，手中玩着贪吃蛇的手机滑落都没反应过来，他觉得这简直是天方夜谭，可看着此时阿月还有阿爹阿妈的神情，他又明白，他们没有开玩笑。

"阿爹，阿妈，二哥，我在知道这一切的时候就做了决定，不管怎样，我都不会离开你们、离开这个家的，我永远都是你们的女儿。"顿了顿，蓝星月又说道，"这也是我知道自己的身世，还确认蒋总是我亲生父亲，却没有跟你们说过这些事的原因，这里永远是我的家。"

"那……"钟彩银有些语塞。

蓝星月看着阿妈错愕的样子，心中一阵柔软。她深深明白，从小到大，阿爹阿妈对自己的付出早就超越了血缘。他们让自己从姐姐变成妹妹，并以"大的要让着小的"训诫了大哥二哥那么多年。在这个家里，从死去的阿嬷、大哥，到阿爹阿妈和二哥，所有人都给了自己最大的宠爱和保护，她又怎么会体会不到呢？

"蒋总他……没想把你认回去？"钟彩银又问。

"阿妈，是我不想，他也愿意尊重我，我早就不是小孩子了，我选择你们做我的家人。"

沉默……良久的沉默。

"阿月，阿爹相信你是想清楚了的。"

蓝星月会心一笑，也许，阿爹阿妈在决定告诉自己身世之前做了很多很多的预设，也一定想了很多很多安慰的话，可现在，一句"我相信你"，就胜过了一切。

"不管怎样，你要出嫁了，他是你亲阿爹，你对他该有的礼数还是要有。"阿爹又说道。

蓝星月抿着嘴，点了点头。只有一旁的蓝岳平，看到现在似乎还在消化这些信息，想说些什么，又不敢轻易发言。

三月初三，寨子里早早热闹起来了。

作为伴娘团的小娟、小燕、李娅还有晓红，早早就帮阿月打扮了起来，直到门外传来了接亲团的鞭炮声和唱歌声。对了几轮歌，喝了拦门酒，闯了许多关，雷天明率领的伴郎团才终于见到了盛装打扮的阿月。

雷天明惊愣了许久，在伴郎的提醒下，才从口袋里掏出了他花了三天时间亲手为阿月打的金戒指，郑重、庄严、诚恳地向阿月求了婚。这一环节，是预备里没有的，阿月的泪腺在这一刻崩塌，边擦拭着眼泪，边认真点头。

下了楼，就该敬茶了。

阿爹阿妈穿上了新装，坐在了堂前。

"蒋总，感谢你为我们寨子、为这两个孩子的发展所做的一切，这杯茶，他们也该敬你。"阿爹说着，便在自己旁边加了个位置。

蒋友良先是呆了片刻，最后难抵盛情，满心不安地被蓝国兴拽到了位置上。看着跪在身前为自己敬茶的阿月和天明，蒋友良双手都在颤抖，一口热茶咽下肚，眼眶也湿润了。

　　接亲仪式完成，蓝岳平抱着阿月上了轿，敲锣打鼓的声音便响了起来。红毯一路从阿月家铺到了雷天明的家中，红毯两边更是摆满了气球，寨子里的家家户户屋檐下都挂起了彩灯和花环。蓝星月掀开轿帘，看到了观礼的人群已经绵延到了寨子口，大家都在新奇地张望着这场婚礼。快门声更是要盖过了敲锣打鼓声。

　　见伴娘们走在轿子旁，向人群分发着喜糖，阿月也从身旁抓起一把花生糖果，撒向人群。

　　一抬头，只见天明哥正回头从轿帘的缝隙中偷看自己，眼神对上的瞬间，他们都忍不住笑了起来。

　　天明哥转过身，踩着红毯，大步向前。

　　阿月刚要收回视线，却看到天明哥身上的腰带，竟是多年前自己送他的那一条，与他今日的喜服实在有些不搭，可他却像个骄傲的王，毫不吝啬地向所有人展示着这份爱意。

　　望着天明哥的背影，望着那无边无际的人潮，望着天翻地覆的寨子，阿月忽然有些感慨：这高高的畲山，这小小的寨子，他们都曾用尽全力要走出这里，远走高飞，可兜兜转转，他们又都心甘情愿地回到了这里。